白茶 著

你是我的万千星辰 3

台海出版社

图书在版编目（CIP）数据

你是我的万千星辰 . 3 / 白茶著 . -- 北京：台海出版社，2023.2
ISBN 978-7-5168-3488-6

Ⅰ . ①你… Ⅱ . ①白… Ⅲ . ①长篇小说－中国－当代 Ⅳ . ① I247.5

中国国家版本馆 CIP 数据核字（2023）第 023621 号

你是我的万千星辰 3

著　　者：	白　茶
出 版 人：	蔡　旭
封面设计：	中尚图
责任编辑：	姚红梅

出版发行：台海出版社
地　　址：北京市东城区景山东街 20 号　邮政编码：100009
电　　话：010-64041652（发行，邮购）
传　　真：010-84045799（总编室）
网　　址：www.taimeng.org.cn/thcbs/default.htm
E - m a i l：thcbs@126.com

经　　销：全国各地新华书店
印　　刷：天津中印联印务有限公司
本书如有破损、缺页、装订错误，请与本社联系调换
开　　本：710 毫米×1000 毫米　1/16
字　　数：389 千字　　　　　印　张：26.5
版　　次：2023 年 2 月第 1 版　印　次：2023 年 2 月第 1 次印刷
书　　号：ISBN 978-7-5168-3488-6
定　　价：69.00 元

版权所有　翻印必究

目录

第一章	回国	001
第二章	接风	005
第三章	我要去报仇	009
第四章	算账	013
第五章	去SL集团上班	018
第六章	被宠坏的公主	022
第七章	他真的有女朋友了	027
第八章	替邵嘉依出气	031
第九章	聘请师霄做助理	037
第十章	邵嘉依怕狗	042
第十一章	蹭车回家	046
第十二章	带醉鬼回家	051
第十三章	流鼻血	055
第十四章	韩悦的堂哥	060
第十五章	我女朋友宋芷晴	065
第十六章	蹭车	069
第十七章	工资5元	075
第十八章	军训	079

第十九章　告白	083
第二十章　军训晕倒	087
第二十一章　我毁了你	092
第二十二章　邵嘉依怀孕了	098
第二十三章　脸上被画乌龟	104
第二十四章　以后绝交	108
第二十五章　和斯鼎礼谈生意	112
第二十六章　对不起	117
第二十七章　闹矛盾	123
第二十八章　讨好邵嘉依	128
第二十九章　和好	133
第三十章　邵嘉依出意外	137
第三十一章　小太阳	141
第三十二章　斯鼎礼良心不会痛吗	145
第三十三章　我永远在	149
第三十四章　为斯鼎礼下厨	153
第三十五章　像个小丑一般	158
第三十六章　生个孩子	163
第三十七章　打电话核实	167
第三十八章　翻窗户	173
第三十九章　带韩涛回家吃饭	179

章节	标题	页码
第四十章	大乌龙	185
第四十一章	二人世界	190
第四十二章	搬出来住	196
第四十三章	甜蜜时光	200
第四十四章	和宋芷晴翻脸	204
第四十五章	斯鼎礼失联	209
第四十六章	澄清误会	214
第四十七章	相亲	220
第四十八章	故意作对	225
第四十九章	岳父	230
第五十章	叫姐夫	236
第五十一章	他已经计划好一切	241
第五十二章	借钱	247
第五十三章	还没说爱我	252
第五十四章	斯鼎礼的初恋	257
第五十五章	谈崩了	262
第五十六章	他们分手了	268
第五十七章	去接邵嘉依	273
第五十八章	斯鼎礼道歉	278
第五十九章	答应重新和好	283
第六十章	第二次求婚	288

第六十一章　斯鼎礼被陷害	293
第六十二章　邵嘉依的天塌了	298
第六十三章　斯鼎礼的一部分	303
第六十四章　误会升级	308
第六十五章　易婉婉的迫不得已	313
第六十六章　出去旅行	317
第六十七章　一起去医院	321
第六十八章　姑娘你怀孕了	325
第六十九章　双胞胎	328
第七十章　五代同堂	334
第七十一章　祖奶奶找上门	338
第七十二章　总裁好狡诈	343
第七十三章　久违的甜蜜	348
第七十四章　斯熙熙生产	351
第七十五章　唯一要娶	355
第七十六章　邵嘉依出事	360
第七十七章　他结婚了	363
第七十八章　和兄弟绝交	368
第七十九章　和睦一家人	374
第八十章　护她一世周全	378
第八十一章　不许邵嘉依进厨房	383

第八十二章	最后一次求婚	387
第八十三章	店铺开业	393
第八十四章	婚前准备	396
第八十五章	斯鼎礼邵嘉依大婚	400
第八十六章	热闹的婚礼	404
第八十七章	价值连城的婚纱	408

第一章　回国

　　机场的VIP通道内，女孩儿穿着韩版天蓝色衬衣和牛仔短裤，左手拉着一个行李箱，右手拉着好闺蜜，一起出了机场。

　　感受着蓝天白云，邵嘉依心情大好，抬起手腕看了眼手表上的时间。

　　咦，熙熙怎么还没来？说好了她来接机的。

　　这个时候机场门口，缓缓行驶过来的一排黑色豪车吸引了所有人的注意力。

　　邵嘉依正在和郑淑瑞开心地聊天，没有注意这边的阵势。直到豪车稳稳地停在她们面前，邵嘉依才把注意力放在车上。

　　主驾驶上下来一个男人，邵嘉依感觉很熟悉，但是一时间想不起来在哪见过。

　　"邵小姐，请上车！"从后面的车上下来几个保镖，接过两个女孩的行李径直放进后备厢。

　　郑淑瑞则是被这么大的排场震惊得呆愣在原地。

　　邵嘉依疑惑地问道："你们是谁？"

　　豪车后车窗被摇下，露出了一张邵嘉依足足有六七年没有见过的俊容。

　　只听见他淡淡地说道："熙熙临时有事没法过来，上车。"

　　女孩儿不满他连一个正眼都不给自己，冷哼一声道："我不坐！把行李还给我！"

　　听到她拒绝自己，斯鼎礼眉头微皱，这个女孩还是像以前一样不听话。几年不见，一点都没有长进。

　　"把邵嘉依给我扔进车内！"

　　"斯鼎礼，你敢！"随即就有两个保镖走到邵嘉依的面前，一副要架起她的架势。

邵嘉依右腿一抬,一个保镖猝不及防,就被邵嘉依一脚踹到了一边。

另外一个立刻出手,和邵嘉依对抗了两招,最后稳稳地被踩在地上。

女孩儿气势凌人地瞪向车内的男人,嚷道:"把行李还我,本小姐宁愿走回去也不坐你的车!"

斯鼎礼一个犀利的眼神扫过来,四目相对。

冤家相见,分外眼红。

豪车门从里面被打开,西装革履的男人踩着昂贵的手工皮鞋,从车上下来。

单手出招,不出三招,邵嘉依就被他扔进了车内。

阔别六七年不见,再次见面,没有老朋友间的亲切,两个人反而再次杠上。

车内邵嘉依脑袋不轻不重地碰到了另一扇玻璃上,怒火横生道:"斯鼎礼,我要去告你绑架!"

她哥可是除了她爸爸之外,国内最优秀的律师,一定能把斯鼎礼给扳倒!

"随便!"斯鼎礼坐回车内,关上车门。

豪车在众人惊讶的眼神中,缓缓离开。

"你不是讨厌我吗?干吗来接我!"好心情都被他破坏了!邵嘉依不满地揉了揉发痛的额头。然后眼珠子咕噜一转,拿出手机,去翻电话号码簿。

斯鼎礼皱眉道:"要不是熙熙,你以为我愿意来?"

斯熙熙不放心别人,非得让他亲自过来。

好啊,不愿意来?

按下通话键,邵嘉依嘴角挂上嘚瑟的笑容,手机很快被接通。

"干妈。"邵嘉依这简简单单的两个字,让斯鼎礼愤怒的目光扫射到她的身上。

很好!这个女孩总是很轻易挑起他的怒火!

不顾斯鼎礼杀人般的目光,邵嘉依甜甜地开口道:"干妈,嘉依想你了,你在哪里呢?"

"嘉依,干妈和你干爸在冰岛呢,不过,很快就回去了,别急啊!"

"嗯嗯,干妈我不着急,就是——"邵嘉依的口气忽然一变,在她委屈巴巴准备告状的时候，斯鼎礼蓦然凑近她，左手捂住了她的嘴。

斯鼎礼活了这么大，唯一的软肋就是自己的妈妈黎浅洛。

这个人满嘴谎言，就知道胡说八道，绝不能让她向妈妈告状！

邵嘉依的身体被斯鼎礼压住，男人好闻的气息扑鼻而来，吞噬着她的每一根神经，一时间忘了反抗。

斯鼎礼顺利夺走她手中的手机，把手机放到耳旁，打断黎浅洛在那边的关切询问，看着邵嘉依开口："妈，邵嘉依没事，我刚接到她，准备把她送回去，就这样。"

结束通话，斯鼎礼才松开有点傻愣的女孩儿，把手机扔到她的怀中。

"谁……谁允许你接我的电话的！"邵嘉依收起乱七八糟的心思，恶狠狠地瞪着旁边若无其事的男人。

"那是我妈！"

"你妈你就有理了，别忘了你拿的是我的手机！"

面对邵嘉依的不讲理和斤斤计较，斯鼎礼没有搭理她，闭着眼睛靠在了车座上。

邵嘉依看他不理自己，很生气。又是这样无视她！几年不见，他还是这个样子，真讨厌！

愤愤地从车内的抽纸盒中抽出一张纸巾，动作夸张地擦拭着自己的手机，仿佛被沾染了不干净的东西。

斯鼎礼半眯着眼睛看着这一幕，没有说话，只是眼底划过一抹怒火。

坐在前面当司机的师霄从后视镜中看着两个人的表情和反应，最后硬是憋住了笑意。

他还是第一次见有人敢这样和斯鼎礼叫板的。

到了御谷名邸，邵嘉依打开车门，不情不愿地丢出两个字："谢谢。"然后重重地甩上车门，往别墅门口走去。

身后两个提着行李的保镖，立刻跟了上来。

看到他们，邵嘉依才想起，刚才自己居然把郑淑瑞给忘了。

重新走回车旁,敲了敲车窗,谁知敲了半天,里面的人没有一点反应。

邵嘉依那个气啊,然后一时没忍住脾气,一脚就踹在了车上。

车窗终于被摇下来,斯鼎礼身上散发出来的冰冷的气息,让邵嘉依胆怯地缩了缩脖子。

"清洗费五十万,师霄,收钱。"

五十万块?邵嘉依难以置信地瞪大了眼睛。她震惊不是因为洗车要五十万块,而是因为斯鼎礼一个大男人居然趁机敲诈她!

爸爸和哥哥也有豪车,洗一次才多少钱。他以为她不知道洗车费是多少吗?

深吸一口气,邵嘉依让自己淡定,问道:"郑淑瑞呢?"

"邵小姐放心,已经让保镖送郑小姐回去了。"师霄走到她身边客气地回答。

哦,那她就放心了。

"谢谢。"对着师霄甜甜一笑后,邵嘉依从包里拿出钱包。然后翻出一枚硬币,弹进车内,硬币刚好落在斯鼎礼的座位上,"洗车费,不服来战!"

丢下几个字,邵嘉依高傲地扭头转身离去。

斯鼎礼看着身边一块钱的硬币,本来就面无表情的脸色,终于彻底地黑了下来。

犀利的目光再次落在邵嘉依的背影上。好你个邵嘉依,敢向我挑战!你死定了!

他最后扫了眼憋住笑意的师霄,狠狠地踹了一下前排座椅,口气不善地命令道:"开车!"

第二章　接风

　　知道邵嘉依回国，一帮人约在酒吧给她接风洗尘。

　　SUN酒吧666包间内，司少哲正在开酒。

　　邵嘉依挽着薄思诺的胳膊，靠在她的肩头上诉说相思："小诺诺，姐姐想死你了。"

　　薄思诺端起桌子上的两杯白酒，放在自己和邵嘉依面前说："姐，来，今天晚上不醉不归！"

　　"好啊！"爽快地答应过后，包间的门被推开，进来的是斯鼎礼兄妹俩。

　　邵嘉依冷冷地白了一眼斯鼎礼，其他的几个人都在相互打着招呼。

　　一阵寒暄过后，邵嘉依望向斯熙熙问道："熙熙姐，我们要干杯了，你要不要加入啊？"她端着一杯酒在熙熙面前晃了晃。

　　当然要加入！

　　"干杯干杯！"

　　斯熙熙的杯子刚往唇边送去，就被斯鼎礼夺走了。

　　邵嘉依已经喝了一口，被酒呛到红了眼睛。妈呀！好久没喝酒，现在刚喝一口就受不了了。

　　想看看薄思诺什么反应，却发现她正端着酒杯一动不动地盯着斯熙熙。

　　邵嘉依这才发现，斯熙熙的白酒杯被斯鼎礼拿走了。

　　"哼！斯大总裁，也太扫兴了吧！"她阴阳怪气地将斯鼎礼讽刺了一番，然后拿过薄思诺手中的白酒杯，"算了，你也别喝了，你们才刚成年。"

　　薄思诺无辜地眨了眨眼睛。

　　斯鼎礼看着眼圈泛红的邵嘉依，走到她的面前举起酒杯说："扫兴？来，我陪你。"

三杯就能撂倒她!

这简直就是赤裸裸的挑衅!邵嘉依真想一巴掌拍死他,他以为她不敢吗?

"好啊!"邵嘉依赌气地拿起白酒瓶,又给两个人添了些白酒。

火药味渐浓,邵嘉康连忙过来当和事佬:"嘉依,怎么又生气了?别赌气。"

她这个样子,无非就是在赌气。

"哥,没事的,之前不也喝过吗?"她今天非要打打斯鼎礼这张面瘫脸,看他以后还敢不敢看不起她。

劝了半天,无奈这俩人就是杠上了,邵嘉康最后夺过她手中的酒杯说:"给我,我替你喝!"

他这个妹妹有时候是挺聪明的,但有的时候怎么就这么傻?

斯鼎礼在商界摸爬滚打了多久,喝过的酒肯定比嘉依吃过的盐还多,谁输谁赢,这不很明显吗?

面对兄妹俩的推推搡搡,斯鼎礼只是似笑非笑地看着手中的酒杯,一言不发。

最后,邵嘉康还是拗不过倔强的妹妹,邵嘉依和斯鼎礼碰了碰杯,开始灌酒。

当嘉依才喝了三分之一杯的时候,斯鼎礼已经喝了一半。

当嘉依喝了一半的时候,斯鼎礼已经把一杯酒全部喝完,酒杯朝下示意着,一滴不剩。

男人不屑地看着还在逞强的女孩儿,说道:"你已经输了,不用再逞强了!"

邵嘉依是真的喝不下去了,将还剩下三分之一白酒的酒杯重重地往桌子上一放,开始剧烈地咳了起来。

邵嘉康心疼地看着妹妹,给她拍着背。"鼎礼,别跟一个女孩子计较。"

面无表情的斯鼎礼淡淡地点点头,准备坐回自己的位置上。

谁知邵嘉依忽然嚷嚷了一声:"斯鼎礼,原来你就是这样欺负女人的!"

回过身,斯鼎礼紧紧盯着脸色发红的小女生,一脸疑惑。

"你堂堂一个大总裁,和我一个刚出校门的女孩拼酒,你好意思吗你!"

包间内所有人无奈地看着邵嘉依。刚才喝之前她可没这样说，现在输了，这是要耍赖的节奏啊！

其实，邵嘉依脑子现在已经一片空白，身体也开始飘了，说着后面的话忘着前面的话。

"嗯，的确有点不好意思，我自罚一杯。"斯鼎礼也没反驳她，重新倒了酒，在她面前晃晃，一饮而尽。

"嗯，你刚才在干什么？我没看清楚。"邵嘉依的话让邵嘉康感觉挺丢脸的。

这是摆明了要坑人啊，只是斯鼎礼会有什么反应呢？

被大家盯着的男人嗤笑一声，又给自己倒上一杯白酒，再次一饮而尽。

冷冷地问着红了脸蛋的邵嘉依："看到了吗？"他一定要让她心服口服！

邵嘉依打了个酒嗝，眼睛都快闭上了："看到什么了？"

"……"

她的一句话差点把斯鼎礼气到吐血，所以，她很早就醉了？刚才他喝的两杯，也是白喝了？她根本就不记得？

司少哲不客气地放声大笑道："鼎礼被嘉依的样子骗了吧！其实她的酒量很差的，一杯倒！今天晚上能坚持到现在已经不错了！"

斯鼎礼望着半睁半闭眼睛的女孩儿，紧紧握着酒杯。他都不知道自己为什么要和她计较，更不知道他在和她计较些什么。

聚会快要结束时，斯熙熙直接拉着邵嘉康起身，大声道："安静一下各位，我和嘉康有点事情，着急走，你们继续玩，哥，别忘了把嘉依送回家！"

"我没有——"邵嘉康想要反驳，带有目的的斯熙熙果断捂住他的嘴巴，硬是把他扯出了包间。

走廊上，她挡住包间的门，不让邵嘉康进去。然后拿出手机，给司少哲几个人发了个信息，和他们说好，都不许送嘉依回去。

二十分钟后，包间内的斯鼎礼闷闷地抽着烟，一直盯着沙发上昏睡过去的邵嘉依。

其他几个人早就找借口溜了，如果他没猜错，这绝对是斯熙熙搞的鬼！

一支烟抽完，斯鼎礼走到沙发旁。邵嘉依忽然一个翻身，眼看就要掉下沙发，斯鼎礼弯下腰接住了她。

最后，他还是咬着牙把她丢在了自己车后座上。

抵达御谷名邸，斯鼎礼拍了拍睡得正香的邵嘉依，邵嘉依没有一点反应。

一把扯起睡得正香的女孩儿："邵嘉依，你给我起来！"

邵嘉依这才睁开眼睛，盯着面前的男人，傻乎乎地问道："你是谁啊？"

男人脸色铁青地松开她，他是真的不想再理会邵嘉依！

紧接着邵嘉依的身体就往后倒去，吓得她连忙拽着男人的胳膊，斯鼎礼不防，一弯腰硬是被她拉进了车内。

上半身结结实实压在她的身上。

"痛！"被撞到的邵嘉依，揉了揉被撞疼的地方。

斯鼎礼本来想发火的，看到她的动作一愣，不自觉地滚动了一下喉结。

而邵嘉依完全不知道自己做了什么动作，还在不满地嘟囔："要是撞坏了，你怎么赔我！"

女孩清纯的香气在他鼻尖萦绕，斯鼎礼一个没忍住，鬼使神差地低下了头，吻上她微嘟的红唇。

好甜……

第三章　我要去报仇

车厢内的温度迅速上升，斯鼎礼不自觉地揽上她的腰，又是一个吻落在她的耳根。

"嗯，不要。"陌生的感觉让女孩不满地微微抗议道。

她的低喃像是一记迷魂药，让缠在她腰上的手臂收得更紧。

"你们在做什么！"一道熟悉又犀利的声音响起，斯鼎礼瞬间清醒。

他震惊地看着身下还微闭着眼睛的女孩，连忙松开她，从车厢内退出来。

他站直身体，邵勉也看清了车厢内的女孩。真的是嘉依！

要不是无意间看到嘉依脚上那双他给她订制的全球限量版的鞋子，邵勉一定不会管这种事情，即使在他家门口，他也懒得问。

亲眼看到女儿被欺负的邵勉，愤怒地拉过还没有从震惊中走出来的斯鼎礼，一个拳头准备砸过去，后面的薄亦月赶紧拉住他，劝道："老公，淡定。"

"干爸，干妈。"斯鼎礼整理好自己的情绪，客气地打招呼。

安抚好邵勉，薄亦月看着他，微笑地点点头："鼎礼，嘉依是睡着了吗？"

斯鼎礼下意识地回头看了一眼车内的女孩："嗯，她喝醉了。"

"喝醉了？"邵勉的声音提高了几个分贝，再次怒视斯鼎礼道，"是不是你给灌醉的！"

斯鼎礼想起酒吧里的那一幕，没有否认地点了点头，但是也不想让他们误会，还是辩解道："当时嘉康、熙熙他们都在。"

邵勉一听儿子也在，松了口气，其实他也挺相信斯鼎礼的。但是毫无预兆地看到刚才的一幕，总感觉斯鼎礼欺负了嘉依。

不过，如果两个人能确定关系，也好。

"你亲了她，就要做好对我女儿负责的准备。"邵勉的话让斯鼎礼眉头微拧。

他的表情没有逃过邵勉的眼睛，邵勉指着斯鼎礼说："斯鼎礼，你在干爸和干妈眼里可是个好孩子，不要做让我对你失望的事情！"

谁都不能欺负他女儿，就是斯鼎礼也不行！

斯鼎礼回答道："干爸，干妈，等到嘉依醒了再说吧！"

邵勉不满地瞪他一眼，没再说话，带着女儿离开。

第二天将近中午，粉红色闺房内的大床上，一小坨东西在被窝里动来动去。

"邵嘉依，要吃中午饭了，你不起床吗？"薄亦月推开女儿房间的门，走了进来，看到床上那小坨身影，忍俊不禁。

正在迷迷糊糊揉着发疼的脑袋的邵嘉依，听到妈妈的声音，使劲地晃了晃脑袋。

"噢，好。"

薄亦月拉着正要去洗漱的邵嘉依，在她的粉色大床上坐下。

"嘉依，妈问你，你和鼎礼现在是什么关系？"

对于薄亦月忽然提起斯鼎礼，邵嘉依有点纳闷。

又想到昨天晚上被他灌醉的事情，她"噌"的一下从床上站了起来，郑重其事地告诉薄亦月："妈，我和他一点关系都没有，他是他，我是我，真的一丁点关系都没有！"

薄亦月一脸纳闷，然后脱口而出："那为什么昨天晚上鼎礼会吻你呢？"

什么？！邵嘉依摸上自己的红唇，难以置信地问老妈："妈，你刚才说什么？"

看来女儿不知道，薄亦月干咳了几声："没什么，没什么，既然你和鼎礼没关系，那你以后就离他远点，赶紧洗漱，下楼吃饭。"

说着，薄亦月就往卧室门口走去，却被邵嘉依的胳膊拦住："妈，不许走。"

"干什么？"

邵嘉依认真地看着妈妈："你刚才说昨天晚上斯鼎礼吻我？"想到这里，邵嘉依火气快速上升的同时，又有点心塞。

如果斯鼎礼真的像妈妈说的，吻了她，那可是她的初吻啊！

薄亦月无奈地点了点头，问："你和鼎礼是什么时候见面的？"

只是，薄亦月话还没说完，邵嘉依就一头扎进了浴室开始洗漱。

平时十几分钟的洗漱时间，今天五分钟就战斗结束。

楼下邵勉正在吃饭，一个粉色身影从楼上风风火火地冲了下来。

"嘉依——"邵勉有点无奈地叫着女儿，就不能慢点吗？摔着碰着了怎么办？

谁知邵嘉依在邵勉脸上亲了一口道："爸，我要去报仇，来不及多说，晚上回来好好和你叙旧。"拿起车钥匙就走人了。

"她去找谁报仇？谁敢欺负我女儿？"邵勉好奇地问在厨房内忙碌的老婆。

薄亦月擦了擦手说："估计是找鼎礼那孩子，要不你跟过去看看，万一这两个孩子再打起来呢？"根据两个人小时候的情况来看，基本上是每次见面都要切磋一下跆拳道的。

因为嘉依总是打不过斯鼎礼，薄亦月已经给她换了十几个跆拳道老师了。

邵勉想了想，说："应该不会，鼎礼不会跟一个女孩一般见识。如果他真的敢对嘉依动手，我带人踏平他的办公室！"

忙碌着盛饭的薄亦月扑哧笑了："你女儿已经22岁，大学毕业了，不是小女孩了！"

邵勉悄悄撇嘴，嘉依在他心中就是一个小女孩。

SL集团内，斯鼎礼正在和客户谈合同，办公室的门忽然被推开。

一个怒火冲天的女人冲了进来，身后跟着师霄和两个表情苦兮兮的保安。

"总裁，拦不住……"师霄说这话的时候，就感觉自己很丢人，一个女生，两个保安没拦住，他也拦不住！

"斯鼎礼！你这个采花贼，过来单挑！"邵嘉依专门穿了一双运动鞋，方便拼全力制伏斯鼎礼。

什么？采花贼？保安、秘书、客户全部愣在了原地。斯鼎礼怎么忽然间就变成了采花贼？

"那斯总，我们今天就先谈到这里，您先忙。"客户很有眼力见儿地开始收拾文件。

"好的，抱歉，杜总。"两个人握手告别，师霄把客户送了出去。

保安也赶紧离开，不出两分钟，偌大的办公室就只剩下斯鼎礼和邵嘉依两个人。

邵嘉依愤怒地看着根本不想搭理她的男人。

"斯鼎礼！"

"出去。"男人头也不抬地冷声命令。

"啪！"桌子上传来一声巨响，然后邵嘉依龇牙咧嘴地甩着手："好疼好疼，斯鼎礼，你的办公桌是铁做的吗？"

好痛，痛死她了！

因为好笑，在邵嘉依看不到的地方，男人唇角微扬，但还是没有理会她。

第四章　算账

疼痛终于缓了过来，邵嘉依吹吹自己发红的手，红着眼圈委屈道："斯鼎礼，你就这样欺负一个女人吗？斯鼎礼，你这个混蛋，我要跟干妈告状！"

摸摸口袋，居然没有带手机！肯定是刚才下车太着急给忘在车里了。

她用泪盈盈的余光看到斯鼎礼的手机，迅速拿过来，却发现他的手机有密码锁。

"密码是多少？"

吧嗒，眼泪落了下来。

斯鼎礼无法专心工作，烦躁地把钢笔拍到桌子上："邵嘉依，我说过的话，不想再说第二遍，出去！"

邵嘉依难以置信地看着发火的男人，狠狠地把他的手机往桌子上一拍："斯鼎礼，是你趁我喝醉了占我便宜，偷走了我的初吻，你有什么资格在我面前这么蛮横？"

男人冷笑，扫了她一眼说："说的好像那不是我的初吻一样。"

女孩面带泪花的样子，换个男人就会忍不住把她揽在怀里好好疼惜。

那也是他的初吻？斯鼎礼没有吻过别的女人？莫名其妙的庆幸过后，邵嘉依拍了拍自己胡思乱想的脑袋说道："重点不是初吻好吗？重点是你堂堂一个总裁居然乘人之危，你不嫌丢人吗？"

没想到斯鼎礼干脆地点了点头："我也感觉挺丢人的，还有，我没有非礼你，是你主动的。"

脑海里闪过昨天晚上她揉着被撞疼的地方的样子，男人不着痕迹地滚动了一下喉结。

她主动的？

感觉受到侮辱的邵嘉依，走到他面前挺直脊背，反驳道："我这么好看，怎么可能会对你这个既可恶又讨厌的男人主动？"

斯鼎礼冷笑，目光毫不客气地在她身上扫来扫去："你长得好看？邵嘉依，谁给你的自信？你要是长得好看，这个世界上就没有不好看的女人了！"

"……"

她长得不好看吗？邵嘉依不自觉地摸了摸自己光滑的脸蛋。生平第一次，邵嘉依对自己的外貌产生了怀疑。

"我不管，你亲了我，就得对我负责！"邵嘉依不服气地再次拍了拍斯鼎礼的办公桌，只不过这次她学聪明了，也就是轻轻地拍了几下。

虽然没有任何气势，但还是能让斯鼎礼感受到她的怒火。

斯鼎礼起身，伸出手一把将她拉到自己刚才坐过的椅子上。

斯鼎礼有力的双臂支撑在椅子扶手上，紧紧盯着被他吓了一跳的女孩："邵嘉依，谁给你的胆子，让你在我面前耀武扬威的？"

他靠得很近，两个人脸部的距离只有几厘米。

邵嘉依所有的怒气和勇气全部跑得无影无踪，有点颤抖地开口："你……斯鼎礼，要耍赖吗？"

女孩一启一合的樱唇，吸引了斯鼎礼所有的注意力，一时忘了回答邵嘉依的质问。

以为男人是心虚了，邵嘉依在椅子上找了个舒服的姿势坐好。挺直腰板，直视着他幽深的双眸："哼，就知道你这个家伙，只会做一些让人讨厌的事情！算了，我大人不计小人过……唔唔唔……"

正在说话的红唇被堵住，邵嘉依瞪大眼睛看着面前放大的脸庞，一脸难以置信。

他他他，斯鼎礼，居然还敢强吻她！

看来妈妈真的没骗她，斯鼎礼这个流氓，采花贼！居然敢光明正大地欺负她！

稳了稳自己的气息，邵嘉依伸出手准备一巴掌甩到斯鼎礼的脸上。

但本来闭着眼睛的男人，像是头顶长了眼睛一般，准确无误地握住了她的手腕。

她不服！又伸出左手，左腿，右腿……一连串的出招后，最后还硬是被斯鼎礼紧紧地控制在椅子上。

就在邵嘉依即将沉沦在男人独特魅力中的时候，整个人忽然腾空而起，斯鼎礼把她扛在了自己的肩上。

在女人的尖叫声中，邵嘉依被斯鼎礼扔出了办公室。

"嘭！"办公室的门毫不客气地被大力关上，邵嘉依揉着摔疼的地方，半天缓不过来神。

"斯鼎礼，你这个混蛋，给本小姐等着！"

丝毫不理会自己给大家带来的震撼，邵嘉依对着办公室提高分贝嚷了一声，然后拍了拍身体进了电梯。

回到车内，看到一连串邵勉的未接电话，邵嘉依没有心思去理会，而是先拨通了黎浅洛的手机号码。

"干妈，呜呜呜呜。"邵嘉依哭得是惊天地泣鬼神，吓得正在逛街的黎浅洛连忙找了个人少的地方接电话。

"嘉依嘉依，先别哭，告诉干妈，你怎么了？"

邵嘉依吸吸鼻子，委屈巴巴地开口："干妈，斯鼎礼占我便宜，不负责不说，还把我从办公室里丢了出来，我不仅被摔得好疼，还丢死人了，呜呜呜。"

"什么？鼎礼占你便宜，还把你丢出了办公室？这个臭小子，等着，干妈一定给你做主，给你个交代！"听到儿子占嘉依便宜，黎浅洛嘴角忍不住上扬，但是又听到斯鼎礼把嘉依丢出了办公室，立刻心疼得不得了。

"好，干妈，你最好了！"

"嗯，嘉依，等着干妈给你回电话！"

黎浅洛刚结束和邵嘉依的电话，就在斯靳恒莫名其妙的眼神中，拨通了儿子的电话。

办公室内，斯鼎礼抽着烟，站在窗前看着公司门口。虽然什么都看不清，但是还依然往下面望着。

办公桌上的手机铃声响起，不好的预感油然而生，吐了口烟雾走到办公桌前面。果然是妈妈打来的电话。

邵嘉依这个臭丫头，除了告状还会点别的吗？

"妈！"

"斯鼎礼！"

斯鼎礼把手机拿到距离耳边远一点的距离，他还是第一次听到妈妈发这么大的火气。

"妈，你说。"

听到儿子的淡定语气，黎浅洛更加生气："你怎么把嘉依丢出去了！不负责任不说，还把嘉依丢出去！你的绅士风度哪里去了？那丫头和你干妈一样最怕疼的，给我打电话的时候，疼得都说不出话来了！你的心是石头做的吗？儿子。"

斯鼎礼听到这些话，不禁冷笑，她邵嘉依一个经常练跆拳道的，怎么会那么怕疼！无非是在装可怜，想让干妈心疼她！

"所以呢？"掐灭烟头，斯鼎礼坐回办公桌前看着天花板。

这个邵嘉依真会折腾，这才刚回国不到两天，就给他整出这么多幺蛾子，带来这么多麻烦。

他昨天就不应该答应熙熙，去接那个刁蛮的魔女！

斯鼎礼发现，他还是比较喜欢冷静大方成熟的女人，而不是邵嘉依这种只会让人头疼的女孩！

"所以——"黎浅洛的声音一顿，转为平静又肯定的语气道，"你要对嘉依负责，娶了嘉依！"

这次斯鼎礼忍不住笑了出来："妈，现在是二十一世纪！我吻了她就要对她负责？就要娶了她？"

斯鼎礼还发现，邵嘉依在某个时刻，和妈妈极为相似，特别是在无理取闹的时候。

听到儿子这么说，黎浅洛气得咬牙切齿，她听着儿子的意思，怎么有点不对劲，于是问道："怎么？难道你还不愿意？"

"邵嘉依不是我喜欢的类型，你就死了这条心吧！"

"那你亲人家做什么？"

"……"

后来黎浅洛又和薄亦月通了电话，两个人聊了将近三个小时，觉得两个孩子在一起有望，于是就出了个招，让斯靳恒这个董事长出面，把嘉依送进了SL集团。

所以，嘉依这个西点烘焙专业毕业的大学生，刚毕业就被爸妈和干爹干妈联合起来送进了SL集团的文秘部。

嗯，对，文秘部！

第五章　去SL集团上班

邵嘉依站在公司门口，一脸懵懂地看着公司来来往往的同事。

黎浅洛本来是想让嘉依直接成为斯鼎礼的特助的，但嘉依硬是被斯鼎礼塞进了文秘部基层。

邵嘉依的计划，是毕业后在老宅附近开个甜品店的。为什么老妈会用资金来威胁她，让她来这里上班？

不仅如此，自从那天她被斯鼎礼从办公室扔出来后，整个SL集团的人都知道了她的"光荣"事迹。

虽然不知道她是谁，但是斯鼎礼的几个秘书已经记住了她这张脸。

邵嘉依慢吞吞地往电梯间走去，同时还在自言自语。

"唉，妈，我真的是你的亲生女儿吗？为什么非要把我送到斯鼎礼的魔爪下？爸爸为什么也感觉让我来这里比较合适呢？刚放假才几天啊，我都还没好好玩呢，我好可怜。"

这时，一个突兀的声音插了进来："嫌可怜就不要留在这里，省得再被我丢出去。"

斯鼎礼按开旁边的总裁专属电梯，不顾旁边这女人仿佛要杀人的目光，从容淡定地走了进去。

电梯合上的最后一刻，电梯的门又被打开了。

邵嘉依愤怒地挤进电梯，挺直腰板站在比她高出一头的男人面前，不服气地说道："斯鼎礼，我今天还就留在这里了，我知道你不想让我在这里，我还偏偏要在这里膈应你！"

正是上班高峰期，员工不少，看到这一幕，都诧异地捂住了嘴巴。

那个女人是谁？敢和总裁乘坐一部电梯，并且很嚣张地挑衅总裁？天呐！

她是在找死吗？

总裁专属电梯缓缓地合上门，只是又是在最后一刻，门被打开。

"出去！"斯鼎礼按着开门键，冷冷地想赶走面前的女人。

"我才不稀罕和你共乘一部电梯！"邵嘉依冷哼一声，高傲地转身出了电梯。

电梯外面正在目瞪口呆的员工们，随着斯鼎礼冰冷的目光扫过来，蜂拥地进了旁边刚停到这一层的电梯内。

抵达二十一楼，邵嘉依找到经理，没想到自己来公司第一件事情就是端茶倒水！

倒水就倒水吧，没什么大不了的，邵嘉依端着几杯茶水跟着一个老员工杜琦琦走进会议室。

杜琦琦走在前面推开会议室的门，自己先走了进去。

随后进来的邵嘉依，成了众人瞩目的焦点。

白色衬衣打底，黑色女士西装外套，及膝的包臀裙，雪白的小腿，让众人不得不为之瞩目。

斯鼎礼只是扫了认真端茶水的女人一眼，就微微地皱起了眉头。

但没有人知道斯鼎礼为什么皱眉。

邵嘉依把托盘放在一边的桌子上，松了一口气。甩了甩有点发酸的胳膊，端起一杯杯茶水。

"您好，请喝茶。"她学着杜琦琦的样子，轻轻地将茶水放在每个人的面前。

端到最后一杯的时候，邵嘉依刚伸出胳膊，准备把茶水放在一个男人面前的时候，那个男人不知道是不是有意的，碰了一下她的腿。

邵嘉依的动作顿了一下，咬紧牙关。

她告诉自己他不是故意的，不要在意。

上半身往前探了探，眼看水杯就要放在桌子上了，男人的手在她的腿上摸了一把。

邵嘉依双手一个颤抖，滚烫的绿茶直接洒在了她的手上。

好痛！邵嘉依闭了闭眼睛，这个时候已经有人把目光落在他们这边了。

邵嘉依再次睁开眼睛，眼中满满的都是火气。斯鼎礼一看她这个样子，心里暗叫一声"糟糕"！

果然，下一刻，邵嘉依直接把手中的茶水，泼在身边男人的脸上。

"啊！我的脸！"男人一声惨叫，连忙捂住了脸。

会议室里瞬间乱成一团。

"叫医务室的人过来。"斯鼎礼从位置上站起来，镇定地吩咐身边的师霄。

杜琦琦一边拿出抽纸递给被泼了茶叶水的男人，一边责备搓着手站在原地的邵嘉依："邵嘉依，你这是在干什么？不知道薛总是我们公司的大客户吗？"

被称为薛总的男人，用纸巾擦了擦脸上的茶叶，此刻一张胖脸红透了。

他恶狠狠地瞪着邵嘉依说道："我要去告你！给我毁了容！"

女孩儿脸上显现出明显的不屑，说道："好啊，那你还可以告我恶意伤人！"

站在一旁的斯鼎礼听完她这句话，快速地伸出手想去控制住她。但是邵嘉依离薛总比较近，将他身后的椅子一踹，直接给他来了一个过肩摔！

会议室内的所有人目瞪口呆地愣在原地。

而斯鼎礼在邵嘉依再次出手之前，控制住了她的双手，吼道："邵嘉依，站过去！"

"我凭什么要站过去？这个臭男人敢非礼我！我今天要打死他！"邵嘉依愤愤地瞪着地上哀号的男人，她长这么大，还没有见过这么不长眼的男人。

"死女人，你瞎说什么呢！哎哟！"薛总被几个人扶起来，不承认自己干了什么事情。

"你敢骂我？也不打听打听我邵嘉依是谁！我哥是谁，我爸是谁！我干爸干妈是谁！"邵嘉依不顾手上的疼痛，挣开斯鼎礼的控制，又是一脚直接踹到了薛总的大肚腩上。

痛得薛总又是一阵哀号："你爸妈是天王老子我都不怕！我一定要去告你！律师呢！去把我的律师叫过来！"

斯鼎礼把邵嘉依拉到一边的角落里,命令道:"邵嘉依,你给我老实地站在这里,敢再动一下你试试!"

他眼中的怒火刺痛了邵嘉依的眼睛,邵嘉依揉了揉发痛的手背,反驳道:"他非礼我!我要打死他!"

"你冷静一下,我来解决!"对于突发的状况,斯鼎礼完全可以很淡定地解决,但是看到邵嘉依这个样子,他就想发脾气。

医务室的医生拿着医药箱走了进来,斯鼎礼没有看到邵嘉依被开水烫伤,所以直接吩咐道:"过去给薛总看一下。"

"斯鼎礼,那个臭男人有什么好看的!"邵嘉依搓着自己的手背,都已经红了一大片。

斯鼎礼回头瞪了她一眼道:"闭嘴!"

邵嘉依被他凶巴巴的样子吓了一跳,撇了撇嘴缩到了角落里。

"斯总,已经做过简单的处理,但是还需要去医院。"医生摘掉口罩向斯鼎礼汇报。

薛总从椅子上站起来,往邵嘉依的方向走去,怒吼道:"你给我过来,看我今天怎么教训你!不识好歹的东西!"

只是,他的手还没碰到邵嘉依,斯鼎礼的胳膊就拦在了两个人中间。

第六章 被宠坏的公主

"薛总,你身上的伤重要,先去医院吧。"

薛总瞪着同样愤怒的邵嘉依,回道:"我先不去!我在这等着我的律师,今天这个小贱人,一定要付出代价!"

"你骂谁小贱人呢!"邵嘉依又是一脚踹到薛总的大腿上。

气得薛总涨红了脸,指着邵嘉依,却一个字都说不出来。

听到风声急急忙忙赶过来的范经理,一看新员工得罪了大客户,立刻开口训斥:"邵嘉依,这里是SL集团,薛总是咱们的大客户,你把薛总伤成这个样子,还不赶紧道歉?"

"我凭什么道歉,是他先动手的!"

范经理没想到邵嘉依会顶嘴,一时面子上有点挂不住,尴尬地看了一眼仿佛随时要被气昏过去的薛总,命令道:"邵嘉依,快道歉,要不然你就别干了!"

"不干就不干,谁稀罕!"邵嘉依推开护在自己旁边的斯鼎礼,往会议室外面走去。

"你给我站住,等着我的律师来,休想走!"薛总刚碰上邵嘉依的手背,就被邵嘉依一个巴掌甩到了脸上。

可怜的薛总刚被烫伤,又挨了一巴掌,那种钻心的疼,让他一个字都说不出来。

"够了!"斯鼎礼烦躁地看着眼前的闹剧,冷斥一声,会议室瞬间就安静了下来。

"邵嘉依!先给客户道歉。"

斯鼎礼的一句话,让邵嘉依的心沉了沉。

"我不道歉,打官司就打官司,我怕他?简直是笑话!"

"不要给你哥惹事！"刚才的一幕因为斯鼎礼正在和师霄说话，的确没有看清楚。如果是别人，斯鼎礼还会相信，但是邵嘉依这个刁蛮的丫头，还指不定谁错了。所以，目前他要先为大局着想，私下里怎么闹腾都行。

"为了不给我哥惹事，我就要受委屈吗？斯鼎礼，他是你的大客户，我呢？别的不说，我作为你公司的员工，就任由别人欺负了吗？"

斯鼎礼看得出来，这个邵嘉依不但刁蛮，而且口齿伶俐，一时间让他无言以对。

"有误会可以慢慢解开，查清了是谁的错，我斯鼎礼绝不会放过！"

斯鼎礼犀利的声音，让薛总不自觉地缩了缩脖子。

邵嘉依才不可能跟他道歉。她没说告他已经够仁慈了，怎么可能还跟一个非礼自己的人道歉？

"斯鼎礼，我不干了！"邵嘉依在众目睽睽之下，脱掉西装外套狠狠地摔在地上，然后小脚一拧准备离去。

众人被邵嘉依这任性的一幕惊讶得目瞪口呆。这哪是员工啊？气焰比总裁还厉害，简直就是被宠坏的公主！

这个时候本来就该到会议室商量事宜的薛总的律师，终于赶来了。

薛总看到自己的律师来了，又硬气了起来："明律师，别让她走，就是她毁了我的容！我要告她！"

不知好歹！邵嘉依白了一眼薛总，然后走到一个正盯着自己看的男人面前说道："让我用一下你的手机。"

"哦哦，好。"

邵嘉依拨通了一个号码，当着所有人的面趾高气扬地说道："邵嘉康，有人非礼我，我要去告他！"

邵嘉康？那个被称为明律师的男人，不安地看了一眼薛总。

薛总好像也知道明律师的担忧，小声地问明律师："邵嘉康是谁？是邵勉的儿子？"

明律师点头。

斯鼎礼拿过邵嘉依手中的手机，说道："嘉康，这件事情我来解决，你先忙。"

不知道邵嘉康在那边说了什么，斯鼎礼点头道："如果真的是嘉依说的那样，他不会有好下场。"

而邵嘉依正在生斯鼎礼的气，根本就不接受他的好意，重新把手机夺了回来："哥，我就是要告他！"

邵嘉康安抚着妹妹说道："嘉依，哥相信你，我等着鼎礼的电话。"

"邵嘉康，你还等斯鼎礼的电话做什么？他巴不得我赶紧滚蛋，口口声声地说相信我，根本就是不相信我！"

邵嘉依对他们两个人太失望了，她要给爸爸打电话！

不待邵嘉康说话，邵嘉依丢下一句："我要给邵勉打电话！"直接挂了电话。

邵嘉依拨号码的时候，斯鼎礼拿走了她手中的手机："别闹！现在我来处理！"

无意间看到她手上一片红色烫伤，斯鼎礼的眸色深了深。

邵嘉依咬了咬下唇，看在他是总裁的分上，给他一个面子。找了个位置坐下，等着斯鼎礼处理事情。

斯鼎礼让医护人员给邵嘉依的手处理了一下。

等到医生离开，斯鼎礼率先开口道："薛总，你和SL集团合作这几年，知道我斯鼎礼最不喜欢什么吧？"

薛总淡定地回答："斯总，我们合作这么多年，我什么时候骗过你？你不要信了一个丫头片子的一面之词。"

在邵嘉依愤愤地张开嘴想要为自己辩解的时候，斯鼎礼的目光扫过去，邵嘉依闭上了嘴巴。

"薛总，你的手刚才碰了邵嘉依哪里？"

"我哪里都没碰！"

"为什么邵嘉依说你碰了她的手？"

在邵嘉依要说话之前，薛总条件反射地蹦出了一句："她胡说八道，我明明碰的是——"

斯鼎礼从位置上站起来，一阵风似的走到薛总面前，一把扯起薛总，将他带到邵嘉依面前。

崭新的皮鞋往他的腿弯一踹，薛总立刻"扑通"一声跪在了邵嘉依的面前。

"道歉！"

邵嘉依想从位置上站起来，斯鼎礼又把她按了回去。

薛总满脸为难地看着斯鼎礼道："斯总，你不能这样对我，你可知道我们薛家……"

斯鼎礼根本不听他说下去，走到他的背后，一脚踹到他的背上，薛总一弯腰，不自知地给邵嘉依磕了一个头。

"我再说一遍，道歉！"

斯鼎礼阴狠的声音，把在场的几个人都吓了一跳。

薛总吓得连忙给邵嘉依道歉："对不起，邵小姐，对不起，我道歉！"

邵嘉依愣愣地点了点头，火气消失得无影无踪。

薛总在求饶中被师霄叫来的保安带走，会议室只剩下斯鼎礼和邵嘉依两个人。

知道相互看不顺眼，邵嘉依也不想自讨没趣，从椅子上站起来往外面走去。

"去哪？"身后传来斯鼎礼慵懒的声音。

转过身，斯鼎礼正闭着眼睛，靠在椅背上闭目养神。

"回家。"她以后再也不要见到斯鼎礼，再也不要出来工作，她要好好研究她的烘焙，于是转身准备拉开会议室的门。

"站住！"

女孩嗤笑，打开会议的门往外走去。

没有五秒钟，邵嘉依被一股大力拉回了会议室。

邵嘉依被男人的身体抵在门背上，而斯鼎礼则是优哉地将一只手插进裤子口袋，另一只手抵在她的脑袋旁边。

"走开！"

面对气呼呼的女孩，斯鼎礼右手捏上她的下巴，让她抬起头看着自己。

"我让师霄去处理，让他得到应有的惩罚。你可算是解气了？"

解气？邵嘉依愣在原地。

"好好上班。"斯鼎礼说道。

即使知道刚才自己有不对的地方，有些话斯鼎礼还是说不出口。

邵嘉依的思绪被转移，指着他身后的工装外套说："工装我都毁了，你觉得我还能上班吗？"

她才不要在这里继续自虐！

"一件工装而已，我的SL集团像是缺工装的公司吗？还是你因为这件事情怕了，想退出？"他知道，对这种女孩随便刺激一下，就可以达到目的。

退出？女孩立刻就掉进了圈套内，鼓起腮帮子，狠狠地说道："笑话！我邵嘉依是谁，怎么可能会退出！"

第七章 他真的有女朋友了

斯鼎礼冰冷的表情柔软了几分:"那就好好上班,我都还没出手呢,邵嘉依你就要逃跑吗?"

"你当我是傻子吗?在你的公司,和你抗衡?我到头来还不是被吃得骨头都不剩?"她能不了解斯鼎礼?

"那你就老老实实地工作,争取早日转正,让干妈给你投资店铺。"

邵嘉依尴尬地红了红脸,问道:"这件事情,你怎么知道?"

斯鼎礼靠在身后的桌上,拿出口袋里的烟盒,磕出一支香烟点燃。

"斯鼎礼,当着女士的面吸烟,很不礼貌,你知道吗?"

斯鼎礼将香烟夹在手指间,斜了她一眼,笑道:"你是女士?"

邵嘉依差点吐血,不服气地走到斯鼎礼的面前,挺直了腰板道:"你敢质疑我!我让你看看什么叫作女人!"

女孩接下来的动作,让斯鼎礼硬是被口中的烟雾呛了一下。

她的小手放在衬衣纽扣上,一颗又一颗地解开,斯鼎礼的目光越来越沉。

还好她里面穿着白色的吊带,让斯鼎礼松了一口气。但是在看到她身体的曲线时,斯鼎礼脑袋一片空白,不自觉地呼吸加促。

邵嘉依看着他的表情,很满意地准备扣上衬衣纽扣。

只是——

"吱。"会议室的门被打开,范经理看着面前的一幕,瞬间僵在原地。

斯鼎礼收回目光,淡淡地吐出一句:"邵嘉依,不要试图勾引我,没用!给我回去工作!"

"……"

范经理瞬间就明白了。

邵嘉依瞬间就崩溃了。

斯鼎礼仿佛没有感觉到邵嘉依的火气，继续淡淡地说道："我是有女朋友的人，邵嘉依，请你以后记好了，不要再随随便便接近我！"

"……"

邵嘉依瞬间就炸毛了，一个拳头挥了过去。斯鼎礼微微一躲，女孩拳头扑空，整个人也往前扑去。

斯鼎礼微微一动，邵嘉依就扑进了他的怀里。

好了！这下子有理也说不清了。

邵嘉依欲哭无泪地看着头顶眼中满满都是得意的斯鼎礼。啊！她要杀了斯鼎礼！

所以，之后文秘部新来的员工邵嘉依在会议室勾引总裁的传闻，迅速传遍了整个公司。

加上范经理没有告诉大家邵嘉依的身份，所以，邵嘉依很快就被同事们孤立了。

平时就连午饭时间都留给她一些琐碎的工作，让她一个人在文秘部值班，等到她吃饭的时候，距离下午上班的时间又不多了。所以，每次吃午饭她都是孤身一人、匆匆忙忙。

天天都是如此，邵嘉依的小宇宙又快要爆发了，这几天看谁都不顺眼。

晚上回去的时候，好在有薄亦月鼓励着她。看着女儿每天都很累的样子，邵勉早就心疼了。

捂着饿扁的肚子，邵嘉依慢吞吞地向公司外走去。

天色已经黑了，邵嘉依忧伤地看了一眼广场上来来往往的人群，心情低落，想着她不知道还能坚持多久，其实现在她就已经不想待在公司里了。

从那天以后，她再也没有见到过斯鼎礼。

平时连为会议准备文件的事情，也没有她的份了，老是让她做一些没有任何进步空间的工作，甚至连买咖啡、接水、拿快递这种事都派她去。

邵嘉依没有其他工作经验，只能硬着头皮去做。

走到停车场从包包里翻出车钥匙，车旁边停着一辆黑色的豪车，豪车旁边的一对男女吸引了她的注意力。

两个人亲密地拥抱在一起，穿着宝蓝色套装的女人背对着她。

男人则是正面，邵嘉依清清楚楚地看到那个同样望着自己的男人，正是十几天不见的斯鼎礼。

他怀中的女人，也许就是他前段时间所谓的女朋友吧！

原来他真的有女朋友了！

呼吸闷了闷，本来心情就郁闷，邵嘉依也没有心情跟斯鼎礼打招呼，直接坐进了驾驶室，发动车子，扬长而去。

SL集团的广场上，停车位本来就不多，邵嘉依虽然开着车，但懒得去地下停车场，在广场上绕了一圈，才找到一个车位。

正准备倒车的时候，一辆红色的宝马车抢先停了进去。

邵嘉依从车上下来，拦住从宝马车里下来的车主说道："喂，美女，这个车位是我先找到的，你看我正在倒车！"

其实邵嘉依有个优点，就是从不主动招惹别人，就算是碰到这种情况，也是先礼后兵的。

只是宝马车的美女车主好像没把她放在眼里，斜了她一眼就直接离开了。

邵嘉依看着她的背影气得双手叉腰，钻回车子内转了几把方向盘，把车子堵在了宝马车的前面。

宝马车后面是花园，前面是邵嘉依的车，想出来都没办法。

停好车后，邵嘉依看一眼被她堵住的宝马车，"哼"了一声拿着包包进了公司。

临近中午，已经有同事出去吃午餐了，邵嘉依正在打印资料，被人叫了一声："邵嘉依，公关部的杨靖找你。"

杨靖？邵嘉依对这个名字一点印象都没有，并且她和公关部的人也没有接触过，怎么会有人找她？

纳闷地走到文秘部大厅门口，一个穿着玫红色套装的女人正背对着她。

哦，这个玫红色衣服的女人，好像是早上开着宝马车的那个。

女人转过身来瞪着邵嘉依："邵嘉依，你敢把车堵到我的车前，你是不是不想干了！"

"不想干了，你有本事让领导把我开除了吧！"邵嘉依无所谓地说道。

"你！"杨靖没想到她会这样回答，气得一时没接上话："你以为我不敢找你们经理吗？"

杨靖可是公司出了名的美女，和最近公司的风云人物邵嘉依开撑，很快就围过来不少人观看。

"找我们经理？随便呗，难道我会怕你？"她最讨厌威胁她的人了！

杨靖瞪了她一眼，说："你给我等着，现在赶紧把你的车给我挪开！"

"我早上告诉过你，是我先找到的车位，你不听，那就别怪我喽！"邵嘉依双手一摊，状似无奈地转身准备回工位。

"你给我站住！勾引总裁的女人有什么资格留在公司丢人现眼！"杨靖鄙视地看着邵嘉依的背影。

听到这句勾引总裁，邵嘉依的火气被勾了出来，回过头，直接抓住杨靖胸前的衣服，狠狠一揪，怒道："再说一遍，看我怎么收拾你！"

杨靖不信邵嘉依敢把她怎么样，于是又重复道："勾引总裁的女人！"

"啪！"一个耳光直接甩到杨靖那张精致的脸上。

周围瞬间炸开了锅："这邵嘉依有病吧，连公关部的杨靖都敢打！"

"是啊，听说杨靖背后的人是总裁呢！"

文秘部所有的同事都围了出来，议论纷纷。

杨靖进公司三四年了，从来没有这么丢人过，此刻被一个新人打了，抬起手就要还回去。

"住手！"一道犀利的声音，从背后响起。

第八章　替邵嘉依出气

大家看到来人都倒吸了一口冷气。

"董事长，董事长夫人！"打招呼的声音此起彼伏，然后都纷纷往后面退去，准备着随时逃跑。

刚才的声音是斯靳恒，现在黎浅洛开了口："都不许走，给我站在这里！"

年近五十的黎浅洛，岁月并没有在她脸上留下太多的痕迹。全身上下的装扮无一不彰显她成熟优雅的高贵气质。

对于忽然出现的两个人，所有人大气都不敢出一个，只有邵嘉依兴奋得快要跳了起来。本来是准备扑过去的，但是一想到这里是公司，硬生生地止住了脚步。

黎浅洛给她一个鼓励的眼神，并伸出双手，邵嘉依明白，开心地扑了过去，打招呼道："干妈，干爸！"

她的称呼惊呆了一室的人，邵嘉依居然叫斯靳恒和黎浅洛干爸干妈？

听楼下通知说董事长和董事长夫人来了，不光是范经理和文秘部经理，连斯鼎礼都带着师霄准备赶来二十一楼。

"嘉依，来让干妈看看，这么久不见，好像瘦了点，这样可不好，干妈在家这段时间多给你补补。"

"女孩子爱美嘛，现在不都是以瘦为美？"连斯靳恒都柔化了表情，和邵嘉依开玩笑，所有的人都开始提心吊胆地回想，之前自己是怎么对待邵嘉依的。

"干爸干妈，你们什么时候回来的？也没告诉嘉依一声，我好去接你们。"邵嘉依乖巧地挽着黎浅洛的臂弯，甜甜地看着两位长辈。

"咦？我让鼎礼那小子告诉你的，他没说吗？"

二十一楼的电梯打开，斯鼎礼迈着步伐从里面走了出来。

"没说，最近比较忙。"需要带的话没带到，斯鼎礼没有一丝不好意思地站在爸妈旁边，打了声招呼，"爸，妈。"

斯靳恒对着他点了点头，黎浅洛"哼"了一声，先去处理嘉依的事情："你，刚才要干什么？"第一个开刀的就是倒霉的杨靖。

纵使杨靖在公司被再多人捧着，面对董事长夫人，总裁的母亲，她也得低下头："董事长夫人，刚才邵嘉依打了我！您看我的脸！"

杨靖说着委屈地放下捂着脸蛋的右手，白皙的脸蛋上有个很明显的巴掌印。

"嘉依为什么要打你！"黎浅洛严肃的目光，落在她的脸蛋上。

她知道嘉依这孩子虽然任性调皮，但是从不会没有理由就去欺负一个人。

这……杨靖为难了，她张了张嘴一个字都说不出来。

"说！"这次斯鼎礼发话了，吓得杨靖脱口而出："因为我说她是勾引总裁的女人，但是，这话也不是我先说的，大家都知道！"

斯鼎礼眼眸微深，上次的事情是不是给邵嘉依带来不少困扰？这丫头脾气不是挺坏的吗？怎么也没来告状？

黎浅洛松开邵嘉依的手，冷笑着走到杨靖面前，又看了一眼低着头的所有人，严肃地说道："你们听好了，邵嘉依不只是我的干女儿，也是我未来的儿媳妇，如果你们谁再敢欺负她，背后议论她一句，别的我不说，滚出SL公司永不录用是肯定的！"

黎浅洛的话让文秘部再次炸开了锅，邵嘉依居然是总裁的未婚妻？

邵嘉依也傻眼了，她什么时候变成了斯鼎礼的未婚妻，她自己怎么都不知道？

而另外一个当事人斯鼎礼看着有点胡闹的母亲，皱了皱眉头，有些话他必须要说的。

但不是在这里说，他一会儿在办公室说。

"干妈，我不是……"邵嘉依急巴巴地想拉着黎浅洛解释，但是黎浅洛给她使了一个眼色，邵嘉依就没再说话。

她的反应完完全全地落入了斯鼎礼的眼中。怎么？邵嘉依就这么着急和他撇清关系？

"我不知道你们从哪听来的邵嘉依勾引我儿子的事情，他们本来就是要在一起的，根本就不存在什么勾引不勾引！大家做好自己的本职工作，再传谣言，一律开除！"

在众人面前黎浅洛给足了邵嘉依面子，相信从今天起就没有人敢再欺负嘉依了。

八十八楼的总裁办公室内，斯靳恒和斯鼎礼两个人讨论公司的一些事情，邵嘉依和黎浅洛在旁边的沙发上坐着。黎浅洛从包中拿出一个锦盒，递给邵嘉依。

"嘉依，你看你这孩子，怎么什么首饰都没戴？来，把这个戴上。"黎浅洛打开锦盒，从锦盒中拿出一对耳钉。

铂金耳钉下面吊着一个泪珠型粉色的钻石，看上去简单又精巧，邵嘉依第一眼望过去，就怦然心动。

这对耳钉不贵，但是看上去很符合嘉依的形象，所以黎浅洛就买下了。

看着嘉依眼中掩饰不住的惊喜，黎浅洛就知道她会喜欢！

"好漂亮，干妈，真的送给我吗？"邵嘉依盯着那对耳钉，目光再也转移不了了。

黎浅洛靠近邵嘉依，她的耳朵上什么都没戴，不知道的人还以为嘉依买不起呢，其实，是嘉依不喜欢这些累赘的东西。

有一大帮人宠着，嘉依怎么可能会缺少这些东西？

黎浅洛取出耳钉亲手给嘉依戴上。

"漂亮！我的嘉依果然是美人胚子，一对耳钉，就把嘉依的小脸蛋衬得白里透红的！"黎浅洛的夸奖，让邵嘉依不好意思地红了红脸。

"干妈，别说了，人家都不好意思了。谢谢干妈，嘉依很喜欢！"

斯鼎礼不知道什么时候靠近了两个人，调侃道："邵嘉依，你还会不好意思？我还以为你的脸皮连子弹都打不透呢。"

本来心情很好的邵嘉依，一下子将喷火的目光扫向表情淡然的斯鼎礼。

想到干爸和干妈在这里，邵嘉依暗暗压抑着怒火，脸色骤变，巴掌大的小脸挤到一起，故作委屈道："鼎礼哥哥就知道欺负我，呜呜呜呜。"

"斯鼎礼，当着我们的面儿还敢欺负嘉依，看我今天怎么教训你！"黎浅洛气呼呼地从沙发上站起来，一巴掌拍到斯鼎礼背上。

所以，堂堂跨国总裁，25岁的斯鼎礼，因为一个女人被老妈打了……

而当事人眨着眼睛抿嘴偷笑，丝毫不顾斯鼎礼杀人的目光。

斯靳恒拉开老婆，劝道："好了，等会儿有人进来看到不好。"

黎浅洛这才收手，还瞪了一眼表情不痛不痒的儿子。

"斯鼎礼，这两天抽出时间，和你干爸干妈商量你和嘉依订婚的事情！"

这次不等斯鼎礼反抗，邵嘉依从沙发上蹦起来，连忙拉过黎浅洛，说道："干妈，干妈，我和斯鼎礼不合适，他也有女朋友，我们的订婚还是算了。"

"不行！这小子要对你负责！"黎浅洛逮着儿子的把柄不松手。

邵嘉依连忙赔笑道："误会，纯属误会，斯鼎礼和女朋友感情很好，我们宁拆一座庙，不拆——"

"我没有女朋友！那个女人还不算是。"

邵嘉依后面的几个字还没说出口就被打断，恼火地闭了闭眼睛，这个斯鼎礼能不能不要拖她后腿？

黎浅洛惊喜地拉着嘉依的手，走到斯鼎礼对面，又拉起儿子的手，把两个人的手放在一起。

斯鼎礼本来是要反抗的，但是邵嘉依比他反抗得更厉害，铆足了劲，使劲地抽出自己的小手。

怎么？她就这么讨厌自己？斯鼎礼不知道哪根筋没搭对，反握住邵嘉依使劲挣脱的小手。

这下邵嘉依再也逃不掉了。

黎浅洛意味深长地看了一眼儿子，什么都明白了。

"斯鼎礼，你明明都和她抱一起了，你不对人家负责吗？"邵嘉依难以置信地看着冷着脸的斯鼎礼，他修长的手指紧紧地控制着她的手。

大掌传来的温度，让她的脸蛋渐渐地红了起来。

"如果一个拥抱就要负责任，那我还吻了你，是不是真得娶了你？"斯鼎礼的口气依然很无所谓，让邵嘉依一点都看不出他的情绪。

黎浅洛偷笑着松开两个人，退到丈夫的身边，斯靳恒给她点了点头，意思就是"这事有谱"。

女生就是女生，刚说了两句脸蛋就红扑扑的，逗着她还挺好玩。

邵嘉依使劲地抽回自己的手，斯鼎礼就是不松，并恶狠狠地警告她："我劝你最好乖乖的，再这么抗拒我，小心我把你丢出去！"

敢凶她？邵嘉依一咬牙，右腿一抬，斯鼎礼比她更快，修长的腿把她顶了回去。

她不服气，又抬起左腿！斯鼎礼这次直接踩到她的脚上。

"痛！痛！"这个混蛋！一点都不知道怜香惜玉，她抬起两个人正握在一起的手，头一低，咬到他的手背上。

斯鼎礼脸色铁青地看着面前低着的小头颅，正在行凶的牙齿，没让他感到痛，反而感觉到她柔软的红唇……

最后斯鼎礼还是一声不吭，而邵嘉依自己不好意思地松开了牙齿。

看着他手背上深深的牙印，邵嘉依嘚瑟地扭了扭腰，吐了吐舌头："最好留个疤痕，让你以后再也找不到老婆！"

斯鼎礼看着她，不屑地冷笑。简直是笑话，就算是他的脸上留着一个牙印，追他的人也不会少！

"妈，我答应你说的事情。"斯鼎礼狠狠地松开满脸嘚瑟的女生，看他怎么回击她！

黎浅洛本来就笑眯了的眼睛，此刻更是开心得要跳起来了。

邵嘉依顾不上脚痛，连忙说道："干爸干妈，你们听我说，我昨天晚上亲眼看到他和一个女人在一起，我……"

"你吃醋了？"斯鼎礼坐在沙发上，懒懒地吐出几个字。

"……"

邵嘉依真不知道世界上为什么会有这么厚脸皮的男人，不过……邵嘉依眼珠子滴溜一转，说道："干妈，我也答应你的要求。"

斯鼎礼，咱们走着瞧！

得到两个孩子的应允，黎浅洛紧紧地抱着老公："老公，快走，去找亦月一起商量两个孩子订婚的事情。"

斯靳恒揽着老婆离开。

第九章 聘请师霄做助理

"干爸干妈,再见!"邵嘉依笑嘻嘻地送走两位长辈,黎浅洛看着坐在沙发上一动不动的儿子,无奈地摇了摇头,果然还是她的嘉依乖巧听话懂事。

"嘭!"办公室的门被大力关上。

邵嘉依像个火车头般,对着斯鼎礼冲了过去,一阵狂吼:"斯鼎礼你今天是哪根筋搭错了?你明明很讨厌我,我也很讨厌你,你为什么要答应干妈!"

斯鼎礼从桌子上拿起香烟,磕出一支叼在唇角点燃。

"邵嘉依,你要有自知之明,我是答应我妈和你订婚,但是我们不可能结婚!"

"所以,你拿订婚当儿戏?"

斯鼎礼看了她一眼,没有说话,心里打着自己的主意。

邵嘉依紧紧地握着拳头,努力地控制着自己,才没有让自己的拳头,挥到他的俊容上。

"斯鼎礼,敢和我订婚,你就等着本小姐给你戴绿帽子吧!"

她要让他天天头顶大草原,永无安静之日!

戴绿帽子?这个词对于斯鼎礼来说挺新颖。

吐了一口云雾,他从沙发上站起来。男人高大的身材,立刻就给了邵嘉依压迫感。

"敢给我戴绿帽子?看我怎么弄死你!"一口烟雾吹到她的脸上,邵嘉依小脸一皱,忍不住咳嗽了起来。

好不容易缓过神,她嚣张地指着斯鼎礼的鼻尖:"你也别太嘚瑟,你给本小姐等着!看我怎么收拾你!"

说完邵嘉依扬长而去。

斯鼎礼弹了弹烟灰，叫来师霄。他要盯着邵嘉依，看她还能给他整出什么幺蛾子。

所以邵嘉依还没走到文秘部，就被师霄拦住了。他笑嘻嘻地看着可爱的女孩："邵小姐，总裁吩咐，从现在开始调你去总裁秘书区，做总裁特助。"

师霄一点都搞不明白，一向淡定冷漠的总裁，为什么会和一个女孩杠上了。

总裁特助？邵嘉依握紧拳头，斯鼎礼现在就开始要整她了？

深吸一口气，松开紧握的拳头，邵嘉依笑嘻嘻地看着师霄，甜甜地开口："听说师特助是斯鼎礼最得力的助手，有你一个就够了，何必再多我一个什么都不懂的实习生？去了只会给你们添麻烦。所以帮忙转告斯鼎礼，我不去！"

最后三个字说得特别严肃，特别肯定，变脸速度之快，让师霄目瞪口呆。

邵嘉依说完，就抬起脚步往文秘部走去，只是再次被师霄拦住。

他苦哈哈地看着倔强的女孩："邵小姐，先别着急，总裁都说了，如果今天我要是不把你带到八十八楼，就让我下来给你做助理。"

给她做助理？邵嘉依忽然笑了，一脸奸诈道："这个好，师特助，我能聘请你做我的私人助理吗？咱俩一起离开SL集团，工资好说，斯鼎礼给你多少钱，我翻倍给你，如何？"

师霄听着她这话，怎么有点别扭？不过……

"我的年薪一千万，还不加上奖金和各种补贴，如果邵小姐要聘请我，至少得三千万。"

"你怎么不去抢！"邵嘉依直接丢给师霄一句话。

师霄推推镜框，清了清嗓子："所以，邵小姐，还是不要反抗了，和我一起去八十八楼吧！"

"不去！"邵嘉依丢下一脸呆滞的师霄，非常干脆地转身离开。

整个文秘部都看到了他们高高在上的师特助，围着邵嘉依团团转了一下午。

这是为什么呢？难道是董事长夫人吩咐好好伺候着邵嘉依？

自从黎浅洛走后，文秘部的人都差点把邵嘉依给供了起来，更别说再敢让她端茶倒水什么的了。

六点准时下班，邵嘉依伸了伸懒腰，很满意地看着屏幕上自己排版好的资料。

当邵嘉依从更衣室出来的时候，师霄还在文秘部门口等着她。

无奈地和他一起走出了公司，不远处的广场上，一个男人靠着豪车抽着烟，右手翻着手机不知道在看什么。

黑色的豪车刚好停在邵嘉依的车附近，和师霄一起走到停车位旁，邵嘉依正要往自己车边走的时候，不知道从哪跑出来一只萨摩耶，"啊！"邵嘉依一声尖叫，躲在了斯鼎礼的旁边。

只是萨摩耶居然冲着斯鼎礼奔了过来，邵嘉依又是一声尖叫，直接扑到了斯鼎礼的怀里。不但如此，生怕萨摩耶抓到自己的邵嘉依搂着斯鼎礼的脖颈攀了上去。

这么诡异的一幕，让师霄差点笑出来，斯鼎礼脸色铁青地站直了身体。

然后毫不客气地把邵嘉依从自己身上拉了下来，不让邵嘉依靠近他。

"斯鼎礼，你怎么见死不救！"邵嘉依难以置信地看了一眼脸色不好的斯鼎礼。

"汪汪汪！"萨摩耶渐渐地靠近了她，邵嘉依再次一声尖叫，往旁边跑去。

一辆军绿色越野车停了下来，从车上下来一个身材健壮的男人，邵嘉依二话不说立刻扑了上去。

刚下车的韩涛一下子僵在原地，任由一个女人尖叫着抱着自己的脖颈，尖叫着在自己身上爬来爬去。

怀中的女人巴掌大的小脸蛋，本来就大的眼睛，此刻瞪得更大更圆。娇俏的小鼻梁，配上微张的红唇，让平时从不近女色的韩涛，脸旁上的轮廓都柔软了几分。

斯鼎礼看到这一幕，眼眸深沉，对着萨摩耶叫道："闹闹！"

正在冲着邵嘉依叫嚣的萨摩耶，立刻摇着尾巴跑了回来，乖乖地卧在斯鼎礼的身边。

萨摩耶的主人从车上下来，走向斯鼎礼。

飘逸的长发，精致的脸庞，看呆了邵嘉依。此刻这个长发飘飘的美女，正在奔向斯鼎礼："鼎礼。"

宋芷晴搂住斯鼎礼的腰身，踮起脚在他的脸上轻吻了一下。

时间在这一刻静止，一边是抱着韩涛愣在原地的邵嘉依，一边是抱着斯鼎礼的宋芷晴，气氛很诡异，师霄往后退了几步，悄悄地绕了一圈溜进了车内。

斯鼎礼拉开宋芷晴，大步走向邵嘉依，粗鲁地将她从那个男人身上拉过来，冷着脸警告："邵嘉依，这里是公司门口！"

"我当然知道这里是公司门口！我不瞎！"邵嘉依决定以后再也不理斯鼎礼了，在她最害怕的时候，他居然把她推得远远的。

想到这里，邵嘉依委屈得红了眼圈，看来斯鼎礼真的不是一般地讨厌她呢！

"知道就注意你的形象，抱着一个男人成何体统！"斯鼎礼丝毫没有察觉自己双眼就要喷火。

面对他提高分贝的责怪，邵嘉依"哇"一声就哭了："关你什么事情，我就要抱！"说着，就扑到了韩涛的怀中。

"……"

斯鼎礼犀利的眼神即将穿透不知道从哪冒出来的男人。

宋芷晴淡定地看着这一幕。斯鼎礼的反应让她知道，这个女孩，不简单。

邵嘉依哭得像个孩子，韩涛像个大哥哥一般摸了摸她的脑袋，无所畏惧的目光，对上斯鼎礼冰冷的眼神。

"哥哥，你好帅，做我男朋友可好？"邵嘉依赌气地问，她回去就告诉干妈，才不要和斯鼎礼订婚！

韩涛黝黑的脸上挂着微笑，不自觉地放软了口气："你叫什么名字。"

女孩哽咽了一下，擦了擦眼泪，告诉了韩涛一个让他愣在原地的名字："我叫邵嘉依。"

邵嘉依。

韩涛的手，就这样僵在了她的小脑袋上。

斯鼎礼首先注意到韩涛异常的表情，他狠狠地拉过韩涛怀中的邵嘉依命令道："给我老实地回家！"

"我凭什么要听你的！"邵嘉依努力地挣脱着他的大掌。

这一幕在外人看来，很像闹别扭的情侣。

"邵嘉依。"男人轻柔的声音，让邵嘉依疑惑地回头望着他。

只见他从胸前的口袋里拿出一个东西，递给邵嘉依："我叫韩涛，这是韩悦让我给你送的信。"

韩悦？邵嘉依迫不及待地想知道消失了好久的韩悦的现状，甩掉斯鼎礼的大掌，接过韩涛手中折叠在一起的信封。

"韩悦现在在哪里？"

女孩的脸上挂着明媚的笑容，看到信很开心，但是没有爱情的甜蜜，有的只是见到老朋友的喜悦。

她的反应，让韩涛莫名其妙地松了一口气。

"韩悦现在在部队，"看着她的脸庞，然后又鬼使神差地加上了一句，"如果你要给他回信，你联系我，我给你送去。"

"嗯，好的，我怎么联系你？"韩悦是她的好哥们，给她写信了她当然要回。

韩涛从车内拿出自己的手机，划开锁屏："告诉我你的手机号，我给你拨过去。"

邵嘉依也从背包里拿出手机，和韩涛互留了号码。韩涛又看了她一眼，坐上越野车离开。

第十章 邵嘉依怕狗

邵嘉依把手机和信封一起放进背包内，瞪了一眼身后的斯鼎礼，走到自己的车旁边，坐了进去。

车子发动调好头准备离开，一个人影忽然出现在前方，吓得邵嘉依连忙踩刹车。

额头狠狠地撞到方向盘上，揉了揉发痛的额头，邵嘉依打开车窗，一声咆哮："斯鼎礼，你干什么呢！"

斯鼎礼不理会她，打开副驾驶的车门，拿起她的背包翻出她的手机。

看到她的手机连密码都没设置，斯鼎礼嗤笑，女孩果然没有秘密！

又操作了几秒钟，他重新把手机扔进她的背包内，大力地关上副驾驶的门，往自己的车方向走去。

他的动作太快，邵嘉依还没有反应过来的时候，斯鼎礼已经坐进了车内。

跟着他一起上去的还有刚才的那位美女，以及那只萨摩耶。

宋芷晴别有深意地看了一眼怒火冲天的女孩，关上车门，豪车缓缓地离开。

邵嘉依翻了翻自己的手机，但是翻了半天都没看出来斯鼎礼拿着她的手机做了什么。

最后干脆不管了，开着车扬长而去。

家里只有她自己，邵勉和薄亦月回了老宅。

邵嘉依把房门关上，打开了韩悦给她写的信，上面写着："嘉依，一日不见，如隔三秋，我们都好多个秋天没见面了。我每天都在想你，你有想我吗？"

邵嘉依看到这里，搓了搓身上的鸡皮疙瘩，继续往下读着："我在部队很好，就是出不去，你能等着我吗？等我出去娶你，要不了多久，估计也就一两年，我会好好锻炼，争取早日出去见你！"

然后又写了一些他在部队的日常，最后的时候，韩悦又加上一句："亲爱的嘉依，等着我！我爱你！"

再次搓了搓身上的鸡皮疙瘩，邵嘉依就纳闷了，她之前怎么就没看出来韩悦还会说这么多情话呢？

在这个通信发达的时代，邵嘉依却觉得写信挺有意思的。所以，专门跑出去找了一个文具店，买了信纸和信封。

回来的时候，她居然看到了斯鼎礼的车停在小区门口。

后车座的窗户打开着，斯鼎礼正在抽烟，他旁边还是刚才的那个女人。不知道两个人说了什么，宋芷晴笑得很开心。

正当她看得认真的时候，一只萨摩耶忽然从车窗伸出头，对她汪了几声。

吓得邵嘉依车子差点跑偏，反应迅速地将方向盘重新打回来，车子才没有撞到一边的绿化带上。

再次回头准备瞪那只萨摩耶的时候，车内的男女已经拥抱在了一起。

斯鼎礼这个渣男，一边答应和她订婚，另一边和别的女人搂搂抱抱。她看他也是为了故意让她难堪，才答应干妈订婚的！

想到这里邵嘉依一轰油门，快速进了小区。

邵嘉依的车消失不见，车内的宋芷晴放开斯鼎礼。

斯鼎礼脸色不善地将烟头掐灭在车内的烟缸里，淡淡地说道："芷晴，你的要求我还没答应，以后不要再这么靠近我。"

宋芷晴的心疼了疼，委屈道："对不起，鼎礼，我也是太着急了。"

"师霄，送芷晴回去。"男人打开车门，下了车。

宋芷晴本来想叫住他的，但是想到他一直不冷不热的态度，还是忍住了。

"鼎礼，再见。"

斯鼎礼点了点头，大步往别墅区走去。

路过一栋别墅楼下的时候，他的目光扫到二楼某个开着灯的房间。又翻开自己衬衣的袖子，手上印着一个已经淡了许多的齿印。

如果不是邵嘉依从国外回来，熙熙让他去接机，他几乎已经把这个刁蛮的丫头给忘得一干二净了。

每次洗澡的时候,他都会刻意去忽略臂上的齿印。

那年,被邵嘉依在酒店内咬的那一口……

再看看手背上的新齿印,没想到这么久不见,她的刁蛮任性只增不减。

如果他没记错,二楼那唯一亮着灯的房间,就是她的房间。

忽然一声尖叫从二楼的房间内传出来,斯鼎礼抬起脚就往那栋别墅跑去。

在周围打量了一圈,斯鼎礼不顾自己穿着白色的衬衣,利索地爬上那棵粗壮的大树。

然后跳到二楼的阳台上,阳台上的玻璃窗锁得严实,斯鼎礼眉头紧皱,敲了敲窗户。

抱着手机的邵嘉依听到窗户外面传来的声音,吓了一跳。什么声音?

"咚咚咚。"

是谁在敲打她的窗?小心翼翼地拿起一旁梳妆台上的喷雾,其他的实在是没有什么可防身的东西了。

又在手机上按下110,她才拉开窗帘。阳台上熟悉的脸庞,让她松了口气。

把喷雾扔在一边,没好气地打开窗户吼道:"斯鼎礼,你有病啊!"大晚上的翻墙进来敲她的窗户。

斯鼎礼从窗台上跳了进来,警惕地在她公主般的房间内打量了一圈,并没有发现什么可疑的东西。

"你大晚上的瞎叫什么呢!"斯鼎礼紧紧地皱着眉头,嫌弃地看着好端端的女孩。

女孩就是女孩,都二十多了,还把房间内装扮得这么幼稚!

对了!他不提,邵嘉依都忘了刚才的事情。她打开自己的手机,翻出通讯录,放到他的面前质问:"斯鼎礼,是不是你把韩涛的电话给删了?"

斯鼎礼看也不看她的手机,只是盯着她问:"所以,你刚才尖叫只是因为我删了他的电话?"

"对啊!你把他的手机号码删了,我怎么联系他?怎么给韩悦送信?坏我事情！"

斯鼎礼冷冷地夺过她的手机，扔到她粉色的公主床上。"下次遇到事情不要这么大惊小怪！"然后往她的卧室门口走去，准备离开。

"你站住，你还没赔我韩涛的号码，休想离开！"邵嘉依跟上去扯住他的衬衣。

斯鼎礼斜了一眼被扯住的衣角，转过身，戏谑地看着她问："怎么？不让我离开，要我在这里过夜吗？"

过夜？邵嘉依脸蛋红了红，松开他的衣角："想得美，赶紧走！看见你就烦！"

她的最后一句话刺激到了斯鼎礼。他还从来没有见过一个女人这么讨厌自己，一把扯过她的手腕，将她带到自己的面前："邵嘉依，很想让我离开？"

两个人的距离很近，邵嘉依本来就红扑扑的脸蛋更红了，但还是挺直了腰板，对上他的视线说："当然，你不走干什么？还想赖在我家不成？"

她的话音刚落，斯鼎礼一手将她的下巴捏了起来。

震惊的邵嘉依凶巴巴地瞪着眼前的男人。眼看他的脸就要凑了过来，邵嘉依当然知道他想做什么！

"斯鼎礼，你敢……唔唔唔。"

任由她怎么拍打，斯鼎礼都没有松开她，反而把她控制得更紧。

良久，斯鼎礼看着大口喘着气的女孩，霸道地命令："邵嘉依，明天去公司八十八楼上班！还有，以后在我面前给我老实点！要不然，再等着我收拾你！"

面对目光幽深的斯鼎礼，邵嘉依有一瞬间是愣住的，如果仔细看，斯鼎礼长得挺帅的，她平时怎么就没发现呢？

眼中划过一抹狡黠，邵嘉依推开斯鼎礼，不顾男人铁青的脸色，抬起他的下巴说："斯鼎礼，你现在是在我家，信不信我告你私闯民宅，入室强……"在男人怒视下，邵嘉依口中的词句一变，"抢劫！"

第十一章　蹭车回家

斯鼎礼挥开她捏着自己下巴的小手，将她的双手控制在她的头顶上。动作一气呵成，邵嘉依想反抗都没有机会。

"那我就做点什么，多加几个罪名如何？"男人的大掌放在她的腰肢上，邵嘉依打了个冷战，连忙摇头。

斯鼎礼收起邪魅的表情，冷冷地看着终于知道怕了的女孩："明天去八十八楼上班，别再让我重复！"

邵嘉依就纳闷了："你为什么逼着我去八十八楼上班？我在文秘部挺好的啊。"

"哪来那么多废话！"斯鼎礼烦躁地低下头，再次堵住她的樱唇。

邵嘉依绝对是个妖精，要不然就是嘴唇上抹了什么药，让他一次又一次地忍不住想吻她。

第二天一大早，邵嘉依在众人妒忌羡慕的眼神中，主动去了八十八楼报到。

师霄笑眯眯地给她在秘书区准备了一个办公桌，邵嘉依也笑眯眯地坐下好好工作。

她表现得过于乖巧，不只是师霄有点纳闷，连办公室内的斯鼎礼也是一支接着一支地抽着烟，思考着邵嘉依是不是在打什么坏主意。

下班的时候，邵嘉依跟着斯鼎礼，他去哪，她就去哪。

到了停车场，斯鼎礼站在车边揉着发酸的太阳穴，问道："你下班了，跟着我做什么？"他等下还要去应酬，没空和她周旋。

邵嘉依摊了摊手说："我没开车，过来蹭你的车。"

"你确定？"斯鼎礼看着她点头，打开后车门坐进了车内。

他没有拒绝一定是答应了，邵嘉依才不和他坐在一起，拉开副驾驶的门坐了进去。

车厢内一片安静。

十分钟后，邵嘉依发现这里不是回别墅的路："师特助，我们要去哪里？"她低声问了一句。

师霄笑了笑："去接宋小姐，然后去酒吧见客户。"

"宋小姐？"她疑惑了一下。

"嗯。"师霄点了点头，并没有打算向她多介绍那位宋小姐。

不过，斯鼎礼竟然也不提前告诉她，真讨厌。

"停车，我要下车。"

师霄本来是要停车的，一直沉默的斯鼎礼突然发话："我的车岂是你想上就上，想下就下的？"

所以，师霄只能一直往前开去。

邵嘉依咬了咬下唇，不让下就不下，大不了等会儿打车回去，哼！

斯鼎礼这个腹黑男，刚才怎么不告诉她，他要去应酬？

车在一家公司门口停下，邵嘉依看了一眼公司的名字——长盛有限公司。

路边一个穿着米白色套装的女人看到车，走了过来，拉开后车座的门坐了进来。

哦，原来她就是宋小姐。

今天的宋芷晴和她之前见到的不同，本来披散的长发高高挽起，米白色的裙装，黑色的手包，白色的高跟鞋，脸上化着淡妆，涂着玫红色的口红，给人一种干练的感觉。

宋芷晴当然也发现了前座的邵嘉依，有点疑惑地问："鼎礼，不是要去见付总吗？"

"嗯。"

"那她……"

"嗨，美女，我是斯鼎礼的女朋友。"邵嘉依回过头，笑容灿烂地看着微微变了脸色的宋芷晴。

她是鼎礼的女朋友？宋芷晴的心疼了疼："鼎礼，她说的是真的？"

斯鼎礼一点面子都不给邵嘉依："假的。"不但如此，斯鼎礼在宋芷晴松了一口气后又说道，"宋芷晴，做我女朋友吧。"

这个消息，把车厢内炸得一片安静。

宋芷晴本来是很惊喜的，但是余光扫到斯鼎礼的目光，心忽然凉了，但还是点了点头："好啊，鼎礼。"

一个黄毛丫头而已，她还是不放在眼里的。

邵嘉依的笑容僵在脸上，这个斯鼎礼真的是不放过任何一个打她脸的机会啊！

这次不但打她的脸，还这样直接羞辱她！

心中闷闷的，邵嘉依也不知道自己是什么反应，反正不舒服。

斯鼎礼惹她邵嘉依不开心，那大家都别想开心！

"斯鼎礼，你就这样脚踏两只船吗？昨天晚上，你刚在人家床上说爱我的。"

说完之后，邵嘉依不等大家有反应，自己先后悔了。呸！邵嘉依，你怎么说了这么恶心的一句话！不经过大脑！

宋芷晴当然能看出来她在挑衅自己，亲密地挽上斯鼎礼的臂弯："之前的事情，就让它过去吧，我相信鼎礼以后不会了。"

"那可不一定，我们是邻居呢！俗话说近水楼台先得月，谁知道鼎礼面对我这样的美女能不能坐怀不乱呢？"

噗！师霄忍不住笑了出来。

不过，后车座上散发出来的冷意，让他收回笑意，专心开车。

"你想多了，我作为鼎礼的女朋友，会时刻陪着鼎礼，不给你这个机会。"

这女孩，连这种不害臊的话都敢说！

"停停停！"她听见这个宋小姐说话就头疼，邵嘉依解开安全带，一副要开车门跳车的样子，师霄连忙将车子停在路边。

"越是秀恩爱越是分得快！宋小姐可得掂量着！"

师霄一脸无语地看着打开车门，又大力甩上的女孩。前一刻不还是得意地撑宋小姐的吗，怎么才不到半分钟就变脸摔门走人了？

车内一片尴尬，宋芷晴看着邵嘉依的背影，紧紧地咬着牙齿。

"开车！"倒是斯鼎礼淡淡地吩咐道，师霄和宋芷晴都看不出来他是什么情绪。

下了车的邵嘉依没有回别墅，约了斯熙熙他们几个喝酒。

酒吧内，斯熙熙和邵嘉依一起开心地喝着酒唱着歌，两个丫头，同病相怜。

一个为了她哥烦恼，另一个也为了她哥烦恼。

只是都没有说透，只管大声对话筒吼着，发泄自己的烦恼。

这可苦了司少哲，他出门给邵嘉康打了个电话："快来SUN酒吧，熙熙和嘉依也在。"

挂了电话，刚好看到从卫生间出来的斯鼎礼。

"鼎礼？"司少哲好奇地看着斯鼎礼问，"你怎么也在这里？"

"见一个客户。"斯鼎礼淡淡地说道，从口袋中拿出烟盒，递给司少哲一支，两个人点上烟。

"看到你就好了，熙熙和嘉依这俩丫头，疯了一样在包间里面又是唱歌又是喝酒的，我的耳膜都快被她们震破了。"终于有可以吐苦水的人了，司少哲真怀疑刚才为什么要答应邵嘉依的邀请。

他本来是来放松的，为什么反而压力越来越大了呢？

司少哲身后的包间内，传来女人高歌的声音，仔细一听，是斯熙熙的声音。

斯鼎礼皱了皱眉："等会儿，我把熙熙带回去。"

另外那个丫头他就不管了。

"可以，我也给嘉康打过电话了，等会儿他就过来了。"

两个男人在外面抽着烟，斜对面包间的门被打开，宋芷晴从里面走出来。

看到斯鼎礼在外面抽烟，打着招呼向他走了过来："鼎礼。"

刚才喝了几杯，宋芷晴这会儿步伐都有点不稳了。挽上斯鼎礼的臂弯后，就靠在了他的肩上。

司少哲不怀好意地对着斯鼎礼挑了挑眉："哥们儿，不介绍介绍？"

宋芷晴深呼吸了几下，眩晕的脑袋才好了一些，主动介绍自己："你好，我是鼎礼的女朋友，我叫宋芷晴。"

"宋芷晴？商业界出了名的美女总裁，今日一见果然名不虚传，你好，我是司少哲。"两个人握了握手。

宋芷晴？邵嘉依刚打开包间的门，就听到了宋芷晴的自我介绍。邵嘉依胡乱地挥了挥手，管她是谁呢，先去卫生间再说。

第十二章　带醉鬼回家

宋芷晴看到邵嘉依，酒都清醒了三分。这个女人怎么这么阴魂不散？来酒吧，都能碰到她。

还没来得及看斯鼎礼的表情，斯鼎礼就率先往包间走去，宋芷晴只得跟上。

本来司少哲给邵嘉康打电话，是让他来带邵嘉依回家的。

谁知道邵嘉康看到灌着啤酒的斯熙熙，夺过她的酒瓶，准备先把斯熙熙带走。

"少哲，把嘉依送回别墅，不对，先带到你那里，等会儿我给我爸打个电话。"邵嘉康对司少哲说。如果把醉醺醺的妹妹送回家，肯定惹老妈生气。

斯熙熙可比邵嘉依的酒量好，喝了四瓶啤酒，没有一点问题。

看到把她抱在怀里的邵嘉康，她不满地挣扎："邵嘉康，放我下来，我自己能走。"

最近邵嘉康给她打电话，她都没接过，信息也没回复过。

现在邵嘉康好不容易逮到斯熙熙，怎么可能放过她？

他倒要问问这个女人是什么意思，难道要对他始乱终弃？

司少哲看着邵嘉康的背影，又看了看即将睡着的嘉依，感觉嘉依好可怜，他明明是让嘉康来接嘉依的，结果他为了未来老婆，连妹妹都不管了。

满怀同情地抱起邵嘉依，司少哲往包间门口走去。

正当司少哲发愁的时候，包间的门从外面被推开了。

进来的是斯鼎礼，他看了一眼司少哲怀中闭着眼睛的女孩，问道："熙熙呢？"

"正想告诉你呢，熙熙被嘉康带走了。这个嘉康，看到熙熙，自己妹妹都不管了，可怜的我，还得冒着被女朋友追打的风险，把嘉依带到我那里去。"司少哲摇着头抱着嘉依出了包间。

司少哲刚把邵嘉依塞进车子的后座上,就看到了斯鼎礼在和女朋友告别。

"师霄,把芷晴送回去。"

宋芷晴有点不情愿地问:"鼎礼,你呢?"

斯鼎礼指了指不远处的司少哲:"我和他还有点事。"

宋芷晴点了点头:"那你也早点回去。"

黑色豪车离开,斯鼎礼走向司少哲。司少哲以为他是过来跟自己道别的,就先开了口:"那我先带着嘉依走了。"

谁知斯鼎礼二话不说地挤进了车后座。

"顺路,送我。"斯鼎礼扔给司少哲几个字,就关上了后车座的车门。

御谷名邸在市东边,他的公寓在市南边,怎么就顺路了?

心塞的司少哲坐进主驾驶,今天被两个丫头闹腾了一晚上,自己也没敢喝酒。继承父亲精湛医术的司大医生怎么就成了司机?

"鼎礼,要不你坐副驾驶,嘉依那样睡会不舒服。"司少哲系着安全带,无意间说了一句。

"不用,就这样挺好。走吧!"

本来无语的司少哲,半路从后视镜中看到嘉依靠在斯鼎礼的肩上睡着,好像明白了什么。

车子停在御谷名邸别墅区的门口,斯鼎礼下车后没有着急走,反而将熟睡的邵嘉依抱了下来。

"鼎礼,不能把嘉依送回家,她爸妈会生气的。"

斯鼎礼回过身点了一下头,然后抱着邵嘉依进了自己的别墅。

进了斯鼎礼的别墅……

司少哲揉了揉自己的眼睛,他没看错,斯鼎礼抱着嘉依就进了他自己的别墅。

这是什么情况?

斯鼎礼不是有女朋友了吗?还是他想多了,鼎礼只拿嘉依当妹妹看?

当司少哲给邵嘉康打电话汇报情况的时候，邵嘉康的手机却关机。

再打，司少哲自己的手机也没电了，自动关机了。

算了，鼎礼又不是外人，应该不会有什么麻烦，司少哲开车离开。

别墅内，斯鼎礼鬼使神差地把邵嘉依带回来后却后悔了，他让她睡到哪？他的别墅虽然房间不少，但是当作卧室的可只有一个。让她睡在地毯上？沙发上？

只好先把她扔在沙发上，邵嘉依翻了个身，抱着一个抱枕继续大睡。

斯鼎礼想了想还是拨了司少哲的电话，关机。打给邵嘉康，也是关机。

瞬间感觉自己扛回来个麻烦。算了，这个讨厌的女人，就睡沙发吧！他是不会让她睡到自己的床上的！

从衣帽间取出睡袍，进了浴室。

只是他刚打开淋浴，楼下原本睡沙发的女人，就睁开了眼睛。

咦？她怎么睡在沙发上？从沙发上站起来，没有穿鞋，就跟跟跄跄地往台阶上走去。

欸？爸什么时候把台阶和扶手换成了白色？

嗯？二楼的装修风格怎么全变了？也不告诉她一声。

所以，哪个是她的房间？

推开一间房门，里面连床和被褥都没有，不是她的房间！

再一间，书房？

又一间……最后一间，邵嘉依双眼放光，哇，好大的床！没有多想，极为兴奋地扑了上去。

不对，这样不舒服，咦，衣帽间怎么变了方向？不管了不管了！邵嘉依走进衣帽间，把衣服脱掉挂上去，重新走了出来。

爬到床上，盖上薄被，缩成一团，进入梦乡。

二十分钟后，浴室的门打开，穿着黑色浴袍的斯鼎礼从浴室走了出来。

直接走到酒架前面，给自己倒了杯红酒，抿了一口。

想起楼下的女人，斯鼎礼还是放下酒杯，往卧室门口走去。

只是……不对劲！斯鼎礼警惕地感觉到房间内有异样。

屏住呼吸，不动声色地在房间内扫了一圈，目光最后落在床上的那一团东西上。

他确定，刚才去洗澡的时候，床上的被子还是掀开的。

洗个澡的时间，就多出来了一团裹在被子里的东西，扫了一眼窗台和阳台的门，没有任何异样。

渐渐地靠近，那一团东西还会动？

距离大床很近的时候，斯鼎礼猛地掀开自己的棉被。

棉被下的一幕，让斯鼎礼久久回不过神来。三分钟后，感觉自己心跳急促，鼻孔内一阵热流涌出。

他居然流鼻血了……

该死的！斯鼎礼脸色铁青地看着手上的血迹，重新回到浴室。

冲了个冷水澡后，斯鼎礼裹着浴袍再次走了出来。努力地控制自己，不把目光放到床上那身体上，掂起旁边的棉被，给她盖了上去。

黑暗中，斯鼎礼触碰着她的身体，伸出手臂抱住了她。

本来微微发抖的邵嘉依，气息平稳了下来，沉沉入睡。

而斯鼎礼心慌意乱了整整一个晚上，天微微亮才睡着。

第十三章　流鼻血

早上，邵嘉依是被渴醒的。

还没睁开眼，她就感觉有点不对劲。到底是哪里不对劲？

空气、床、被褥、她……感觉都不对劲。

所以，这里不是她的房间！

更不对的是，她好像在一个怀抱里，腰上还压着一个重重的东西。

猛然睁开眼睛，看清抱着自己的男人，邵嘉依放声尖叫。

"啊，啊，啊！"

"闭嘴！"男人缓缓地睁开眼睛，眉头紧皱地看着怀中一脸难以置信的表情的女人。

她她她，怎么会在斯鼎礼的怀里？他们昨天晚上……

邵嘉依低下头，看着被窝中的自己，再次放声尖叫："啊啊啊，臭流氓！"一脚狠狠地踹到斯鼎礼的腰上，男人没有防备，差点被踹下床去，还好床足够大。

"邵嘉依，你够了！"一晚上没有休息好的斯鼎礼，此刻脾气也很暴躁！

邵嘉依用被子紧紧地裹着自己，再次尖叫后，伸出右手指着他吼道："斯鼎礼，你竟然敢，敢……敢强迫我！"

呜呜呜，她的清白没了！

男人看着她，冷冷地嗤笑："我强迫你？也未免太看得起你自己了！"揉了揉发痛的腰，斯鼎礼抽自己耳光的心都有了，他干吗要把这个刁蛮的女人带回来给自己找麻烦？

邵嘉依不服气地想，反正都被他看完了，豁出去了！一把扯掉棉被，坐到男人的面前。

斯鼎礼脑袋"轰"地炸了，然后一股热流从鼻孔中流了出来。

斯鼎礼心里暗自咒骂一声，抽出自己的手快速进了浴室。

身后的女人莫名其妙地看着男人逃一般地钻进浴室。在床上怔了几分钟，不对！这里是哪里？难道是斯鼎礼的家？

等他出来再和他算账，现在先把自己整理好！

她的衣服呢？根据自己以往的习惯，肯定脱在了衣帽间。

和自己衣帽间相反的地方，有一个门，推开门一看，果然是斯鼎礼的衣帽间。

并且她的衣服，也果然在里面。

快速地整理好自己，斯鼎礼已经从浴室走了出来，看到邵嘉依，黑着脸吐出一个字："滚！"

邵嘉依瞬间就炸毛了，她还没见过这种渣男，始乱终弃！

"说，你昨天晚上都对我做了什么？你要对我负责！"

斯鼎礼回身好笑地看着幼稚的女人："你放心，我不会碰你！"

侮辱！这是赤裸裸的侮辱！

不过，听他这话的意思，他没有对自己做什么，邵嘉依还是悄悄地松了一口气。

"你敢侮辱我！你给我等着！"

"我随时等着！放大招吧邵嘉依！"

"你，你……这里是哪里？我要回家！回家！"邵嘉依崩溃，她真的一秒钟都不想再看到斯鼎礼这个男人了！

"哪里？地狱！我要把你囚禁在这里，一辈子都出不了这个门！"斯鼎礼故意调侃地说道。

邵嘉依深呼吸，再深呼吸，依然深呼吸……暗暗对自己说着，邵嘉依同学，淡定，淡定！

他不说拉倒，只是找了一圈都没有找到自己的鞋子，她也懒得再问斯鼎礼。

打开卧室的门，找到楼梯下了楼。

本来想着光着脚出门的,但是走到一楼的时候,无意间看到自己的鞋子在沙发旁边,惊喜地穿上后离开了这里。

出了别墅,才发现这里是御谷名邸,而她出来的这栋别墅,刚好是9号别墅。

所以,她昨天晚上真的是在斯鼎礼的别墅内。

想到自己还脱掉衣服躺在他的被窝里,邵嘉依的脸唰地红了。

她好像还看到斯鼎礼古铜色的胸肌……额,好羞涩,邵嘉依捧着发烫的脸蛋,往自己家别墅跑去。

邵嘉依悄悄地打开别墅的大门,一副做贼心虚的样子,探头探脑地看了看,确定客厅没人后,才一溜烟地往楼梯上跑去。

"嘉依。"楼下忽然传来邵勉的声音。

邵嘉依吓得差点跳起来,"到!"响亮地回应了一声,这一声把邵勉也吓了一跳。

把手中的早餐放在餐桌上,邵勉狐疑地看着女儿的背影。

如果不是昨天康康打电话过来说嘉依晚上在他公寓,他一定会认为女儿昨天晚上不知道去哪里鬼混了。

"宝贝,你怎么了?"邵勉靠近楼梯,一边准备上楼叫老婆起床吃早餐一边问道。

谁知邵嘉依如惊弓之鸟般,噌地就蹿上了楼。

心不在焉地洗漱后,去换了衣服,下楼的时候薄亦月一直用奇怪的目光盯着女儿。

"妈,你这样看着我做什么?"邵嘉依距离餐桌远远的,生怕再遭到老妈的一番唠叨轰炸。

薄亦月打量了一下女儿,果然如邵勉说的那样,不正常。

"没事,过来吃早餐!"

薄亦月的口气还是像往常一般,邵嘉依立刻摇了摇头说:"妈,我快迟到了,先走了,拜拜。"

说完，快速跑了出去。

一口气跑了半公里，邵嘉依才气喘吁吁地停下。

她明明和斯鼎礼什么都没发生啊，自己为什么会这么心虚？

安慰好自己，邵嘉依发现，自己就这么跑出来了，连车都没有。

她的车还停在公司，现在回去只能开老爸或者老妈的，肯定又要被盘问一番，还是算了。

不过转弯的时候，无意间扫到了一辆黑色的豪车。

邵嘉依一个惊喜跳到马路中间，刺耳的急刹车惊飞了不少卧在旁边林子里的小鸟。

车稳稳地停在距离她不到一米处，坐在后座的斯鼎礼额头都撞在了前面的座椅背上。

而作为司机的师霄则是惊魂未定地大喘气，妈呀，差点撞到人。

邵嘉依不理会自己给两个人带来的惊吓，敲了敲副驾驶的车门，师霄立刻按开按钮。

邵嘉依坐进副驾驶上，心安理得地说道："我的车在公司，搭个顺风车！"

昨天晚上被这家伙占了那么多便宜，搭个顺风车而已，他应该不会拒绝吧！

事实是邵嘉依错了，错得离谱。

斯鼎礼从后车座上下来，打开副驾驶的门，硬是把邵嘉依拉下来。自己重新坐进车内，黑色的豪车扬长而去。

邵嘉依目瞪口呆地看着渐行渐远的车。斯鼎礼竟然如此小气！她以后再也不要搭理斯鼎礼了！

崩溃的邵嘉依慢吞吞地往前走着，脚都磨了一个水泡，才叫上一辆出租车。

邵嘉依到公司的时候，师霄已经开始办公二十分钟了，看到无精打采的女孩，不忍心地说道："那个……邵助理，你迟到了，这个月的全勤奖扣除，并且今天的工资也没有了。"

邵嘉依咬了咬下唇，她迟到还不都是因为斯鼎礼？

"斯鼎礼也迟到了,他是不是也要被扣工资?"

师霄干咳了两声,其他的秘书也偷偷地笑着,邵嘉依迷茫地看着大家,怎么了吗?

"总裁的时间是自由的,就算是天天不来公司,也不会被扣工资。"

哦,原来是这样啊,邵嘉依点了点头,无所谓地说道:"扣就扣吧。"

说实话,她还不知道自己一个月工资多少钱,也从来没在乎过。

算了,她的最终目的也不是长久待在SL集团,好好工作就是为了讨好老妈,让老妈同意给她投资开一个甜品店。

第十四章 韩悦的堂哥

忽然有一天,斯鼎礼和邵嘉依各自接到了自己父母的电话,晚上在酒店一起吃个饭。

邵嘉依没有多问,倒是斯鼎礼多问了一句:"妈,怎么忽然聚在一起吃饭?"

"商量康康和熙熙的婚事,还有你和嘉依的订婚事宜。"

订婚事宜?斯鼎礼想到外面的那个小魔女,紧紧地皱起了眉头,然后又想到了什么,爽快地答应了黎浅洛。

午餐时间,邵嘉依正在整理资料,刚和客户谈完事宜的斯鼎礼和师霄走到办公室门口,秘书区内部的电话响了起来。

师霄离得近,拿起电话接通。

对方不知道说了什么,师霄"嗯"了一声后,走到邵嘉依旁边告诉她:"邵嘉依,楼下有位姓韩的先生找你。"

嗯?邵嘉依迷茫了一下,难道是上次那位给她送信的帅哥找她?

"谢谢,我知道了。"

要看见帅哥了,邵嘉依心情很好地从包里拿出早就给韩悦写好的信,一蹦一跳地往电梯口走去。

"邵特助,把这个文件现在复印一份给我。"一声冷冷的吩咐,叫住了蹦跳的邵嘉依。

邵嘉依雀跃的心情瞬间落了下来,走过来接住斯鼎礼手中的文件,答复道:"知道了,等会儿就给你。"然后放在自己的办公桌上,又往电梯口走去。

"你没听到我现在就要吗?"斯鼎礼冷冷的声音,再次叫住了她。

邵嘉依握紧了手中的信封说:"我听到了,但是我现在有急事,等下就给你。"

有人在楼下等着她，她怎么好意思让人久等。

电梯到了，邵嘉依转身走进电梯，按下了一楼的电梯按钮。

斯鼎礼看着消失不见的女孩，走进办公室，重重地甩上门。

师霄目瞪口呆地看着这一幕，又看了看邵嘉依桌面上的文件，心想着他怎么不知道这份文件那么着急需要复印？

斯鼎礼烦躁地坐在椅子上，又按下内部的电话，吩咐道："现在，把公司门口的监控，给我接过来。"

"好的，斯总。"

这边邵嘉依开心地出了电梯，公司门口不远处果然停了一辆霸气的军车。

车上的韩涛看到走出来的女孩，不自觉地扬起唇角，从车上下来。

"邵嘉依。"

"你好，兵哥哥。"

穿着军装的韩涛高大帅气，很快引来不少路人惊艳的目光。

"那个，上次没有等到你的电话……韩悦让我过来问问你。"

这次韩悦只是随口跟他抱怨了一句，嘉依为什么还不回信，韩涛就主动说过来帮韩悦问问。

"那个，不好意思啊，不小心把你的电话号码弄丢了。"邵嘉依满脸尴尬地答道，心里把斯鼎礼骂了上千遍。

"没事，要不然我再给你拨一遍？"韩涛看着她不好意思的样子，爽快地拿出手机，拨了她的号码。

只是，邵嘉依忘了带手机："啊，我的手机在楼上，等会儿回去就存下来。"

"嗯，有没有需要我帮忙的？"韩涛收起手机放进口袋里，望着面前娇俏的邵嘉依。

邵嘉依这才想起正事，把手中的信封递给韩涛说："兵哥哥，帮我转告韩悦，让他好好训练，不升到连长团长什么的，就别出来了！"

看着邵嘉依干净清澈的眼神，韩涛有种预感，邵嘉依并没有那么喜欢韩悦。

他把信放在胸前的口袋里，多问了一句："你和韩悦是男女朋友的关系吗？"

邵嘉依愣了愣，为什么韩涛会以为她是韩悦的女朋友？

"不是，不是，韩悦是我的好哥们，他能为国家做贡献，我也会很骄傲的。"

韩涛心中划过一抹喜悦，伸出自己的右手，再次郑重地自我介绍："你好，邵嘉依，我叫韩涛，是韩悦的堂哥，很高兴认识你！"

韩悦的堂哥？原来如此。邵嘉依伸出小手握住他布满老茧的大掌："你好，韩涛！很高兴认识你。"

女孩露出甜甜的笑容，让韩涛也忍不住扬起嘴角。她的小手软绵绵的，很光滑，韩涛一时忘记了松开。

邵嘉依有点尴尬地从韩涛手中抽出自己的手说道："那个，谢谢你，我还有工作要忙，就先回去了。"

韩涛回过神，点了点头："耽误你的时间了，快去忙吧！"

邵嘉依和韩涛说话的同时，坐在八十八楼办公室内的斯鼎礼叫来了师霄，让他把邵嘉依的手机送进了自己的办公室。

修长的手指在上面划了几下，就让师霄给送了出去，还不忘吩咐："邵嘉依如果问起，你就说什么都没看到。"

师霄傻眼了，接收到斯鼎礼犀利的目光，连忙点了点头。

邵嘉依哼着小曲，回到工作岗位上。

翻开自己的手机，咦？怎么没有未接电话？

难道刚才韩涛的电话没有打通？邵嘉依把所有的通话记录都翻了翻，还是没有。

她疑惑地看向一旁的师霄，问道："师特助，刚才有人动我的手机吗？"

师霄头也不回地摇了摇头："我不知道，什么都没看到。"

邵嘉依更加疑惑了，可能没打通吧。

把手机放在一边，开始忙着斯鼎礼吩咐她的工作。

半个小时后，邵嘉依把打印好的资料送进总裁办公室："斯总，这是您要的资料，全在这。"

处理邮件的斯鼎礼没有说话,依然认真地盯着电脑屏幕。

当总裁就了不起了?就可以无视人了?邵嘉依撇了撇嘴,转身往外走去。

当斯鼎礼让她站住的时候,邵嘉依脚步停也不停地丢下一句:"现在是下班时间,斯总。"大力地关上办公室的门,收拾一下办公桌,就去吃午餐了。

下午的时候,邵嘉依就接到了一张处罚条:秘书区邵嘉依顶撞上司,出言不逊,处罚人民币五百元,以儆效尤。

对金钱没有概念的邵嘉依,没把五百元放在眼里,她只知道斯鼎礼越来越可恶,一直针对自己。

气愤地把处罚条揉成一团,想了想之后,又摊开纸条签上了自己的大名。

晚上下班邵嘉依率先跑出了公司。妈妈也真是的,把时间安排得这么紧凑,六点下班,七点开餐。

还是下班高峰期,路上肯定很堵车,邵嘉依只得加快自己的速度。

六点五十分,邵嘉依将车停在酒店门口,往薄亦月说的601包间走去。

服务员把她带到601,邵嘉依边推开门边说着:"爸妈,今天怎么想着出来……"看到里面坐着的人,邵嘉依顿时闭上了嘴巴。

"嘉依,快来。"黎浅洛从位置上站起来,拉着邵嘉依坐在了自己的旁边。

邵嘉依看着对面沉默的斯鼎礼,她出公司的时候,斯鼎礼明明还在办公室,为什么他会比她早到?

还有,为什么这么多人都在这里?

邵嘉依压下心中不好的预感:"干爸干妈,嘉依来晚了,让你们久等了。"

"没有,我们也是刚到。"黎浅洛拍了拍嘉依的手背,宽慰她。

当看到嘉依最近一直戴着自己送她的耳钉时,黎浅洛更开心了。

"嘉依,你在鼎礼的公司还好吗?"问话的是斯暖暖,29岁的她目前在国外的SL集团工作,知道邵嘉康和斯熙熙要结婚了,她才抽空回来一趟。

邵嘉依浅浅地笑了笑说:"暖暖姐,干爸干妈很照顾我,我在那里很好。"

听到这里,斯鼎礼微微地挑了挑眉。

邵勉和薄亦月欣慰地看着女儿,有浅洛在,他们就放心,女儿不会被欺负。

"暖暖姐，这次回国能待多久？"邵嘉依和斯暖暖很少见面，但是邵嘉依很喜欢知书达理的斯暖暖。

在她身上，能看到不少自己平时做不到的礼仪，是自己需要学习的。

暖暖放下手中的果汁，微微一笑："康康和熙熙婚礼结束后，我就走了。"

被点到名的斯熙熙瞪了一眼邵嘉康，她怎么就落在了这个性格死板的律师手中？

一大家人在一起，氛围很好地把康康和熙熙的婚礼日子定了下来。

第十五章　我女朋友宋芷晴

说完康康和熙熙的事情，斯靳恒就开口说道："鼎礼，嘉依，今天晚上把你们两个的订婚事情也定下。"

邵嘉依脑袋瞬间就炸了："干爸干妈，我不要，斯鼎礼有女朋友的！"

这一点邵勉似乎也知道，不悦地皱了皱眉，但是没有说话。

"是，所以我和邵嘉依的事情，还是就此作罢。"生平第一次，斯鼎礼和邵嘉依站在了同一条战线上。

只是不知道为什么，听到斯鼎礼拒绝，邵嘉依的心像是被扎了一样疼。

"胡说八道！鼎礼，你都和嘉依睡在一起了，还不想负责任？你怎么可以像你爸当初一样？"黎浅洛的话，让斯靳恒无语地扯了扯老婆的手。

斯鼎礼也不想多解释，一直沉默着不说话的邵勉这才开了口："鼎礼和嘉依就算了，不要强迫两个孩子，从明天开始，嘉依不要再去SL集团工作了，去找个店铺做你想做的事情吧。"

两个做妈的那叫一个着急啊。

"邵勉，先不要着急，我不会允许鼎礼做不负责任的男人的，他一定要对嘉依负责的！"黎浅洛着急地给老公使眼色，让他想想办法。

"爸说的没错，干爸干妈，我和斯鼎礼不合适，你们先办哥哥的婚礼吧！"邵嘉依努力让自己挂上笑容，又说道，"我和斯鼎礼什么都没发生过，用不着负责的，干妈，你别操心我们两个的事情了。"

为什么心是疼的？邵嘉依捏了捏自己的大腿，但是腿上的疼还是比不上心疼。

最后，邵嘉依和斯鼎礼的事情只好作罢，黎浅洛那个心疼啊！

出了酒店，一阵秋风吹来，邵嘉依打了个寒战。

黎浅洛给她裹了裹外套，慈爱地看着她说："嘉依，其实鼎礼这孩子不错，可能你们之间接触得少，干妈先不逼你们，你们订婚的事情，以后再说。不过，你要答应干妈，给你和鼎礼一个机会，不要和其他男孩子走得太近，平时在一起玩玩就行，不要交男女朋友好吗？"

邵嘉依看着不远处那辆豪车，后车座的窗户打开着，里面坐着一个女人。

她指了过去，说道："干妈，一切顺其自然吧！"

邵嘉依理解黎浅洛的心，但是感情这种事情，她也不知道怎么说。

黎浅洛顺着邵嘉依的手望过去，斯鼎礼正在往那辆车走去，从车上下来一个女人，高兴地扑到斯鼎礼的怀中……

"嘉依，你距离鼎礼那么近，帮帮阿姨把那个宋芷晴给赶走。"黎浅洛心里确定，儿子对嘉依的感情不寻常，她不会看错的。

"我？"邵嘉依诧异地看了一眼黎浅洛，这种事情不应该是亲爸亲妈去做吗？再不济还有暖暖姐、熙熙姐……怎么会轮到她去做？

"是啊，嘉依，去吧，上次你不还在鼎礼的别墅住了一个晚上？"嘉依这傻孩子，怎么就不知道争取一下？就凭她能被鼎礼带进自己的别墅这一点，黎浅洛就明白了儿子的心思。

斯靳恒看着愣在原地的嘉依，笑了笑说："嘉依，去吧！"

然后邵嘉依就开着车，傻乎乎地跟上了前面的那辆豪车。

到达御谷名邸，斯鼎礼下了车，刚准备告诉师霄，让他把宋芷晴送回去，这时，他的余光扫到后面跟着的一辆车，就主动打开了后车座的车门，牵着宋芷晴的手让她下车。

打开别墅的门，邵嘉依像个火箭头一般，抢在两个人的前面冲了进去。

宋芷晴瞪大了眼睛，看着挡在两人面前的女孩子问道："你来我男朋友家做什么？"她也是第一次来斯鼎礼的别墅，心中压抑不住地兴奋。

邵嘉依心虚了虚，就是啊，她来人家男朋友家做什么？但是想到黎浅洛的话，干妈是想要她帮忙把宋芷晴赶出去。她扬起高傲的头颅，想了想之后说道："我来取我的头发。"

斯鼎礼和宋芷晴都愣在了原地，邵嘉依又在耍什么花招？

"那个，我上次抱着你男朋友睡觉的时候，有几根头发落在了他的床上，我要去找找。"

说着就往楼上跑去，斯鼎礼快她一步，扯住她的衣服，硬是把她给揪了出来。

本来恼怒的宋芷晴，看到这一幕，心情好了不少。

"鼎礼，我们进去吧！"

"嗯！"

别墅的门被无情地关上，任由邵嘉依敲打，都没人给她开门。

五分钟后，邵嘉依坐在别墅的门槛上，双手托着腮帮，开始犯愁。

干妈为什么要让她来呢？为什么呢？

实在是想不明白，邵嘉依不管了，围着斯鼎礼的别墅绕了一大圈，最后决定模仿斯鼎礼进她闺房的办法。

她三两下地抱着一棵大树，爬了上去。

只是伸出右臂，往前探了探，和阳台的距离有点远，怎么办？

当看到斯鼎礼房间内两个晃动的人影抱在一起时，邵嘉依一咬牙，松开大树，双腿用力地往阳台跳去。

斯鼎礼刚把宋芷晴打发到客厅，窗户外面就传来敲打的声音，想起那个女人，这个邵嘉依不会学他，翻阳台吧？

邵家别墅旁边的大树离阳台近，他别墅旁边的大树，对于邵嘉依来说，就有点距离了。

快步打开房间窗户，没人？又绕过窗户走到阳台上，也没人？

"救命。"

一声微弱的救命声在脚下响起，斯鼎礼接下来看到的一幕，让他心跳加速。

邵嘉依两只手紧紧地抠着他的阳台凸出的边沿，整个身体都在空中晃来晃去。

斯鼎礼的眉头皱成川字，打开阳台的窗户，猫着腰握住她的臂弯，把她给拖了上来。

"邵嘉依，你在搞什么？"斯鼎礼的声音很冷，冷得让邵嘉依委屈地红了眼睛。

他从来都不会关心她，即使这种情况下，也不会先安慰一下被吓住的她。

"对不起，打扰你们了。"邵嘉依可怜兮兮地重新转过身，往阳台的边沿爬去。

斯鼎礼心一沉，把她拉下来："你又要干什么！"

"你不是不想看到我吗？我要走啊！"一滴眼泪从眼中滑落。

斯鼎礼快被邵嘉依弄疯了，她为什么要哭？哭什么？

大力拉着她的手腕，往卧室走去，然后打开卧室的门吼道："出去！"

邵嘉依吸了吸鼻涕，她傻吗？好不容易进来了，再出去？

挣脱斯鼎礼的手，邵嘉依把脚上的鞋子蹬掉，爬到了他的床上，快速地拉过棉被，把自己裹得严严实实。

接下来卧室内一片寂静，足足有五分钟。邵嘉依好奇地从被子里露出双眼，刚好对上一双阴鸷的眼睛。

"啊！"她尖叫一声，重新把自己蒙进被窝内。

接着她就感觉到自己腾空而起，斯鼎礼扛着邵嘉依，连同棉被一起，丢出了卧室。

这边的动静，惊到了来给斯鼎礼送水的宋芷晴。

看到邵嘉依从棉被中爬出来，宋芷晴诧异了一下，她怎么进来的？

一对情侣站在一起，鄙夷地望着地上的女孩。发生这一幕，任由邵嘉依脸皮再厚，也尴尬了起来。

她一言不发地扶着腰，往一楼走去。

心里默默想着，干妈，我辜负你对我的期望了，我放弃了。

打开别墅的门，邵嘉依深吸了一口气，看着漆黑的天空，把眼泪憋了回去。

关上别墅的门，邵嘉依拧了拧自己的大腿，你有什么好哭的？还不都是你自找的？真蠢！

上车，往自家别墅的车库驶去。

第十六章　蹭车

9号别墅恢复宁静，斯鼎礼从口袋中拿出手机，拨通师霄的电话："师霄，过来把宋小姐接走。"

挂了电话也关上了卧室的门。

宋芷晴站在外面，看着紧闭的卧室门，紧紧地握起拳头。

她怎么可能看不出来斯鼎礼在利用她？难道他真的喜欢刚才那个女孩？

邵嘉依在院子的长椅上坐着，看着天空，忽然发现今夜月色挺好的。

兴致来了，拿出手机对着黑漆漆的天空拍了张照片。

打开社交软件随意翻了一下，有好多未读的私信，她最近都没有看过。

消息全都是大学同学发来的，她和大家聊了一会儿。

邵嘉依把刚才拍的照片发出去，配上文字"夜色如墨"。

很快，好几个人给她发来评论。

大多数朋友都是把邵嘉依的账号设置了特别关注，所以她一发动态，大家都第一时间看到了。

邵嘉依没什么兴致，决定明天心情好的时候再回复他们，从椅子上站起来，这时一辆车驶了过来。

咦？斯鼎礼的车？这么晚了他要去哪？

不过邵嘉依苦笑了一下，他去哪和她有什么关系？

只是，师霄看到了她，将车停下，问道："邵特助，这么晚了怎么一个人在外面？"

车窗摇了下来，邵嘉依看到车后座的宋芷晴，脸色阴沉在看着她。

车里面并没有斯鼎礼。

邵嘉依脑袋里划过一道灵光，她好像知道了什么。

"没什么，我这就回去。"邵嘉依欢快地跑开，师霄看着邵嘉依跑掉的背影，感觉莫名其妙。

不过也没多想，就开车走了。

邵嘉依只说了回去，没说去哪，所以五分钟后，她气喘吁吁地站在了9号别墅门口。

门铃按了好半天，都没有人搭理她。

邵嘉依翻出自己的手机，这才惊觉自己居然没有斯鼎礼的手机号码。

她只得拨斯熙熙的号码，但是斯熙熙的电话却关机了。

再拨给邵嘉康，也是关机。

又拨给司少哲，终于有个能打通的电话了。只是，接通电话的人却让她大吃一惊。

"你就是邵嘉依？以后不要再给我男朋友打电话，也不要再和我男朋友联系！"

邵嘉依一脸呆滞地看着被结束通话的手机，难道刚才那个人是司少哲的女朋友？

其实那个女人一直单恋着司少哲，听司少哲多次提到过邵嘉依这个人，以为她就是自己的情敌，所以假装自己是司少哲的女朋友，就是想气气她。实际上，司少哲根本就没有喜欢过她，司少哲的女朋友另有其人。

邵嘉依不知道的是，电话刚挂断，司少哲就将这个女人打发走了。

当邵嘉依还沉浸在疑惑和震惊中时，眼前别墅的门突然被打开了。

邵嘉依还是一阵迷茫，想也没想就抬起头问面前脸色铁青的男人："司少哲有女朋友了？"

刚打开门的斯鼎礼脸色更黑了："你大半夜使劲按我门铃，就是为了问这个问题？"

女孩点了点头，就在斯鼎礼要关门的时候，又连忙摇了摇头。

"不是不是，斯鼎礼，我是来找你的。"她合上手机，放进包内，慌忙挤进了他的别墅，然后替他关上门，笑眯眯地看着脸色不善的男人说道，"斯鼎礼，我想好了，我们订婚吧！"

斯鼎礼的脸色终于没有那么黑，他看着幼稚的女孩，冷笑道："你以为订婚是过家家吗？"

"不啊，我们订婚了，干爸干妈还有我爸我妈都不会再为我们的事情操心了。"多好的理由！

邵嘉依正在为自己找的好理由嘚瑟的时候，斯鼎礼脸色又黑了三分："所以，你是为了让双方父母都不再操心，才答应和我订婚？"

"是啊！"双方父母最近要忙哥哥的婚礼，她还是消停点好。

斯鼎礼冷冷地丢给她一个白眼："邵嘉依，你可真是孝顺！要做孝子自己做，我不奉陪，出去！"

邵嘉依忽然靠近斯鼎礼，斯鼎礼居然条件反射地向后退了一步！

意识到自己一瞬间的怯懦，斯鼎礼觉得很没面子，于是揪起邵嘉依的衣领，准备将她丢出去。

邵嘉依却双手攀上他的脖颈，踮起脚吻上他的薄唇。

斯鼎礼一顿，时间瞬时静止。

"斯鼎礼，我给你盖了章，你以后就是我的人了！"

然而邵嘉依得到的回应，却是被毫不留情地推了出去。

邵嘉依看着紧闭的大门，不满地撇了撇嘴："斯鼎礼，你个不识好歹的，本小姐第一次献吻，居然不领情！"

她不知道的是，门内的男人听着她的喊叫，表情柔和了许多。

第二天清晨，斯鼎礼换好鞋从别墅内走出来，黑色的豪车依然在老位置等着他。

师霄从主驾驶上出来，脸色异常地叫了一声："总裁。"打开后车座的车门，斯鼎礼看了他一眼，坐了进去。

"说——"斯鼎礼的话音未落，副驾驶上一张笑脸凑了过来。

"嗨，斯总。"

斯鼎礼把公文包放在一旁，吩咐道："师霄，把她丢下去。"

邵嘉依立刻紧紧地抱着安全带:"斯鼎礼,我搭个顺风车,都不行吗?"

"不行!"

男人很干脆地回给她两个字。

邵嘉依心塞地张了张嘴,耍赖地说道:"你都是我的人了,车也是我的。"

站在车外面的师霄,听到她这句话,硬生生地被口水呛了一下。

难道总裁和这个丫头真的发生了什么?

"收起你的胡思乱想!"然后斯鼎礼冷冷地看了一眼师霄,低沉地警告,"把她丢下去,越远越好!做不到你也别上车!"

眼看师霄就要过来,邵嘉依连忙大声喊道:"斯鼎礼,你敢把我丢下去,我就给干妈打电话告状,说你强行抱我,还说你亲我,还说你……"

"够了!"男人咬牙切齿地打断邵嘉依的喊叫。

师霄兴趣正浓地盯着邵嘉依,怎么不说了?总裁还做了什么?说到一半没了下文,急死他了。

"师霄,开车!"斯鼎礼烦躁地踹了一下副驾驶座位。

副驾驶上的女人,心里"咯噔"了一下,要不是安全带护着她,估计她会被斯鼎礼一脚踢飞。

女人嘚瑟地晃着脑袋,看着车窗外的风景。过了一会儿还哼起了小曲:"Every salalala,Every wowowowo。"

师霄跟上她的节奏,微微晃着脑袋开着车。

"闭嘴!"身后一声低沉的咆哮,邵嘉依的歌声被打断。

师霄立刻惋惜地看着邵嘉依,怎么不唱了,这么好听的歌声,别向淫威屈服啊!

"我唱的不好听吗?凭什么让我闭嘴?"

斯鼎礼闭了闭眼睛,他现在想把这个女人发配到国外,现在!立刻!马上!再也不要看到她!

"你是电,你是光,你是唯一的神话……"女人换了个旋律又唱了起来。

"停车!"

"吱！"刺耳的刹车声过后，就是重重的摔门声。

前排的两个人一脸诧异地看着空空如也的后车座。

前方不远处，一个西装革履的男人，双手插进裤子口袋内，大步往前走去。

如此耀眼的男神，走在路上的回头率可以说是高达百分之百。

只是他冰冷到极点的脸色，让众人望而却步。

师霄给邵嘉依竖起大拇指，他跟着斯鼎礼三年，第一次见总裁这么大的怒火。

黑色的豪车，缓缓地跟着前面那个身材修长的男人，最后，邵嘉依把师霄拉下车，自己坐进了主驾驶，一个油门轰过去，豪车稳稳地横在斯鼎礼的面前，挡住他的去路。

邵嘉依摇下副驾驶的窗户，对着冷着脸的男人吹了声口哨："帅哥，上车！"

这痞痞的样子，哪像个女人？

斯鼎礼闭了闭眼睛，压抑住内心翻滚的怒火说："滚！"

"我滚了，你怎么办啊？我霸占了你的车，多不好意思呀！"

男人冷笑，她还会知道不好意思？

邵嘉依无奈，从车上下来，亲自打开后车座的门，笑眯眯地做出一个"请"的手势："斯总，请上车！"

斯鼎礼不理会她，也没有时间跟她耗着。

把她往旁边一拉，关上后车座的车门，自己走到主驾驶上，开着车扬长而去。

所以，托邵嘉依的福，师霄只能和她站在一条线上，呆滞地目送越来越远的车子。

周围安静了一阵。

"师霄，斯鼎礼是不是特别讨厌我？"

女人的声音闷闷的，但是神经大条的师霄不懂她的情绪："废话，你看看总裁的表情，看到你就恨不得把你送到北极去！"

所以，当天邵嘉依旷工了。背着她的小包，开始物色合适的店铺。

SL集团内，斯鼎礼第三次从会议室上来的时候，邵嘉依的位置上还是空着的。

"师霄，通知邵嘉依，旷工一天扣三倍工资。"

"好的，总裁。"

坐在路边看着眼前高楼大厦的邵嘉依，接到了师霄的电话。师霄把斯鼎礼的原话转告给了邵嘉依。

"三倍工资啊，随便吧！"依然对金钱没有概念的邵嘉依，无所谓地回应了师霄。

师霄无语地挂了电话，果然是公主，多少钱都不放在眼里。

他把邵嘉依的话再转达给斯鼎礼，办公室一片沉寂之后，斯鼎礼没有说话的意思，师霄识趣地离开了总裁办公室。

逛了一大圈没有找到合适的店铺，邵嘉依只能先回公司去上班。不过让她很期待的是，明天就是发工资的日子，毕竟这是她人生中的第一份工作领到的第一份工资。

拿到工资她要给爸爸买个……领带？钱包？衣服？

给妈妈再订购一盒面膜，给哥哥买一个手表吧，给祖奶奶也要买。

邵嘉依心里美滋滋地计划着，工资到手后要立刻去逛商场。

只是，只是，只是……吃着午餐的邵嘉依看着自己的手机工资短信提醒，再也吃不下饭了。

"尊敬的××银行客户您好，您的尾号6688的银行卡收到来自SL集团的工资转账，金额为：5元，当前可用余额为……"

啊！斯鼎礼这个周扒皮！居然敢无故克扣员工工资！

第十七章 工资5元

下班后，邵嘉依缓缓地开着车在马路上行驶着。

看着不远处灯红酒绿、华灯初上的城市，邵嘉依反省着，自己是不是太差劲了？

不知不觉中，车子开到一条小巷子内，当邵嘉依回过神来后，看到一个和她年纪差不多的女人，正带着一个孩子，在路边卖饼。

她将车子停在路边，走到女人的小摊前。

"你好，是要买饼吗？"女人和颜悦色地看着她问道，趴在她背上的孩子已经睡着了。

邵嘉依鬼使神差地点了点头，问道："多少钱一个？"

"一块钱两个，姑娘，你要多少？"

她的话让不懂得人间疾苦的邵嘉依诧异地睁大了眼睛，一块钱可以买两个饼？

她还从来没有吃过这么便宜的饼呢，平时在家里吃的都是家人做的，要不然就是用人做的，再不济也是从酒店买来的大饼。酒店的饼，随随便便一个都要十几块。

"姑娘？"背着孩子的女人疑惑地看着正在发呆的邵嘉依。

"哦！我要五块钱的。"邵嘉依从包里拿出钱包，只是她没有零钱。

拿出一张百元大钞递给背着孩子的女人，女人看到钱，先摘掉一次性手套说道："我先看看有没有零钱找你。"

"不用了，没有的话不用找了，我只是想要饼。"

"那怎么能行？你等着。"

女人翻了一下用鞋盒充当的钱箱，又从身上摸出了几块钱，总算凑够了九十五块钱找给邵嘉依。

邵嘉依掂着用食品袋盛着的饼，一阵迷茫。

邵嘉依人生中第一次挣到的工资，就是五块钱，她用这五块钱买了饼，带到了老宅。

希望家人不要嫌弃她如此没用，邵嘉依停了停，让自己恢复到平时开心的状态，推开老宅的门："祖奶奶，爷爷奶奶，爸爸妈妈，我下班回来了！"

"嘉依回来了！快来祖奶奶这里。"

"嘉依，下班了？"邵勉看到女儿，慈爱地给她了一个拥抱。

薄亦月看到女儿也眯起了眼睛问道："嘉依，累不累？"

邵嘉依摇了摇头，走到韩敏的面前，给祖奶奶一个大大的拥抱。

正在厨房帮忙准备晚餐的邵文川和杨紫勤听到邵嘉依的声音，也从厨房走了出来。

"我的乖孙女，来，让奶奶抱抱。"

家庭带给邵嘉依的温暖，让她很快忘记了工作上的不愉快。

但是当邵文川问及她手中的食品袋时，邵嘉依心里难受了一下。

"祖奶奶，爷爷奶奶，爸爸妈妈，嘉依对不起你们。"低着头的女孩说出这一番话，让客厅瞬间安静了下来，大家相互看了一眼，这是怎么了？

"我今天领到工资了，但是我只领到了……"下面的话，她自己都难以启齿。

女儿情绪的低落，邵勉能感受到，疼惜地抱了抱女儿说："嘉依，无论多少钱，都是你的劳动成果，你不应该难过。"

邵嘉依点了点头："爸，我就领到了五块钱，这是我用工资给大家买的饼。"

一阵安静过后，韩敏率先开了口："我的宝贝曾孙女，让祖奶奶尝尝你买的饼。"

"我的嘉依好厉害，居然能挣钱给大家买饼了。"

"爸爸还没有吃过这种饼呢，来让我尝尝。"

"哈哈哈，这可是爷爷吃过最好吃的饼了。"

邵嘉依忍不住泪流满面，她下决心以后一定要好好奋斗，赚更多的钱，来孝敬长辈。

公司八十八楼秘书区内，邵嘉依拿着一支笔在纸上画圈圈。

不知不觉间，一张A4纸就被她的"鬼画符"占满了。

正中间画出一个乌龟，上面写着"SDL王八蛋"，下一刻，邵嘉依面前鬼画符的纸被人拿走了。

"SDL，这是什么意思？"一个闷闷的男声发问道。

"哦，那个啊，斯鼎礼的意思啊。"想到自己把斯鼎礼画到乌龟的背上，邵嘉依嘿嘿一笑，想都没想就回答道。

身边开始散发冷气，而邵嘉依还沉浸在自己的幻想中，不能自拔。

"邵特助，工作期间偷懒、侮辱上司，罚款一千元。"

嗯？邵嘉依蓦然回神，噌的一下回过头，发现穿着白色衬衣的斯鼎礼正冷冷地看着她。

她连忙扯过他手中的A4纸，抱在怀里，但是为时已晚。

不过邵嘉依还是硬着头皮说："我、我、我的工作做完了，歇会儿不行吗？"

"不行！"

女孩腮帮一鼓，一个大白眼扔了过去："有你这么压榨劳动力的吗？"

"邵特助工作期间顶撞上司……"

"行行行，我错了，我错了，我马上工作，工作！"邵嘉依听见那几个字，头都大了。

然后把手中的A4纸撕碎，扔进一旁的垃圾桶内，托着下巴开始胡乱地翻着电脑中的文件。

"邵嘉依，后天和公司实习员工一起去军训！"斯鼎礼扔下一句话，就转身准备离开。

军训？后天？好像不行啊……她的例假就是后天啊。

"斯总，能晚去两天吗？"其实她也挺难以启齿的，毕竟让其他人知道了，好像她有特殊待遇一样。

但是，她例假前两天整个人都没精神，浑身都是疼的。

"理由呢？"

邵嘉依脸色红了红说："是不能说的秘密。"

男人没有回头，答道："不许。"然后大步进了办公室。

邵嘉依心塞地趴在位置上。

城北郊区，邵勉亲自把女儿送了过来，看着艰苦的露营条件，邵勉重重地叹了一口气，于是再次劝女儿："嘉依，跟着爸爸回家，何必要吃这个苦？"

邵嘉依挥了挥手道："爸，我都不是小孩子了，就当是锻炼吧。"

邵勉劝不住女儿，只得先离开，临走前吩咐道："在这好好照顾自己，有事情立刻给爸爸打电话，我给你安排了保镖，有困难先找他们也行。"

"爸，我不需要保镖，你让他们走吧，在这里不会有坏人的。"

邵嘉依看了一眼不远处的树林，公司选择训练场地之前，都是检查过的，不会有危险。

唉，都这么大了，老爸还这样照顾着自己。

傍晚的时候，公司给每位员工发放了迷彩服。

第二天一大早，天刚蒙蒙亮，邵嘉依就被一连串的哨声吵醒。

半睁开眼睛，看了看时间，五点整。

妈呀，她还从来没有这么早起床过呢！

外面传来一个洪亮的男声："给大家半个小时的时间洗漱，五点半准时集合，迟到一分钟，罚跑一公里！"

接着，每个帐篷里都传来不小的动静。

邵嘉依迷迷糊糊地坐起来，揉了揉乱蓬蓬的长发，这一刻她是后悔的，为什么要来给自己找不痛快？留在家里睡懒觉不好吗？

第十八章 军训

五点十分，邵嘉依换好迷彩服，摇摇晃晃地出了帐篷。

"1、2、3……21。"轮到自己，邵嘉依整个人都被惊醒了，顺利地报出自己相对应的数字。只是她还是和大家不一样。邵嘉依突然发现，自己忘记戴迷彩帽……

站在大家正前方的军官，看着大家严肃地开口："各位同志，你们好，我叫韩涛，我们将共同度过未来七天的艰苦训练。"

接着，韩涛后面又说了些什么，邵嘉依一句都没有听进去。

她只感觉世界好小，居然会碰到涛哥！

她将目光放在前面第一排的教官身上！

韩涛的目光也在她的身上扫过，仿佛彼此不认识一般，默默地将目光转移开。

接下来是教官和实习生互动。韩涛站在一边，看着七位教官自我介绍，然后是实习生的介绍时间。

最后韩涛开始分配队伍，二十一名实习同志，分配给七位教官。

站到自己的教官队伍里，原地熟悉了一下彼此后，就听到了韩涛的声音："大家整理好自己的仪容仪表，五分钟后集合，开始跑步。"

邵嘉依回到帐篷内，戴上自己的帽子，又快速地跑到水源处，洗了把脸。

洁面乳什么的都没有来得及用，擦干脸后，简单地涂抹了水乳霜和防晒霜，正在戴帽子的时候，哨声响起。

快速地跑到集合地点，看着七位穿着统一军装，站得笔直的教官，邵嘉依迷茫了，因为她忘了哪个是她的教官……

"邵嘉依同志，你站在那里做什么？快速归队！"她迷茫的样子煞是可爱。

韩涛响亮的声音，让大家诧异。

韩教官的记性可真好，大家只做了一次自我介绍，他就记住了每个人的名字。

最后还是等到所有人都归队后，邵嘉依看到同样看看自己的林转，他的身后只有俩人，邵嘉依恍然大悟，一路小跑奔了过去。

跑到林转面前的时候，邵嘉依仔细地看了看他的样子。林转被她看得不好意思，黝黑的脸颊红了红，邵嘉依才记住他的样子，回到他身后站好。

韩涛把这一切都看在眼里，心里疑惑着，邵嘉依看上去很活泼开朗，不像是沉默寡言的人，为什么不和大家一起行动？

"现在开始，进行第一项活动，长跑五公里！"

韩涛的话音刚落，大家心里一阵哀号，惨叫声一片。

虽然都早已有吃苦的心理准备，但是谁也没想到第一天就要跑五公里啊！

邵嘉依愣愣地看着不远处严肃的韩涛，她是不是听错了，五公里？妈呀，会死人的！

她想做逃兵了，邵嘉依步伐不自觉地往后退去。

准备转身逃跑的时候，韩涛厉声叫住了她："邵嘉依！"

大家都把目光集中在已经转过身的邵嘉依身上，疑惑地看着她。

邵嘉依尴尬一笑，缩了缩脖子说："我想……"

后面的话，邵嘉依没说出来，韩涛看着她这个样子，也知道她想做什么。

韩涛双手背到身后："邵嘉依，出列！"

邵嘉依摸了摸耳根，站在前面的空地上。

"还没有开始，就想当逃兵？俯卧撑二十个！"

俯卧撑二十个？邵嘉依难以置信地看着面色严肃的韩涛，这个帅哥哥怎么变得和那个斯鼎礼一样讨厌了？

"我不做！我有选择的权利！"邵嘉依倔强地看着韩涛。

韩涛看着她的模样，差点笑出来，但还是让自己忍住了笑意。

"军令如山，你没有反抗的权利！"

"……"可不是嘛!

邵嘉依深吸一口气,身体往前一匍匐,开始做俯卧撑。

她做着俯卧撑,周围的人给她数着数,到了最后,邵嘉依直接趴在了地上。

"原地休息五分钟,开始晨跑!"韩涛半蹲下身体,把地上的女孩儿给扶起来。

但是她很明显不领他的情,甩掉他的手,拖着发软的四肢,回到队伍里。

面对这样的她,韩涛无所谓地笑笑,但是又避免不了一阵议论。

因为处罚邵嘉依,已经耽误了不少时间,五分钟一到,所有人立刻集合,开始往山里面跑去,刚开始的时候,大家都跑得挺快的,慢慢地就有人拖后腿了。

比如邵嘉依,自从不再练跆拳道,也就不再好好运动过了。她大口喘着气,渐渐地落在队伍的最后一名。

她的身后是一直匀速前行的韩涛。"怎么样了?"他微微喘气,看着脸色有点发白的邵嘉依问。

女孩却瞪了他一眼,"噌"的一下跑掉了。

速度居然比刚才快三倍,然后钻进队伍里,和韩涛拉开距离。

只是,两公里后她还是又落下来了。

韩涛和她一直保持着平行,队伍很快就跑远了。

邵嘉依,你怎么这么弱?加油啊!

"不行的话就休息一会儿。"韩涛还是心疼了,想想自己是不是过分了,毕竟女生不比军队里的铁汉子们。

邵嘉依摆了摆手说:"不用。"双手叉腰,继续加速往前跑。

好不容易跟上了队伍,在跑到三公里的时候,又掉了下来。

邵嘉依真的跑不动了,站在原地大口喘着气,看着表情不变的韩涛问道:"你干吗跟着我……看我笑话啊?"

韩涛心塞,他就那么可恶吗?

男人往前一蹲:"上来,我背着你。"

正在大口喘气的邵嘉依,忽然止住了喘气,震惊地看着蹲在前面的男人:"干……干什么?"

韩涛回头看了她一眼："再不跟上，你等会儿就没有早餐吃了。"

"不，不用了，我可以。"邵嘉依连忙摇了摇头，要是被前面的同事看到，本来已经没什么好名声的她，恐怕会成为大家眼中水性杨花的女人。

韩涛站起身来，忽然将她抱起来，快速往前走去。

"不用了，我原谅你刚才让我做的俯卧撑了，快放我下来。"邵嘉依面红耳赤地想要推开韩涛，但是又不知道该怎么推。

"放心，等会儿看到队伍，我就放你下来。"

邵嘉依安静了一下，韩涛好像总是知道她在想什么，是她表现得太明显了吗？

但是她也没有想着让韩涛抱着她啊。"涛哥哥，真的不用了，你也会累的，快放我下来吧！"

"不会，五公里对于我来说，就是小意思，几十公里的负重跑都没事。"

邵嘉依那个急啊，她怎么就和他说不通呢？她想要挣脱，但是她发现自己的双腿发软，没有一点力气去挣扎。

所以，最后还是发生状况了。因为他们两个的样子，被一个落下的队友看到了。

这次韩涛先放下了她，邵嘉依的体力已经恢复得差不多了。看到同事震惊地看着他们俩，邵嘉依知道自己跳进黄河也洗不清了。

邵嘉依不知道该怎么解释，一溜烟地跑掉了。

越往前，跑不动开始喘着粗气步行的队友越多，大家好奇地看着邵嘉依快速地蹿到队伍前面。

韩涛看着前面的身影，忍不住扬了扬唇角。

五公里终于结束，刚好又回到原地。

大家都瘫在了自己的帐篷内，即使都累得快要说不出话来，关于邵嘉依的八卦还是被疯传着。

不但在帐篷里传，还有人告诉了公司的老员工。

所以没有多久，整个公司都知道了邵嘉依被教官抱着跑步的事情了。

第十九章 告白

　　城北郊区，站了两个小时的军姿后，所有人原地休息。劳逸结合，一个教官把大家分成了男女两队，进入拉歌环节。

　　邵嘉依没有参加，找理由去卫生间了。

　　从卫生间出来，洗手的时候，发现前方不远处有萤火虫。

　　甩了甩手上的水珠，她忍着身体带来的不舒服渐渐地向萤火虫靠近。

　　只是她刚到，萤火虫就飞走了。

　　有点郁闷地坐在一边的石头上，看着飞来飞去的萤火虫，无意间想到了某个人。

　　不知道从什么时候开始，她也会有这么落寞的情绪。

　　特别是想到这个时候，宋芷晴和斯鼎礼也许正在约会，邵嘉依就感觉心里不舒服。

　　不过，妈妈告诉她，她曾经倒追过爸爸，爱得太难。如果斯鼎礼真的不喜欢她，不希望她放低自己的姿态倒追斯鼎礼，不只是强扭的瓜不甜，而且还会让她很掉价。

　　所以，她该怎么办呢？

　　揉了揉不舒服的肚子，邵嘉依想回帐篷，但是又不想动。

　　一阵沉稳的脚步声渐渐靠近双臂环膝的女孩，并在她旁边盘腿坐下。

　　韩涛顺着她的目光望过去，问道："萤火虫好看吗？"

　　邵嘉依点头，最起码比那些心里阴暗的人好看。

　　"这几天怎么了？看上去心情不太好。"她的眼神总是很迷茫，像一只寻找不到回家路的小兔子。

　　肚子的不舒服越来越厉害，邵嘉依将头埋在膝盖上，闷闷地回答："还好，谢谢韩教官关心。"

韩涛望着忽明忽暗的萤火虫问:"邵嘉依,你喜欢韩悦吗?"

"嗯?韩悦啊,挺喜欢他的,因为他帮过我很多。"很显然邵嘉依误会了韩涛的意思。

韩涛揪起旁边的一根草,把玩着,思索了两分钟,实在是不想再拐弯抹角,直白地问道:"邵嘉依,做我的女朋友好吗?"

"咳咳咳。"邵嘉依被自己的口水呛到,韩涛的话实在让她太震惊。

"韩教官,你……我们才认识没几天,你怎么会有这种想法?"

韩涛的眼神对上她震惊的双眸:"喜欢一个人不用太久,一瞬间就够了。"

邵嘉依的心,"嘭嘭嘭"地加速跳动。

试想一下,花前月下,一个帅气的兵哥哥向你浪漫告白,谁能做到淡定?

但是……"涛哥哥,我好像有喜欢的人了。"

邵嘉依的直白,让韩涛生平第一次体会到了心碎的滋味。

他这些年基本上都在部队度过,没有过多接触过其他女性。

就连家里让他去相亲,见的那些女人,无论多漂亮他都看不上,也没有过心动的感觉。

现在好不容易喜欢上了一个女人,但是她却拒绝了自己,韩涛很受打击。暗叹了一口气问道:"什么叫作好像?"

"因为我自己也不确定啊。"邵嘉依真的不确定,有的时候她真的很想把斯鼎礼暴揍一顿,但有的时候,还会为他心跳加速。

他目中无人的性格,她讨厌。

他认真吻她的样子,她又喜欢。

"不确定的喜欢叫喜欢吗?不叫!那他喜欢你吗?"

想起宋芷晴,邵嘉依郁闷地摇了摇头,失落地说道:"他有女朋友了。"

只是,不喜欢她,为什么要吻她呢?难道只是玩玩而已?想到这个答案,邵嘉依真的好心塞。

韩涛的眸中划过一抹欣喜,他还是有机会的。

"既然他有女朋友了，那肯定是不喜欢你的。嘉依，与其天天讨好着他，不如找个喜欢你的人，呵护着你。"

韩涛的话很有道理，邵嘉依知道，也明白。

韩涛和韩悦不一样，韩悦性格和她差不多，被拒绝过后无论心里多难受，过两天就好了。

但是韩涛，她一点都不了解他。"对不起。"她不知道该说什么好，只能说这三个字。

男人扬起涩涩的笑容，忍不住抬起手摸了摸她的小脑袋，回应道："不要说对不起，你没有做什么对不起我的事情。"

邵嘉依想起韩悦最初追自己的时候，她不知道该怎么办。不敢告诉妈妈，浅洛干妈不在，她就告诉了丹彤干妈，干妈告诉她："如果你不喜欢他，就干脆地拒绝他，不要留给他一点点的念想，对你们都好。"

这也是每次她都很干脆拒绝韩悦的原因，现在又要拒绝韩悦的堂哥，邵嘉依没有一点自豪的感觉。

她深吸了一口气，对上韩涛的双目说道："涛哥哥，你刚才说的让我感觉到了哥哥的温暖，不是爱情。涛哥哥，如果你愿意，以后我们做朋友。"

韩涛点头说："没事，就是我平时事务繁忙，心里有很多事情。我不想再把情感闷在心里，所以就把自己的想法和感情表达出来，说出来果然轻松很多。嘉依，你不要有压力。"

夜色太黑，邵嘉依看不清楚他眼中的情绪。不过，听到他这么说，邵嘉依也松了一口气。

"嗯，不早了，我们回去吧！"邵嘉依从大石头上站起来，只是天太黑，看不清脚下的路，没有站稳，一个不小心扑到了刚站起来的韩涛怀中。

不远处传来一声惊呼："我什么都没看到。"然后人就跑掉了。

韩涛怀中的邵嘉依彻底凌乱，她是有多倒霉，这下又要被人误会了。

扶着怀中呆愣的女人，韩涛失笑道："走自己的路，让别人说去吧！清者自清。"

韩涛说得对！邵嘉依很快就想开了，两个人一起走回帐篷区域。

城北郊区，天气有点闷热，在真人CS游戏过后，大家原地休息了十分钟，就开始站军姿。

邵嘉依的脸色异常苍白，韩涛早就注意到了，但是昨天晚上的事情过后，流言四起。

他也不能靠近，只能让大家多休息。

站军姿不到十分钟，邵嘉依开始呼吸加促，头晕眼花，连喊"报告"的力气都没有。

她摇摇晃晃的样子落入韩涛的眼中，韩涛顾不上什么流言蜚语，大步跑到她的身边。

邵嘉依翻了翻眼皮，看到韩涛，虚弱地喊了一声："报告……"然后就什么都不知道了。

韩涛接住往下瘫坐的女孩。"邵嘉依！邵嘉依！"连续叫了好几声都没有反应。

同事们也被邵嘉依的样子吓了一跳，围过来看她到底怎么了。

韩涛将昏过去的邵嘉依打横抱起："我送她去医院。"

大步往自己的军用车旁跑去，不待他打开车门，一辆和这里的环境格格不入的豪车停在旁边。

韩涛顾不上那么多，打开车后座的门，把昏迷过去的邵嘉依放了进去。

韩涛从车内退出来，下车的斯鼎礼看到了军用车后座上的女孩。

眼眸深了深，当他再靠近想确认的时候，韩涛快速地坐进主驾驶，关上了车门，开着车扬长而去。

第二十章　军训晕倒

人事部主管看到斯鼎礼忽然出现，连忙让大家站好军姿，自己慌慌迎了过来。

"斯总，您来了。"

斯鼎礼在站军姿的实习生中扫了一眼，果然没有她！

"为什么少了一个人？"

人事部主管没想到总裁问的第一句是这个，一时间没有反应过来。

还是师霄给她使了一个眼色，主管才结结巴巴地说道："斯总，邵嘉依……刚才晕了过去，韩中校已经送她去医院了。"

她晕倒了？

斯鼎礼面色如常地走到教官面前，然后告诉正在站军姿的实习生："大家好好训练，这几天工资翻倍，表现优异者，直接转正。"

大家听到斯鼎礼的话，都兴高采烈地差点跳起来："谢谢斯总！"

道谢声此起彼伏，斯鼎礼对着大家点了点头，然后就和师霄离开了。

"师霄，加快速度。"

"师霄，没吃饭吗？"

"师霄，踩油门。"

……

师霄满头冷汗，速度已经很快了，不过他还是壮着胆子开口："斯总，你让我这么着急赶去市区，但是你连邵特助在哪个医院都不知道……"

后面一阵沉默过后，声音响起："就你话多，给我查！"

军区医院，众人惊讶地看着韩中校抱着一个人，好像还是一个女人，急匆匆地跑了进来。

十分钟后，在外面等着的韩涛，看到万医生走出来，立刻迎了过来："老万，她怎么了？"

万医生摘掉口罩，点了点头："没什么大碍，就是女士经期引起的身体虚弱，又加上体力透支，才昏过去的。"

韩涛黝黑的脸，难得地红了红。

"然后呢？"

"让她好好休息就行，醒了可以适当地补补身体。"

听到她没什么大碍，也不用输液治疗，韩涛才松了一口气。

下午两点多，病房内的邵嘉依已经醒了，正在喝着碗中的乌鸡汤。

"爸，妈。"看到邵勉和薄亦月，邵嘉依连忙放下手中的勺子，招呼道。

"嘉依，怎么样了？"邵勉拉着女儿上上下下地打量着。

邵嘉依搂着邵勉的脖子说："爸，你放心，我没事。"除了小肚子还有点痛，没有什么别的毛病。

"你这孩子，都到时间了，也不提前告诉妈一声，我要是知道，无论如何都不会让你去军训的！"嘉依的例假时间，薄亦月都知道，只是后来女儿去了美国，水土不服，自己都摸不准确切的时间，才会发生这种事情。

"妈，涛哥哥给我送了鸡汤，我喝完之后好多了。"

"谢谢你啊，小伙子！"薄亦月向一旁的韩涛道谢。

韩涛摘掉军帽，微笑地看着两位长辈："叔叔阿姨你们好，我是韩涛，嘉依的朋友。"

态度不卑不亢，给邵勉留下了好印象，几个人互相握了握手。

"爸，他是韩悦的堂哥，也是韩爷爷的孙子！"邵嘉依说的韩爷爷，邵勉当然知道是谁，一听韩涛是韩铮的孙子，邵勉对韩涛更加满意了。

"哦，韩涛，我和你叔叔小时候在一起相处过几年，后来你叔叔还帮过我，你爷爷也帮过我不少，你妈现在怎么样了？"邵勉知道韩涛的父亲已经不在了，母亲因为父亲去世打击太大，精神失常。

"谢谢邵叔叔，我妈现在好多了，目前还在国外接受治疗。"邵勉和韩涛坐在一边聊天。

薄亦月看着女儿喝剩下的鸡汤，又看了一眼韩涛的军装，上面划着杠杠，知道那是中校级别的标志。

"你们是怎么认识的？"她疑惑地看了一眼女儿。

"最初是因为帮韩悦送信认识的啊，并且我这两天公司军训，教官正巧也是涛哥哥！"邵嘉依实话实说。

薄亦月点了点头，听到邵勉和韩涛爽朗的笑声，两个人看上去聊得不错。

没有多久，邵嘉依就和韩涛分开，韩涛把一家三口送到军区医院门口才回去。

回去的路上，邵勉无论如何都不允许女儿再去军训。

邵嘉依无奈，只得答应，然后考虑着要不要和斯鼎礼说一声。

在床上纠结了好半晌，她才拨了斯鼎礼的手机号码。

电话很快被接通，只是那边没有人说话，连一句"你好"都没有。

她稳定了一下情绪，主动开口："您好，斯总，我是邵嘉依。"

非常公式化的开头，在邵嘉依看不到的地方，斯鼎礼眉头紧皱。

那边还是没有回应，邵嘉依有点心塞，他是有多不想搭理她？

"那个，我有点不舒服，可能无法继续去军训了，您能批准我请假吗？"接下来，空气中一片安静。

斯鼎礼不说话也不挂电话，让邵嘉依有点疑惑。

"斯总？"

"军训期间和教官不清不白，影响公司形象，罚扣半个月工资。"

……

邵嘉依紧紧地抓着床单，怒道："斯鼎礼，你不坑我，你会死啊！"

"邵嘉依，注意你的措辞！"她那边什么表情什么反应，斯鼎礼完全可以想象到。

"斯鼎礼，我告诉你，你不要欺人太甚，我不干了行不行！"她的话音刚落，电话内又是一片寂静。

也没有多久，那边冰冷的声音又传了过来："不想干可以，过来当面跟我说。"

邵嘉依"噌"地就从床上爬了起来："去就去，斯鼎礼，你给我等着！"

被火气冲昏头脑的邵嘉依，完全没有思考一下。她只是一个实习生，和公司签订的只是临时合同，就算不干可以直接不用去！

走在去往9号别墅的路上，邵嘉依拿着手机，还在给斯鼎礼发信息："你等着，我两分钟就到，你下来给我开门！"

那边杳无音讯。

9号别墅内装修大气恢宏，可不是什么人想进就可以进的。

此时此刻，里面却上演着令人意想不到的一幕。

两个人大眼瞪小眼，敌人相见，分外眼红。

"本姑娘来了！告诉你一声，本姑娘不干了！再见！"邵嘉依扔下一句话，转身就往外走，太气人了，这么难缠的家伙，谁爱伺候谁伺候去。

她的手腕被男人拉住，一个低沉的声音响起："你喜欢韩涛？"

关他什么事！邵嘉依瞪着他说："不用你管，好好和你女朋友恩爱就行了，别人的闲事你少管！"

"回答我的问题。"斯鼎礼不理会她的怒火，淡淡地问她，一派气定神闲，似乎早已经看透一切，事态尽在掌握。

看到斯鼎礼冷冰冰的样子，邵嘉依真想踹他。不想看见她就别让她来啊，来了还甩脸色给她，什么意思嘛！于是赌气地回答："是啊，我很喜欢韩涛，怎么了？关你什么事？"

斯鼎礼松开她的手腕问："所以，你也和他睡了？"

邵嘉依的脑袋"轰"地就炸了，脸蛋赤红，"啪！"一个巴掌，别墅内一片寂静。

邵嘉依看着斯鼎礼阴沉的脸色，缩了缩脖子，搓着发疼的手心吼道："斯鼎礼，你无耻！"

男人的目光渐渐地放回她的身上，粗鲁地将她抵在她身后的门上，咬牙切齿地怒视着她说："邵嘉依，看我今天怎么收拾你！"

说完，就拉着她的手腕，快步往楼上走去。

"你放开我，斯鼎礼！我不要上去！"邵嘉依使劲地挣脱着，手机摔在地上，她也来不及理会。

她挣扎得太厉害，斯鼎礼干脆把她扛了起来。推开二楼卧室的门，将她扔到床上，邵嘉依被撞得七荤八素的。

第二十一章 我毁了你

趁着斯鼎礼关门的时间，邵嘉依连忙从床上爬起来，从另外一边下了床。

斯鼎礼不费吹灰之力就将她逮住。

"啊，斯鼎礼，我错了，我错了！"识时务者为俊杰，邵嘉依连忙道歉。

"晚了！"斯鼎礼重新把她扔回大床上。

解开自己脖颈上的黑色领带，准备去捆住她的双手。

邵嘉依右腿猛然一抬，往他的致命之处踢去。

斯鼎礼意识到她的动作，黑着脸控制住她行凶的双腿，让她整个人动弹不得。

轻松地捏着她的下巴，冷笑地看着发抖的她说："敢对我拳打脚踢，很厉害嘛！"

人在屋檐下，不得不低头，邵嘉依哭丧着脸道："求你放过我，我错了还不行吗？"

邵嘉依也挺佩服自己的胆子，居然敢对他动手，呜呜，现在知道后悔了还来得及吗？

"不行！你这个胆大包天的女人，看我今天怎么收拾你！"斯鼎礼松开她的下巴。

两个人的距离瞬间只剩下几厘米，邵嘉依的手抵在他穿着白色衬衫的胸膛上。

邵嘉依眼珠子咕噜一转，改变了策略，说道："斯鼎礼，你是有女朋友的人，我们这样不合适吧！"

"合适不合适，我说了算！还轮不到你来指手画脚！"

"不霸道会死啊！"邵嘉依从来没有见过这么霸道的男人，这一刻她不再后悔刚才给他的那一个耳光。

"我只知道不收拾你我会死！"他会被她活活气死。

大掌缓缓地握上她雪白的脖颈，力度渐渐加深。

邵嘉依看着面前男人阴狠的样子，她是真的被吓到了。

完了，完了，完了，自己要死了吗？

邵嘉依一咬牙，用力抬起头，堵住男人的薄唇，对他又咬又啃的，斯鼎礼的动作被迫停下。

女人的幽香扑鼻而来，他暴露在空气中的胳膊，紧紧地贴着她布料光滑的睡衣。

空气中的氛围逐渐变化，男人松开控制在她脖颈上的大掌。

搂住她的腰身，化被动为主动。

"斯鼎礼，别……"奇怪的感觉向她涌来，她的声音微微颤抖。

斯鼎礼紧紧地闭上眼睛，手握成拳头，这该死的女人，竟然敢这么撩他！

"邵嘉依，你就这么水性杨花吗？昨天晚上刚和韩涛在一起，现在又在我这里，嗯？"

这赤裸裸的羞辱，让邵嘉依脸色瞬间苍白。

原来在他心中，她就是这样的一个女人！

"斯鼎礼，你以为你是谁！真以为所有人都会围着你转？这世上也就只有宋芷晴那个瞎眼的能看上你，我邵嘉依最讨厌的人就是你！"

时间再次静止，房间内旖旎的氛围被颠覆，此刻斯鼎礼的眼中只有怒火和冷意。

斯鼎礼的手机响了一遍又一遍，没有人去管它。

她的眼神倔强，他的眼神冰冷！

"邵嘉依，今后你敢再提一次要辞职，我就毁了你！"斯鼎礼从床上站起来，拿起旁边的手机。

电话对面是邵勉，他闭了闭眼睛，滑下接听键："干爸。"

"鼎礼，嘉依怎么还没回来？她的手机我也没打通，她是不是还在你那里?"电话终于打通,邵勉松了一口气。

"在,干爸,我现在就把她送回去。"斯鼎礼的余光看到她走出了卧室,连忙跟上去。

"嗯,好。"

把手机随手扔在一边,几个大步就跟上了她,然后超过她走在前面。

两个人谁都没有说话,出了别墅。

她依然沉默着。路灯下的她面无表情地看着前方,斯鼎礼第一次见到这样的邵嘉依,她仿佛被浓浓的哀伤所包围。

他左手插进裤兜,右胳膊揽住她的肩,往前走去。

她倔强地摆脱他的控制,狠狠地注视着他,仿佛和他有仇一般。

不理会她的眼神,他继续揽上她的肩,往前走。

她再次摆脱。

"滚开,不用你多管闲事!我自己认识路!"

斯鼎礼把收回的右手也插进裤子口袋内,说道:"邵嘉依,你不要不识好歹。"

在外人看来,他们像是闹别扭的情侣。

又等了一会儿,等不到女儿的邵勉,不放心地走出家门来接女儿,没走几步,就看到了这样的一幕画面。

"我就是不识好歹,斯总出来送我做什么?别忘了我可是有别的男人的!既然我这么低贱,你就不怕降低了自己的身份?"

邵嘉依也有毒舌的时候,虽然技术不高,但是也足以把人堵得说不出话来。

"邵嘉依,你不要再惹怒我!"

斯鼎礼往前走一步,拉近两个人的距离,同时也让邵嘉依感觉到他身上所散发的危险气息。

只是,已经撕破了脸,邵嘉依还有什么好怕的?

"惹怒你又如何?毁了我?哎哟,斯总,我好怕怕啊!"

这一幕看呆了随后跟着出来的薄亦月,以及一直站在原地的邵勉。

邵嘉依没有离去，斯鼎礼右臂揽上她的腰，将她紧紧扣在怀中，轻轻松松地就让她动弹不得。

邵勉双眼喷火，挽起袖子就要过去揍斯鼎礼。

薄亦月连忙拉住老公，回了公寓。

良久，吻在一起的双唇分开，邵嘉依继续不服气地问道："听说斯总有洁癖，对于其他男人的女人，不嫌恶心吗？"

斯鼎礼知道她在故意刺激自己，并且这个话题成功地激出了他的火气，于是冷冷地回她："第一次是我的就好。"

邵嘉依脸色绯红："呵呵，斯总不也是初次吗？这么看来，我还不算吃亏，还能扯平。"

在邵嘉依听来，斯鼎礼就像是在说今天少赚了几百块那么平淡。

她转过身掩饰自己的脸红，装作无所谓地讽刺道："难道25岁的斯鼎礼，堂堂SL集团的跨国总裁，第一次还在吗？"

这话从她嘴里说出来，怎么听起来就那么羞耻呢？

他大步跟上她的脚步，紧紧地揽住她的肩，邪恶地在她耳边说道："究竟有没有在，你要不要试试？"

邵嘉依的脸色已经红得仿佛要滴血了，推开他的胳膊说："你这是要本小姐翻你的牌子吗？抱歉，本小姐很挑食，一般的男人不符合我的胃口。"

很快就到了邵家别墅，斯鼎礼被邵嘉依刺激得脸色黑如锅底，严肃道："邵嘉依，你不要嘴上逞强，我警告你的事情不要忘了，如果明天你敢迟到，我不会轻易饶你，我这里可是有你的私照，足够毁了你。"

……

邵嘉依呆若木鸡地站在原地，看着高傲的男人踩着优雅的步伐离开。

好半晌才吼道："斯鼎礼，你这个王八蛋，我要见你一次打你一次！"

短暂的安静过后，邵勉幽幽的声音从别墅门口传出来："邵嘉依，你给我回来！"

邵嘉依回头望见邵勉的脸色，奇怪了，怎么和斯鼎礼的一个样？

"爸!"打过招呼后,邵嘉依快速往楼上窜去。

任由邵勉在后面怎么叫她,邵嘉依都不理会,她关上房门,把自己裹进被窝里。

邵勉可是准备好好教训嘉依的,谁知这丫头好像能猜中他的心思一般,就这样逃了。

望着女儿消失的背影,无奈地摇了摇头,女儿大了,不好管了。

阳台上的斯鼎礼看着杯中的红酒,回想着邵嘉依刚才的那句话:"我邵嘉依最讨厌的人就是你!"

这句话仿佛有魔力,一遍又一遍地回荡在他的耳边。

烦躁地喝下红酒,又添满。

卧室内的手机"叮"地响了一声,斯鼎礼本没有打算去管它的,但是不知道为什么脑海中一瞬间划过邵嘉依的脸蛋。他端着红酒走进卧室,拿起自己的手机。

是一条短信:"你哪来我的私照,老实交代是不是骗我的!"

斯鼎礼看着手机冷笑,回复:"别忘了那个晚上。"

这话的暧昧度让裹在被子里的邵嘉依瞬间红了脸。这个该死的男人,居然乘人之危,拍她私照!

看她怎么回报他!

嘶——肚子好痛。

奇了怪了,刚才去找斯鼎礼的时候,怎么不痛?现在回来了就又开始了。

在屏幕上点了几个字发过去:"想让本小姐上班可以,先让我请两天的病假。"

"什么病?韩涛给传染的?那我懂了。"

邵嘉依紧紧地握着手机,双目紧闭,咬着牙齿在床上打了好几个滚。

这次不是痛的,是气的!

"懂你个大头!斯鼎礼,以后咱们走着瞧,是你让我去上班的,把公司给你掀了可别怪我。"

看到这条信息，斯鼎礼心中有一丝丝的后悔。

他完全相信邵嘉依的闹腾程度，不把公司全掀了，最起码也会给他掀一半。

"给我老实点，别忘了我手中有你的把柄！"

接着那边一阵沉默，斯鼎礼准备去浴室的时候，手机又响了，他立刻把浴袍扔在一边，拿起手机。

"你就直接说吧，让不让我请病假，不然我出了什么事情，你能负责吗？"

"不准请假，出了事情我负责！"

"……"

邵嘉依抱着手机欲哭无泪，她怎么会沾上斯鼎礼这个恶魔？

"渣男！"她恶狠狠地给他回过去两个字。

"多谢夸奖。"

邵嘉依觉得自己必须得想一个办法，如果他手机上真的有她的照片，她一定会被他折磨成神经病的！所以，她必须拿到他的手机。

第二十二章　邵嘉依怀孕了

在众人奇奇怪怪的目光中,邵嘉依蔫蔫地进了公司。

她现在在公司独来独往,没有一个人愿意和她做朋友。但是骄傲如邵嘉依,她也不屑和不愿意跟自己做朋友的人做朋友。

刚在自己被孤立起来的办公桌前坐下,邵嘉依的手机就响了起来。

"瑞瑞。"是郑淑瑞。

郑淑瑞下一句话,就让邵嘉依跳了起来。

"你说什么?你要结婚了?郑淑瑞你脑袋发烧了吧!"

意识到自己的反应,邵嘉依不好意思地看了一眼大家疑惑的眼神,她压低了声音:"啊?郑淑瑞,你刚毕业不到两个月吧,你就怀孕了?"

"怀孕了"三个字,再次被她提高了分贝。

然后走到办公室门口的斯鼎礼,优雅的步伐就这么顿住了。

怀孕了?难道邵嘉依昨天说要请病假是因为怀孕了?

对于这方面没有一点经验的斯鼎礼,完全相信邵嘉依怀孕了。因为他以为邵嘉依和韩涛已经发生过关系,怀孕也属正常。

踏进办公室,斯鼎礼坐在BOSS椅上,看着落地窗外的城市风景。

许久以后,拨通师霄的内线电话:"让邵特助进来一趟。"

师霄听着那边不对劲的声音,同情地看了一眼还晃着脑袋,哼着小曲的邵嘉依说:"邵特助,总裁让你进去一趟。"小丫头自求多福吧!

"叫我?"邵嘉依还沉浸在郑淑瑞带给她的震撼中,想开了以后就为郑淑瑞感到高兴。

毕竟结婚怀孕是喜事,还是值得高兴的。

在师霄同情的眼神中,邵嘉依敲响了总裁办公室的门。

"进。"

邵嘉依踏进办公室,关上门。在看到斯鼎礼的那一刻脑子里就开始打主意,绞尽脑汁地思考着要怎么拿到斯鼎礼的手机。

看着眼神乱扫的女人,斯鼎礼从旁边拿出一个东西,放在办公桌前说:"既然怀孕了,就回家待产吧,这里是你这段时间以来的工资。"

邵嘉依一眼望到的是他办公桌上的手机,所以对于他的话也是心不在焉的。

"工资啊,工资怎么了?"她的目光一直盯着手机,步伐渐渐靠近办公桌,机会难得,她干脆抢过来得了。

斯鼎礼斜了一眼心不在焉的邵嘉依,刚才他的话,很明显她没有听进去。顺着她的目光看过来,是自己的手机,斯鼎礼充满疑惑。

"邵嘉依!"

"嗯?"小身板已经靠近了办公桌。

"你干什么?"

眼看手机就到手了,却半路里杀出一只大掌,给取走了。

"你拿我手机做什么。"这个女人,思想总是很奇怪。

就比如现在,好好地说她怀孕的事情,她却打起了他手机的主意。

"看看不行吗?什么牌子的?多少钱?哪买的?"邵嘉依无所谓地扯出一大堆废话。

争夺手机大战,第一回合失败!

"和你的有区别吗?"斯鼎礼一语拆穿她的谎言。

是啊,邵嘉依和斯鼎礼的手机都是一个品牌,只是型号不一样。

邵嘉依讪讪一笑,立刻转移话题:"大总裁,你找我做什么?"

斯鼎礼满脸无奈,冷冷地把自己刚才的话重复了一遍,将支票推到她的面前。

"怀孕?待产?"邵嘉依只感觉一股气体快速冲到脑门,身侧的小手握成拳头。

气到极点,也就平静了。

"我已经知道了,现在拿着支票就可以离开了。"斯鼎礼靠在椅背上,闭上眼睛不想看到她。

邵嘉依不知道深呼吸了多少次后,挂上甜甜的微笑说:"斯总,你稍等一下,你对我这么好,我得送你一个临别礼物呢!"

临别礼物?斯鼎礼连眼睛都没有睁开,对着邵嘉依挥了挥手,示意她可以出去了。

邵嘉依一而再再而三地告诉自己,忍住,忍住,不要发火!等会儿用怒火喷死斯鼎礼。

女孩离开办公室,办公室恢复短暂的宁静。

办公桌上的那张支票,她连碰都没有碰。

十分钟后,邵嘉依直接推开办公室的门,走了进来,把手中的东西放到身后,还不忘把办公室的门反锁。

斯鼎礼皱着眉头看着奇怪的她。

女孩欢快地跑到他的面前,双手背在身后,不知道拿了什么东西。

"斯鼎礼,你先闭上眼睛,我要给你一个惊喜。"

幼稚!

"要给就拿出来!"他没空陪她玩!

"哎呀,我这都是最后一个要求了,斯总就配合一下嘛!"邵嘉依皮笑肉不笑地微微撒娇。

斯鼎礼眉头已经皱成了川字,算了,再允许她最后放纵一次。

闭上眼睛,靠在椅子上。

邵嘉依脸色瞬间变了,满脸的怒火,拿出身后的东西,小心翼翼地绕过斯鼎礼。

"斯总,先别着急,半分钟就准备好了……大惊喜!"

斯鼎礼感觉自己的身上有什么东西,在他意识到不对劲的时候,已经晚了。

BOSS椅上的男人动弹不得。

"邵嘉依!"男人冰冷地警告他。

正在气头上的邵嘉依才不管他,又快速地用绳子把他绕了好几圈,不放心似的把他腿上也缠了好几圈。

"邵嘉依,你是不是找死!"斯鼎礼黑了脸色,恶狠狠地盯着同样满脸火气的女孩。

把绳子紧紧地系上,邵嘉依拍了拍手。

从旁边拉了一把凳子,跷着二郎腿坐到斯鼎礼的对面。

"你这个人渣!臭鸡蛋!臭鸭蛋!怀孕?你才怀孕了!你怀孕一个月,两个月,三个月……你该生了!"

"斯鼎礼,看本小姐今天怎么教训你。"

邵嘉依从椅子上站起来,拿起旁边他办公的钢笔。

"我警告你,你不要乱来!"第一次这么狼狈,男人咬牙切齿地想要把女孩给撕碎。

"你凭什么说我怀孕?知道的这么多,孩子是你的吗?"邵嘉依打开笔帽,拉近和他的距离。

斯鼎礼看着顽固的女孩子,冷笑道:"自己在树林子里和韩涛干了什么好事,你自己不知道吗?"

邵嘉依什么时候开始说谎话了?斯鼎礼满眼的鄙视。

"斯鼎礼,你的智商是零吗?"邵嘉依难以置信地看着身为总裁的斯鼎礼,就算是她和韩涛发生了什么,那才过去两天好吗?

"不好意思,让你失望了,我的智商二百三!"说起这个,斯鼎礼口气还是无比自豪的。

女孩不屑地嗤笑,晃了晃手中的笔说:"二百三?我看是二百五吧。"

男人的脸色黑如锅底,使劲地挣了挣自己的手腕,绳子依然牢牢地绑在一起。

邵嘉依拿起钢笔靠近他,在男人的厉声警告中,在他的额头上画了一个圆圈。

"斯鼎礼啊斯鼎礼,你真的是蠢到家了,你去问问干妈,她怀孕多久才知道的？两天？你就说我怀孕……"嗯，再画一道，一条斜的。

"你当我是火星人吗？"

再画个头，再画个尾巴，挺好的，再修改一下。

"邵嘉依，你给我住手！"

住手？好不容易逮到个机会，她才不。

"敢毁坏本小姐的名声，看我怎么教训你！你是总裁怎么了，总裁也是人，哦！不但是人，还是人渣！啧啧啧。"

斯鼎礼硬是从唇齿间挤出一句话："邵嘉依，你最好把我弄死！要不然看我怎么弄死你！"

"不弄死你，我没有那么残忍，放心。"邵嘉依添上最后一笔，满意地点了点头。

"敢拍我私照，斯鼎礼，从今以后你也就有把柄握在我的手中了，哈哈哈哈。"整个办公室都回荡着邵嘉依得意的笑声。

她拿出手机，把斯鼎礼的样子拍了好几张。

照片中男人脸色难看到极点，但是额头上的那只乌龟却很显眼。

"哈哈哈。"邵嘉依差点笑得在地上打滚。

然后又拿起他的手机。

"邵嘉依，把我的手机给我放下！"他好像知道了她要做什么，不能让她翻他的相册。

女孩得意地吐了吐舌头："略略略，我就是不放。"

"你比谁都知道翻阅他人的隐私，会是什么罪行！"

斯鼎礼的警告，邵嘉依还是听进去了，她好像记得，触及他人的隐私，是什么罪行来着？之前邵嘉康告诉过她好几次，她怎么给忘了？

"那你自己打开手机相册给我看！如果不想你的丑照被我到处乱传的话！"

斯鼎礼无奈地打开手机相册，里面居然只有一张照片，就是她那天晚上穿着睡衣自拍的照片！

"斯鼎礼，你耍我！"她再次怒气冲冲地瞪着他。

看到她关注的重点居然在这里，斯鼎礼松了口气："怎么？穿睡衣就不是私照了？邵嘉依，你的思想是有多开放，还是希望我拍你的裸照？"

　　他的一番话，让邵嘉依面红耳赤。

　　这个臭男人，她重重地摔下他的手机，拿起钢笔又在他的脸上写下两个字：渣男！

　　斯鼎礼紧绷着脸一言不发，邵嘉依，你给我等着！

　　从来没有人敢这么侮辱他，邵嘉依，你好样的！

　　不知觉间，邵嘉依三个字已经被斯鼎礼念了几百遍。

第二十三章　脸上被画乌龟

这个时候办公室的内线响起，邵嘉依拿起内线电话，接听，那边传来师霄的声音："总裁，宋小姐过来了！"

邵嘉依捂着话筒，清了清嗓子。

在斯鼎礼杀人的眼神下，捏着嗓子，让自己模仿男人的声音："让她进来吧！"

"总裁，你的声音怎么了？"师霄奇怪地看了一眼紧闭的办公室门，总裁和邵嘉依到底在里面做什么？

邵嘉依怕露馅，连忙挂了电话。跑去把办公室的门锁打开。

然后把斯鼎礼的凳子，费劲地挪回原位。

在男人难以置信的目光中，邵嘉依贼贼一笑，骑坐在斯鼎礼的大腿上。

"……"

姿势无比暧昧，但是又刚好可以挡着斯鼎礼身上的绳子。

女孩坐在男人的身上，不断得意地对他眨着眼睛："老实点，要不然我让宋芷晴看看你的王八脸……哦，不对，画着王八的脸。"

"邵嘉依，我奉劝你，等下最好哪远逃到哪里，要不然——"

"鼎礼！"宋芷晴清脆的声音，随着开门声传了进来。

办公室内的一幕，刺痛了宋芷晴的目光。

一个女人背对着她，坐在男人的身上。

邵嘉依微微一笑，双臂攀上男人的脖颈："鼎礼哥哥，你的身材可真好，胸膛好结实，看看这腹肌，啧啧啧。"

"滚下去！"男人冰冷的声音，让宋芷晴心里好受了一点。

关上办公室的门，往两个人面前走去。

"鼎礼哥哥,不要让她过来嘛,人家还想和你亲近呢,嗯?"邵嘉依都被自己恶心到了,话说出口后,她自己都是蒙的。

高跟鞋的声音,越来越近。

"站住,不要过来!"被斯鼎礼喝止,宋芷晴心痛地望着面前的一幕,她在鼎礼心中到底算什么?

"鼎礼,我是你的女朋友,你居然当着我的面,和其他女人……"

宋芷晴红了眼圈,她是真的爱斯鼎礼,没有别的因素。

"他的女朋友?我才是斯总的女人呢!斯总,你快把人家的私照给删了嘛!要不然我多害羞!"邵嘉依不安分地动了动,斯鼎礼的呼吸变得急促。

"芷晴,你先回去。"

"鼎礼!"宋芷晴难以置信地看着被女人挡着的男人,她要去看看这个女人到底是谁!

眼看就要看到女人的样子,又被斯鼎礼喝止:"宋芷晴,没听到我说的话吗?"

宋芷晴再次停住脚步,深吸一口气:"鼎礼,我希望今天的事情,你能给我一个解释!"

就在这时候,邵嘉依大胆地吻上斯鼎礼的薄唇。嗯,她今天就是要把斯鼎礼和宋芷晴这对儿给拆了。

谁让斯鼎礼那么讨厌!

缠绵的吻,让宋芷晴握紧了拳头。像斯鼎礼这么优秀的男人,虽然宋芷晴早就做好了他身边还会有其他女人的心理准备,但是当她亲眼看到后,还是接受不了。

宋芷晴拉开办公室的门,冲了出去,走到电梯口的时候,又回来站到师霄的面前。

师霄不想掺和到其中,缩了缩脖子假装没有看到宋芷晴。

恢复到正常情绪的宋芷晴敲了敲他的办公桌问:"师特助,里面的女人是谁!"

知道逃不掉，师霄尴尬一笑，抬起头说："宋小姐，我也不清楚啊！"

"师特助，你的女朋友是不是我公司的财务部组长，叫刘莉。"

赤裸裸的威胁让师霄心中一沉，不自觉地吐出实话："邵特助。"

宋芷晴难以置信地望向办公室的门，像是要把它看穿。

鼎礼不是说邵嘉依是他妹妹一般的人物吗？呵呵，看来还是她太幼稚了。

邵嘉依，你给我等着！

高跟鞋的声音，渐渐远去。

办公室内，邵嘉依松开差点反被动为主动的斯鼎礼，逃离般从他身上跳了下来。

整理了一下自己，挑衅地看着接近崩溃的男人。

"斯鼎礼，我告诉你，本姑娘没有怀孕，回家恶补一下你的常识！不懂的可以问干妈，相信干妈会打死你！"

无意间扫到一个东西，邵嘉依脑袋再次"轰"的一下炸了。

所以说，刚才坐在斯鼎礼腿上时……

"啊！"一声尖叫，邵嘉依夺门而出！

办公室的门被重重合上，邵嘉依大口大口地喘着气。

蓦地感觉有点不对劲，原来是秘书区的好几个人，都在用奇怪的目光盯着她。

邵嘉依讪讪一笑，快速回到自己的位置上，拿着自己的包逃之夭夭。

身后接着就传来斯鼎礼的咆哮声："师霄，滚进来！"

五分钟后，师霄面色正常地从办公室走了出来，然后找了一个没人的地方，放声大笑。

他居然看到总裁的脸上被画了只乌龟。

没多久，带着杀人眼神的斯鼎礼从办公室里走出来，拨通了一个号码："给我查查，看看邵嘉依跑到哪里去了！"

所以，当邵嘉依嘚瑟地开着车，到附近的商场转悠了一个小时，从商场出来时，却发现一辆车就稳稳地停在她的面前。她哭丧着脸，暗叫一声倒霉。

然后往一边的小巷内跑去，只是，斯总都亲自来抓人了，还岂能让她逃了？

不出两分钟，斯鼎礼单手制服了邵嘉依。

邵嘉依瑟瑟发抖地缩在车座上，为什么老天对她这么不公平，报应来得这么快！

谁来救救她啊！

邵嘉依叫天天不应，叫地地不灵，就这样被斯鼎礼带走了。

斯鼎礼一言不发地把她带到自己的别墅内，随便在三楼找了一间空屋子把她丢进去。

第二十四章　以后绝交

别墅内，邵嘉依气得指着斯鼎礼说："你你你，斯鼎礼，我，邵嘉依，以后跟你绝交，就当谁也不认识谁！"然后趁机往门口跑去。

"邵嘉依，我有这么好糊弄吗？"

什么意思？下一刻邵嘉依的手腕，就被一股力量控制。

对立的两个人，彼此怒视地站在客厅的正中央。

女人第N次，噌地往别墅门口跑去，斯鼎礼第N次轻松逮住她，这次直接把她拖到了二楼。

斯鼎礼的手机响了起来："干爸。"

是爸爸！邵嘉依一喜，连忙靠近斯鼎礼的手机喊道："爸爸，快来救救我！爸爸！"接着她的嘴就被斯鼎礼的右手堵住，整个人也被他抵在走廊的墙上。

"没事，干爸，她砸了我的窗户，在公司里给我惹事情，我和她谈谈。"

"唔唔唔。"邵嘉依难以置信地看着斯鼎礼，她什么时候砸了他的窗户？

邵勉不知道在那边说了什么，斯鼎礼回答："还没有，干爸放心，我好好看着她。"

什么？邵嘉依一脸震惊，怎么这么快就变成了让斯鼎礼好好看着她了？

然后斯鼎礼的脸色就变了，对电话那头说道："我知道，他和嘉依不合适。"

嗯？谁和她不合适？

斯鼎礼下句话就让邵嘉依知道了他在说谁："他的职业很伟大，但经常参加危险活动，每天都在外边执行任务，他给不了嘉依幸福。"

邵嘉依不再挣扎，瞪着捂着自己嘴巴的男人，说得好像他能给她幸福一样。

"干爸，我心里有分寸，我不会伤害嘉依。"

爸爸！爸爸！您可是最精明的律师！您可千万不要相信这个臭男人，他马上就要伤害您的女儿了,快来救救我啊!

邵嘉依再次剧烈地挣扎,斯鼎礼听着那边长辈的教训和交代,这边用自己的吻堵住了女人的红唇。

……

看看,看看,见过这么无耻的人吗?

那边忽悠着她老爸,这边非礼着她!

趁着女人被他吻得不知道东西南北的时候,斯鼎礼松开她,快速告诉邵勉:"知道了干爸,您和干妈早点休息,晚安。"

邵嘉依的唇仿佛会释放某种诱惑,让他一旦沾上,就再也不想放开,让他想一次又一次地吻她。

再次粗鲁地撬开她的唇齿,紧紧地抱着她,往卧室的方向移去。

用脚踢开门,邵嘉依的外套掉落在地上。

卧室内没有开灯,斯鼎礼将她压在大床上,轻轻地在她耳边说道:"给我!"

简单的两个字,惊醒了沉迷在刚才那个吻中的女人。

不行不行,她还没做好心理准备。

不过在斯鼎礼看不到的地方,她眼珠子滴溜一转:"斯总,别忘了,我和涛哥哥……"

她的话让斯鼎礼的动作猛然暂停。

被冲昏头脑的斯鼎礼双眸猩红地看着黑暗中的女人说:"你可以给他,也可以给我!"

"所以,你是想让我脚踏两只船,徘徊在你们两个人之间?"邵嘉依的指甲,掐进他的胸膛。

斯鼎礼狠狠地在她唇上咬了一口:"我不许,邵嘉依,我不允许你以后再见那个男人!"

他额头上已经开始渗出细细的汗珠,像是在隐忍着什么。

"呵呵。"女人娇笑,知道自己现在例假在身,他不能把她怎么样,她主动吻上男人的薄唇。

斯鼎礼惊喜不已，以为她答应了他的要求。

只是，十分钟后卧室内传来男人的咆哮："邵嘉依！"

被点到名的邵嘉依嗦瑟地躺在他的身下，看着他痛苦地闭上眼睛。

然后男人冷笑道："你以为有了护身符就可以了吗？知道惹到我的后果吗？"

邵嘉依欲哭无泪，说道："你不要碰我，我要回家。"

回家？男人冷笑，抬起她的下巴，眼神邪魅地盯着她："你以为在我的脸上画乌龟，写渣男，我还会放过你？邵嘉依，不要太幼稚。"

邵嘉依本来想道歉的，但是想到刚才他那样对待自己，说道："我们扯平了，你放我走。"

"扯平？"斯鼎礼笑了，看呆了邵嘉依。

斯鼎礼笑起来，好帅，好暖。

但他的下一句就把她打入地狱："幼稚的女人，我斯鼎礼没有那么好说话！你例假结束，我会用别的方式报复你！"

邵嘉依立刻双手护着自己说："你这个大恶魔，我不认识你，我要回家找我爸妈，呜呜呜。"

她哭得像一个小女孩，斯鼎礼的心软了软。

躺到床上，把她抱在怀里，给两个人盖上棉被说："老实睡觉，明天放你回家。"

她蹬开棉被："我不要睡觉，我要回家。"

她才不要和他一起睡，这个臭男人，就知道欺负她。

"邵嘉依，你不要敬酒不吃吃罚酒！"男人一个翻身压在她的身上，警告着她。

邵嘉依立刻止住哭声，泪眼汪汪地望着身上的男人："我睡觉。"

这才对！斯鼎礼重新把她抱回怀中，再次给两个人盖上棉被。

但是在这之后，邵嘉依又下床拿自己的手机，打开包包的时候，无意间看到包里的卫生巾。

脑袋一道灵光闪过，她贼贼一笑。

把手机随手放在一边，然后主动爬进斯鼎礼的被窝里，抱着他的腰。

邵嘉依从小被富养，从没吃过苦头，无论是脸蛋、双手、身上的皮肤都是吹弹可破。当修长的腿贴到斯鼎礼的身上时，男人立刻僵直了身体。

"斯总每天那么忙，早点休息。"轻柔地哄过之后，邵嘉依抬起手，拍着斯鼎礼。

嘴里还念念有词："乖乖早点睡觉觉，睡觉觉吃糖糖。"

女人的声音柔柔的，斯鼎礼能睡着才怪，十几分钟后不但没睡着，反而越来越精神。

黑丧着脸，望着快要睡着的女孩。"邵嘉依！"他沉声警告。

这女人，居然拿他当小孩子哄！

"嗯。不要打扰我，我要睡觉。"邵嘉依收回自己的手，放在脸蛋下，枕着昏昏欲睡。

"我有让你睡吗？"

"唔，你好吵。"邵嘉依翻了翻身，背对着男人。

她的身体，紧紧地贴着他。

斯鼎礼的喉结滑动了一下，要命的女人！

熟睡的女人被他紧紧地抱在怀里，他将脸埋在她的秀发间，贪婪地闻着她香香的味道。

噢！这简直就是顶级折磨！斯鼎礼猛然松开她，下床去了浴室。

他真怀疑自己把她困在这里，是在折磨她，还是在折磨自己。

第二十五章 和斯鼎礼谈生意

经过"画乌龟"等一系列事件后,邵嘉依决定从SL集团辞职自己开家甜品店,且找到了一家合适的店铺。

距离御谷名邸不远处的步行街上,邵勉为了扶持女儿开店,请来了一位很有名气的糕点大师。

资金上没等邵嘉依开口,邵勉直接给女儿的银行账号上转了一大笔钱。

拿着这笔资金,邵嘉依把店里装修了一下,购置完需要的东西后,又招了六位员工。

所以,邵嘉依成了甜点师兼老板。

店铺名字就叫作:依依点心小铺。

开业当天,许多人都送来了礼物。

邵嘉依专注做着一个慕斯杯,就在这个时候,店内的导购兴奋地跑到后厨来叫她:"嘉依,外面有个很帅的人找你,说找你谈笔订单。"

"你们直接和他谈就好。"她还有事忙着呢!

"但是,他指明找邵嘉依。那人好帅的,你快去看看。"导购年龄和邵嘉依差不多,因为平时邵嘉依也没有老板架子,所以关系处得不错。

邵嘉依放下手中的工具,摘掉一次性手套和口罩,往外面走去。

"喏,就是他!"导购往一个角落指了一下,一个穿着西装的男人背对着这边。

看看他旁边站的人,邵嘉依就知道了那是谁。

"告诉他,他的订单本小姐不接!"

师霄看到邵嘉依的第一时间,就告诉了斯鼎礼。

在导购错愕的时候,邵嘉依被师霄叫住:"邵小姐,斯总说如果你不过去,改天附近就会开好几家和你这里一样类型的店铺！"

斯鼎礼这招还是跟他老爸学的，当初黎浅洛告诉他的时候，斯鼎礼还很鄙视老爸的小气。

没想到有一天，自己也会碰到这种事情！

邵嘉依咬了咬牙，走到男人的对面，坐下。

"斯总有话快说！"

男人正在看着平板电脑，知道她过来，头都不抬。

"每周一千个芒果慕斯杯送到我公司，给我打五折！"

"五折？斯鼎礼你当我傻？"五折她一分钱不赚。

"嗯，五折你也不会赔的。"顶多不赚钱，没有别的损失。

邵嘉依忍住拍桌子的冲动，斯鼎礼怎么那么精明！咬牙切齿地挤出一句话："不要把你在商场上的手法和手段用到我的身上。"

她大概也知道斯鼎礼的战术，从五折往上提，呵呵。

斯鼎礼这才看了她一眼："挺聪明的嘛！"

"走吧走吧，看到你就眼疼！"邵嘉依从位置上站起来，准备离开。

"原价。"邵嘉依离开的步伐，硬是往后倒退了几步，重新站在斯鼎礼的旁边。

"成交！"

"别着急，我有条件！"就算是这样，他也要捞到好处的！

邵嘉依瞪了他一眼，就知道他不会吃一点亏。

"说！"

"每次多做一个你认为好吃的甜点，送到我的办公室。"

"就这样？"邵嘉依凑近了拿着平板电脑的男人，真的这么简单？

斯鼎礼感受到她的气息，忽然抬头，两个人的距离瞬间拉得特别近。

四目相对，邵嘉依尴尬地眨了眨眼睛，拉开距离。

"你亲自送到我的办公室，就这样！"

斯鼎礼发现自己挺好说话的，特别是面对邵嘉依的时候，这不是一个好现象。

她亲自送去啊？她平时很忙的好吗？

"我可以先预付半年的定金。"看到她似乎在犹豫，斯鼎礼立刻开启砸钱模式。

额，半年的定金，邵嘉依拿出手机，在上面点了点。

一个芒果慕斯杯四十块，一千个就是四万块。然后一个礼拜四万，一个月就是十六万。

然后是六个月，结果是九十六万！

"九十六万块，凑个整数，四万是我的油费。"邵嘉依笑眯眯地抱着手机，精打细算。

碰到斯鼎礼这种钱多的，她当然要把利益最大化。

"我还可以给你投资，你开一个分店，打出SL集团旗下招牌，一起盈利。"斯鼎礼放下手中的平板，眼中划过一抹精光。

听上去好诱人。

"你给我投资多少？"虽然爸爸给她的钱够多，也可以开家分店，但是邵嘉依想靠自己。

找一个人合资，也算是靠自己。

"我可以负责所有的资金，你只负责好好做甜点就行。"有她此刻的笑容，也就值了。

不懂商业的邵嘉依心里美滋滋的，其实她也不想考虑太多，她觉得斯鼎礼也不会在这种事上骗她。

如果他敢骗她，干妈第一个不会放过他！

"盈利分成呢？"

斯鼎礼终于开了口："一九分。"

话从斯鼎礼口中说出来，味道就是不一样。

"什么？"邵嘉依差点跳起来，"你知不知道做点心有多累？你还要拿走九成，不干不干！"

斯鼎礼深深地凝视着炸毛的女人，吐出几个字："我一，你九。"

"你，你……说的是真的？"邵嘉依兴奋地又凑了过来，仔细地盯着他精致的轮廓。

师霄在一边听着，就差点撞墙。总裁什么时候变成这样人傻钱多了？

回到公司，他也要和总裁商量合资开店，不乞求一九分，二八分他就可以跳起来了！

"同意吗？"斯鼎礼脸色依然冷漠，但是口气不再冷硬。

邵嘉依连连点头，最后还不忘加上一句："你不要给我耍花招，我的律师可是邵勉！"

斯鼎礼不屑地看着她："你有什么好让我骗的？"

这话邵嘉依就不认同了，挺了挺腰板说："我就是个宝，如果我要是被绑架了，对方要多少钱，我爸和我哥就会给多少钱！"

说完这句话，邵嘉依忽然就红了眼圈，再一次发现亲人对她的爱！

"这么值钱？说个数，多少钱能买到你？"斯鼎礼把她的话题带开。

"十个亿。"不对，太廉价。

"一百个亿！"女孩扬扬得意地看着斯鼎礼。

两个人的对话让师霄大跌眼镜。所以，总裁大上午专门跑过来，为的就是逗这个女孩？

"来，我给你开支票，一百个亿，以后你就是我斯鼎礼的人。"

斯鼎礼真的从旁边的公文包里拿出支票簿，打开钢笔准备往上画圈。

被一双手按住他的右手。"等一下！你有一百个亿？"邵嘉依难以置信地看着已经写过一个数字的男人。

邵嘉依从小就不缺钱，但是对钱也没有太多的概念，反正老爸给的钱，她怎么都花不完。

不对不对，要是老妈知道她把自己卖了，还不打断她的腿？

就算老妈不打她，如果她真的成了斯鼎礼的人，依他对自己讨厌的程度，还不天天跟着他洗碗洗锅？

"我们还是谈谈合作的事情就好，别的以后再说。"

斯鼎礼抽回自己的手，抽出一张纸巾，擦了擦自己被她摸过的手。

……

赤裸裸的侮辱，让邵嘉依又炸毛了。

"斯鼎礼，你要是专门来气我的，你可以走了！"

男人把纸巾扔进垃圾桶。

"你别忘了，这个事情你还是师傅！"

邵嘉依绞尽脑汁想了一下，记得有一次在他的车上……还真是她！

即使这样，邵嘉依也不想说软话，她转移话题："快说你投资的事情！"

"没什么好谈的，等着我装修好店铺，你过去工作就行了。"

师霄把平板电脑装进公文包内，跟在斯鼎礼身后，随时准备离开。

"那芒果慕斯杯今天不行，东西都还没准备。"对了，斯鼎礼要那么多芒果慕斯杯做什么？

"嗯，给你三天时间，师霄，把一百万汇到邵嘉依的账号上。"他一回身面对着大家，因为他而来围观的女人，好几个都失声尖叫起来。

美滋滋的邵嘉依往操作间走去。"邵嘉依。"斯鼎礼叫住她。

她疑惑地回头。

"送我出去！"斯鼎礼警告地看着她。

习惯了被簇拥的斯鼎礼，猛然被邵嘉依冷落，心里很不舒服。

男人被邵老板亲自送出店，高傲地坐上豪车扬长而去。

邵嘉依狠狠地白了他一眼："就知道欺负我！"

邵嘉依也是好了伤疤忘了疼的，还在想着以后有机会了，看她再怎么整他！

往后的两天，邵嘉依每天都泡在店里，带着几个徒弟，开始为芒果慕斯杯做准备。

第二十六章　对不起

第三天大清早五点，邵嘉依就从被窝里爬了出来，开始去店里忙碌着做慕斯杯。

晚上吃饭前，终于把所有的慕斯杯全部打包好，邵嘉依找来小货车，和人一起送到SL集团。

她拿出其中一份，去了楼上。

到了总裁办公室，邵嘉依直接推开了门。

里面的人让她一愣，也明白了斯鼎礼让她另外准备一份甜点是什么意思了。

"芷晴，我让人给你送来了甜点。"斯鼎礼表情柔和地看着坐在自己对面的女人。

本来看到邵嘉依很不开心的宋芷晴，听到斯鼎礼的话，很惊喜。

踩着八厘米的高跟鞋，向邵嘉依走去。

"给我就可以，你可以离开了！"宋芷晴岂会不明白斯鼎礼的意思？但是她还是让自己装作一无所知。

邵嘉依狠狠地瞪了一眼斯鼎礼说："斯鼎礼，你什么意思！"

"什么什么意思，没看到我订的甜点，给我女朋友吗？"

邵嘉依深吸了一口气，她还以为斯鼎礼是要自己吃的，所以，在快忙完芒果慕斯杯的时候，自己就把所有的注意力，全部投进这份额外为他做的芒果班戟中。

果然是她把斯鼎礼想得太好了，他分明是故意秀恩爱给自己看。抬高他的女朋友，贬低她！

邵嘉依绕过宋芷晴，走到他的办公桌前，打开小礼盒，取出刀叉，将芒果班戟分成好几份。

"嘉依，不用了，我来就行！"宋芷晴看到邵嘉依的动作，连忙过来阻止。

邵嘉依白了她一眼，叉起其中一份班戟放进自己的嘴巴内，让宋芷晴的手僵在空中。

这份芒果班戟，是她用心做的，她不想扔掉。

"我做的东西，以后你们两个人，一个都别想吃！"邵嘉依吃到最后还有两块，刚好下午也没吃东西，就一起吃完了。

吃完了，就后悔了，因为吃得太快给噎住了……

小脸憋得通红地拿起一张纸巾，胡乱地擦了擦嘴巴，然后捂着嘴，离开了办公室。

她邵嘉依以后连一口水都不喝他斯鼎礼的！

冲出SL集团，跑了好远，她都要断气了，才找到一个便利店。拿起一瓶矿泉水，来不及结账，就灌了起来。

最后邵嘉依是打车回去的，没有去店里，直接回到了邵家别墅。

给熙熙打了个电话，两个人一起去逛商场。

好巧不巧在商场碰到了斯鼎礼和宋芷晴，斯熙熙把宋芷晴给嘲讽了一番，然后拉着嘉依去逛街。

天黑后，斯鼎礼忽然出现在她们面前，告诉斯熙熙："我给嘉康打了电话，让他等下来接你。"

"他来接我，我的车怎么办？"斯熙熙想挣扎。

谁知斯鼎礼冲着不远处招了招手，对过来的一个保镖说："把这辆车开回去。"

斯熙熙不情不愿地拿出车钥匙，递给了不知道从哪冒出来的保镖。

邵嘉依看着这一切，若有所思，斯鼎礼这是不想让熙熙多接触她吗？

"熙熙，我先走了，咱们改天再约。"

邵嘉依也不想做不识趣的人，跟斯熙熙打了声招呼，把手提袋放进后备厢。

"你在这等着嘉康，他马上到。"斯鼎礼扔给斯熙熙一句话，就坐上了邵嘉依的后车座。

斯熙熙目瞪口呆地看着哥哥上了嘉依的车。

这是什么情况？

邵嘉依整理后备厢的时候，斯鼎礼坐进了她的后车座。抬起头将后备厢的门合上的时候，斯鼎礼合上了后车座的门。所以她自己车中坐了一个大男人，她都没有察觉到。

回头跟正张着嘴巴，瞪大眼睛的斯熙熙打招呼："熙熙，再见了！"

咦？那个讨厌的人呢？怎么忽然就不见了？

算了，关她什么事情！

邵嘉依得不到斯熙熙的回话，无奈地摇了摇头，开着车离开。

直到到了御谷名邸，邵嘉依将车开进车库，后面传来一个声音，差点把她吓死！

"到了？"

后面的的确确坐了一个男人，就是刚才忽然不见的男人。

邵嘉依拍着自己扑通扑通跳动的胸膛，邵嘉依，邵嘉依不怕不怕，是人，是人！

"你知道不知道，人吓人会吓死人！"

邵嘉依从主驾驶上下来，打开车后座的门，冲着里面很淡定的男人嚷了一声。

男人从车上下来在地上站稳说："自己胆小，怪我？"

……

不要理他，不要理他！

邵嘉依从后备厢中拿出自己的东西，步伐生风地往别墅内走去。

斯鼎礼从后面逮住她："我们谈谈。"

"我跟你没什么好谈的。"女人想甩开他的控制，往别墅内冲去。

"邵嘉依！"男人将她控制在自己的怀中，盯着她的眼睛问，"告诉我，你喜不喜欢我！"

神经大条的邵嘉依忽略了男人眼中的期待，倔强地推开他，准备拒绝他：

"我……"说出一个字,后面的字怎么也说不出来。

"嗯?"

他的眼神很深,仿佛要把她吸进去一般。

许久都等不到她的回答,斯鼎礼将她打横抱起,往车库外面走去。

不理会她的拒绝,将她带到自己的别墅。

今天晚上,他必须和她好好谈谈。

踢上别墅的门,斯鼎礼稳稳地扣紧她的后脑勺,他的手指插入她的秀发内,低头。

"唔。"

"邵嘉依,我一刻钟都不想再等!"别墅内灯都没有开,黑暗中男人的目光幽深。

邵嘉依的心,非常没出息地加速跳动:"我不——"

"由不得你!"斯鼎礼扔掉她手中的手提袋,抱起她往二楼走去。

邵嘉依想逃跑都没有机会。

"你不是说……好好谈谈的吗?"她推着身上的脑袋,微喘着气息。

"嗯。"斯鼎礼回答她。

可是,她还没有做好心理准备,面对热情的他,邵嘉依有点怕:"不行!"

"和韩涛分手!"他也会和宋芷晴分手!

她和韩涛根本就不是那种关系好吗?邵嘉依慌乱地摇了摇头:"斯鼎礼,不要!"

她的拒绝,让斯鼎礼以为邵嘉依不同意和韩涛分手。

男人已经被复杂的情绪冲昏了头脑,她是有多爱那个男人!

她想推开身上的男人,可是此时被男人撩拨得浑身无力,半推半就着就被攻破了防线。

五分钟后,邵嘉依闭上眼睛。

指甲深深地陷入他的胳膊内,眼泪哗哗地往下流着。

"疼。"

"……"

一向面色如常的斯鼎礼，此刻震惊地看着怀中女人的反应，邵嘉依她——

邵嘉依她不是已经和韩涛发生过关系吗？

他不敢再轻易乱动。

在这一刻，她是恨斯鼎礼的。

"乖，对不起。"男人疼惜地擦着她流不止的眼泪。

邵嘉依推掉他的手，哽咽地开口："斯鼎礼，我恨你！我恨你！"

"对不起，嘉依，不哭！"

邵嘉依深吸了一口气问："这就是你的目的吧？"

男人慌乱地摇头，不是，如果知道她是第一次，他怎么可能这么粗鲁地对她？

女人冷笑，雪白的双臂攀上他的脖颈："斯鼎礼，你不是问我喜欢不喜欢你吗？我不喜欢你，我喜欢的是韩涛！"

她的话，让斯鼎礼愧疚的双眸，渐渐地变成了猩红。

"我不信！邵嘉依！"

"不信？我会让你信的！"邵嘉依闭上眼睛。

无声的纠缠，女人的美好让斯鼎礼为之疯狂。

最后一刻，她的口中溢出一个名字："涛哥哥。"

斯鼎礼的血液瞬间冰冷。

冷静了半晌，这次他不再考虑她的感受，只为发泄自己心中的怒火。

一夜无言。

天蒙蒙亮，趁着男人进了浴室，邵嘉依忍着全身的酸痛，冲出了卧室。

走到楼下的时候，随便穿上自己昨天买的衣服，咬着牙冲出了别墅，回到邵家。

给自己的浴缸放满了水，把自己泡进去。然后闭上疲惫的双眼，昏昏欲睡。

9号别墅内，斯鼎礼裹着浴巾，从浴室走出来，凌乱的大床上已经没有了女人的身影。

大掌一挥,棉被掉在地上,米白色的床单上的一片血红刺痛了斯鼎礼的眼睛。昨夜她的美好,他记得清清楚楚。

他见证了她的蜕变,从一个女孩变成一个女人的美好蜕变。

斯鼎礼掀起米白色的床单,整整齐齐地叠起来,放进了柜子中。

除了以前在部队里的那段时间,这还是斯鼎礼生平第一次亲自换床单。

然后男人就坐在书房内,开始抽烟,一支接着一支……

天色大亮,斯鼎礼第一次一整天没有去公司。

手机关机,敲门也没反应,师霄一整天都没有联系上斯鼎礼。

第二十七章　闹矛盾

太反常了，之前斯鼎礼哪天不是三更半夜才从公司离开？

哦，不对，从邵嘉依出现以后的某一天起，斯鼎礼不再怎么加班。如果没有应酬，直接就回了9号别墅。

师霄打邵嘉依的电话，也是关机。

他还专门跑去了嘉依的店铺，导购员告诉他老板今天没来。

一大堆文件等着斯鼎礼签字，最后师霄无奈拨通了斯靳恒的电话。

"鼎礼联系不上？"对于这句话，斯靳恒深深怀疑。

因为儿子遗传自己对工作拼命的精神，只多不少。从接触工作开始，斯鼎礼就一心扑在工作上。

一年365天，如果没有特殊的事情，儿子从来不休息。

"嗯，是的，董事长，现在已经下午了，斯总还没有一点消息。"师霄擦着额头上的冷汗，这父子俩一个德行，不说话都能冻死人。

"那边呢？"斯靳恒大胆地猜测道。

师霄知道他说的是谁："邵嘉依那边我已经联系了，也是手机关机，店铺今天都没去，这俩人好像……"

他的话，让斯靳恒明白了几分。

斯鼎礼和嘉依一定发生了什么事情，就是不知道这俩人在不在一起。

"嗯，我知道了，等会儿有消息联系你。"

斯靳恒挂掉电话，直接联系了邵嘉康。

邵勉和薄亦月不在国内，现在只有邵嘉康能帮上忙。

联系上邵嘉康的时候，邵嘉康正在回公司的路上。听说嘉依和鼎礼不见了，邵嘉康立刻调头，回了别墅。

并且联系上斯熙熙，让她去9号别墅看看。

邵嘉康使劲拍打着邵嘉依的房门，里面都没有反应。

最后邵嘉康一个用力，把门给踹开。

床上那个小小的身影，让邵嘉康着实松了一口气。

"嘉依，你都没听到哥哥叫你吗？"邵嘉康绕到床的另一边。

床上的人，没有一点动静。

他凑近邵嘉依，她脖颈上青青紫紫的痕迹，让邵嘉康呼吸一紧，脸色剧变。

不过，更吸引他目光的，是邵嘉依脸上不正常的红晕。

把手放在她的额头上，邵嘉康吓了一跳，这么烫！

不敢轻易翻开妹妹的被子，邵嘉康将裹着被子的妹妹抱出别墅。

把妹妹放在后车座上，拨了斯熙熙的手机。

斯鼎礼的别墅只有自己家人能打开，斯熙熙用小拇指的指纹打开门后，上了二楼。

微乱的卧室内没有人影。

她又打开书房的门，一股浓浓的烟味和酒味扑鼻而来，呛得斯熙熙一阵剧烈咳嗽。

电脑桌前，歪歪斜斜地坐着一个男人。

不知道是睡着了，还是在闭目养神。

旁边扔着好几个白酒瓶，桌子上的烟缸内插满了烟头。

"哥。"斯熙熙捂着口鼻，用一只手推了推斯鼎礼。

男人没有反应。

"哥，你怎么了？"斯熙熙只得伸手去晃他，斯鼎礼这才睁开了眼睛。

双目猩红，把斯熙熙吓了一跳，哥这是怎么了？

"哥，你吓我一跳，你这是怎么了？"昨天晚上不还好好的？

斯鼎礼摇了摇头，从椅子上站起来，摇摇晃晃地往卧室走去。

斯熙熙无奈地跟上他，半扶着他的胳膊，把他送到了卧室。

正准备离开的时候，斯熙熙的手机响了起来。

"喂，邵嘉康？"

"嘉依发高烧了，你找到你哥没？"

斯熙熙看了一眼背对着自己的斯鼎礼说："嗯，他喝醉了，已经睡下了。嘉依怎么会发高烧？"

"不知道，我这边可能有点不太方便，你先过来一趟，我们一起送嘉依去少哲那里。"

"好，我现在过去。"

卧室的门被关上，本来应该已经睡着的男人，悄悄睁开了眼睛。

医院内，司少哲给邵嘉依量了量体温，立刻给她输液。

"高烧四十度，送过来还算及时，再晚会儿后果不堪设想。"

出了这种事情，邵嘉康也不知道该不该给老爸老妈打电话，只能等到邵嘉依醒了，问问她的意见。

晚上十二点多，邵嘉康看着手中的文件，揉了揉发酸的眉间，病房外响起有力的脚步声。

病房的门被打开，一个内穿白色毛衣，外穿黑色风衣的男人走了进来。

邵嘉康立刻从沙发上站了起来，本来是想冲上去暴揍斯鼎礼的，但是想到熙熙的话，就紧紧地握住了拳头。

斯鼎礼对他点了点头，大步走到病床边。

病床上的女人已经退烧，目前正在熟睡。

她脖子上的痕迹，让斯鼎礼眼中划过一抹痛楚。

他……好像对她太狠了。

"是你做的。"邵嘉康问他，同样也不是在问他，因为他的口气是肯定句。

斯鼎礼点头。

"如果她愿意，我会和她订婚，结婚。就怕她……不愿意。"

斯鼎礼的话，让邵嘉康火气消了几分。

"等嘉依醒了再说吧！"邵嘉康站在床头的另一边，望着脸色好了少许的妹妹，还是挺心疼的。

斯鼎礼的目光丝毫没有转移，身体一动不动地站在原地说："嘉康，你放心，该做的我都会做。"

邵嘉康叹了一口气说："嘉依她太单纯，鼎礼，你一定不要辜负了我妹妹。"

斯鼎礼点头，然后离开医院。

邵嘉依一觉睡到第二天早上才醒过来，还是被饿醒的。

睁开眼睛，看着贴着壁纸的天花板，怔了半个小时。

然后自己从病床上坐起来，邵嘉康正在进行视频会议，看到妹妹醒过来，立刻结束了会议。

"嘉依，你醒了？还有没有什么不舒服的？"

邵嘉依扬起笑脸说："没有，哥，我好饿。"

邵嘉依的反应让邵嘉康怔了怔，嘉依怎么像个没事人一样？

不过邵嘉康也没有多说，答应道："好，等着，我让护士把早餐给你送过来。"

吃完早餐，准备出院的时候，斯熙熙过来了。

俩人凑在一起嘀嘀咕咕："嘉依嘉依，昨天发生了什么？快给我说说。"

"没事啊，我可能是在浴池内泡得太久了。醒来的时候水已经凉透了，晕晕乎乎地穿上睡衣，就睡下了。"

斯熙熙看着邵嘉依和平时无异的样子，有话也问不出来了。

"嗯，那你现在感觉头还晕吗？"

"没事了，感觉神清气爽的！"邵嘉依冲她一笑，拉着她往病房外走去。

邵嘉康把邵嘉依送回别墅，刚到别墅门口，就看见门口站着一个西装革履的男人正在抽烟。

邵嘉依脸色一白，差点忘了呼吸。

邵嘉康看了一眼正低着头白着脸的妹妹，打开别墅的门说："先进来再说。"

斯鼎礼将烟头掐灭，跟着进了别墅。

客厅内，斯鼎礼拉着往楼上走去的邵嘉依说："等一下。"

邵嘉依甩开他的手，回头面无表情地看着他，那眼神像是在看一个陌生人。

斯鼎礼从口袋中摸出一个东西，在其他人的诧异中，单膝跪地，将手中的锦盒推到邵嘉依的眼前："邵嘉依，请你嫁给我！"

锦盒里装着一颗带着硕大粉色钻石的戒指，斯熙熙认得那枚钻戒，是GL的最新款，她之前曾经悄悄地留意过。

邵嘉依紧紧握着拳头，如果没有前天晚上的事情，她也许会很开心很开心吧！

但是，此刻……

邵嘉依拿过那个锦盒，用力合上，然后扔到门口说："斯鼎礼，拿着你的戒指，滚！"

说完，头也不回地上了楼。

邵嘉康和斯熙熙被这一幕弄得一脸尴尬。

稍后，斯熙熙回过神，连忙跟着邵嘉依上了楼。

斯鼎礼脸色阴沉地准备离开邵家别墅。

"鼎礼！"邵嘉康捡起锦盒，叫住斯鼎礼。

男人站在原地。

"嘉依应该是很喜欢你的，我不知道你们俩之间发生了什么，把那丫头好好哄哄，就没事了！"

她是喜欢他的？斯鼎礼苦涩地笑了笑，笑得讽刺。

如果喜欢他，还会在他的身下叫着别的男人的名字？

斯鼎礼没有说话，接过他递过来的锦盒，走出了邵家别墅。

第二十八章 讨好邵嘉依

斯熙熙看着红着眼圈的邵嘉依,轻轻地抱着她说:"嘉依,不要难受,你有什么问题,可以说出来,我们一起解决。"

邵嘉依摇了摇头,一滴泪从眼中滑落。

"熙熙,"她一个哽咽,"我恨他。"

恨他的霸道!恨他的野蛮!恨他不顾一切地占有她!

"嘉依,你别哭,我现在就给我妈打电话,让我妈教训他!"本来昨天晚上说告状的,给忘了!

邵嘉依阻止斯熙熙去拿手机:"就当这一切都没发生吧,以后不要再给我们牵线就行了。"

今天早上她已经想开了,没什么大不了的,她邵嘉依天生就不是想不开的人!

只是,为什么还想哭?

"嘉依,没事的,不用安慰我了,我很好,不要让大人知道,我……多丢人啊!"邵嘉依努力让自己看上去很羞涩的样子。

不过,她的确有点怕爸妈知道。

看着她脸色好了不少,斯熙熙才小心翼翼地问她:"我哥是不是把你……"

虽然她已经知道了七七八八,但是不向嘉依确认,她怕自己误会了。

邵嘉依神色一顿,然后笑了笑说:"嗯,没事,就当被一个坏人欺负了。"

……

斯熙熙也属于伶牙俐齿型的,听到嘉依这句话,无语了。

回去以后,斯熙熙把斯鼎礼唾骂了一顿,然后告诉了他邵嘉依说的这句话。

本来特别愧疚的斯鼎礼,脸色彻底阴沉下来。

邵嘉依在家又休息了两三天才去店里，刚到店里，又开始忙碌，因为又快到了给SL集团做芒果慕斯杯的时间。

恍惚地看着眼前的好几筐芒果，她对手下的员工说："你们着手做慕斯杯吧，我去忙别的。"

邵嘉依还接了一个给宴会做甜点的单子，戴上口罩和手套，开始忙活自己的事情。

忙到晚上十一点多，邵嘉依才出了店门，店门口，师霄正在等着她。

"邵小姐。"看到邵嘉依，师霄迎了过来。

看到他，就仿佛看到了斯鼎礼，邵嘉依淡漠地斜了他一眼说："你好，师特助。"

口气中的淡漠，师霄怎么可能会听不出来？

师霄有点心塞，这邵嘉依怎么了？之前在公司再不开心，也不会对他冷冷淡淡的。他从车的后备厢拿出十几个手提袋。

"那是什么？"准备上车的邵嘉依折了回来，好奇地看着一个又一个的服装店纸袋。

"这些都是按照您的尺码买的，如果有什么事情，可以直接联系斯总！"说完，师霄不给邵嘉依拒绝的机会，开着车快速地消失在她的视线内。

邵嘉依打开其中一个纸袋，里面都是最新款的衣服。

他是什么意思？讨好她？下一秒，邵嘉依觉得自己想多了。呵呵，斯鼎礼是那种会去讨好别人的人吗？

邵嘉依合上后备厢，带着衣服，直接冲到9号别墅。

斯鼎礼刚打开门，听到身后急刹车的声音，立即回头。

邵嘉依把后备厢中的衣服全部提了出来，扔到斯鼎礼的面前说："斯鼎礼，想用这些衣服收买本小姐吗？门都没有！我只会更加恨你！"

说完，不顾男人幽深的目光，回到车中，开着车回家了。

到自家别墅门口的时候，她手机的微信提示音响了一下，无意间看到了手机内容："把衣服拿走，要不然我就把那天晚上的事情，告诉干爸干妈，逼他们让你嫁给我。"

邵嘉依咬紧下唇,她从来不知道斯鼎礼还有这么卑鄙的一面!

依斯鼎礼说一不二的性格,他一定会告诉爸妈。

爸妈如果知道,他们已经……一定会逼着她嫁给斯鼎礼。

为了自己的自由,邵嘉依鼓着腮帮子,重回9号别墅。

别墅门口,男人仿佛料定她会回来,正倚在门边,淡定地抽着烟。

被她扔乱的衣服已经整理好,十几个袋子,整整齐齐地放在门前的地面上。

邵嘉依把手机放进口袋内,一言不发地提起所有的袋子,转身准备走人。

"邵嘉依。"他用低沉的声音叫住她。

邵嘉依也只是顿了一下,随后,继续往前走去。

男人把半支烟叼在唇角,大步追了上来,挡住她的去路。

邵嘉依看也不看他一眼,绕行。

"邵嘉依,你的味道不错嘛!"

男人忽然吐出来的一句话,让前面女人的脑袋"轰"的一下炸了。

扔下手中的手提袋,抬起自己的右手挥过去。

经历过第一次和第二次被打,这次如果再被她打,那他斯鼎礼就真的蠢死了。

控制住她的右臂,轻轻一带,将她拥入怀中。

邵嘉依一言不发地奋力挣扎,这个王八蛋,放开她!

"邵嘉依,对不起!"他取下唇角的香烟,夹在指尖,轻轻地跟她道歉。

他的道歉让女人红了眼圈说:"如果对不起有用,这个世界上还要警察做什么!"

"要警察还可以扫黄!"他忽然蹦出这么一句和气氛非常不相符的话。

让邵嘉依差点崩溃:"扫黄也是先扫你!"

"嘉依。"他左手大掌的指腹摸索着她光滑的脸蛋,用手紧紧地将她扣在自己的怀中。

男人身上的烟草味,比之前浓郁了好多。

"你够了！你放开我！从此咱们两个恩断义绝，你走你的阳关道，我过我的独木桥！"

"我也是第一次，你要对我负责！"他不是逗她，是真的想拥有她，所以他不介意倒贴。

邵嘉依低头失笑："你斯鼎礼就算是有过一百个女人，想嫁给你的女人还可以有一大堆，所以你是不是第一次也无所谓！"

就连她的第一次，她都看淡了。

"我不要那些女人，我只要你一个。"他弹掉烟头，低下头深情地望着她。

一切都太晚了。

"斯鼎礼，如果你现在不放开我，我明天就去告你强迫我！"说完这句话，男人眼中的笑意，让邵嘉依恨不得咬掉自己的舌头。

"邵嘉依，我说过，你如果想告我，随时欢迎！"

"你不要太得意！你以为你有钱就可以胡作非为了吗？"深秋的季节，他的怀抱很温暖，邵嘉依差点晃神。

斯鼎礼探下头，贴着她的长发说："没有，我给你时间，让你慢慢接受我。"

他的声音低沉又性感，邵嘉依的心刺痛了一下。

那天晚上的一幕幕，又在她的脑海里上演。

她狠狠地推开他："斯鼎礼，我有男朋友，你有女朋友，我们何必再彼此打扰？"

斯鼎礼这个渣男，是不是都忘记自己有女朋友了？

"邵嘉依，和我在一起，我立刻和她分手。"宋芷晴的存在，也只是为了让嘉依吃醋。

这句话没让邵嘉依开心，反而让她拉着他的胳膊，在他的手腕上狠狠地咬了一口，然后喊道："渣男！"随后转身跑开。

跑了两步，想起他之前的威胁，又不情愿地回去提起那十几个手提袋，再次跑掉。

看着她的背影远去，斯鼎礼摸了摸腕上温热的齿印，扬起了唇角。

心里默默想着，嘉依，乖，听话，快到我的身边来。

当店内的导购张晴把自己做好的甜点，送到八十八楼总裁办公室后，邵嘉依接到了师霄的电话："邵小姐，斯总对您这次的甜点十分不满意，想让你亲自过来谈谈。"

"他爱吃不吃，不吃拉倒，本小姐没空！"

然后按下挂机键。

师霄一脸莫名其妙地看着手机，这俩人最近又发生了什么？一向控制欲十足的总裁这次好像有点被动！

下午的时候，店里的导购员张晴忽然闯进操作间说："嘉依，嘉依，快，有快递！"

邵嘉依无奈地看了一眼冒冒失失的张晴问："谁的快递？"

"你的你的。"张晴双眼放光，邵嘉依好幸福啊，一定是男朋友给买的东西。

"帮我签收一下，我在忙着呢！"邵嘉依继续低头挤奶油。

张晴摇了摇头说："嘉依，我劝你还是出去看看，你这快递好像很昂贵。"刚才听旁边的顾客说，一件最起码好几万。

第二十九章　和好

邵嘉依无奈地放下手中的工作，跟着张晴出了店铺。

门外已经围了好多人，正在拍照，看到邵嘉依出来，立刻投过来羡慕的目光。

邵嘉依看到店门口的一幕，也惊喜了一下。

九个巨大的箱子，排成排摆在店铺门口，箱子上放着不同的毛绒玩偶。

据邵嘉依这么多年选购毛绒玩偶的经验看来，这些玩偶全部是澳大利亚杰姆斯大师的名作。

一个价值将近十万，有大熊、海豚、人偶像等，这九个一起放在门口，肯定会引起识货人的骚动。

不只是因为贵，还因为难得。

"请问你是邵嘉依吗？"三个快递小哥走了过来，看着邵嘉依。

邵嘉依点了点头，心里也大概知道是谁送的。韩悦在部队，哥哥和少哲不是这种人，唯独斯鼎礼……

"请您签收一下快递。"

"发货人呢？"她没有接快递单。

快递小哥看了看，上面没有发货人名，说道："没有名字，你就接了吧！收货人是你就行。"

"拒收！"邵嘉依摆了摆手，在众人诧异的眼神中，往铺子里走去。

其中一个快递小哥，连忙叫住邵嘉依："邵小姐，发货人说如果收货人不接收这些快递，他会亲自过来送给你！"

威胁，果然是斯鼎礼的做事风格！

亲自过来？那还不人尽皆知，都会说已经有了女朋友的斯鼎礼，和她关系不一般之类的。

烦躁地接过单子，嘟嘟囔囔地说道："我就算接收，这么多东西我怎么弄回去！"斯鼎礼就不会考虑考虑她？

"发货人说，您不用担心这个问题，你看……"快递小哥指着路边的一排豪车，做了个手势。

在大家的惊叹中，豪车往前行驶了一点，刚好停在嘉依的店铺门口。

从每辆车上都下来一个黑衣保镖，为首的一个说道："邵小姐，我们会负责将这些东西给您送到别墅。"

斯鼎礼想得可真周到！

连一点点拒绝的余地都不给她！

上有政策，她有对策。"谢谢，不用了，你们回去吧，这些玩偶就放到这里了！"

保镖们相互看了一眼，驱车离开。

没多久，邵嘉依的店铺门口就推出一个优惠策略：今天进店消费金额的前三名，送限量版玩偶！

瞬时间，邵嘉依的店铺就被顾客挤爆了。

斯鼎礼的玩偶三天之内就被处理掉，邵嘉依还狠赚了一笔存款。

师霄把这件事情告诉斯鼎礼的时候，他什么都没说，就让师霄出去了。

邵嘉依每天都很忙，忙到饭都没空吃，并且店内请了很多临时工，事情也很多。

每天从店里离开，基本上都快夜里十二点了。

托着疲惫的身体，回到别墅，邵嘉依摇了摇发酸的腰，琢磨着这两天要去做个SPA……

"啊！"

一道忽然出现的人影，把邵嘉依吓了一跳，全身的疲惫都给吓没了。

"斯鼎礼，你大半夜的不睡觉，躲在这里吓人，脑子生锈了吗？"

"没有你，我睡不着。"男人倚在她家别墅的门上，唇上的香烟，在黑暗中忽明忽暗。

他说的是实话，自从经历过上次的事情，斯鼎礼每天晚上只要靠近自己的大床，脑袋就全被她所占。

邵嘉依嗤笑道："斯总睡不着，给女朋友打电话啊，来我家做什么，在门口当门神吗？"

女人白了他一眼，推开他，打开别墅的门。

她已经很累了，没空和他纠缠太多。

斯鼎礼跟着她就要进别墅，邵嘉依连忙挡住他的身体："不许你进来。"

"我经过干爸干妈允许的。"男人跟着她一起进了别墅。

"你什么意思！"爸妈怎么可能会让他进来？

斯鼎礼捧住她的脸蛋，女人一躲，他的吻落在她的脸蛋上。

"几天不见，有没有想我？"男人的双眸直勾勾地盯着女人，邵嘉依被他看得脸红心跳的。

该死的男人，又想诱惑她！

"没有！最近几天和我男朋友很好！"邵嘉依说这话，是在提醒斯鼎礼还有女朋友，不要再乱来！

斯鼎礼的身上开始扩散冷意："如果你再敢在我面前提你的男朋友，我不介意让他知道你是怎么和我……"

他的薄唇被一只小手捂住。

"斯鼎礼，你无耻！"许久之后，邵嘉依才脸色通红地憋出来一句话。

斯鼎礼笑了，邵嘉依瞬间脑袋短路，他笑起来好好看。

而他说出来的话，和他的笑容完全不搭："我还有更无耻的，你要不要再试试？"

邵嘉依大力地扯着他的衣袖，往门口走去："你出去，给我出去！"

"好！"男人答应得很干脆。

邵嘉依诧异地看了他一眼，他这次怎么这么反常？

一定没安好心。果然！"亲我一下，我就离开！"

"……"

邵嘉依此刻杀了他的心都有了，这个男人脸皮怎么这么厚！

"斯鼎礼。"

"多说一个字,多一个吻。如果你不亲,我今天晚上就不走了!"斯鼎礼说着就往二楼走去。

邵嘉依一看急了,连忙跑到他的面前,踮起脚。

正想退后的时候,男人的大掌扣到她的后脑勺上,把她往怀中一带。

半晌,男人放开她的红唇,将她往楼上带去:"小妖精,是你勾引我的"

邵嘉依此刻脸色潮红,眼神迷茫,脑袋空白,他说了什么她都没有太在意。

直到男人踹开她卧室的门,邵嘉依才反应过来,连忙从他的怀中跳出来:"斯鼎礼,你怎么说话不算话!"

"算话。"男人过来揽住她的纤腰,在她耳边吹气,"给我,我就走。"

邵嘉依此刻已经对斯鼎礼哑口无言,她太佩服斯鼎礼的厚脸皮了。

斯鼎礼没有给她说一个字的机会。

夜越来越深,房间内一片旖旎。

凌晨两点多,男人从浴室出来,裹着浴巾坐在她的旁边。

"滚!"闭着眼睛的女人左腿一伸,在他的大腿上狠狠地踹了一脚。

"怎么?用完就扔?"他的大掌控制住她暴露在空气中的小腿。

还故意在上面摸了几下,邵嘉依连忙把腿缩回被窝内。

她真的很困,很困:"你就是气球,用完就扔,没毛病!"

男人的双眸幽深,邵嘉依好样的,每次都能轻而易举地惹怒他。

换上自己的衣服,扣着衬衣纽扣,斯鼎礼斜了一眼正在床上缩成一团的女人:"记着!你有很多气球。"

嗯?什么意思?但是邵嘉依也来不及细想,就沉沉地睡了过去。

男人神清气爽地离开了邵家别墅。

SL集团办公室,当师霄把邵嘉依要去侠溪村参加郑淑瑞婚礼的事情告诉斯鼎礼时,斯鼎礼没放在心上。

只是在想邵嘉依想去哪就去哪,只要她还回来,更何况只是朋友结婚。

只是让所有人都没想到的是,在侠溪镇侠溪村发生了一件大事……

第三十章　邵嘉依出意外

SL集团二十二楼会议室。

"接下来销售部主管去巡视业绩末三位的商场,今年年底的招聘,人事部可以从在校学生中发掘……"会议进行到一半,师霄拿着手机匆匆地跑了进来:"是邵先生,有急事!"

斯鼎礼拿过接通着的手机:"嗯,是我。"

"鼎礼,刚才嘉依的同学给我来电话,说侠溪村出事了,嘉依正在侠溪村参加同学婚礼。我现在在纽约打一个官司,最近的航班也得下午……"

"侠溪村怎么了?"斯鼎礼合上文件,踢开椅子,匆忙地往外面走去。

高管们看着这一幕,愣住了,总裁这是怎么了?

"你没看新闻吗?那边因为上游山洪暴发突发泥石流,很多车子都被困住了。"

泥石流?斯鼎礼紧紧地皱着眉头,快速进了电梯,回到办公室取了一个东西,而后直奔停车场。

"新闻上说,侠溪村已经……鼎礼,我妹妹拜托你了,我现在就往回赶!"邵嘉康懊恼地看着媒体拍到的照片,从山顶滑落的巨石泥土已经将马路全都堵住了,很多车辆被掩埋在泥土中。

"嗯,知道了,我现在过去!"斯鼎礼打开车门,系上安全带,翻出手机导航,大概看了一眼就关掉了。

车快速地驶出停车场,路上斯鼎礼戴上蓝牙耳机,拨了好几个电话。

侠溪村位于著名的自然风景区的深处,四周群山环绕,进出只靠一条双向四车道的马路,此刻路已经被拦腰截断。

早已闻讯赶来的韩涛,正带人在全力救援,打通生命通道,当他知道邵嘉依也在这里的时候，整个人差点疯掉。

等到斯鼎礼赶到的时候，一向冷静自持的他，瞬间浑身冰冷，如坠冰窖，死死握着方向盘的手，青筋凸起，骨节泛白。

"嘉依……"前面车已经过不去了，斯鼎礼边走边大声喊着心心念念的名字。重度洁癖，连西裤有一点点折痕都要换掉的人，此刻鞋子和裤脚上已经全是泥点，但斯鼎礼丝毫未觉。

救援和围观的人群太多，斯鼎礼艰难地推开人群，朝着滑坡的中心地带走去。

"先生，前方危险，部队的同志正在紧急救援，你不能进入。"斯鼎礼被一名高个子的军人拦住。

"邵嘉依……"就在那一瞬间，斯鼎礼浑身的血液直冲头顶。而此时，他左前方一辆红色的车子的车头已经被埋进了泥土里，车尾也被巨石砸中，已经凹了进去，但是斯鼎礼一眼就看到了熟悉得不能再熟悉的车牌。

周围嘈杂的人声和机械轰鸣声，以及山谷间回荡的风声，斯鼎礼什么都听不见了，感觉浑身的血液都在倒流，长腿一迈人已经冲到了红车旁。

"斯总，我已经叫人了。韩涛就在旁边，他的人马上就到。"随后赶到的师宵试图将正在努力将巨石搬走的斯鼎礼拉开，一上手才发现斯鼎礼的力气大得惊人。

"快点救人，快点……"韩涛带着几十个人冲上来，挖掘机也跟了过来。

斯鼎礼这才退后，将救援的空间腾出来。韩涛只是跟他点了点头，就忙着指挥大家合力救援。

接下来的每一分每一秒都是煎熬，从来都是稳操胜券的斯鼎礼，第一次体验到了无法掌控的无力感。

他在原地来回踱步，眼睛死死地盯着救援现场，害怕一眨眼就会错过。

"一二三……"挖掘机终于将红车旁边的区域和车身上覆盖的泥土清理了，斯鼎礼一个箭步冲上去，和救援人员一起将车子抬出来。

"慢一点，慢一点……"斯鼎礼的声音嘶哑，嗓子像是被烟熏过。当看到车头的那一瞬间，他站不稳了。

车头已经凹了进去，车门已经卡住了，车窗上全是泥水。

斯鼎礼疯狂地用衬衫袖子擦拭着车窗，终于看清了……

邵嘉依像一个无助的婴儿，蜷缩在后排的脚垫上，看来她是在最后一刻，从驾驶座上跳到了后排，尽量为自己争取更多的生存空间。但无论斯鼎礼怎么叫，怎么拍打车窗，车内的人一点反应都没有。

救援人员经过努力将车门切割开，在车门打开的瞬间，斯鼎礼便将人抱到了怀里。

邵嘉依的小脸苍白得没有一丝血色，又冰又冷。

斯鼎礼疯了一样抱着人往救护车跑去，他从来不知道自己可以跑这么快，心脏像是要从胸腔里蹦出来，身后的师宵也狂奔着跟过来。

也许是因为激烈地跑动，邵嘉依半昏迷间，仿佛看到了一张熟悉的脸。

迷迷糊糊间，她好像听到斯鼎礼冰冷的声音："邵嘉依，不要睡，你要是敢睡，我明天就把你娶进门！"

救护车呼啸着朝医院奔去，已经初步做了处理的邵嘉依，脸上终于有了一点点血色。

她无力地伸出手指，勾了勾斯鼎礼的小拇指。

斯鼎礼紧紧握住她的手，一颗心也总算是归了位。

"祖奶奶、爷爷奶奶、爸爸妈妈、哥哥弟弟、司少哲、韩悦……我想你们，韩悦，我还想看到粉色的蔷薇花……我要是活着，就去找你……和你在……"

"闭嘴！"斯鼎礼听着她念念叨叨了半天，就是没有自己的名字，怒火横生！最后还要说什么想和韩悦在一起，瞬间觉得自己几个小时的车程白跑了！

邵嘉依轻声哽咽起来，她都这个样子了，要死了，斯鼎礼也不对她温柔一点。

而此时的她，像只刚出生的小猫般可怜兮兮。

"邵嘉依，你不要哭！"她哭，会扰乱他的心神。

一切又恢复平静。

承阳私人医院的病房内,邵嘉依缓缓睁开眼睛,床边的一大堆人,让她有点恍惚。

祖奶奶、爷爷奶奶、爸妈……所以,她还活着?

"少哲,我是不是还活着?"她轻轻地叫着正在监视着仪器的司少哲。

司少哲轻笑:"有我在,会让你有事吗?"这自大的口气,让邵嘉依给了他一个白眼。

大家听到她若有若无的声音,都把目光投到了她的身上,围着她一阵关怀。

邵嘉依看了一眼旁边的薄亦月问:"妈,我睡了很久吗?"

"嗯,睡了两天了,你把我们都吓坏了!傻孩子!"

邵勉和薄亦月也是看过新闻以后,才知道女儿出事了,连忙返回。见邵嘉依没有大碍了,为了让邵嘉依安静一些,大家都出去了。

第三十一章　小太阳

邵嘉依要从病床上坐起来，一家人呼啦一下全部围了上来。

"嘉依，别动，你现在伤口还没好呢！"

"哎哟哟，我的乖孙女，不着急起床，快躺好。"

"嘉依，你想做什么，爸帮你。"

邵嘉依被重新按回病床上，只得先躺好。

看她已经清醒了，司少哲上来问："饿不饿？"

"又渴又饿。"

司少哲把保温盒内的汤，给她盛了一小碗，说："这是刚才鼎礼带过来的，趁热喝点。"

斯鼎礼？邵嘉依说道："我不要喝！"

她才不要喝他带过来的汤，过来看她也偷偷摸摸的，怎么不等到她醒了再走！

邵嘉康和司少哲相互看了一眼，问："怎么了？"

"那个人渣的汤，我一口都不喝！"

司少哲不由得暗暗在心里竖起大拇指，正儿八经地问邵嘉康："鼎礼会预测未来吗？"

邵嘉依一脸疑惑地看着司少哲。

"鼎礼说，如果你不愿意喝汤，就让我给他打电话。"斯鼎礼走之前的确是这样说的。

邵嘉依脸色莫名一红，用没有受伤的手，拉了拉棉被说："他以为他是谁啊？就算给他打电话，我也不喝他带来的汤！"

谁知那司少哲真的拿出手机，拨通了斯鼎礼的电话。

"司少哲,你帮我隐瞒着会死啊!"邵嘉依凶巴巴地看着他打电话。

司少哲摊了摊右手说:"谁让你不乖,饿了还在逞强……喂,鼎礼啊,你猜得可真准啊,嘉依为什么不愿意喝汤?"

"好……"斯鼎礼不知道说了什么,司少哲就挂了电话。

邵嘉依真想把枕头砸到司少哲的脸上,问道:"他说了什么?"

司少哲多看了邵嘉依几眼,忽然恍然大悟,狠狠地拍了拍自己的脑袋,他怎么就才反应过来!

斯鼎礼和邵嘉依……

"哈哈哈哈。"司少哲忽然哈哈大笑,甚至前俯后仰。

邵氏兄妹一脸莫名其妙地看着笑得夸张的司少哲,邵嘉康丢出几个字:"司副院长,这里是医院,注意你院长的形象!"

司少哲终于停下大笑,整理了整理自己的白大褂,问:"嘉依,你能操控得了斯鼎礼那个冰块吗?"

嗯?邵嘉依一脸迷茫。

"哎呀。就是,你和鼎礼在一起,岂不是被他吃得骨头都不剩?"嘉依这个没有城府的小丫头,碰上城府极深的斯鼎礼,岂不是被吃得死死的?

邵嘉依脸色一红,一个枕头砸到司少哲的身上:"瞎说什么呢,我没和斯鼎礼在一起!"

谁知旁边的邵嘉康凉凉地加上一句:"跟在一起有什么区别?"

……

司少哲忍住笑意:"嘉依啊嘉依,没想到斯鼎礼居然被你收服,说起来你也挺厉害的!那个冰块脸,啧啧啧,估计也得用嘉依这种小太阳来融化吧!"

"少哲,你不感觉斯鼎礼就是个人渣吗?"邵嘉依幽怨地看着依然挂着笑意的司少哲。

司少哲想了想,以前就知道斯鼎礼有个初恋女友,早就分开了。后来也没见他交过女朋友,噢!宋芷晴!现在又和嘉依在一起……

"渣!很渣!"司少哲的话让邵嘉依的心疼了疼,然后思绪就开始神游了。

司少哲和邵嘉康互相看了一眼，邵嘉康给他使了一个眼色。

"嘉依，你等着鼎礼啊，我们出去说点事情。"

邵嘉依回过神来问道："斯鼎礼要过来？"一副又惊又怒的样子。

司少哲点头说："这会儿估计已经在路上了。

"司少哲，你是不是我哥们儿！赶紧给他打电话，让他滚回去，我不要见他！"邵嘉依整个人都莫名地慌了起来，然后又端起旁边的汤，"我喝，喝，不就一碗汤吗？快点，给他打电话。"

……

她的激烈反应，让两个大男人诧异地呆在原地。

邵嘉依怎么了？为什么听到斯鼎礼过来，反应这么激动？

就算是要见到男朋友，也不至于啊，更何况是斯鼎礼这个渣男。

司少哲呆呆地拨通斯鼎礼的手机号码："喂，鼎礼，那个……嘉依说，她愿意喝汤，你不用过来了。"

邵嘉依差点被他这一句话呛到："司少哲，你要不要这么实在！"

"不是你让我说的吗？"司少哲看着即将发飙的邵嘉依，一脸生无可恋。

而通话还没结束，邵嘉依的话，全部落入了电话那边男人的耳朵里。

"少哲，我马上就到了，就先这样。"

斯鼎礼挂掉电话，专心开车。好她个邵嘉依！她是有多不想看到他？去了他可得好好问问她。

病房内，三个人大眼瞪小眼，一片沉默。

"司少哲，你没听到吗？我要换病房！我不要在这个病房！"

病房内静悄悄的，只有女人嘟嘟囔囔的声音："邵嘉康，亏我还是你亲妹妹，果然是有了媳妇忘了妹妹啊！还有你司少哲，说得好听，为了我和女朋友分手了……！"

邵嘉依掀开棉被，质问司少哲，结果脸前忽然出现一张放大的俊容。

"啊！斯鼎礼！啊！你要吓死我啊！"邵嘉依拍了拍心脏加速跳动的胸膛，不知道人吓人会吓死人吗？

熟悉的气息扑鼻而来,让邵嘉依差点缺氧,呼吸不上来。

咦?哥哥和司少哲呢?什么时候出去了?

斯鼎礼看着她被吓得不轻的小脸,摸了摸她的长发说:"听说你不乖。"

……

"我一直都是乖乖女好吗?你还能找到一个比我更听话的人吗?"

斯鼎礼真的见识了邵嘉依说谎话不打草稿的本事了,并且脸不红气不喘。

打开旁边的保温盒,盛出一碗汤,汤已经不烫了。

男人拉过椅子,坐在她的床边,舀了一勺汤,放在她的唇边说:"张嘴。"

邵嘉依反倒躺进了被窝里,用一只手拉过棉被,把自己裹起来。

第三十二章　斯鼎礼良心不会痛吗

哼！他以为他来了，她就会听话吗？

别做梦了，她才不要喝一个坏心眼的男人送来的汤。

斯鼎礼放下手中的汤，拉开她的棉被，淡淡地看着她问："不想看见我？"

他的语气很淡，让邵嘉依听不出来他是什么情绪。

但还是老老实实地点了点头，她讨厌斯鼎礼的乘人之危！

"为什么？"

"因为，你乘人之危！你为什么想害韩涛？"邵嘉依也没有隐瞒，直接质问他。

她的话，让斯鼎礼紧紧地皱起了眉头。

害韩涛？

"邵嘉依，我在你心中就是这么卑鄙的小人？"斯鼎礼双手插进口袋中，依然淡淡地看着她，只是口气更冷了几分。

卑鄙的小人？其实她也没有这样想他。

"你抢走我最宝贵的东西，还乘人之危地伤害韩涛，和小人有什么区别！"

女人的质问，让斯鼎礼心凉了几分。

他没有做任何解释，沉默地端起那碗汤，强制性地喂她喝下。

然后从椅子上站起来说："你好好休息，既然不喜欢我，我以后不会再来见你。"

男人转身离开病房，邵嘉依望着他的背影，心莫名地疼了疼。

以后不会再来见她……

她不是应该高兴吗？为什么会心疼？会难受？

不过，她有什么好心疼的？这个男人那么卑鄙，根本不值得她邵嘉依喜欢！

　　医院外的停车场上，斯鼎礼靠在车上，看着八楼某个亮灯的病房，慢慢地抽着烟。

　　一支又一支，到第五支的时候，司少哲从住院部走了出来。

　　"少哲。"

　　正在吹着口哨的司少哲，听到有人叫自己，瞬间感到毛骨悚然。

　　大半夜的谁在那里，他怎么看不清？还忽明忽暗的？

　　"是我。"斯鼎礼冰冷的声音，让司少哲松了口气，把玩着车钥匙，走了过去。

　　"鼎礼，你不是走了吗？怎么还在这里？"他刚才回到嘉依的病房，除了发呆的嘉依，斯鼎礼早就不见了人影。

　　"走，去喝两杯！"斯鼎礼使了个眼色，司少哲坐上了他的副驾驶。

　　司少哲其实好想回家睡觉，但是看斯鼎礼这个样子，他决定还是陪着！

　　虽然已经快深夜两点，酒吧内的音乐依然震耳欲聋，顾客只多不少。

　　斯鼎礼刚到，眼尖的经理立刻迎了过来："斯总，司少，欢迎光临！"

　　然后立刻去安排斯鼎礼的专人包间。

　　豪华的包间内，服务员打起十二分精神，挂上笑容，靠近两位贵公子问："斯总，司少，喝点什么？"

　　斯鼎礼看也不看她们一眼，直接说道："威士忌。"

　　司少哲听到他点的酒，胃里咯噔了一下，说："给我来红酒。"

　　威士忌很快端了上来，司少哲挥退了所有人，包间内只剩下他们两个。

　　斯鼎礼先往口中灌了满满一杯威士忌，面不改色。倒是司少哲，感觉自己的胃都是疼的。

　　第六杯的时候，司少哲开口道："鼎礼，你要是再这么喝下去，我要给嘉依打电话了！"

　　司少哲没想到，换来的是斯鼎礼的冷笑。

　　斯鼎礼一饮而尽，杯子被他砸到墙上："没必要，我成什么样子，她根本就不会在乎！"

那个女人，根本就没有一点心！

既然这样，他斯鼎礼为何要在这一棵树上吊死？只要他愿意，多少女人他都有，何必非她一个邵嘉依？他就让邵嘉依看看，没有她，他斯鼎礼照样会有很多女人喜欢！

"把刚才的那两个女人叫进来！"斯鼎礼弯着腰，捂着脸对司少哲说道。

司少哲傻眼道："别啊，鼎礼，就算你和嘉依闹了矛盾，你也得为你自己的形象想想，要是明天被爆出你和这些服务员暧昧的事情……"

"我看谁敢！"斯鼎礼低吼了一声，又给自己倒满酒。

司少哲无奈，把守在门口的两个女人叫了进来。

司少哲觉得很有必要让嘉依知道这件事情，小心翼翼地给邵嘉依拨去了视频通话。

医院里的邵嘉依正翻来覆去睡不着，忽然接到司少哲的视频，好奇地点了接通。

视频那边传来的一幕，让邵嘉依差点从床上蹦起来！

"斯鼎礼！这个混蛋！居然敢……"

女人发怒的声音，在包间里很清晰地传开！

糟糕！司少哲忘记把免提关掉了。

斯鼎礼猛然睁开眼睛，冷冷地望着正在努力调低音量的司少哲。

然后司少哲的视频忽然被挂断，下一刻，斯鼎礼的手机就响了起来。

他身边的女人主动从他口袋中掏出手机："斯总，有一个叫嘉依的给你打电话！"

女人被他冰冷的气面容吓住了，连忙出了包间。

滑下接听键，邵嘉依河东狮般的声音传了过来："斯鼎礼，姐姐我在这边负伤难受，你却跑去找女人！左拥右抱好不潇洒，你良心不会痛吗？

"斯鼎礼，你这个渣男，你以后都不要出现在我的面前！我不认识你，不认识你！你这个卑鄙小人！"

从接通邵嘉依的电话开始,斯鼎礼冰冷的目光,就放在旁边那个罪魁祸首的身上。

司少哲捂着脸,他怎么就脑子一热,干了一件这么傻的事情呢?

邵嘉依咆哮了半天,斯鼎礼冷冷地回复了她几个字:"和你有关系吗?"

那边的邵嘉依瞬间蔫了。

电话内一阵沉默,两个人都没再说话。

好像真的和她没关系。"对不起!"她飞快地挂掉电话,然后躲进了被窝内,摸着因为太激动而扯痛的伤口,委屈地红了眼睛。

斯鼎礼把手机扔在面前的桌子上,点燃一支烟。

出奇地,他也没跟司少哲算账。看来心情是真的不好吧,连司少哲都懒得多搭理。

第三十三章　我永远在

接下来的时间，邵嘉依就在医院养伤，斯鼎礼暂时也没再来过。

就是……她在手机新闻上看到斯鼎礼和宋芷晴参加了一家福利院的慈善捐款仪式，挽着男人的女人，一脸幸福的笑容，刺痛了邵嘉依的眼睛。

她真的好瞎，喜欢上这么个渣男！

唉！邵嘉依狠狠地咬了一口苹果。

病房的门被敲响，一身迷彩服的韩涛出现在病房门口。

邵嘉依放下手机，惊喜地看着韩涛叫道："涛哥哥！"

病房内只有薄亦月和邵嘉依，薄亦月看到韩涛，笑了笑："韩中校过来了。"

"阿姨你好，嘉依还有没有不舒服？"薄亦月接过韩涛拎过来的补品，放在一边的桌子上。

"我快好了，估计也快出院了！"她在医院都快闷坏了，天天跟大家抗议要出院，都没有人允许！

韩涛走近邵嘉依："等到全好了再出院也不迟。"

薄亦月端着切好的水果，递给韩涛："韩中校，吃点水果，你看你都来看几次了。你救了嘉依，应该是我们带着嘉依，登门拜谢才对！"

韩涛接过水果，拿过水果叉，叉了一块火龙果递给嘉依说："阿姨，您太客气了，救嘉依也是我们的工作职责。"

"你们两个人聊，我去忙别的。"薄亦月很有眼色地给两个人留下空间。

薄亦月离开病房，就剩下两个人，邵嘉依先开口："涛哥哥，谢谢你救了我，等到我出院，一定和爸妈一起去登门感谢你！"

韩涛给她撩了撩刘海说："嘉依，不要这么客气，做这些都是应该的，因为我是一名军人！"

望着他充满深情的双眸，邵嘉依移开目光。

"哦，那你知不知道我同学瑞瑞去哪里了？"邵嘉依拨打了郑淑瑞的电话好多次，一直都是关机，她真的很担心郑淑瑞。

韩涛回想了一下当天被送到医院的病号，摇了摇头说："没有见到，如果你担心她，我帮你调查一下。"

"嗯，好的，她还怀着宝宝，如果涛哥哥有她的消息，立刻告诉我！"邵嘉依太担心郑淑瑞了，也就没有拒绝韩涛的好意。

说完两个人都沉默了，病房里的气氛有些尴尬。

韩涛在病床旁边的椅子上坐下，看着古灵精怪的人，张了张嘴，想说什么，最终还是全部咽了回去。

他呼出一口气，像是最终下定了决心，说道："其实，那天斯鼎礼也第一时间赶到了现场，是他抱你上救护车的。"

邵嘉依听到这句话时，满脑袋想的都是该怎么向斯鼎礼道谢以及道歉。

待韩涛走后，邵嘉依好不容易鼓起勇气给斯鼎礼拨打了电话，却被他挂掉……

邵嘉依顿时就蔫了。

她就知道斯鼎礼这么小气的人，一定不会轻易理会她。

SL集团的总裁办公室里，宋芷晴快速地删掉了斯鼎礼手机的来电记录，然后把他的手机放在原位，继续看手中的资料。

没两分钟，斯鼎礼从卫生间走了出来。

两个人继续谈接下来的事情。

在邵嘉依每天的抗议下，终于可以出院了，她整整在医院待了一个月。

看到外面的世界，邵嘉依很开心，穿着白色长款羽绒服的她站在门诊部门口，蹦蹦跳跳地从台阶上下来，准备钻进老爸的车内。

但是，一对身影吸引住了她的目光。

只见一辆黑色的豪车上，下来一个穿着黑色呢子大衣的男人，将后车座的女人接了下来。而后他们快速地往门诊部走过来，邵嘉依清清楚楚地看到斯鼎礼的怀中搂着的是脸色苍白的宋芷晴。

斯鼎礼的目光只是在她身上停留了不到一秒钟，就和脸色不好的邵勉打了声招呼："干爸！"

听到斯鼎礼的声音，车内的薄亦月也下了车问道："鼎礼？她怎么了？"

"干妈，现在还不知道，我先带她进去做检查。"斯鼎礼给两位长辈点了点头，就大步往门诊部走去。

邵嘉依从头到尾被忽略得很彻底，而她此时也体会到了什么叫心酸。

咬紧牙关，邵嘉依回头跟着冲了进去，她要去把那个渣男揍得满地找牙！

"欸，嘉依，回来，回来，你跟去做什么？"邵勉看着女儿紧握的拳头，就知道了她想做什么。连忙拉住女儿的胳膊，把她扯了回来。

"爸，别拦我，我要把那个渣男揍到谁都不认识他！"哼，她邵嘉依一定要他好看！

邵勉无奈地看了一眼怒火冲天的女儿："嘉依，你忘了，他是有女朋友的，你现在只是他所谓的妹妹而已。"

邵嘉依的气焰瞬间降了三分。

"先上车再说。"薄亦月拍了拍身边的座位，示意女儿上车。

邵嘉依这才不情不愿地上了车。

女儿的心思，夫妻俩都很理解，邵勉忍不住劝说道："孩子，你这么优秀，以后还会遇到比鼎礼更好的人守护你，我看那个韩涛就不错，更何况他还救了你。"

在邵勉的眼中，他的嘉依特别好，没有一点缺陷。

这次韩涛救了嘉依，他改天带着嘉依要给韩涛登门拜谢。

"爸，你别说了，我不喜欢韩涛。他给我的感觉就像是一个大哥哥，我还是不想放弃……"对于感情这种事情，邵嘉依还是分得清的。

后面的那个名字邵嘉依没说出来，邵勉夫妻俩也知道她在说谁。

薄亦月微微一笑，继续开导女儿："妈的意思是，你追斯鼎礼可以，但是不要做傻事，降低了自己的身份，让鼎礼看不起你。"

傻事？妈指的是，她已经和斯鼎礼发生过的事情吗？

邵嘉依脸色红了红，可是那是斯鼎礼主动的啊！只是，这种事情，她可不敢告诉爸妈。

邵嘉依乖巧地点了点头，说："爸妈，我知道了。"

然后她暗暗做了决定，首先要给斯鼎礼道歉，然后再把他追到手！

把斯鼎礼追到手的同时，还要把宋芷晴给解决掉，但是要怎么解决宋芷晴呢？

第三十四章　为斯鼎礼下厨

已经接近腊月，天气特别冷，下车的时候，邵嘉依裹紧了身上的羽绒服。

她这时正想着，这么冷的天，要不要给斯鼎礼做个汤暖暖他的胃？俗话说，要抓住一个男人的心，必须先抓住他的胃。

可是……虽然爸妈在厨艺上都是高手，就连哥也是，但她对厨艺一窍不通。

不知道现在开始学还来不来得及？

"妈！"邵嘉依叫住往二楼走的薄亦月。

薄亦月回头。

"你教教我做汤吧！"邵嘉依的神色很正经，薄亦月疑惑了一下，和邵勉互望一眼，明白了女儿的意思。

邵勉先拒绝道："不行！我的女儿怎么能为了一个男人下厨！"

嘉依还从来没给他做过吃的呢！

看着吃醋的老公，薄亦月浅笑，问道："嘉依真的想学吗？"

不过，她女儿真的没有做菜天赋，也不是没试过，有一次还差点把厨房都给炸了……

"是啊，爸，我要是学会了，还可以做给你吃啊！"她在甜点和点心上拿手，厨艺方面也一定学得很快。

邵勉瞪了女儿一眼说："我的女儿，不需要下厨，你想吃什么，爸做给你吃！"

嘉依是他精心养大的，只负责美美的就行了，不需要为了别的男人委屈自己。

薄亦月好心提议道："邵嘉依，我劝你做点甜点就好了。甜点也是你亲手做的，如果斯鼎礼真的喜欢你，只吃你做的甜点他也会很高兴，不一定非要下厨做菜!"

妈说的好像很有道理。

"爸妈,你们先忙,我去店里了!"邵嘉依拿着车钥匙,和父母打了声招呼,就出了别墅。

临近天黑,邵嘉依才做好一块精致的提拉米苏。

开心地看着眼前的提拉米苏,拨斯鼎礼的手机,听着里面的彩铃声,邵嘉依心脏扑通扑通地加速跳动。

自从上一次给他打电话,被他挂掉以后,她住院这么久,都没敢再和他打电话。

只是这一次……电话竟然接通了!邵嘉依非常惊喜!

"斯鼎礼,你今天几点下班?"她欢快的声音,让斯鼎礼一怔。

不是恨他?不是认为他是卑鄙小人?

"不清楚。"

男人不冷不热的声音,让邵嘉依有点受伤。

"那我去公司找你好不好?"

斯鼎礼差点开口说好,话到嘴边,却变成了:"不好,我很忙!"

唉!她就知道。

邵嘉依找到一个角落的位置,坐下,蔫蔫地说道:"斯鼎礼,我给你道歉好不好,上次是我误会你了!"

被他拿走了第一次,此刻还得低声下气地给他道歉,邵嘉依觉得自己也是委屈得不得了。

"邵嘉依,那天晚上,我在医院已经和你说得很清楚,我们不要再见面!"斯鼎礼直接结束了通话。

在邵嘉依看不到的地方,男人微微勾起了唇角。

她垂头丧气地趴在桌子上,郁闷地思索着自己到底该怎么办。

斯鼎礼这个大冰块,那么高冷,她该怎么做?

翻出他的微信号码,给他发了一条信息:"斯鼎礼,我给你做了提拉米苏,给你送去好不好？"

"不用！我最讨厌甜点！"

斯鼎礼的信息回复得不但快，还很伤人。

怪不得上次把她给送去的芒果班戟给女朋友吃。

"斯鼎礼，你要是再拒绝我，我就去找你女朋友，把她打得满地找牙！"

她也学习着斯鼎礼的态度，冷硬地威胁他。

但是她错了，斯鼎礼比她更狠，回复道："你敢动她一下，我要你邵嘉依永远消失在所有人的视线内！"

邵嘉依蔫蔫地合上手机，好吧！既然他为了女朋友都有了杀她的念头，还是算了，不要送提拉米苏了。

邵嘉依心塞地吃掉自己做好的提拉米苏，眼泪吧嗒吧嗒地往下落。喜欢一个人怎么就这么难呢？

她不知道的是，斯鼎礼在公司待了一个晚上……

第二天邵勉带着老婆和女儿在酒店做东，请韩涛和他父亲吃饭，当面向他们道谢。

这事却被暗藏的媒体拍到了照片，在网上大肆宣传：邵嘉依和韩涛的好事将近，双方已经互见家长，邵家和韩家即将联姻。

邵嘉依不屑地看着新闻网页上自己的消息，这些媒体真会捕风捉影！差不多已经习惯总是被媒体曝光的她，没有把这件事情放在心上。

倒是SL集团总裁办公室的某个男人，怒火冲天地盯着这一系列的新闻。

这个邵嘉依口口声声地向他道歉，还说什么给他做甜点，都是随口说说的吧！

现在要和韩涛结婚了吗？

好啊，她要是敢再和韩涛暧暧昧昧，他就敢和宋芷晴订婚！

其实，斯鼎礼也不知道自己在和谁较劲，到底要计较出什么才满意。

烦躁地把手机扔在办公桌上，他继续抽着烟。

又是一个夜深人静的晚上，邵嘉依从店里回来的时候，天空居然飘起了雪花。

一束车灯打过来,她好像看到了豪车中的师霄。

所以,是斯鼎礼回来了吗?

豪车从她身边呼啸而过,邵嘉侬快速地开着自己的车跟上。

豪车果然在9号别墅门口停下,穿着黑色大衣的斯鼎礼从车上下来,往别墅门口走去。

师霄调了头,开着车离开了御谷名邸。

邵嘉侬连忙从车上下来,跑着跟了过去,但还是晚了一步,斯鼎礼关上了别墅的门。

狠狠地按着门铃,里面都没有反应。

她不知道,隔着一道门的别墅内,男人笔直地站在门口,眼中带着笑意,听着门铃的响声。

门铃忽然停了下来,斯鼎礼的脸也拉了下来。

斯鼎礼这一刻很怀念邵嘉侬的倔强,他知道倔强的邵嘉侬,不会这么快就放弃。

穿着拖鞋的脚,踩到第一个台阶,手机"叮"地响了一声。

斯鼎礼拿出口袋中的手机,打开微信就看到一条信息:"斯鼎礼,你拿走了我的第一次,第二次还这样对我,你这个千年人渣!"

他"啪啪"打出一行字,回复过去:"你不也拿走了我的第一次和第二次?我们扯平了!"

邵嘉侬目瞪口呆地看着最后三个字,扯平了?斯鼎礼怎么想得这么美?于是回复道:"扯平你个大头啊,赶紧给我开门,不开门我砸了你的别墅门!"

男人解开衬衣领带,冷笑着想:你试试!

邵嘉侬无意间看到斯鼎礼卧室的灯被打开,有机会了!

脱掉几厘米高的高跟鞋,助跑了几下,利索地爬到树上,然后往他的阳台上一跳……

糟糕!又跳得太近了!所以……

"救命啊！救命啊！我快掉下去了！"

斯鼎礼刚脱掉身上的衬衣，无意间听到微弱的呼救声，想起了上次邵嘉依的窘境。

该死的女人！

他几个大步走到阳台上，低头一看，那个傻女人果然像上次一样，双手紧紧地扒着屋檐，整个身体悬在空中！

斯鼎礼的眼中划过一抹焦急，伸出大掌，一个用力把女人拉了上来。

邵嘉依瘫坐在阳台上，大口地喘着气，吓死她了！

"邵嘉依，不作就不会死！"而她一直都在作死的路上！

女人回头，寒冷的冬天，男人光着上半身，他也不怕冷吗？

邵嘉依从地上爬起来，往卧室里钻去，连忙叫道："好冷好冷！"

斯鼎礼一个不防，眼睁睁地看着女人爬上他的床，盖上了他的棉被。

"该死的女人，滚起来！"斯鼎礼毫不客气地掀开棉被，让她暴露在空气中。

邵嘉依抱起一个枕头，死皮赖脸地趴在床上说："我不走，你得给我道歉！"

给她道歉？斯鼎礼像看着白痴一样，看着床上女人说："邵嘉依，你脑袋进水了吧，让我给你道歉？"

第三十五章 像个小丑一般

"对啊，你给我道歉，刚才翻阳台的时候，你吓到我了！"她厚着脸皮，就趴在他的床上不动！好不容易进来了，哪有那么轻易离开！

斯鼎礼哑然失笑："邵嘉依，这么久没见，无理取闹的功夫见涨！"

床上的女人忽然坐了起来，兴奋地看着他问："你也感觉很久不见了对不对？我也是这样认为的，一个多月你都不去看我，我的心好痛！"

什么跟什么啊！斯鼎礼嫌弃地皱了皱眉头！

"邵大小姐，你都快要和中校订婚了，好事将近，还会赖在我这里？难道你想脚踏两只船？"斯鼎礼慢悠悠地套上睡袍。

邵嘉依重新躺回大床上问道："是啊，不行吗？"他不和宋芷晴分手，她也不解释和韩涛的关系，就是想气死他！

前提是，如果能气到他……

她不知道的是，男人裹在浴袍内的胸膛，被气得一鼓一鼓的。

"可惜，我现在对你已经没兴趣了，滚出去！"

邵嘉依一听到这句话，顿时炸了，从床上直接跳起来，俯视着男人说："斯鼎礼，你以为我是超薄气球吗？用完就扔？"

"超薄气球"四个字，让斯鼎礼的双眸深了深。

随即冷笑道："对，挺有自知之明的！"

邵嘉依还真不信了！挺直了腰板想要说什么，但是又被气得一句话也说不出来。

最后脑子一热，拉开自己的羽绒服拉链，将羽绒服脱掉扔到一旁。

斯鼎礼意识到她想做什么，略微仓促地开口："邵嘉依，你怎么样我都不会多看你一眼！"

邵嘉依放在连衣裙拉链上的手，顿住了。

这个臭男人，他知不知道这句话很伤人自尊心！

房间开着暖气，才让邵嘉依不至于冻得瑟瑟发抖。

她把最后一件衣服扔到床尾，整个人直接扑到面无表情的斯鼎礼身上。

斯鼎礼被大力冲撞着后退了半步，但是双臂同时也紧紧揽着身上的女人。

"斯鼎礼。"邵嘉依学着他之前的动作，在他耳边吹气。

男人瞬间浑身僵硬！

毫不怜香惜玉地把她扔到床上，看也不看她一眼地警告："邵嘉依，我现在去洗澡，如果我出来的时候你还在的话，看我不把你扔出去！"

接着，男人就逃离般地进了浴室，大力关上门，直接打开了冷水冲到自己身上。

房间内的邵嘉依委屈地瘪了瘪嘴巴，望着紧闭的浴室门，满脸尴尬。

唉！好丢人啊！她像个小丑一般来转了一圈，还被他羞辱了一番。

现在只得穿上衣服，灰溜溜地走人。

该死的斯鼎礼，竟然这么不把她放在眼里！等着瞧吧！她一定要让他眼中有自己的存在！

冲了二十分钟的冷水澡，斯鼎礼才从浴室出来，看着空荡荡的卧室松了一口气。

同时心里某个地方，也感觉空落落的。

想起她的不信任，虽然她已经道歉，但是斯鼎礼的心还是很不舒服。

不过，依邵嘉依的性格，难以保证，明天晚上她还会不会过来。

斯鼎礼的唇角扬起一抹不怀好意的笑容。

他要整邵嘉依，整到他心里舒服痛快为止！

邵嘉依心塞地回到家里，临睡前，邵嘉依收到了韩涛的信息。

"郑淑瑞已经找到，目前回到了侠溪村老家，刚经过小产，正在养身体！"

"瑞瑞为什么会小产？"邵嘉依急切地问他。

韩涛把自己打听出来的事情，一五一十地告诉了邵嘉依："侠溪村一切恢复平静后，她对象去郑家要回了彩礼，并退了婚。"

郑淑瑞经历过结婚当天的事情，惊吓又生气，就小产了。

邵嘉依看到这条消息以后，第一反应就是，之后一定要帮瑞瑞出气。

"谢谢涛哥哥，我知道了，麻烦你了！"

邵嘉依忍住怒气，向韩涛道谢。

"嘉依，你客气了，早点休息。"

"晚安，涛哥哥！"

邵嘉依整个晚上都因为郑淑瑞的事情，翻来覆去睡不着，发誓一定要帮瑞瑞出气！

公寓内的宋芷晴正忙碌着工作，手机响起，开心地接通电话："鼎礼。"

不知道那边说了什么，宋芷晴双眼一亮应道："好，我现在就过去。"

挂完电话以后，宋芷晴想到了什么，笑容僵在了脸上。

斯鼎礼这个时候让她去他的别墅，只有一个可能……邵嘉依！

深吸了一口气，邵嘉依，有机会我一定会把你气走！

打开衣柜，取出自己最贵的那件黑色呢子大衣，里面本来穿着简单的打底衫，此刻直接换成了真丝吊带裙。

坐在化妆台前，一番浓妆淡抹，又喷了她最贵的香水，踩上高跟鞋，前往御谷名邸9号别墅。

按响别墅的门铃，开门的正是裹着浴袍的斯鼎礼。

如果不去想自己来的目的，宋芷晴一定会对此刻的斯鼎礼浮想联翩。

关上别墅的门，斯鼎礼往楼上走去，问道："知道自己来的目的吧？"

宋芷晴咬了咬下唇，没有说话。

跟着他到二楼卧室，斯鼎礼打开一瓶红酒，倒上两杯。

"鼎礼。"

宋芷晴刚接过红酒，阳台上忽然传来奇怪的声音。

疑惑之后，她亲眼看到，斯鼎礼唇角勾起了笑意。

没一会儿，外面传来的声音，让宋芷晴恍然大悟。

"斯鼎礼,我跳过来了!你看——"欢快的声音,因为两个人的接吻戛然而止。

其实斯鼎礼也没有真的吻宋芷晴,只是借着错位,让邵嘉依以为两个人在接吻。

然后仿佛没有看到邵嘉依一般,斯鼎礼将两个人手中的红酒杯放在酒架上,把宋芷晴打横抱起,压到那张偌大的床上,宋芷晴的外套被撩开,露出里面的吊带。

阳台门口的女人怔在原地,看着缠绵的两个人,脑袋里一片空白。

邵嘉依紧紧地捏着衣角,这一幕深深地刺痛了她的眼睛,眼泪开始掉落。

男人的吻落在女人的颈上,她看得是那么清晰。

"鼎礼。"女人妩媚的声音,让邵嘉依崩溃地穿过卧室,冲了出去!

她前脚离开,后面斯鼎礼直接从床上爬了起来。

但是让斯鼎礼没想到的是,冲到别墅门口的邵嘉依,忽然站住了。

凭什么斯鼎礼在夺走她最珍贵的东西以后,还可以若无其事地抱着别的女人!

紧紧地握着拳头,她往斯鼎礼的厨房走去。

斯鼎礼将杯中的红酒一饮而尽,他还以为邵嘉依会做点别的,没想到就这样逃走了。

呵!他还真有点看不起她!

宋芷晴从床上坐起来,整理了一下自己的衣服。

"鼎礼,你感觉这样对我公平吗?"宋芷晴捋了捋自己的长发,她为了得到斯鼎礼,即将放弃自己最后的底线。

"公平?"男人冷笑,"宋芷晴,一切都是你自己愿意的,不是吗?"

他的话,让宋芷晴哑口无言。

斯鼎礼早就告诉过她,他的心根本不在她身上。

是她自己愿意靠近他。

门外忽然又传来脚步声,斯鼎礼心中划过一抹惊喜,然后又用最快的速度把宋芷晴压在身下。

粗鲁地将她的外套撩开,他的大掌直接放在她的腰上。

卧室的门被打开,一道声音响起:"斯鼎礼,宋芷晴,祝你们早生贵子!"

斯鼎礼和宋芷晴相互看了一眼,同时向邵嘉依望去,但是……

"啊!"宋芷晴一声尖叫,一盆冰水倒在两个人的身上,把他们从头到脚浇了个透心凉。

"有没有心飞扬,透心凉的感觉?"邵嘉依将水盆往地上随手一扔,不顾斯鼎礼难看到极点的脸色,又往前靠近几步。

"既然斯鼎礼身上有火,那么我就帮你消灭掉,不用太感谢我哦!"邵嘉依双臂环胸,得意地看着僵在床上的两个人。

头发滴水的斯鼎礼缓缓地从床上站起来,冻得瑟瑟发抖的宋芷晴连忙拉过旁边的棉被,裹着狼狈的自己。

"邵嘉依,你不要太过分!"宋芷晴彻底怒了,这个女人太过分了!

难道她不发威,就当她是病猫吗?

第三十六章　生个孩子

邵嘉依嚣张地走到宋芷晴旁边，叉着腰告诉她："宋芷晴是吧？本小姐告诉你，斯鼎礼是我的！他夺走了本小姐的第一次，他必须对我负责，你识相的话就赶快滚蛋！"

闻言，宋芷晴诧异地看着斯鼎礼。

斯鼎礼则是直接拉着邵嘉依，把她丢出卧室说："邵嘉依，谁给你的胆子挑衅我的女朋友！"

邵嘉依甩开他大掌的控制："我自己给的，斯鼎礼，你这个渣男，我讨厌你！"

她怎么会喜欢上一个渣男，谁来告诉她！

"讨厌我就滚远点！"斯鼎礼眼中划过一抹怒火，短发还在滴水。

邵嘉依瞬间变脸，哭丧着脸，扑到斯鼎礼的怀里。

"我知道我误会你了，我这不是道歉了吗？你怎么就那么难说话呢？"邵嘉依哽咽地抽泣。

面对邵嘉依忽然的服软，斯鼎礼的心也跟着软了软。

"过去，我要去冲澡！"斯鼎礼一脸嫌弃地把她推到一边。

女人像个牛皮糖一样黏上来，搂着他的腰，半撒娇地抗议："我不要，斯鼎礼，你让她走！我不想看见她！"

斯鼎礼不自觉地放柔了动作，触摸着她披散在背上的长发："邵嘉依，别闹！"

本来应该很温柔的话，从斯鼎礼的嘴里说出来却冰冷冷的，让邵嘉依又误会了。

"斯鼎礼，你就这么讨厌我吗？"邵嘉依抬起头直勾勾地盯着他的眼睛，并把他往浴室里推。

宋芷晴把这一幕全部收在眼底，邵嘉依这个白痴，看不出来斯鼎礼也喜欢她吗？

"你去隔壁房间冲澡，我让师霄过来接你。"男人去浴室之前，冷冰冰地看着床上的宋芷晴说道。

宋芷晴咬了咬牙，裹紧棉被往客房走去，走到邵嘉依身边的时候，还不忘白了一眼盛气凌人的邵嘉依。

邵嘉依一声冷哼。

斯鼎礼进了浴室，邵嘉依把两个人躺过的床单和被褥全部扯下来，扔到阳台上。

斯鼎礼出来的时候，邵嘉依不知道从哪弄来一瓶香水，到处喷着。

空气中散发着淡淡的香味，很像她身上的味道……

男人把忙碌的女人搂在怀中，在她耳边吹气说道："赶走了我的女人，拿你自己来赔！"

嗯？她盖上手中的香水瓶盖，迷茫地看着男人。

斯鼎礼斜了一眼旁边的空荡荡的床铺说："去，把我的床给我铺好！"

邵嘉依莫名其妙地看着男人，难道让她给他铺床？

斯鼎礼挑眉看着她问："还不去？道歉就要拿出点诚意来！"

好吧好吧！他说的好像没错，邵嘉依跑进他的衣帽间，找到放置被褥和床单的柜子。

抱着一套灰色的被褥出来，尽力地给他铺好。

床太大了，邵嘉依铺好这边，那边就皱了起来。

斯鼎礼就在一旁品着红酒，看着她铺床，整整过了二十分钟。

邵嘉依擦了擦额头上的薄汗，跳到斯鼎礼的面前说："看！我是不是特别棒？我在家都没做过这种家务，老爸老妈才不舍得我做这些呢！"

说着邵嘉依哀怨地看了一眼面无表情的男人。

男人将最后一口红酒，倒进嘴里，揽过女人的后脑勺，亲了上去。

绵滑的陈年红酒顺着咽喉滑到胃中，邵嘉依瞪大了眼睛看着面前放大的俊容。

他他他他……斯鼎礼，怎么可以这样！

不待她抗议，灌完红酒的男人，细细品尝着唇间的美好。

明显感觉到他的不对劲，她的双臂攀上他的脖颈，挑衅地看着他问："你不是说，对我没感觉吗？"

被调侃的斯鼎礼脸色微变，凑近她，感受着她的气息，说道："你把我的女人赶走，我就只好拿你勉强用一下。"

哼！他说要她就得给吗？

邵嘉依一个用力推开他，然后整理了一下自己的衣服："拜拜，斯鼎礼，恕不奉陪！"

斯鼎礼紧紧地闭着双眼，在她逃跑的前一刻，粗鲁地把她逮回来重新按下。

"嘶——"一声响，她的双面呢外套直接被他撕开，几颗脱落的纽扣滚得到处都是。

女人低头看着自己被破坏的衣服，还好衣服质量好，除了没了纽扣，其他的都还好好的。"斯鼎礼，我的衣服，你赔我！"

"赔你十件！"斯鼎礼阔气地承诺她。

邵嘉依以为他只是随口一说，继续挣扎着要逃跑。

"邵嘉依，不知道女人越挣扎，男人越兴奋吗？"斯鼎礼的一声警告，让邵嘉依立刻僵直身体。

"那你放开我，我要回家。"

斯鼎礼的大掌放在她的脖子下面，给她一个冷笑道："你是自投罗网，还想让我放过你？"

也是啊，她是自己上门的，斯鼎礼怎么可能会轻易放过她？

"也不对，你还有女朋友，难道你要为了我冷落她？"邵嘉依挑着眉毛，望着大冬天渗出薄汗的男人。

斯鼎礼邪邪一笑。

邵嘉依脸上挂着怒火，抬起右腿，狠狠地踢到他的身下。

斯鼎礼右手快速地钳制住她的右腿，脸色铁青地看着她问道："怎么？想让我断子绝孙？"

"就是啊！你这种渣男，你以为你是古代的皇帝吗？雨露均沾？我呸！你这个渣男……唔唔唔。"她的红唇被堵住，卧室瞬间就安静了。

"邵嘉依，我今天要让你给我生个孩子！"

晚上十二点多，邵嘉依披散着长发，胡乱地穿上衣服。看了一眼地上没有纽扣的大衣，邵嘉依还是拿起来裹到了自己身上。

然后拿着自己一直响的手机，拖着发软的双腿，离开了斯鼎礼的卧室。

直到坐到自己的车上，邵嘉依才敢接通老爸的电话："爸，怎么了？"

"嘉依，你怎么回事？这么久都不接电话。"邵勉已经穿上衣服，准备去找女儿了。

"刚才在开会，手机调成了静音，没听到，我这会儿已经快到家了。"邵嘉依紧紧地握住方向盘，因为说谎，心脏加速跳动着。

她抬起头看了一眼9号别墅的二楼，客房的灯，在她走后开了一会儿，又关上了。

"嗯，你路上慢点，有事给爸爸打电话。"邵勉又交代了女儿几句，才挂掉电话。

这么晚了嘉依才下班，他要和女儿谈谈，其实她不用这么拼的。

邵嘉依开着车，慢慢地晃回家。

在车库停了一会儿，就悄悄地溜到了二楼。

第三十七章　打电话核实

刚打开自己房间的门，爸妈房间的门就被打开了。

邵嘉依做贼心虚，连忙脱掉身上的大衣，扔到床上。

"啊，妈，你怎么还没睡！"邵嘉依捋了捋自己的长发，糟糕！橡皮筋都不知道跑哪去了！

薄亦月看着披散着长发的女儿，疑惑地问道："怎么头发这么乱？"

"那个……橡皮筋断了，然后就找不到了。"邵嘉依嘿嘿一笑，掩饰自己的心虚。

她明天要去做头发，烫成大波浪，随便怎么滚都不会乱。

薄亦月总感觉女儿今天晚上有点怪怪的，但是又看不出来到底是哪怪。

"你早点休息，以后不要这么晚回来，你爸还没给你找到合适的保镖。"

"妈，不用了。"

"好了，嘉依你不用拒绝了，每次都回来这么晚，让爸妈怎么放心？"邵勉也从卧室走出来说道。

邵嘉依被老爸老妈看得浑身发毛，连忙点了点头说："好，好，我知道了，爸妈晚安！"

房间门被邵嘉依"嘭"地关上。

门外的夫妻俩相互看了一眼，觉得女儿今天晚上不是一般地不对劲！

"必须给她找保镖！"邵勉确定地说道！

"对！"薄亦月这次和老公站在了同一条战线上！

房间内的邵嘉依把自己泡在浴缸里，看着身上的痕迹，脸蛋瞬间就红了。

唉！她要怎么办呢？

为什么会喜欢上一个渣男呢？

邵嘉依，你该怎么办呢？

放手吗？她好像有点舍不得。

不放手吗？明知道他脚踏两只船，再义无反顾地去喜欢他，邵嘉依又感觉自己做不到……

翻来覆去想了一个晚上，邵嘉依还是没想出个头绪。

第二天早上，她把纽扣已经坏掉的大衣装起来，准备悄悄扔掉。

下楼的时候，邵勉和薄亦月已经把所有的早餐全部端到餐桌上。

"嘉依，赶紧来吃早餐！"薄亦月把煎蛋放在餐桌上，叫住女儿。

因为一个晚上没睡好，邵嘉依看上去蔫蔫的，说道："妈，你今天起得好早。"

"嗯，等会儿我要和你爸爸去老宅一趟。"薄亦月给女儿拉开椅子，邵嘉依随手把纸袋放在一边。

"嘉依，你上次不是给祖奶奶买了件衣服吗？给我吧，我帮你带过去。"邵勉的话提醒了邵嘉依。

她点了点头，往楼上走去。

薄亦月无意间看到邵嘉依提下来的纸袋，好奇地问邵勉："嘉依带着这件衣服做什么？"

邵勉坐下，摇了摇头。

是衣服脏了要送去干洗吗？薄亦月好奇地打开邵嘉依的纸袋。

"欸？衣服怎么好像坏了？纽扣呢？"薄亦月把女儿的衣服给邵勉看。正在喝粥的邵勉，看着女儿的大衣，放下手中的碗。

想到昨天晚上女儿的样子，邵勉紧紧地皱起了眉头。

嘉依不是说昨天晚上在加班吗？难道没有吗？

夫妻俩相互看了一眼，仿佛明白了什么。

邵嘉依已经出现在了二楼楼梯口，邵勉给老婆使了个眼色，薄亦月连忙把大衣重新放了回去。

一家三口各怀心思地吃了早餐，邵嘉依向爸妈道别后就拿着坏了的大衣，出了别墅。

这件衣服是爸爸给她买的,她不舍得扔掉。想了想觉得还是应该把衣服拿到商场,重新钉上几颗纽扣。

出门的时候,刚好碰到一辆眼熟的豪车,副驾驶上坐的人正是宋芷晴。

邵嘉依只是看了一眼,就钻进了自己的车内。

自己早就知道了不是吗?为什么还会心痛?

她的车跟在豪车的后面,出了小区,各奔东西。

8号别墅内,薄亦月从楼上拿过手机,一个电话拨到邵嘉依的店里。

"欸,小张,我是嘉依的妈妈……欸,你好你好,我想问你个事情……嗯,昨天晚上你们几点下班的?"薄亦月接着电话,坐到邵勉的旁边。

那边不知道说了句什么,薄亦月的脸色就变了:"嗯,好的,我知道了,谢谢你小张。"

挂掉电话,薄亦月看着邵勉傻眼了。

"几点?"邵勉心里大概已经知道了。

"快八点。"薄亦月心塞。

女儿长大了,开始对他们两个隐瞒事情了。

"那个男人是谁?韩涛还是斯鼎礼?"邵勉的脸色非常难看!

"我们做父母的真失职,女儿都……我们都还不知道。"薄亦月暗叹了一口气。

邵勉猛然从椅子上站起来,在餐桌上捶了一下说:"我要去找这两个小兔崽子,看看到底是谁这么胆大,不给我女儿名分,就敢动我女儿!"

薄亦月本来挺想支持邵勉的,但是一想这样不妥。

"等一下,不如先问问嘉依!万一是韩涛,你却去找了斯鼎礼,或者万一是斯鼎礼,你去找了韩涛,多尴尬啊!"薄亦月拉着邵勉,不让他冲动。

老婆说的有道理,不过:"你感觉女儿会告诉你?"如果她想说,早就说了。

薄亦月心塞,嘉依性格倔强,这种事情不一定会告诉她!

"要不然，我们……"薄亦月在邵勉耳边嘀咕了一阵，邵勉点头。

"我等会儿给她发信息。"

正在逛商场的邵嘉依收到了老爸的微信，内容是："嘉依，我们回老宅住一段时间，自己好好照顾自己，有空了你也回老宅看看。"

咦？不是说只去老宅看一下吗？怎么又要住下了？

"我知道了，老爸。"邵嘉依快速地回了几个字，就继续逛街挑选衣服。

走到男士服饰区域的时候，一条精致的皮带吸引了邵嘉依的注意。

"您好，欢迎光临！"导购美女很快就迎了上来。

邵嘉依身上精致大气的粉色大衣，让导购美女一看就知道她是条"大鱼"，立刻兴奋地向她介绍店里最贵的皮带："美女，这条皮带是无拼接的材质，扣环处做工精美，镶着9颗小钻石……"不但是镶着钻石，还镶着金子！

邵嘉依看了一下价格，个、十、百……九十九万！连她都心疼了一下。

"打完折多少钱？"

她的话让导购美女一愣，随即又笑了："美女，这款是新款限量版，仅此一件，没有折扣的。"

哦！好吧！

"包起来！"

导购美女笑得一脸灿烂，把皮带给她打包，然后带着她去刷了卡。

买过了皮带的邵嘉依，看着精致的手提袋发呆。

这么年轻的款式，不适合老爸。

送老哥皮带又不合适。

司少哲？怕他女朋友误会！而此刻有女朋友的司少哲完全不知道自己错过了一条镶钻皮带。

……韩涛！也不合适，他天天穿着迷彩服。

那好像只有斯鼎礼了。

但是一想到他有女朋友，邵嘉依又纠结了。都怪自己一时冲动禁不住诱惑买下了这么一件昂贵的礼物，却不知道该送给谁。

哎呀，好烦呀，算了，先不管了！逛街的心情都没有了！提着皮带和钉好纽扣的大衣，邵嘉依就直接去了店里。

到了店里，邵嘉依就全身心投入甜点制作中。

下午的时候，邵嘉依把最后一块甜点做完，准备抱着电脑去查资料。

师霄突然出现在店里，邵嘉依看着师霄，心脏开始加速跳动。

她当然不是因为对师霄有意思，是因为看到师霄，就仿佛看到了斯鼎礼。

"邵小姐，有点事情想和你说。"师霄微笑地看着邵嘉依。

"你说！"

"邵小姐，请跟着我去外面。"总裁为了这个女人，也是费尽心思。

邵嘉依放下手中的电脑，和师霄出了店门。

师霄打开后备厢的门，里面的东西让邵嘉依瞪大了眼睛。

几十个手提袋，大大小小地摆满了整个后备厢，甚至因为放不下有几个还摞了起来。

这一幕很熟悉，几年前，一个富家公子哥追她，也是准备了一后备厢的鞋子和包包。

当时邵嘉依丢给他一个字："俗！"头也不回地走了。

但是现在……

"这些衣服是总裁今天一早，在各大商场收集的限量版的外套。还有这些包，不同的颜色，全都是限量版，全球仅此一个，绝对不用担心撞款。"

"衣服是因为时间的原因，只能先在国内挑一些。包是半个月前总裁出差去米兰，亲自挑选的。"

望着这些手提袋，邵嘉依为什么没有感觉到俗？

"斯鼎礼什么意思？"邵嘉依按住自己一直加速跳动的胸口，他为什么送给她这么多礼物？

哦，衣服是因为，他昨天晚上说赔给她十件。

那么包包呢？

师霄沉默了，他实在是说不出总裁接下来说的话。

聪明地先把所有的手提袋放进邵嘉依的车子后备厢，没几分钟就全部转移了阵地。

"总裁说，你铺床的技术不错，奖励给你的。"师霄低着头，尴尬地说出了这些话。

唉，总裁啊总裁，什么时候也变得这么矫情了？

邵嘉依只感觉一股怒气直直地冲到脑门，叫住准备逃离的师霄："站住，替我给斯鼎礼带个东西！"

刚好！看她怎么羞辱他！

第三十八章　翻窗户

二十分钟后，师霄拿着手提袋，敲响了总裁办公室的门。

"进。"

斯鼎礼看了一眼进来的师霄："结果如何？"手中的笔继续在文件上写着。

师霄结结巴巴地开了口："斯总，衣服和包，邵小姐说……她不会浪费，全部会用会穿。"

"嗯。不错，出去吧！"

师霄站在原地不动弹，斯鼎礼抬头微微皱眉说："有话就说。"

接着一个手提袋放在了斯鼎礼的办公桌上。

"斯总，您先看一下！"

斯鼎礼打开纸袋和里面精致的盒子，是一条做工精细的皮带，所以……

他压抑住心中的惊喜，极力让自己镇定，并把期待的目光放在脸色不正常的师霄身上。

"斯，斯斯——"师霄半天说不出下个字。

"师霄，是不是想去后勤部？"男人皱着眉头，把玩着手中皮带的扣环。

师霄连忙摇头，一口气说出了邵嘉依让他带过来的话："邵小姐说，你的某方面功夫也就一般般，还比不上她男朋友的三分之一，这个皮带送给你，让你倒卖了，给自己买点补品补补。"

"还，还有，她还说，如果你敢找她，她就带着补品，直接送到办公室给你……"听邵小姐的意思，总裁好像真的很不行，好可怜。

就在师霄胡乱猜测的时候，斯鼎礼脸色铁青，一巴掌直接拍在办公桌上，吓得师霄连忙抱头窜出总裁办公室。

当天晚上斯鼎礼亲自上门，让邵嘉依重新判定他的功夫如何。

不过在这之前，韩涛先去了一趟8号别墅。

邵嘉依刚把斯鼎礼送的衣服和包包整理好，就接到了韩涛到门口的电话，快速跑下来开门。

"涛哥哥，快进来！"邵嘉依把韩涛请到客厅，给他倒上一杯果汁。

韩涛看着忙碌的邵嘉依，把手中的东西放在一边说："嘉依，我这么晚过来，不会打扰你吧！"他刚才看了看别墅周围，也没有什么可疑的人，不用担心被媒体拍到瞎传。

"不会的，我还没睡。"邵嘉依把果汁放在他的旁边。

韩涛喝了一口，然后把手中的袋子递给邵嘉依说："我这两天有点忙，白天没空，只有晚上过来。这是郑淑瑞托我们部队的人给你带来的特产。"

这就是韩涛来的目的。

"好开心啊，瑞瑞现在怎么样了，你知道吗？"郑淑瑞的手机丢了，一直都没有空去买新的手机，所以两个人一直联系不上！

韩涛点头道："听战友说，她现在看上去挺好的，还让我带话给你，等到她身体完全恢复了，就来市里找你。"

邵嘉依穿着粉色毛茸茸的卡通睡衣，韩涛仿佛看到了一只小兔子！不自觉地扬起微笑。

"这个好！谢谢你，涛哥哥！"邵嘉依打开郑淑瑞给的袋子，里面放了好多东西。

土蜂蜜、老腊肉、小米、土鸡蛋、腊肠等等，都是纯天然的特产。

"嘉依，你客气了，最近很忙吗？"听说她店里生意越来越好，希望她不要累倒。

邵嘉依脸上挂着甜甜的笑容答道："挺忙的，但是我会偷懒，啥时候不想去就不去了。"

她说完，俩人都笑了起来。

"嗯，别让自己太累了。"韩涛觉得邵嘉依就应该留在家里养尊处优，不应该在外面忙活的。

"涛哥哥，这里有两瓶土蜂蜜，你给韩爷爷带一瓶回去。你等着，我去给你找个袋子装起来。"邵嘉依说着就跑去找袋子，完全不给韩涛拒绝的机会。最后还往盒子里塞了腊肠和野猪肉。

"我替爷爷谢谢嘉依。"太晚了，他不适合在这里待太久。

所以，没过半个小时，韩涛就出了邵家别墅。

"涛哥哥，不用客气，改天你有空，我请你吃饭！"邵嘉依把韩涛送到车上。

韩涛点头，黝黑的脸上是遮不住的笑意。

"嘉依，快进去！外面冷！"她只穿了睡衣，一阵寒风吹过来，邵嘉依缩了缩脖子。

对车上的韩涛挥了挥手，就往别墅内跑去。

车子离开，不远处豪车内的男人看着这一幕，眼中全部是怒火。

从他看到韩涛的车的那一刻，到现在已经等了快半个小时，韩涛才出来！

邵嘉依还穿着睡衣，干爸干妈不在家，孤男寡女在里面做了什么，完全可以让人浮想翩翩。

其实在车刚停到8号别墅门口的时候，邵勉给邵嘉依派的保镖，就把消息传给了邵勉。

邵勉告诉薄亦月："我们明天就去找韩涛那小子！一定要让他把嘉依给娶了！"

薄亦月说："韩涛也行，只要嘉依喜欢。"

没想到是韩涛，她一直以为是鼎礼。虽然有点失望，但是只要女儿开心就好。

想起斯鼎礼之前的话，邵勉心塞道："韩涛身份特殊，时时刻刻保卫国家，唉，那也好，嘉依可以经常回来住住。"他安慰着老婆，同时也安慰着自己。

这边俩人都在商量着怎么联系韩涛了，保镖那边又传来一个让夫妻俩傻在原地的消息。

"邵律师，斯鼎礼进了别墅。"

他们的嘉依……

不！不可能！

邵勉立马挥掉脑袋中的念头，他的嘉依根本不可能是那种人！只是，他本来已经肯定的女婿人选，现在又要重新开始思索对方是谁了。

邵嘉依隐隐约约听到楼下传来的门铃声，难道是涛哥哥忘拿了什么东西？

快速跑下楼，打开门，不假思索地问道："涛哥哥，你是不是忘了……"

她的声音因为门口不是韩涛，戛然而止。

"怎么？看到我不是韩涛，很失望？"斯鼎礼双手插在口袋内，冷冷地看着面前的女人。

接下来邵嘉依的反应就是关门，但是斯鼎礼怎么可能让她得逞？

硬是挤进去，站稳后，斯鼎礼脑袋都是疼的。

他斯鼎礼什么时候沦落到进个门，还得挤的地步？

"斯鼎礼，你进来做什么？快出去！"门外有老爸的保镖，她当然知道！

让涛哥哥进来是因为她身正不怕影子斜，但是对于斯鼎礼，她身不正啊！

斯鼎礼捧住她的脸，低头堵住她一张一合的红唇。

邵嘉依连忙推开他，这是在老爸眼皮下呢！

如果斯鼎礼是她的男朋友，什么都好说，关键是，斯鼎礼是别人的男朋友。

她的拒绝，让他很恼火，问道："怎么？韩涛已经让你开心了，就把我蹬到一边了？"

如果他没猜错，女人接下来的动作，绝对是抬起胳膊！

果然，恼羞成怒的邵嘉依抬起胳膊，就往他的脸上扫去！

他以为所有人都和他一样，想要脚踏两只船？

她的胳膊被他控制住。

"还想打我！"斯鼎礼凶狠地盯着她。

他斯鼎礼的女人，敢背着他和别的男人暧暧昧昧，他还没找她算账！

他把她抵在她身后的墙上。

痛！痛！

邵嘉依反咬他一口，力气之重，让她直接尝到了血腥味。

又把她的一件睡衣给撕毁了……眼前的一幕让斯鼎礼双眼猩红。

"邵嘉依，你今天死定了！还敢说我不行，让你看看到底行不行！"他狠狠地咬在她洁白的脖颈上。

邵嘉依连忙拍打着斯鼎礼说："别，别，我爸的保镖在外面，你你你先出去！"

男人哪还能听进去这些，滚烫的吻继续到处落下。

邵嘉依吓得连忙说软话："斯鼎礼我求你，行不行，你先出去。"

"你逗我？"

邵嘉依眨了眨眼睛，指着某处："没，没，你可以从我的窗户进来……"

"……"

斯鼎礼的动作忽然就停了下来，脸色黑如锅底。

"门都没有！"他斯鼎礼堂堂SL集团跨国总裁，要为了一个女人，翻窗户？

如果事情传出去，他还有何颜面在商界立足！

"好啊，那你走吧！"又是一言不合，邵嘉依开始破罐子破摔！

斯鼎礼紧紧地闭了闭眼，转身离开了别墅。

看着被大力关上的门，邵嘉依心里没底，他等会儿会不会再过来？

好尴尬，居然有种偷偷幽会的感觉。

不过，看着斯鼎礼刚才的表情，估计他也不会来。回到房间内，邵嘉依脱掉被毁坏的睡衣，钻进被窝睡觉。

一个脸色难看到极点的男人，站在某棵大树下，望着二楼关掉灯的房间开始抽烟。

这边的保镖，看着斯鼎礼往9号别墅走去，连忙给邵勉汇报情况。

正当邵嘉依昏昏欲睡的时候，房间的窗户被轻轻打开。

一个人影，从外面跳了进来。

直到他靠近，掀开棉被，邵嘉依才清醒几分。

心中一阵窃喜,趁着外面昏暗的路灯,看向自己的窗台,果然是半开着的。

"斯总,和情人偷摸约会的感觉不错吧!"邵嘉依的口气中,是无限的自嘲。

男人岂会听不出来,狠狠地在她红唇上咬了一口。

"告诉我,韩涛刚才来干什么!"黑暗中,男人的双眸幽深,像一匹随时爆发的头狼。

如果韩涛真的动了邵嘉依,他不弄死韩涛,他就不叫斯鼎礼!

邵嘉依狠狠地在他腰上拧了一下,男人吃痛,控制住她行凶的小手。

"吃醋王!你以为谁都和斯总一样,脚踏两只船,还雨露均沾?"

所以,她的意思是,她和韩涛并没有……

眼中划过一抹惊喜,那么——

"接下来,我们要算算白天的账了!邵嘉依,我到底行不行,用实际行动告诉你,让你心服口服!"

"别别别!斯总,有话好好说,白天的话只是开个玩笑而已,嘿嘿。"他行不行,她心里会没点数?

男人冷笑道:"白天不是还挺横的,还让我卖皮带买补药?"

"当然是开玩笑的啦!斯总这么精明,会听不出来?"她可不想再像第一次一样,被他折磨一个晚上。

"听不出来,邵嘉依,你少给我狡辩!"斯鼎礼不再跟她废话,直接吻住她的红唇。

他的吻带着浓浓的香烟味道,差点呛到她。

斯鼎礼不顾她的挣扎,快速褪去两个人的束缚。

满室旖旎。

第三十九章　带韩涛回家吃饭

清晨六点钟，8号别墅门口两个保镖正在换班，从别墅侧面忽然出来一个人，保镖警惕地看向那个优哉的背影。

咦？看着怎么这么眼熟？

好像是斯总，但是斯总昨天晚上不是走了吗？

保镖在大树附近检查了一圈，阳台上的窗户都好好的，然后就没把这件事情放在心上。

邵嘉依当天没有去店里，下午的时候，邵勉接到保镖的电话，说邵嘉依去了医院。

邵勉一个电话打到女儿的手机上，焦急地问："嘉依，你怎么了？"

正在医院的邵嘉依，支支吾吾地不知道该说什么："没，没事，爸，我只是肚子疼。"

"肚子疼？为什么会去妇产科？"邵勉一语拆穿女儿的谎话。

她怎么都忘了，老爸给她派了保镖。

"哎呀，爸，你别问了，我没事，马上就走了！"邵嘉依连忙把电话挂掉，继续忍着疼痛。

戴着口罩的医生，望着同样戴口罩的女人交代着："回去三天之内不要碰水……姑娘，你这是受什么伤害了吧？"

邵嘉依尴尬地笑了笑："没有，没有，医生好了吗？"

可恶的斯鼎礼，这个王八蛋，看她不好好恶整他！

就因为两句话而已，就让她付出这么大的代价！

从医院出来，邵嘉依的手机又响了，是薄亦月。

"哎呀，妈，我真的没事，你和爸都别管了，我都长这么大了。"邵嘉依很是无奈。

薄亦月的声音很严肃："邵嘉依！今晚约上韩涛，一起吃个饭！"

老妈生气了？为什么要约上韩涛？

"叫涛哥哥做什么？"她踢着车边的小石头，小石头被她踢得有点远，她抬起腿往前抬去，"嘶——"身上上过药的地方，痛得邵嘉依差点哭出来。

"这你就别管了，让他直接来老宅！"邵嘉依前脚刚从医院走出来，邵勉后面就通过熟人联系上了邵嘉依刚才的主治医师。

还好是薄亦月直接和主治医师沟通的，但是当听到女儿居然去上药时，薄亦月瞬间就崩溃了！

这个邵嘉依，她一定是管她太松了，才让她这么放肆！

"啊？还要去老宅？"邵嘉依更纳闷了。

"是的！邵嘉依，你敢给我出什么幺蛾子，我今天打死你！晚上你也一起回来！"薄亦月气冲冲地挂了电话，留下邵嘉依一个人在医院门口傻眼。

她看了看第三人民医院，难道是爸妈知道了她为什么而来？

不是吧！邵嘉依哀号一声，那她岂不是惨了！

不过，老妈让韩涛去老宅到底是什么意思？无论如何，看在老妈那么生气的分上，她还是联系一下韩涛吧！

"喂，涛哥哥。"邵嘉依拨通电话，先是嘿嘿一笑，因为她感觉挺不好意思的。

韩涛扬起笑脸问："嘉依，怎么了？"

"那个……你晚上有时间吗？"邵嘉依尴尬地挠了挠脑袋。

韩涛想了一下，如实地回答："有，但是估计得七点多。"

"没事，没事，是这样的……我妈，她非让我把你带到我祖奶奶那里吃个饭，我自己都莫名其妙的。"非要去老宅？是要宣布什么事情吗？

要让他去邵嘉依的祖奶奶那里吃饭？一瞬间，韩涛也想不明白为什么，但是还是应了下来："好，我知道了，我忙完就联系你。"

"嗯，好的，那涛哥哥你先忙吧，我不打扰你了。"此刻邵嘉依的乖巧，让韩涛很暖心。

"再见，嘉依。"

结束通话后，邵嘉依看了看时间，已经快四点了，她也不用再去店里，干脆回家睡觉吧！

谁知道这一觉一下子睡到韩涛给她打电话。

"嘉依，我在中山路这边，你在哪里？"

"我还在家，要不你先过去，我马上就来。"邵嘉依连忙从床上坐起来，迷迷糊糊地往浴室走去。

"行，你把地址告诉我！"韩涛找到一个超市，买了点礼物就往邵嘉依给他的地址驶去。

除了邵勉，邵家一家人开心地把韩涛迎进了客厅，韩涛一一给大家打招呼。

当看到邵勉阴沉的脸色后，心里微微咯噔一下，今天晚上有事情。

薄亦月和杨紫勤已经把晚餐准备好了，就等着韩涛和邵嘉依。

"先吃点水果，我先去给嘉依打个电话，看她到哪了。"薄亦月让韩涛坐到邵勉的旁边，自己拿着手机去了一边。

接到电话的邵嘉依无奈地望着面前堵着自己车子的男人问："妈，怎么了？"

"你到哪了，嘉依？"

"哦，刚出发，我加快速度。"邵嘉依无奈地下车。

"你路上慢点，不用太着急。"他们可以先和韩涛谈着，嘉依晚会儿到也行。

"知道了妈！"

邵嘉依结束通话，走到车头问："斯鼎礼，你堵着我的车做什么？"

"你去哪？"大晚上的还穿戴整齐地往外跑，有鬼！

"回老宅啊，没听到我刚接了我妈的电话吗？"邵嘉依将他拉开，自己准备回到车内。

昨天晚上那么过分，她还正生气呢！

"回老宅做什么？"大晚上要回老宅，肯定有事情。

"我怎么知道，你去问我妈去！"邵嘉依冲他做了个鬼脸，开着车扬长而去。

邵嘉依没想到的是，她只是那么随口一说，斯鼎礼真的拨通了薄亦月的电话。

"干妈。"

"鼎礼？"薄亦月叫出的名字，吸引了韩涛的注意。

斯鼎礼淡淡地解释："我刚才回来，看到嘉依出去了。"

"哦，嘉依要过来老宅，我们谈谈嘉依和韩涛的事情。"薄亦月说到这里还在心塞，嘉依要是和鼎礼在一起多好。

她的话让斯鼎礼皱起了眉头，明知道邵嘉依的男朋友是韩涛，他还是忍不住问："和韩涛什么事情？"

薄亦月从沙发上站起来，走到了一边，接着说："嘉依这孩子太傻了，吃了亏都不知道，你干爸要韩涛给嘉依一个交代，看看韩涛有什么打算，如果可以的话，直接把婚事定下来。"

薄亦月的话音一落，电话那边一阵沉默。

不知道所以然的薄亦月还在问他："你最近和女朋友怎么样？"

"挺好。"

"唉！好好对待人家女孩子，有空了过来干妈这里吃个饭啊！"薄亦月真的很惋惜，但是感情这种东西又不能勉强。

算了算了，韩涛也很优秀！

"知道了干妈。"

斯鼎礼挂掉电话，一个人站在路灯下发呆。

邵嘉依在韩涛身上吃了什么亏？难道是两个人已经在一起，昨天晚上说的没和韩涛发生什么，是在骗他？

还有邵嘉依和他第一次的时候，抱着他的时候，叫的是韩涛……

所以，这一切都是邵嘉依在骗他，是在脚踏两只船？

寒风吹来，斯鼎礼的心凉了许多。

不行，他一定要让她给他解释清楚！

斯鼎礼走向车库，开着车往邵家老宅驶去。

此时邵家老宅里的韩涛、邵文川以及韩敏，聊得很投机。

"韩涛，来，咱们先吃饭，嘉依等会儿才到。"薄亦月把韩涛叫到餐桌上，准备开饭。

"阿姨，你们先吃，我等嘉依一起。"

薄亦月对他摆了摆手："嘉依那丫头没有时间概念，你要是等她，那得等到九点十点也说不定。"

韩涛就没再拒绝，一家人转移到餐桌旁。

饭刚吃两口，邵勉就放下了筷子。

"韩涛。"

"到！"韩涛习惯性地应了一声，大家笑望着韩涛，他才意识到自己在哪。他不好意思地和邵勉又打了声招呼："叔叔。"

"嗯，叔叔问你，你到底对嘉依什么意思？"邵勉也不拐弯抹角，直接问道。

韩涛怔了一下，看着邵勉认真的神色，知道他没开玩笑，羞涩地回答："我挺喜欢嘉依的，就是嘉依不喜欢我，她已经有喜欢的人了。"

他的话，让薄亦月和邵勉互相看了一眼，事情好像有点复杂……

邵勉的下句话更加直白："我不管你们两个人感情的细节，我希望你能对嘉依负责，男人做过的事情，要勇于承担！你是军人，这点不用我多说！"

韩涛蒙了，怎么忽然要他对嘉依负责？做过的事情？他对嘉依做了什么需要负责任的事情？

不过，这不是重点，韩涛脑子转得很快，答道："叔叔说了算，如果让我娶嘉依，我很乐意的！"

韩涛这干脆的回答，让邵家人都很开心，这小伙子还不错！

"好，等到嘉依过来，我们一起商量下一步的事情。"邵勉拿起碗筷，继续吃饭。

半个小时后，邵嘉依才冒冒失失地冲进了客厅，看到客厅没人，又望向餐厅。

所有人都在。

"祖奶奶，爷爷奶奶，爸爸妈妈，涛哥哥，我来了！"邵嘉依一头扎进餐厅，抱住了乐呵呵的韩敏。

所有人看到小开心果，脸上都挂着笑容。

"嘉依，快去洗手吃饭。"韩敏慈爱地拍了拍曾孙女的手。

邵嘉依点头，去洗了洗手。回来以后，发现就韩涛旁边留了一个位置，她顺势坐了下来。

"来，嘉依，尝尝这个鱼，阿姨做得不错！"韩涛拿起公筷，给邵嘉依夹了一块嫩滑的鱼肉。

长辈们看到这一幕，都很欣慰。韩涛虽然常年在部队，但是很会体贴人。

"嘉依，我刚才已经和韩涛沟通过了，过两天韩涛会和韩爷爷一起来提亲，你有什么想说的吗？"邵勉给老婆剥着竹节虾，余光扫在女儿身上。

正在吃鱼肉的邵嘉依，闻言差点被鱼肉给卡住！

第四十章 大乌龙

什么跟什么啊？她目瞪口呆地看着旁边的韩涛，韩涛也是无奈地看了她一眼，表示自己也很疑惑。

"爸，韩涛和韩爷爷为什么会来提亲？"她接过韩涛递过来的果汁，猛喝了一口。

邵勉闻言拉下脸说："嘉依，不许胡闹！"两个人都在一起了，还不结婚，难道只是玩玩？他不允许！

邵嘉依真的好无辜，眨了眨眼睛问："爸，我怎么胡闹了？"

明明是老爸莫名其妙好吗？

韩涛安抚着邵嘉依："嘉依，先吃饭，等会儿再谈！"

薄亦月也安抚老公："邵勉，好好跟孩子说，发什么脾气！"

"是啊，这俩孩子都在这里，小勉，吃完饭再说！"韩敏看情况不对劲，跟着附和。

邵勉把剥好的虾，放到老婆的碟子中，拿着旁边的湿巾擦了擦手："先吃饭！"

邵嘉依不依了："爸，你怎么莫名其妙的，我只是问问你为什么会来提亲，你发什么火呢！"

生平第一次，邵勉和邵嘉依两个人处于对立状态，正式开战。

"邵嘉依，别以为我不知道你做的那点破事！"邵勉狠狠地瞪了一眼女儿，看着女儿迷茫的神色，他干脆把话扔出来："你和韩涛都在一起了，不结婚还等什么？等到哪天怀孕了再结婚？"

邵勉的话，让韩涛和邵嘉依都一脸蒙。

他们什么时候在一起的，他们两个当事人，怎么不知道？

"叔叔，你是不是误会什么了？"韩涛率先反应过来，望着发火的邵勉，还是有点迷茫。

为什么邵勉会认为他和嘉依发生了关系？难道是因为那天晚上他送邵嘉依去酒店？

"我误会？事实都摆在眼前！邵嘉依，你爸我已经给医院打过电话了，为什么去医院，你自己不清楚？"邵勉气得脸都黑了。

隐私被当众揭露，邵嘉依脸色爆红，尴尬得都不知道该做点什么了。

老爸真的太可恶了！女孩子的隐私他都要去问。

邵嘉依红了眼圈，忍着泪，从椅子上站起来，硬是憋出来几个字："爸，那不是韩涛！"

然后不顾傻眼的所有人，转身离开了餐厅。

韩涛也大概知道了什么情况，估计是邵勉知道女儿和别人发生事情了，误以为那个人是他。

"叔叔，我和嘉依是清白的！"他也知道那个男人是谁，但是这不是他应该说的。

韩涛的解释让邵勉开始后悔，焦急。

邵嘉依跑出老宅，韩涛追了上去。

门口马路对面停着一辆车，邵嘉依没留意，一直往前跑着。

韩涛快速追上她说："嘉依，冷静一下。"

邵嘉依停了下来，抬起头看着韩涛说："对不起，涛哥哥，让爸妈误会你，给你带来麻烦了！"

"没事，嘉依，你别哭，如果他不愿对你负责，我愿意……"韩涛的话说一半，邵嘉依就知道了什么意思。

这个时候家里人都追了出来，韩敏挂着拐杖由邵文川扶着。

"嘉依，先回来再说！"

邵嘉依看到不远处的邵勉，挣开韩涛的胳膊，继续往前跑去。

这个时候，一个高大的身影横穿马路堵住了邵嘉依的去路。

邵嘉依面带梨花的模样，让怒气横生的斯鼎礼万分心疼。

看到来人，邵嘉依哇哇大哭，捶打着斯鼎礼哭诉道："都怪你！都怪你！让我爸误会我！都是你！"

斯鼎礼心疼地握着她的小手问："怎么了？先别哭，好好说！"

不远处的所有人，继续傻眼。

薄亦月忽然有种预感，斯鼎礼才是那个人……

韩涛站在原地看着前面哭得哇哇响的女人，眼中划过一抹痛楚，从口袋中拿出烟盒，点上一支香烟，然后蹲在马路边，开始抽闷烟。

斯鼎礼擦了擦邵嘉依脸上的泪水，问道："是不是韩涛他不愿意！"

"什么啊！斯鼎礼，你这个王八蛋！我在你眼里到底是什么样的人！"邵嘉依赌气地推开斯鼎礼，继续往前跑。

为什么所有人都在误会她？被人误会的滋味真的很不好受！

她的手腕被斯鼎礼紧紧控制住："回来，把话说清楚！"

"我不说，随便你们怎么想！我邵嘉依就是不检点，还去医院上药！你们都走！"邵嘉依像疯了一样，从斯鼎礼的手中，拽着自己的手腕，被弄疼了，都顾不上。

去医院上药？男人眼中划过一抹深意。

任由邵嘉依使劲挣扎，他都没松手，并一手从口袋中拿出手机，给不远处的邵勉打了电话："干爸，你们先进去吧，嘉依交给我！"

"嗯，我知道了。"

邵勉让三位老人先进去，自己走到韩涛的面前，满怀歉意地说道："对不起韩涛，我误会你和嘉依了。"

唉，这件事情都怪他！

韩涛掐灭烟头，从路边站起来："没事的，叔叔，那我先回去，随后再和嘉依联系。"

邵勉点头，韩涛和大家告别，驱车离开。

这边的斯鼎礼把邵嘉依紧紧地抱在怀中，安慰道："嘉依，乖，听话！"

"乖什么啊！你试试被所有人误会的滋味！"邵嘉依的手腕都被扯红了，还没有逃脱斯鼎礼的控制。

斯鼎礼给怀中的女孩儿擦了擦眼泪："我现在去和干爸说，你是我斯鼎礼的人，你除了我，谁都不能嫁！"

说着，斯鼎礼还真的放开了邵嘉依，往老宅走去。

这次换邵嘉依拉住斯鼎礼，劝阻道："你不要去！我不想再理邵勉，他想怎么误会就怎么误会吧！"

韩涛从后视镜中看到斯鼎礼把邵嘉依揽入怀中。

"邵嘉依，以后不准和韩涛见面！"

生平第一次，斯鼎礼尝到了妒忌的滋味！

邵嘉依真的不知道斯鼎礼怎么好意思说自己，他和宋芷晴不还是情侣关系吗？

"别理我，本小姐现在心情不好，我劝你不要随便往枪口上撞！"邵嘉依推开男人，慢慢地晃在马路边上。

斯鼎礼走在她的身边，双手插在口袋里问道："心情不好？"

这可是个难题，他还从来没有哄过女孩子。

男人揽着邵嘉依的肩膀，然后把手机拿了出来。当邵嘉依意识到他要做什么的时候，已经晚了，因为斯鼎礼已经打通了邵勉的电话："干爸，我就是和嘉依约会的那个人，我要娶……"

男人的薄唇被邵嘉依捂住，因为太激动了，邵嘉依直接忽略了他最后一个字！

直接按掉挂机键，邵嘉依还不解气，直接把斯鼎礼的手机关机！

"你做什么？"拉下唇上的小手，斯鼎礼不开心了，她这个样子，会让他以为，她不想和他在一起！

邵嘉依可不想让全世界的人都知道她做了小三！也不想让这个渣男对自己负责！

等到他和宋芷晴分手的那天，她再考虑也不迟……

老宅的邵勉，看着自己的手机，揉了揉发痛的太阳穴，最后干脆扔给薄亦月一句："我不管了，好像我女儿嫁不出去似的，一会儿找这个负责，一会儿找那个负责！"

"你才知道啊！"薄亦月凉凉地扔给他几个字，知道那个人是斯鼎礼后，薄亦月心情瞬间好了不少，哼着小曲在房间内整理晒干的衣服。

"还不都是她自己惹的麻烦，如果早告诉我，不就不会牵扯上韩涛了？现在好了，韩涛那孩子心里肯定也不舒服！"韩涛喜欢嘉依，包括后来突然出现的斯鼎礼，对于他来说都是一种无形的伤害。

薄亦月顿了一下说："咱们又不是故意的，不过韩涛毕竟是个军官，心理素质好，压力应该很容易排解的。"

邵勉暗叹了口气，但愿吧！

外面的斯鼎礼把邵嘉依塞进自己的车内，带着她离开老宅。

"你让我下车，我哪都不想去！"邵嘉依蔫蔫地看着窗外，心情无比郁闷。

天空忽然飘起雪花，邵嘉依一阵惊喜，打开车窗。

果然是下雪了！

斯鼎礼把邵嘉依带到市中心，在一个高级公寓楼下停车。

抬起头看了看面前的楼层，大概有四十几层吧！

谁在这里住？带她来这里做什么？

斯鼎礼直接按下四十八楼的电梯按钮。

第四十一章　二人世界

"我们去找谁？"电梯内空间不大不小，两个人错位站在这个密闭的空间内。

他的大掌包裹着她的小手，很温暖。

望着男人笔直高大的背影，邵嘉依的心脏忍不住扑通扑通直跳。

甚至还能闻到他身上熟悉的香味，真的让人很迷醉……

"到了你就知道了！"电梯快速上升，很快就到了四十八楼。

下电梯的时候，邵嘉依被拉出电梯，走到一间米白色的门前停下。

刷指纹，门被打开。

邵嘉依跟着走了进去，打开大灯，亮堂的公寓面积很大，大概有将近一千平方米的面积。

难道，整个四十八楼的几间房间都被打通了？

所以，这么豪气的做法，是斯鼎礼的杰作？

精装修，进口的欧式高档家具，酒架上放着几十瓶高档红酒，旁边是一个书架，密密麻麻地放满了书。

总体来说，和9号别墅装修差不多，所以，这应该也是斯鼎礼的房子。

"带我来这里做什么？"邵嘉依呆呆地望着开红酒的男人，他好像很喜欢红酒。

"睡觉！"男人简单地回复她两个字。

邵嘉依赏给他一个大白眼说："我不睡！要睡你自己睡！"

"好！"男人回答得更干脆。

女人无语地站在原地，一时间不知道自己该干吗，是走还是留？

算了，走吧！

邵嘉依转身往公寓门口走去："我走了，再见！"

"站住，去最东边卧室的阳台上等着我！"

斯鼎礼把红酒倒进醒酒器，开始醒酒。

卧室的阳台上？斯鼎礼到底想做什么？"能拒绝吗？"

"不能！"男人双臂撑在长条几上，认真地看着醒酒器中的红酒。

邵嘉依又给他一个大白眼，往他说的地方走去。

推开最东边的卧室，里面特别干净，床上铺着深棕色的床单。这房子不像是平时有人住的，但是又铺着被褥，好奇怪。

没有多想，邵嘉依拉开阳台上的玻璃门。

一阵冷风吹来，她打了个冷战。

阳台上铺着深色的地板，简单地放着一把遮阳伞、四把椅子和一个琉璃桌。头顶是玻璃屋顶，能看到天空的夜景。

在阳台上站了半分钟，邵嘉依忍不住往阳台边走去。

大半个市区的夜景落入眼中，灯火辉煌，楼下车水马龙，但是很安静。

阳台的玻璃门再次被打开，斯鼎礼端着一杯红酒走了过来。

单手从背后揽住在阳台边上欣赏夜景的女人，问道："还满意吗？"

这里很安静，如果邵嘉依不开心的时候，能够从这里得到一些平静，那么他就没白带她来这里。

"还行。"邵嘉依扔出俩字，伸出手去接空中小小的雪花。

只是还行？斯鼎礼挑眉，把红酒杯放在一边的台子上。

双臂环住她的腰，下巴放在她的肩上。

"如果这不能让你满意，比如，我们做点别的如何？"

邵嘉依立刻缩回手，转过身，面对着他说："我去医院上药的事情，还没找你算账！你还想着……哼，男人果然都是下半身思考的动物！"

斯鼎礼嘴角勾起笑意，低头吻住她的红唇，气氛立刻暧昧了几分。

邵嘉依的后背被抵在护栏上，她整个人都被他搂在怀里。

"不要。"

她无力地推着他的胸膛。

"想什么呢？我的意思是，我们可以喝点红酒，自己满脑子乱七八糟的想法，还怪我！"男人面部表情柔和了几分，端起旁边的红酒，嘴巴抿了一口。

邵嘉依脸蛋红扑扑的，原来是她误会了啊！不过，左右看了两眼："这么小气，都不说给你的客人倒杯红酒……唔唔唔。"她的嘴巴再次被堵住，绵滑的红酒滑进她的口中，落入胃中。

她不是客人，如果她愿意，他会改变她的身份！

男人深深地望着情不自禁闭上双眼的女孩，他不和宋芷晴分手，是想好好保护着这个女孩。不让她受到任何流言蜚语的伤害和干扰。

如果她说她介意，他当然会和宋芷晴分手。

但是，她一直都没有说过。

又是一大口红酒在邵嘉依抗议之前，滑进她的胃里。

"斯鼎礼，你没有洁癖，我有洁癖，你不要再这样灌我红酒，OK？"邵嘉依弯着腰大口喘着气，她虽然这样说，但是她心里好像并不讨厌这样。

"所以，你是嫌我恶心？"斯鼎礼淡淡地问道。

邵嘉依斜了他一眼，不知道该点头还是该摇头。

男人的唇角再次勾起笑意，重新把她拥入怀中："就知道你不会介意。"她刚才只要敢点头，斯鼎礼一定会好好收拾她！天天这样灌她，灌到她不嫌弃为止。

斯鼎礼口袋中的手机响起。他松开邵嘉依，拿出手机，看了看来电显示，直接把手机丢给邵嘉依说："接电话。"

嗯？她疑惑地看着来电显示，是干妈？

"你自己怎么不接？"

"你婆婆的电话，你来接！"

邵嘉依拿着手机，在寒风中凌乱。

"干吗说得像我已经要嫁给你似的。"女孩脸蛋红扑扑的，让斯鼎礼忍不住想逗她。

"邵嘉依，嫁给我！"他直勾勾地望着她，表情半真半假。

邵嘉依呼吸紧了紧，差点掉进他幽深的双眸里爬不出来。

"开什么玩笑呢！"邵嘉依哽咽了一下，有女朋友还跟她开这种玩笑，她不开心了。

接通响了第二遍的电话。

"干妈。"

忽然传来的女声，让黎浅洛愣了一下："嘉依，干妈好像打错电话了，我是给鼎礼打的，打扰到你了。"

邵嘉依连解释的机会都没有，然后电话直接挂断了。

她无奈地看着手机。不过，手机又响了。

"干妈。"

"咦，怎么又拨错了，看看我这眼神……"明明还没老，怎么一直看错呢？

"干妈，这是斯鼎礼的手机。"邵嘉依提高了分贝，那边正嘟嘟囔囔的黎浅洛，忽然止住了碎碎念。

"啊，嘉依，你和鼎礼在一起呢？"黎浅洛惊喜地把手机重新放回耳边。

亦月说的没错，嘉依和他儿子在一起，真好！

邵嘉依尴尬地看了一眼旁边正品尝着红酒的男人，小心翼翼地回应着黎浅洛："嗯，暂时是……"

万一干妈也以为她是小三，那就真的不好了。

但是，邵嘉依没想到斯鼎礼会在旁边补刀："不是暂时，一起到明天早上。"

当邵嘉依想捂着话筒的时候，已来不及了。

狠狠地瞪了一眼旁边正得意的男人，那边黎浅洛连忙说道："好好好！那我就不打扰你们俩了，我先挂了啊，嘉依，明天干妈……"

"你倒是挂啊，知道已经打扰到我们了，还在啰唆。"斯鼎礼凑近邵嘉依，淡淡地打断激动的黎浅洛。

这次，黎浅洛直接挂了电话。

邵嘉依拧了一记斯鼎礼责怪道："你干吗呢？明明什么都没做，还说得那么暧昧！"

"孤男寡女在一起，不用做什么，就已经不清白了！"斯鼎礼把手机重新装进口袋。

"不理你了！"邵嘉依故作生气地扔给他一个大白眼，和他拉开距离！

斯鼎礼端着红酒杯，慢慢地靠近她，紧紧地贴着她的后背，把红酒杯送到她的唇边。

"小气！"邵嘉依接过红酒杯，将剩下一半的红酒全部喝掉，咽下最后一口红酒，拿着空酒杯在他眼前晃了晃，嘚瑟道，"看你喝什么！"

斯鼎礼接过红酒杯，放在一边。"我喝……"他抱住她，"这个！"

他越来越霸道，在女人即将窒息的前几秒，才停下。

额头互抵："邵嘉依，你绝对是一个妖精！"他总是忍不住去吻她，抱她……

邵嘉依嘟了嘟被他吻红的嘴唇说："多谢夸奖！"

斯鼎礼忽然将她打横抱起，伴随着女人的尖叫，将她抱进了房间内。

拖鞋都被她蹬掉在阳台上一只，另外一只被斯鼎礼脱掉。

将她放在大床上："在这等着，我出去一下。"

女人闻言在床上翻了个身，爬起来看着他问："你去哪？"

斯鼎礼在她的额头上印下一吻说："等着！"男人离开。

床上的女人扑到被褥上，捂着发烫的脸蛋，兴奋地挥舞四肢。

斯鼎礼出去大概十几分钟，就回来了。

手中拿着一盒药，在邵嘉依面前晃了晃，笑得不怀好意。

邵嘉依疑惑地望着奸笑的男人问："买的什么？"

"你猜。"斯鼎礼打开药盒，把药膏从里面拿出来。

邵嘉依看了看药盒上的名字，脸蛋瞬间红了，丢下一句"谢谢！"就往浴室钻去！

她因为和老爸吵架，出来的时候包包落在了车上。不过，还好口袋里还装着手机。

斯鼎礼洗完澡从浴室出来，压着她来了个深吻，才抱着女孩沉沉睡去。

第二天一大早，邵嘉依是被斯鼎礼的手机吵醒的，斯鼎礼好像也是刚睡醒，从床上坐起来，拿起旁边的手机。

"干爸！"听到这两个字，邵嘉依瞬间清醒了几分。

翻个身认真地看着接电话的男人，睡了一晚上，性感的胡茬都长出来了。

斯鼎礼右手抓住她的小手："嗯，是的干爸，你放心。"

"好。干爸的电话。"斯鼎礼把手机递给邵嘉依。

邵嘉依闻言愣了一下，然后面无表情地从床上爬起来，直接进了浴室。

斯鼎礼无奈地将电话重新放回耳边，那边邵勉就已经猜到了什么情况："是不是嘉依不愿意接电话？"

"没事，我知道了，就现在这样……还有，有空了，过来谈谈你们的事情。"最后一句话，邵勉说得非常严肃。

"好的，干爸！"斯鼎礼认真应下。

洗漱完毕，邵嘉依斜着眼睛，望着同样已经洗漱完毕的男人。

斯鼎礼嘴角带着笑意说："今天哪都别去了，等着我晚上回来。"

"干什么？"

"好好宠幸你！"

女人抱着他，踮起脚，在他性感的喉结上，轻轻地亲了一口。

瞬间，男人的双眸就变了颜色，呼吸跟着急促起来。

大掌放在她的纤腰上说："我今天不去公司了。"

"嗯？"怎么忽然又不去公司了？邵嘉依瞪大了眼睛，望着男人。

斯鼎礼微微一笑："我只想抱着你睡觉！"

邵嘉依脸蛋红了红，把他推到卧室门口说："快走，快去上班。"

走到公寓门口，男人换鞋。

"等着我回来，哪都别去，你店铺那边，我先找个人帮你看着。"

他想一下班回来就能看到邵嘉依。

"知道啦！拜拜，男神！"她吐了吐舌头，准备合上门。

男人搂过她的后脑勺，在她的红唇上印上一吻，许久之后，才恋恋不舍地放开她。

"快走，快走，迟到了！"就在这个时候，斜对面的电梯出来一个人。

第四十二章 搬出来住

是师霄,他看到邵嘉依微微诧异了一下,她还穿着斯总的睡袍。随后立即恢复了正常。

"斯总,早餐!"

原来斯总那么早给他发信息让他送早餐过来,是给邵嘉依的。

斯鼎礼接过早餐,递给邵嘉依说:"进去吃!"

然后整个公寓只剩下邵嘉依一个人,吃早餐的时候,不小心撒了一点豆浆到浴袍上。邵嘉依只好随便穿了一件斯鼎礼的衬衣。

打开阳台的门,外面整个城市已经白了一层,邵嘉依走到玻璃围栏边,在薄薄的雪上,写下斯鼎礼三个字。

在外面待了十几分钟,邵嘉依都没有感觉到冷,除了光在空气中的腿。

她好奇地摸了摸斯鼎礼的衬衣,不知道是什么材质的,虽然薄,但是穿上非常保暖。

下午时分,邵嘉依正在睡觉,手机铃声响了起来,是薄亦月。

"妈。"邵嘉依迷迷糊糊地接通电话。

"嘉依,你现在在哪呢?怎么没在别墅也没在店里?"薄亦月不放心邵嘉依,吃完午饭就离开了老宅。

以为邵嘉依在店里,去了以后扑了个空,张晴告诉她,嘉依今天根本就没来店里。

然后又赶到御谷名邸,还是没人。

"哦,我在外面,妈你不用找我。"邵嘉依舒服地翻了个身,下雪天和暖和的被窝真般配。

薄亦月忽然想起来了,问道:"你是不是在鼎礼的别墅呢?"

"我没有！妈，不要再问了，还有，我已经决定了，最近自己找房子搬出来住！"她已经长大了，和爸妈住一起太不方便了！

薄亦月一听女儿要搬出去住，急了："怎么了，还在生你爸的气呢？嘉依，妈跟你说，你一个女孩子自己出去住不安全！"

"妈，他不是给我派了保镖吗？有什么不安全的，我已经想好了！"

看来还在生邵勉的气，连爸都不叫了。薄亦月忽然想到了什么，问道："嘉依，你是不是要搬去和鼎礼住？"

那她该不该同意呢？

"妈！你想什么呢，没有，我自己住！"邵嘉依在床上已经打了好几个滚，被老妈电话轰炸得一点睡意都没有了！

"哦，那你先别着急，我和你爸商量一下，看他的意见。"

"妈！我已经成年了！早就已经能够独立生存，这种事情我自己完全可以做主！所以，你不要和他商量，我不要听他的意见！"这事要是和邵勉商量，她肯定连御谷名邸的门都别想出！

就知道女儿还在和老公赌气，薄亦月心平气和地劝慰女儿："你爸爸已经知道错了，他也说了，以后你的事情，该管的他就管，不该管的就不管了！"

邵嘉依将脸上的长发拢到脑后，趴在大床上说："他是为了我好，我知道，我才不敢和他生气，还有，搬出去的事情，我已经决定了，老妈你就别再说了啊！"

听着女儿哄她的语气，薄亦月忍俊不禁："你这个小人精，你一人住外面，爸妈怎么可能放心？"

女儿是长大了，该有自己的隐私空间。但是，怎么说她也是一个女孩子，一个人在外面他们不放心！

邵嘉依脑子转了转，到底该怎么说服老妈呢？说服老妈，就离说服老爸不远了！

"这样吧，妈，我找个离我哥或者少哲公寓近的地方，有什么事情，他们也能救救急。"这话对于薄亦月还真管用。"那你不用自己找房子，我让你哥和少哲还有鼎礼多帮你留意留意。"

"好好，妈，就知道你最爱我了！"

邵嘉依差点没有从床上跳起来，她好像看到了无限的自由！

"哎呀，妈真是拿你没办法，我把这件事情告诉你爸，你爸肯定会怪我这事没和他商量就答应你！"老公是什么脾气，她还是很清楚的。

邵嘉依嘻嘻一笑道："没事的妈，你跟爸撒个娇，他就心软了。"老爸对老妈的爱，她可是一清二楚。

老妈只要一变脸或者是说句软话，老爸立刻投降！

几十年如一日，非常恩爱。

"瞎说什么呢！不和你扯了，就知道忽悠老妈！"薄亦月这些年来因为有邵勉的呵护，所以保养得很好。此刻没有皱纹的脸上，泛起一丝红晕。

结束通话以后，薄亦月就回了老宅，把和邵嘉依的对话跟邵勉说了个大概。

邵勉的第一反应就是皱眉："她还是个孩子，你怎么能纵容她胡闹呢！"

薄亦月白了一眼老公，她就知道他不会答应："邵勉，你家嘉依已经不是孩子了，马上就23岁，现在身边还出现了鼎礼，该是给女儿一些隐私空间的时候了！"

"她一个人住外面，遇到坏人怎么办？离家这么远，叫天天不应叫地地不灵的！"邵勉坚决不同意嘉依一个人出去住！

想了想女儿的话，薄亦月搂着邵勉的腰："老公，我已经答应嘉依了，让康康和少哲他们给嘉依留意一下，如果他们能住到一栋公寓就更好了，有什么事情也有个照应。"

女儿的使命，她一定想尽办法完成。

薄亦月的声音柔柔弱弱，邵勉岂会不知道老婆什么心思？无非就是想撒撒娇之类的，偏偏他对她这招还没有抵抗力。

"好，我大不了多派几个保镖给她，你就纵容着她吧！"邵勉在老婆的额头上亲了一下。

薄亦月偷笑道："我再纵容，会有你宠她？"

邵勉闻言重重叹了口气："我宠她有什么用？这个小白眼狼，现在不还是不理我！所以，还是老婆你好，无论怎么样，都对我不离不弃。"

老婆不像子女，儿子有了老婆就经常不回家。女儿跟他吵了一架，就闹着搬出去。

所以，还是老婆最好！

薄亦月收起偷笑的表情，认真地看着邵勉说："以后我们两个人相依为命，彼此永远不离不弃。"

"好，老公一辈子都不离开你！"

薄亦月欣慰地靠在邵勉的怀里，听着他有力的心跳，唇角挂上幸福的微笑。

邵嘉依吃过厨师送来的晚餐，坐在沙发上，抱着斯鼎礼的笔记本刷着社交账号的主页。

宋芷晴的账号又更新了几条动态，无非就是长盛公司和SL集团公司的合作广告。

最近长盛因为SL的支持，股价一直上涨。

邵嘉依一阵心塞，要怎样才能让斯鼎礼放弃宋芷晴呢？

外面的雪花越积越厚，邵嘉依重新裹上斯鼎礼宽大的白色浴袍，跑到阳台上观看夜景。

已经晚上八点多，他还没回来。

远处一座大楼外立面屏幕上的新闻引起了她的注意，她听不到上面播放的内容，但是能看到上面是宋芷晴挽着斯鼎礼在走秀台上接受颁奖的一幕。

男人气场强大，女人自信优雅，远远看上去真的是绝配！

意识到这一点，邵嘉依更加心塞，干脆不看了！

回到卧室，手机响了一下，是鼎礼的消息："我快到楼下了，想吃点什么吗？我给你带上去。"

邵嘉依所有的郁闷，全部因为这一条信息，消散得无影无踪。

"没有！"她打了两个字就发送了过去。

然后自己将浴袍腰间的腰带系好，穿上棉拖奔出了公寓。

第四十三章　甜蜜时光

一辆豪车在公寓门口缓缓停下，师霄打开后座的车门，男人从车上下来。

"明天早上八点，早餐准时送到！"

师霄点了点头："好的，斯总！"接着就坐进了车内。

然后一个人影朝着斯鼎礼，蹦蹦跳跳地扑了过来。

待他看清来者是谁后，眼中充满了笑意，将扑过来的女孩儿搂在怀中。

看清她只穿了一件浴袍，斯鼎礼连忙脱下自己的外套给她披上。

再次把她拥入怀中，一个用力女人被他抵在身后的车上，已经发动车子的师霄，直接熄了火。

闭上眼睛，不去看车外面激吻的两个人。

邵嘉依只是因为在楼上无聊，才下来接斯鼎礼一起上楼的。

但是，没想到男人给她披上外套，还二话不说地吻上她。

雪花还在一片一片地飘落，昏暗的路灯下抵着豪车接吻的男女，画风看上去特别唯美。

直到女人软软地贴在男人的身上，斯鼎礼才松开女人的红唇，将她打横抱起，快步进了公寓。

电梯内斯鼎礼把女人放下，快速按下顶楼的按钮，将她抵在电梯的角落内，低下头吻上。

一直到电梯打开，都没有放开她。

他的吻根本不给她任何喘息的机会，就强势霸道地长驱直入，不过几秒钟工夫，就抽走了她所有的力气。

……

斯鼎礼的办事速度很快，没过两天就给邵嘉依找到了住所。

紧接着就是搬家，当天她一直忙到夜里十一点多，快要累得站不起来了。

把剩下的东西先靠边放，自己进了浴室。

出来的时候，卧室内她奋力铺好的粉色大床上半躺着一个男人，冷不丁地冒出一句："晚餐吃了没有？"

邵嘉依吓得直接跳了起来，看清来人后，连忙拍了拍胸脯："斯鼎礼，你差点永远看不到我！"

"嗯？"

"嗯什么啊，被你吓死了啊！人吓人吓死人的！"邵嘉依慢慢地擦拭着湿漉漉的长发。

斯鼎礼放下手中的平板，下了床走到她面前："房间自己收拾的？"

他斜着眼睛，生无可恋地扫了一眼乱七八糟的房间。

"嗯，是啊，我第一次自己收拾房间呢！还不错吧！"邵嘉依还特别自豪，斯鼎礼看着她的样子，满脸嫌弃。

"晚上是不是没吃饭？"

"嗯，没，你不说还没感觉，你一说我还真有点饿了。"邵嘉依重新走回浴室，站在镜子面前准备吹头发。

斯鼎礼本来要跟过去的，无意间看到桌子上一张纸条，上面写着："四件套、玩偶、洁面、蒸脸仪……"

看来是她缺少的东西，斯鼎礼顺手把纸条放进自己的口袋内。

浴室内邵嘉依正在用吹风机吹头发，斯鼎礼接过她手中的吹风机说："我来，等会儿带你出去吃点东西。"

"可是，我的房间还没收拾完。"一大堆东西还在一边堆着，她预计是要今天整理完的！

斯鼎礼摸着她湿漉漉的长发，打开吹风机："明天会过来两个钟点工，这些不用你做。"

这些活她在邵家没做过，以后跟着他更不用动手。

她只需要做自己想做的事情，玩自己想玩的，无忧无虑就行。

"好吧！我是不是收拾得不好！"邵嘉依又往卧室看了一眼，比起妈妈和钟点工阿姨帮她收拾的房间，好像的确有点惨不忍睹。

不行！她已经从家里搬出来，不是小孩子了，她得学会做这些！

"没有不好，你用心去做就是好的！"斯鼎礼也不知道自己什么时候夸人的标准变得这么低了。

好吧！那她就自恋地把他这些话当作在表扬她！邵嘉依笑嘻嘻地把玩着自己半湿的长发。

把她的头发完全吹干，斯鼎礼等到邵嘉依换完衣服，带她出去简单地吃了点晚餐。

回来的时候，斯鼎礼和她一起上了楼。

邵嘉依把他堵在门外，故作得意地说："这已经是我的地盘了，以后你进来要经过我的允许！"

男人笑着靠在门框上："这么霸道，我记得我们合作的店铺还没有盈利，所以现在你用的是我预付的订金，这里还是我的地盘！"

邵嘉依嘟了嘟嘴巴说："瞎说什么大实话呢！好吧好吧！本小姐心情好，允许你进来坐坐！"

给男人让开一条道，斯鼎礼进去换了鞋："多谢嘉依小姐的恩施。"

邵嘉依得意的小尾巴都要翘起来了，问道："你等会儿回哪？"9号别墅？还是南都花园？

"你猜！"男人留给她一个背影，进了衣帽间。

既然来了，他哪会那么轻易离开！

邵嘉依跟进去，看着他脱掉外套，打开衣帽间的柜子。

"我的衣服就和你放在一起了。"他拿出一件黑色的浴袍。

斯鼎礼说这话，怎么让她有种要同居的感觉？

"所以，你不但是今晚，还有以后，打算经常住在这里？"她小心翼翼地试探着问道。

男人看着女人试探的表情，毫不吝啬地对她微笑，邵嘉依瞬间脸蛋红扑扑的。

斯鼎礼的笑容太好看，她差点就晕了。

"很聪明！"这里离邵嘉依的店铺比较近，离他公司有点远，但这不是问题。

男人当着她的面解开皮带，脱下衣服，换上浴袍，邵嘉依看着他的身材，更是想流口水。

"嘉依？"可恶的男人，声音都那么好听。

"嗯？"

男人忍住笑，系上腰带说："你的口水流下来了！"

邵嘉依的脑袋轰的一下炸了，她居然流口水了？

连忙用手背去蹭自己的嘴角，咦，什么都没有啊！

这才意识到自己被耍了。"斯鼎礼，你真讨厌！"邵嘉依气恼地扑过来，在他的大掌上，轻轻地咬了一口。

她的纤腰反被搂住，红唇被掠夺。

本来站着的邵嘉依，硬是被男人带到了衣柜边，抵在衣柜上。

身体紧紧地贴在一起，开着暖气的房间气氛渐渐变得暧昧。

第二天的时候，邵嘉依前脚刚去店铺，后面师霄就带着许多斯鼎礼的新衣服和必用品送到了在水一方的公寓。当然也少不了斯鼎礼亲自给邵嘉依挑选的那张纸条上列出的她缺少的东西。

"师霄，去把这个系列的玩偶全部送到那边，还有这个系列的水杯多买几个，以及这些全部送到在水一方……"

"好的，对了斯总，晚上戴氏公司那边和政府合作的慈善会，你要出席吗？"师霄向他汇报行程。

斯鼎礼放下手中的平板，微微皱着眉头："联系宋芷晴，一起出席。"

"好的，斯总。"

嘉依店铺的分店在小年的那天正式开业，工商局注册的时候，标明是SL集团旗下的店铺。

邵嘉依是店铺的法定代表人，两个店铺让邵嘉依每天忙碌得早出晚归。

第四十四章 和宋芷晴翻脸

到了春暖花开的季节,斯鼎礼去美国出差已经快两个月了。

嘉依的店铺经常做慈善的事情,再次被媒体曝光,邵嘉依再次火了。

接二连三的慈善项目邀请函,向她扑过来。

她只选择了一些低调有实质性的慈善项目去参加,对于有媒体在场的慈善活动,她一概拒绝。因为她真的不喜欢过多地曝光。

司少哲要结婚了。

他再次跑来找邵嘉依的时候,笑得春风得意,并在她的店铺订做了一批精致的小点心,发请帖的时候,和喜糖一起送出去。

婚礼定在一个月后,距离邵嘉依的生日只有三天。

亲自做完司少哲定的点心,邵嘉依匆匆地换上晚礼服,因为晚上要去参加政府举办的慈善事业的颁奖典礼。

简单地将长发挽起,因为时间来不及,她化了个淡妆,涂上玫红色的口红,往会场赶去。

贴着她名字的座位在第一排,为了等会儿方便上台领奖。

今天来了不少媒体,邵嘉依一直做深呼吸,想着妈妈说的话:"嘉依,就当他们都不存在,平时怎么做现在就怎么做,时刻保持微笑就好。"

很不巧,邵嘉依的旁边坐着的是宋芷晴。

一袭宝蓝色晚礼服,将她衬得更加成熟动人。也因为她是斯鼎礼的女朋友,身边围着不少记者打探她和斯鼎礼的事情。

当记者问她斯鼎礼最近的动向,两个人感情如何时,宋芷晴笑得很幸福地说:"他最近一直在美国那边忙工作,我们的感情也很稳定,谢谢大家的关心。"

正当邵嘉依听得认真的时候,有个记者跑到她这里,问她:"邵小姐,你不是斯总的妹妹吗?"

记者是个女人,圆圆的脸蛋胖胖的身材,看上去很和善,邵嘉依点了点头,强调:"干妹妹而已。"

女记者笑了笑,表示明白:"听说你也有了男朋友,是一名军官,你和他感情发展得如何?"

"哦,他啊……"邵嘉依想了想,"他不是我的男朋友,都是一些传闻,不要毁了人家的好名声。"

女记者看上去很吃惊,又问道:"那韩家小少爷呢?听说之前在大学的时候,他追你追得紧。"

"我们只是很好的朋友,他去了非洲呢,为保卫世界和平做贡献,他现在很棒!"邵嘉依想起韩悦,忽然感觉有这么一个朋友很骄傲。

"这样啊,那邵小姐,这么说你目前还是单身呢?"

"嗯,算是,不过有了喜欢的人而已。"邵嘉依回答得很真诚,没有一丝敷衍的意思。

女记者试探地继续问道:"邵小姐,我还能继续问你问题吗?"

邵嘉依甜甜一笑,点了点头。

"邵小姐,你喜欢的人是做什么的呢?他是否和你一样支持咱们的慈善事业呢?"

女孩头微微一歪,想起自己喜欢的人,笑得一脸甜蜜道:"他在我心中也是一个普通人,并且很支持慈善事业,经常会捐款给福利院和敬老院。"

"哦?这听起来有点像斯总呢!是他吗?"

邵嘉依也没有太排斥记者的问题,好像在思索什么,随后回答:"鼎礼哥哥有女朋友了,不过,他的确很不错,以后找男朋友可以以他的形象为标准。"

邵嘉依笑得很甜,让人看不出来她的情绪。

旁边的宋芷晴早就听到了女记者采访她,一心两用地回答记者问题。

女记者仔细观察着邵嘉依脸上的表情,但是什么都没看出来,完全就是一副妹妹夸赞哥哥的样子。

"嗯，那宋芷晴小姐以后做你的嫂子，你会很高兴吗？"

听到自己的名字，宋芷晴直接微笑地看向邵嘉依。

所有的媒体摄像集中在两个人的身上，邵嘉依依然沉浸在自己的思绪内，下意识地回答女记者："我不喜欢她，如果她和斯鼎礼哥哥结婚，那是斯鼎礼的事情，我……就祝福他们。"

邵嘉依一句"我不喜欢她"，让所有的记者愣在原地，你看看我我看看你。

宋芷晴脸上的笑容瞬间就僵在了脸上，这是在记者面前，等于直接面向全世界的媒体。

这个邵嘉依说话怎么不动动脑子呢？

既然这样，宋芷晴也没必要在她面前伪装了。

"我知道邵小姐为什么不喜欢我，因为她喜欢的那个人就是我的男朋友，而我是鼎礼的女朋友，所以大家都懂得。"宋芷晴这话说得很随意，但是信息量巨大。

所有的媒体记者把焦点全部对准了邵嘉依，不停闪烁的闪光灯打到自己的脸上，邵嘉依才回过神。

"邵小姐，宋总说的是真的吗？你真的喜欢斯总吗？"

"邵小姐，你是不是做了宋总和斯总之间的小三呢？"

记者一个"小三"让邵嘉依白了脸。

不过，邵嘉依深吸了一口气，瞪着那名戴着眼镜的记者说："这位先生，没有证据乱说话就是诽谤，要承担法律责任的！"

"那邵嘉依小姐，你目前和斯总是什么关系呢？"

邵嘉依努力让自己冷静，答道："我和他现在什么关系都没有，他不是有女朋友了吗？感情还那么好，你们问这些无中生有的问题，是要破坏他们两个吗？"

记者们并没有打算放过邵嘉依，只是主持人上台宣布慈善颁奖晚会开始，大家才恋恋不舍地散开，邵嘉依也松了一口气。

所有人落座后，邵嘉依紧紧地握着拳头，她极力忍着上去暴打宋芷晴的冲动。

"非常荣幸能邀请到各位嘉宾，我是今天的主持人汪菲菲……"在主持人和政府领导的祝词后，慈善颁奖晚会拉开了序幕。

邵嘉依的店铺被评选为十大慈善企业之一，台上的她笑容浅浅。

这个颁奖晚会，把邵嘉依的事迹全部挖了出来，包括她的私人感情，全放在了大众眼前。

晚会结束散场后，记者也没有放过她和宋芷晴。

紧跟着邵嘉依问东问西，邵嘉依一言不发地站在原地，看着所有的摄像机，就是一个字不说。

所有的记者都尴尬了，你看看我我看看你，不知道还要不要再问下去。

有个脸皮厚的记者继续把话筒举过去："邵嘉依小姐，不说话就默认了自己是小三吗？"

"你是谁？哪个杂志社的？叫什么？你这样诽谤、试图揭露他人隐私，就等着我的律师函吧！"邵嘉依的脸色忽然一变，冷冷地看着那个记者。

"邵小姐，我们只是采访你而已，你这是什么态度？"记者对她也是极为不满，什么都不说。

邵嘉依真的怒了，质问道："我是什么态度？请问我是公众人物吗？我只是一个普通人，你们为什么非要围着我问东问西，侵犯我的隐私？"

"邵小姐，你今天晚上拿了这个奖项，已经把自己曝光在大众面前，成了公众人物，想摆脱关系合适吗？"那个记者也不知道是哪个新闻社的，直接和邵嘉依吵了起来。

"有什么问题请不要再来问我，直接去问斯鼎礼啊！你去问问他我是不是小三，如果他说不是，你就等着我去法院告你吧！"

邵嘉依豁出去了，什么话都往外扔，丝毫不介意和记者吵了起来，更不介意其他人的录像。

"你不就仗着你爸爸和你哥哥是律师，一直说要告我们！我们去问斯总做什么，说不定你一个人插入人家两个人的感情，单方面相思而已。"记者轻蔑地看着她，仗着自己家世就如此猖狂，他一定要好好报道这个邵嘉依。

"单方面相思"五个字，深深地刺痛了邵嘉依的心，不过，她怎么可能会任由别人这么侮辱自己？

将手中的奖杯递给旁边的一个记者："帮我拿一下，谢谢！"

记者条件反射地接过她手中的奖杯，看着她拧开手中的半瓶矿泉水，全部倒在男记者的头上。

整个会场陷入安静，男记者脸色难看至极，同样把相机递给旁边的同行，直接对着邵嘉依伸出了拳头。

邵嘉依巧妙地躲了一下，拳头从她的耳边划过。

她抬起手准备还回去，最初和她聊过的那个女记者忽然拉着她，小声告诉她："千万不要出手，你就躲着……"

又是一个拳头袭击过来，邵嘉依暗骂了一声。

她不知道那个女人为什么不让她出手，她现在只有一个想法，就是狠狠暴揍这个男人！

躲了三下，男记者依然不泄气，正当邵嘉依控制不住脾气要还手的时候，几个保镖一起把男记者制伏在地。

这一幕被所有的记者当场直播，伴随着各种标题发布到网上。

从慈善颁奖晚会开始到现在，关于邵嘉依的新闻凑在一起，瞬间上了热搜，并且人气火爆。

每个标题都引人入胜，比如："SL集团斯总干妹妹邵嘉依秒变情妹妹""金牌律师邵勉女儿邵嘉依慈善颁奖晚会现场水泼男记者""慈善颁奖晚会现场邵嘉依变小三后恼羞成怒水泼男记者，并扬言告倒对方"。

一瞬间所有喜欢八卦的人，都知道了邵嘉依这个名字。

正面负面评论扑面而来。

不过还是有三分之二的人挺支持她的，就因为她手中的那个慈善奖杯，还有她被男记者挥拳头。

不知道谁在网上曝出邵嘉依曾经学过几年的跆拳道，面对男记者这种人却没有打回去，都在为她叫屈。

第四十五章　斯鼎礼失联

美国SL集团会议室里，斯鼎礼看着对面的高管命令道："今天这件事情，如果没有一个好的策划文案，设计部所有人都滚蛋！"

下面十几个高管，吓得大气都不敢喘一下。

师霄悄悄地推开会议室的门，来到斯鼎礼旁边，在他耳边说了些什么。斯鼎礼眉头紧紧地皱在一起，火气十足地从椅子上站起来："设计部莱特经理，我给你两天时间，如果做不到，带着你的手下滚蛋！散会！"

话说完，斯鼎礼消失在了会议室，留下一堆高管面面相觑。

师霄跟着斯鼎礼到总裁办公室，斯暖暖正在和一个部门经理做交接工作。

斯鼎礼坐在一旁的沙发上："详细消息！"然后拿出手机，打开新闻网站。

"国内现在是晚上，慈善颁奖晚会刚结束，信息都被记者曝光了。不但被说成了小三，还水泼男记者……"

斯鼎礼忽然打断了师霄："把SL集团对长盛集团输入的所有资金，全部撤回。

"现在联系国内公司公关部经理，让他用最快的速度，公关一下！

"去调查一下那个男记者！"

三条命令，向师霄砸过来，师霄连忙拿出手中的手机开始办事情。

"好的斯总，其他的还有吗？"

嘉依出事了吗？斯暖暖放下手中的笔，翻开一旁桌子上的手机。

斯鼎礼收起紧皱的眉头，快速滑动手机屏幕，说道："给我定最近一班机票，我要回国。"

"可是斯总，这边公司DC案子，还没有解决……"牵扯资金非常大，斯鼎礼现在回国，对这边撒手不管，很不明智。

"先往后推,如果森达先生不同意,无所谓。"斯鼎礼从沙发上站起来,走到斯暖暖面前。

"是!"

此时的邵嘉依刚从慈善晚会出来,一片迷茫,她不知道自己该去哪里。

在水一方?老宅?御谷名邸?

算了,还是回御谷名邸吧,老爸老妈都在,最起码有家的感觉,让自己不会太孤单。

回到御谷名邸的时候,邵勉正在接电话。

"邵嘉依是我邵勉的女儿,怎么可能去做小三……记者说的话,可信度有多少?稍微逮着点风吹草动都放大到极限。"

"爸,我回来了!"邵嘉依深吸一口气,愧疚地站在一边。

邵勉看到女儿,又和电话那边的人寒暄了两句,就直接挂掉电话。

"邵嘉依!"邵勉的声音非常严厉,眼神很不满地看着女儿。

"爸。"邵嘉依心虚地叫了一声。

邵勉两三步走到女儿面前,瞪大眼睛看着女儿说:"手机拿出来,给斯鼎礼那臭小子打电话!"

给斯鼎礼打电话?邵嘉依缩了缩脖子:"我不要!"

凭什么她要先给他打电话,他都快两个月不联系她了!吸了吸鼻涕,邵嘉依更加坚定了心中的想法。

"你是要气死我啊!看看外面都把你传成什么样子了!斯鼎礼这个臭小子,一直不对你负责是什么意思?"邵勉恨铁不成钢地看着女儿,只差用指头点女儿的脑袋了。

"不喜欢我呗,这么简单的道理你都不懂?"邵嘉依说得非常无所谓。

她这句话差点没把邵勉气死,一口气想吐吐不出来,好半晌,难以置信地问女儿:"你们两个该发生的事情都发生过了,你告诉我他不喜欢你?"

"要不然呢?你女儿碰到渣男了,我都死心了,你也死心吧!"相比快要气死的邵勉,邵嘉依非常云淡风轻,好像说的不是自己的事。

其实，到底有多痛……她都不敢去仔细感受自己此刻的心里是什么滋味。

"死心，死什么心，我给他打电话，看我不打死他！"斯鼎礼连他邵勉的女儿也敢玩弄，看他怎么打死他！

邵嘉依劝不住邵勉，眼睁睁地看着邵勉拨打了斯鼎礼的手机。

"您好，您所拨打的电话已关机。"

父女俩傻眼，你看看我我看看你。

发生了这么大的事情，斯鼎礼的手机却是关机，态度和意思非常明显。

邵嘉依烦躁地松开邵勉的胳膊："都说了不让你打，打什么打，现在好了，人都跑了！"发着脾气上了二楼。

楼下的邵勉，看着自己的手机半天说不出一句话来。

斯鼎礼的手机关机，居然直接躲起来？邵勉不放弃，又拨通斯靳恒的手机问："阿恒，你儿子呢？让他出来，我要找他说事情！"

斯靳恒也是刚看到新闻，知道了发生的事情，不过，再刷新的时候就已经没有了。

"我没联系上他，不过，新闻上所有关于嘉依的事情已经没有了。"

黎浅洛在阳台上，依然打不通儿子的手机。

"没有了有什么用，那不是默认嘉依是你儿子和宋芷晴之间的小三了吗？你儿子回来，让他联系我，我看看他怎么好意思不负责任！我好好替你教训教训他！"邵勉气急了，才不管什么好哥们不好哥们，直接发了通脾气。

自己儿子做出这种事情，斯靳恒想硬气也硬气不起来："你先消消气，我联系上鼎礼，就让他尽快联系你！"

听到斯靳恒的保证，邵勉的气焰下去三分："到时候我教训他，你可别心疼！"敢欺负他邵勉的女儿，他谁也不会放过！

斯靳恒点头道："如果真的是这样，你随便教训！"他能理解邵勉的心情，因为暖暖在司少哲那里的时候，他当时的心情，和邵勉一模一样，想拿着棍子使劲打他。

最后又多说了几句，两个人才结束通话。

楼上，邵嘉依到处找着东西发泄自己的气愤，不过，她还是悄悄地给斯鼎礼拨了一个电话，依然关机。

邵嘉依气得要疯了！她真的没想到斯鼎礼这么渣，竟然连一点回应都没有。

小心翼翼地打开新闻和社交网站，咦？她的名字呢？刚才还在热搜上，这会儿怎么都没了？关于她的新闻也没了。

卧室的门被邵勉敲响："嘉依，开门！"他得跟女儿商量商量，万一斯鼎礼不负责任怎么办！

"不开，你赶快去睡觉！"邵嘉依烦躁地大声嚷了一句！

"给老子开门！"这丫头怎么一点事情都不懂！

"你要是再这样，我就走了！"她现在也很烦好吗？根本就不想提斯鼎礼三个字！

父女俩的动静惊到了睡觉的薄亦月，她披着一件衣服，从房间走出来，拉住使劲拍女儿房门的邵勉问："干吗呢？让你好好跟孩子说，怎么又发起火来了？"

之前还在纠结嘉依火暴脾气到底是像邵勉，还是像她，现在已经了然，绝对随邵勉。

"你是不知道，斯鼎礼这臭小子的手机都关机，出了事情想联系他，都联系不上，听阿恒说，他助理的手机也是关机。"邵勉双手叉在腰间。

"关机？万一人家在飞机上呢？"薄亦月努力安慰着发脾气的老公，没见到斯鼎礼，一切都不一定。

邵勉闻言冷笑着说："怎么可能，发生事情到现在一个多小时，他连一个电话都没有，更不可能亲自回来！"女人们都把事情想得太简单了。

如果女儿在他心中很重要，他早就把嘉依娶了，会拖到现在？所以斯鼎礼这个臭小子，根本就不爱嘉依！

"在这之前，你先把这件事情压下去，不能任由它发酵。"薄亦月挽着老公回到房间。

"不用，听阿恒说，网上的新闻已经全没了。"

薄亦月诧异，咕哝道："说不定这就是人家鼎礼给公关下去的。"

邵勉再次冷笑，反正他现在已经不相信斯鼎礼那个臭小子了！

他要告诉嘉依，以后离斯鼎礼远点，不要再去招惹他！

隔壁房间内的邵嘉依大半夜的又从别墅悄悄地跑到在水一方。

很没出息地抱着留有斯鼎礼味道的枕头，沉沉睡过去。

因为邵嘉依的店铺拿了慈善奖，店里的生意更好了，大清早的还没开门就排了很多人。

有的是真的买甜点的，有的是对邵嘉依很好奇，慕名而来的。

第四十六章　澄清误会

身体已经恢复的郑淑瑞回到市里来看邵嘉依，中午时分，她来到店里叫上一直不停地做着提拉米苏的邵嘉依："吃饭时间到了，要不要去？"

"我等会儿再去，你先去吧！"她头也不抬地继续忙活。

邵嘉依的心情明显不好，一整个上午都没怎么说过话，郑淑瑞也想哄哄她，又不知道该怎么哄。

"要不然，我给你带杯奶茶喝？"邵嘉依最喜欢奶茶中的大满贯。

"好！"果然！邵嘉依没有拒绝。

郑淑瑞微微一笑："等着。"

出了店铺，刚好一辆红色的豪车停在路边，因为是豪车，就连郑淑瑞也忍不住多看了两眼。

主驾驶上下来一个人，快速走到郑淑瑞的面前问道："你好，郑小姐，请问邵小姐在里面吗？"

望着眼前的男人，郑淑瑞不由自主地往豪车的后车座上多看了一眼，但是什么都看不到。

"郑小姐？"师霄疑惑地看着发呆的她。

郑淑瑞这才反应过来，点头道："在。"

"麻烦您把她叫出来，可以吗？"斯鼎礼在过来的路上，给邵嘉依打了好几个电话都是关机。不知道她在哪，只能到店里来看看，果然在这里。

她重新折回店里，进了操作间："嘉依，外面有人找你。"

"谁啊？"她漫不经心地回头看了一眼郑淑瑞。

"好像是斯总的那个特助。"她的话让正在忙着给提拉米苏做造型的女人动作一顿，接着整个人就定在了原地。

好半晌，邵嘉依才回复郑淑瑞："你就告诉他我不在。"

"可是，我已经说了你在。"

"那你告诉他我正忙着，没空！"心微微地痛了痛，邵嘉依继续低头做甜点。

郑淑瑞望着她的背影，沉默了一下，转身走出操作间。

郑淑瑞把邵嘉依的原话转达给师霄，师霄笑容微微一僵说："好，多谢郑小姐。"然后就回到了车里。

一个小时过去，郑淑瑞吃过饭带着奶茶回到了店里，邵嘉依接到奶茶，狠狠地吸了一大口，心情瞬间好了不少。

"谢谢亲爱的瑞瑞。"心情好了，也就有食欲了，揉了揉咕噜咕噜叫的肚子，邵嘉依决定要去吃午餐。

"没事，就你这点小爱好，我还是能满足你的！"郑淑瑞笑眯眯地看着邵嘉依，在学校的时候，邵嘉依很少有郁闷的时候。

但是每次郁闷都会跑到学校外面的小巷子里，买上大大的一杯大满贯奶茶，狠狠地一口气吸上半杯。

现在亦是如此。

忙完工作，邵嘉依为了扔垃圾，直接从后门走了。

还好师霄眼尖地发现了，立刻开着车跟了上去。

"吱……"刹车声在耳边响起，邵嘉依条件反射地往路边看去。

豪车的后门被打开，从车上下来一个高大的男人，邵嘉依的心瞬间就加速跳动起来。

心跳加速过后，是心痛。

邵嘉依装作没看到他，加速地往前面走去。

斯鼎礼戴上手中的墨镜，跟着她往前走去。

过马路的时候，刚好红灯。

"上车。"

邵嘉依左手插在上衣口袋内，右手拿着奶茶，一只大掌放在她的胳膊肘上。

"放开我！"

邵嘉依的反应很强烈，大力地甩开斯鼎礼的控制，并恶狠狠地瞪了他一眼。

戴个墨镜就以为自己成男神了？装什么帅，耍什么酷！

斯鼎礼的手落空，最后插进风衣口袋，因为这对男女的高颜值，路人的回头率逐渐增加。

"我有话跟你说。"男人的口气也冷了几分。

绿灯亮，邵嘉依直接快步往马路对面走去。

斯鼎礼咬了一下下唇，跟了过去。

过了马路是一个小花园，斯鼎礼直接把邵嘉依带进了小花园内。

"干什么！"花园内的小路上没有一个人，邵嘉依挣脱掉斯鼎礼的控制。

"你生什么气？我去美国之前，是不是问过你，要不要跟我一起去？"斯鼎礼真的弄不明白，什么事情能让邵嘉依火气这么大。如果真的是这件事情，生气的应该是他吧？

女人瞪着摘掉墨镜的男人说："我就是不去，去干什么？给你们当小三吗？"

她鼓着腮帮子，瞪眼的一幕，很可爱，让斯鼎礼哑然失笑道："做什么小三，嘉依，之前你一直没告诉过我你心中的想法，我也就没挑明，但她的存在只是为了保护你而已。"

"宋芷晴为你受过伤，救过你，你们在记者面前天天秀恩爱，都是假的吗？"邵嘉依没想到斯鼎礼可以渣到这种地步，完全不顾女方的感受，她记得当初可是斯鼎礼主动提出让宋芷晴做他的女朋友的。

斯鼎礼低头扶额道："事情不是你想的那样，在我和她在一起之前，我就告诉过她，她的存在只是一个幌子，她自己同意的。"

这些话，他和宋芷晴说得清清楚楚、明明白白。

只是，邵嘉依冷笑地问："斯鼎礼，你还能更渣一点吗？"

一个幌子，这种谎话，斯鼎礼怎么说得出口？

还说什么要保护她，现在已经把她推到小三的位置上了，这就叫保护吗？

"骗子！斯鼎礼你压根就是一个骗子！"邵嘉依堵住斯鼎礼即将说出来

的话。

　　男人深深地注视着她半分钟，往前垮一步，抬起她的下巴，直接低头吻了上去。

　　她口中有着奶茶甜甜的味道，让斯鼎礼微微皱眉。

　　邵嘉依挣扎着不让他得逞，但是她越挣扎，她的下巴被控制得越紧，很痛，痛得她动都不敢动。

　　男人的长臂拦上她的纤腰，仔细品味着让他思念了两个月的味道。

　　小路的尽头忽然传来有人说话的声音，邵嘉依依然挣脱不掉，一个着急，狠狠地在他唇上咬了一口。

　　血腥味很快在两个人唇齿间蔓延，只是，斯鼎礼依然没有放开她。

　　邵嘉依还能听到路人的议论声："现在的年轻人真放肆，大白天的在外面卿卿我我，啧啧。"

　　"赶紧走吧！你管人家干什么，说不定是出来偷情的小情侣！"

　　……

　　苍老的男音让邵嘉依特别无语。

　　彼此的呼吸声越来越急促，在女人窒息的前一秒钟，男人终于放开对她的控制。

　　邵嘉依浑身发软地靠在他的身上，斯鼎礼也不介意，就这样搂着她。

　　她的呼吸声渐渐平稳，邵嘉依后退一步，眼中划过一抹凌厉，抬起自己的右手，一巴掌招呼到他的脸上。

　　这次斯鼎礼对她没有防备，硬生生地挨了她一巴掌。

　　时间短暂静止，空气短暂凝结。

　　邵嘉依在身上搓了搓打痛的手，不敢去看斯鼎礼，最后干脆抬起脚步离开。

　　只是，男人不给她机会，拉着她使劲把她塞进路边的车后座。

　　豪车扬长而去，邵嘉依被带到在水一方。

　　一路上男人的脸色难看到极点，让她特别后悔自己刚才的冲动。

　　邵嘉依拒绝下车。斯鼎礼直接把她扛了出来，进公寓后，把她摔在卧室的大床上。

"斯鼎礼，你今天敢碰我，我跟你同归于尽！"邵嘉依从床上爬起来，整理了一下自己的长发，恶狠狠地警告着男人。

男人嗤笑，这个女人果然天真，不知道女人越刺激，男人越想征服吗？

"你打了我，我还真没打算碰你，不过你现在这么说，我还就碰了！"大掌放在皮带上，扣环被打开的声音，让邵嘉依的心脏扑通扑通加速跳动。

邵嘉依慌忙从床上爬到另外一边，准备逃跑。

男人重新锁上扣环，几个大步走到卧室门口，堵住了她的去路。

"嘉依。"他一改刚才的强势，轻声细语把她抱在怀中。

邵嘉依愣了一下，他这是什么意思？

"对不起，是我没有处理妥当，让你受委屈了。"宋芷晴和那个男记者他都会处理。

要不是宋芷晴的那句话，怎么会有后来的记者采访邵嘉依？

不过，邵嘉依的确感觉自己挺委屈的，碰到这么一个渣男。

"以后不会了，等这段时间的风波过去，我和宋芷晴的事会处理清楚。"现在还不是时候，因为嘉依被牵扯其中，他可以不在乎别人对自己的看法，但是在乎别人对嘉依的看法。

风波过去？

邵嘉依的想法和斯鼎礼的想法完全不一样，她认准了斯鼎礼就是个渣男，这样说无非是想拖着他和宋芷晴的关系。

"承蒙斯总看得起，邵某特别荣幸！但是我不奉陪，再见！"

"不要任性，我说的是认真的。"

"我说的也是认真的，我没有跟你开玩笑，不但如此，这个房子我也不住了，以后都不会来了，咱们各走各的阳关道！"说这些话的时候邵嘉依心是疼的，眼睛也是红的。

男人的眼中划过一抹怒意，问道："邵嘉依，我跟你说了半天，白说了是吗？"

"是啊！就是啊……唔唔唔！放开我。"女人被扔到床上，男人附上去死死地压住她。

"不识好歹！"

"你是禽兽，你放开我！"

"放开你？既然选择了，我就不会放手！"

如果不是斯鼎礼的口气过于冰冷，邵嘉依还真以为自己听到了一句情话。

"你今天要是再碰我，我一辈子都不会原谅你！"她说的是真的，很认真的！

男人嗤笑，将外套随手扔到床尾，问道："我放开你，你会原谅我？"

"不会。"她弱弱地回答。

男人的指尖在她光滑的脸蛋上流连忘返，"这么久不见，皮肤越来越娇嫩了。"

"这才两个月，又不是两年不见，难道我的皮肤能回到婴儿时期？"

她的一句话，让两个人都在沉思一个问题：两个月不见？怎么感觉像是已经过了两年一样漫长。

"你想太多了，邵嘉依，你这辈子都是我的，下辈子也是我的……"男人笑了，笑得很邪恶，很妖孽。

女人也笑了，笑得很妩媚，攀上他的脖子说："斯总，你也想太多了，我坚决不从渣男，以后我还是会嫁给别的男人的。"

嫁给别的男人，这话听着可真不爽！

心情不爽，就让这个女人来调节！"嫁给别的男人，邵嘉依，你做梦！"

她的双手被控制在头顶……

第四十七章 相亲

一个小时过去了，男人神清气爽地看着床上异常狼狈的女人说："邵嘉依，什么时候知道乖了，我就什么时候给你一个名分！"

冷冷地丢下这些话，就进了浴室。

听着浴室内传来的水声，邵嘉依紧紧地咬着牙齿。

斯鼎礼，斯鼎礼，这个王八蛋！敢这么羞辱她，此仇不报非君子！

在邵嘉依昏昏欲睡的时候，斯鼎礼从衣帽间的一个角落里找到自己的衣服。

他紧紧地皱着眉头，看着自己所有的衣服被乱七八糟地塞进一个箱子里。

就在这个时候女人冲进来，抱着那个大箱子，强忍着身体的不适，把它扔到客厅，吼道："斯鼎礼，滚出去，以后这是我家！"

斯鼎礼不理会发疯的女人，拿起旁边的手机拨通一个电话："给我送一套衣服到在水一方。"

这个箱子早就打包好，看来她要把他赶出去的心思，已经不是第一天了。

这个女人还是不乖："从今天起你就在这里，哪都不能去！"

女人闻言，冷冷地瞪了他一眼说："你以为你是谁？"

裹着浴巾的斯鼎礼往前跨了几步，走到她的面前问："你说我是谁？用不用我再告诉你一遍？"

"不用，斯总。"女人忽然收起愤怒的表情，娇笑着回到了卧室，开始睡大觉！

在男人看不到的地方，眼珠子一转，有了主意。

斯鼎礼知道她肯定不会老老实实地待在这里，她不听就算了，他也没必要勉强她，让她不开心。

只是，接下来她办的事情，让他很不开心。

斯鼎礼趁着这个时间，去了一趟公司。

邵嘉依睡醒以后，立刻给老妈打了一个电话："妈，现在，立刻，马上，给我介绍一个对象，我要去相亲！"

"你抽风了？"薄亦月冷冷地回了几个字，把邵嘉依的斗志打压下去几分。

"你就当我抽风吧，我现在就要去相亲。"邵嘉依快速从床上爬起来，下床的时候，一个没留意，双腿一软直接跪坐在地上。

"嘶。"痛得她龇牙咧嘴，还好有一层地毯，不至于让膝盖受伤。

"你去相亲，鼎礼怎么办？"

"妈，你还跟我提那个混蛋，以后见他一次我就打……不过，以后我们就当作谁也不认识谁！"他不是说她是他的女人吗？

死皮白赖，好说歹说，终于说通薄亦月给她介绍一个相亲对象。

邵嘉依立刻跑去舅舅的店里，给头发做了一个造型，并化了一个美美的妆。

思索了一下，邵嘉依给老妈发了条信息："你把我去相亲的事情告诉浅洛干妈。"

如果斯鼎礼不知道，她做这些给谁看？

薄亦月无奈地看着女儿的短信，真的要任由她胡闹吗？

晚上的加菲猫西餐厅外，一辆红色的车稳稳地停在餐厅门口，车上下来一个女人，立刻吸引了所有人的目光。

酒红色的长发呈波浪形随意披散在肩上，头顶戴着和衣服同样颜色的墨绿色帽子。

身着一袭墨绿色的长款系腰带的双面呢大衣，脚上是黑色的长筒靴，手中挎着斯鼎礼给她买的限量版的黑色包包。

整个人看上去非常时尚洋气，又带着从未有过的成熟气质。

加菲猫餐厅8号桌，一个略显成熟的男人已经在等候，邵嘉依落落大方地走过去。

SL集团总裁办公室，斯鼎礼的手机响了一遍又一遍，男人才从堆积如山的文件中摸索到手机，对面传来焦急的声音："斯鼎礼！儿子啊！你快点快点，那个加菲猫餐厅！"

黎浅洛慌里慌张的声音从那边传过来，斯鼎礼放下手中的钢笔，揉了揉眉间问道："妈，你慌什么？"

"当然慌了！嘉依都去相亲了，你不慌我慌！我现在命令你，立刻去把嘉依带回来！"儿子不想对嘉依负责，黎浅洛第一个不同意！

那个女人居然跑去相亲？斯鼎礼火气噌噌地往上冒。

就知道她会不老实地待在公寓，只是没想到她居然敢跑去相亲。

他不好好治治她，她真的就不知道谁是她的男人！

"我知道了，就这样！"干脆地挂掉电话，斯鼎礼琢磨了一分钟，叫来师霄。

他从衣架上拿过外套，命令道："去找个模特过来，二十分钟之内到达加菲猫西餐厅。"

师霄怔了一下，答道："好的，斯总。"

加菲猫餐厅的8号桌台，一个穿着白色衬衣的男人静静地坐在位置上，手指不停地在手机上敲着字，似乎很忙。

"你好！请问你是肖先生吗？"邵嘉依客气地站在一边，扬起微笑问道。

男人把目光从手机移到面前女孩的脸上，瞬间就怔住了。

"你好，请问你是肖峰先生吗？"邵嘉依耐着性子又问了一遍。

肖峰立刻放下手中的手机，从位置上站起来，伸出右手说："你好，我就是肖峰，你是邵嘉依？"

"是的，你好，很高兴见到你！"邵嘉依看上去非常真诚地和肖峰握了握手。

两手松开，肖峰很绅士地给邵嘉依拉开椅子："邵小姐，请坐。"

"谢谢。"

肖峰笑了笑拿出自己的名片，递给邵嘉依："邵小姐这是我的名片，很高兴认识你。"

邵嘉依接过名片，上面印着峰城集团CEO肖峰的字样，邵嘉依赞叹道："好厉害呀，这么年轻就坐上了CEO的位置。"

她真心地夸赞着他，就像是对于斯鼎礼，这么年轻就能担任SL集团总裁的职务，她特别佩服这种人。

聊了一会儿，邵嘉依并不喜欢这个男人，决定把实话说出来："我就是来……"后面的几个字还没说完，就被一个男声打断。

"肖总，真巧！"肖峰听到这个熟悉的声音，诧异地回头，竟然是斯鼎礼！

一个漂亮的女人挽着一个英俊的男人，在他们的桌边站定，气势强大，非常惹眼。

肖峰连忙放下手中的刀叉，从位置上站起来："斯总，好久不见！能在这里碰到你，真的很荣幸！"

"嗯，出来吃饭？"斯鼎礼不着痕迹地看了一眼正认真吃西餐的女人。

怒火渐渐升起，打扮得这么漂亮，来见别的男人，邵嘉依干得很漂亮！

肖峰比较爱面子，看了一眼默不作声的邵嘉依，直接介绍着："斯总，这是我的女朋友邵嘉依，我和她出来吃个饭！嘉依，来给你介绍一下。"

邵嘉依差点没被口中的牛排给噎死，她什么时候就变成了肖峰的女朋友？

旁边男人犀利的眼神，令邵嘉依招架不住！

不过想到这就是自己的目的，她大口喝了果汁，把自己的气顺下，又慢条斯理地擦了擦红唇，也没站起来，就坐在位置上微笑道："斯总，久仰大名，今日一见果然名不虚传。"

这个渣男，还敢带别的女人！

"你至于和我玩这些有的没的？"他冷冷地盯着她，吐出一句让众人摸不着头脑的话。

肖峰好像已经想到了什么，他记得之前在新闻上看过一个报道，说邵嘉依好像是斯鼎礼的干妹妹……

肖峰这才知道，给自己挖了一个坑。

就在他尴尬地想解释的时候，邵嘉依淡淡地开口："不想听就走，免得影响我和男朋友吃饭！"

斯鼎礼冷笑，男朋友来得可真快，望着旁边若有所思的男人开口道："肖总，前段时间那个项目，我觉得有发展空间，有空咱们聊聊？"

肖峰抬起头惊喜地看着斯鼎礼说："有空，有空，斯总，我们现在就可以谈。"

那可是个大项目，如果SL集团同意，两个公司合作，必定会给峰城集团带来可观的利润！

"不用，你现在回去准备所有的资料，明天去找我的任秘书，就说是我让你去的！"斯鼎礼看着肖峰把手机和平板电脑放进文公包里，饭都不吃了，准备走人。

"谢谢斯总，我现在就过去！"肖峰又看向傻眼的邵嘉依，"邵小姐，我先走一步，改天约你吃饭赔罪。"

说完，和斯鼎礼握了握手，就快步离开。

斯鼎礼叫来服务生把肖峰的晚餐给撤掉，他带着美女坐在邵嘉依的旁边，点餐。

"吃什么，随便点。"他在邵嘉依的旁边坐下，把菜单推到对面，对面的模特受宠若惊地拿过菜单，仔细地看了起来。

对于邵嘉依，小模特只当作没看到，这可是师特助提前交代过的。

然后斯鼎礼又叫来服务生，让他送来最贵的红酒。

第四十八章 故意作对

邵嘉依心不在焉地切着盘中的牛排，一杯果汁喝完，听见对面的女人轻声地开了口："斯总，我已经点好了，你呢？"

"和你的一样。"男人坐在位置上，晃着杯中的红酒，若有所思。

然后小模特就开始诉说情思，微微撒娇道："斯总，自从上次见过你一面，人家就难以忘记呢！"

"哦？是吗？"斯鼎礼不冷不热地反问。

"当然，斯总可是我见过最帅最有才华的男人呢！"小模特撩了撩金黄色的长发，往前凑了凑。

邵嘉依的余光瞄到了女人故意显现的事业线……

不自觉地再想想自己，好像差了好多，原来斯鼎礼喜欢这种前凸后翘的女人啊！

再想想宋芷晴的身材，好像还真是那样！

对于这种恭维的话，斯鼎礼听得多了去了，淡淡地问她："现在出场费多少钱？"

"一百万最低。"小模特刚出道半年，这个价格已经很高了，可见她的实力不凡。

"一千万，陪我一个晚上如何？"

邵嘉依慌乱地去摸桌子上的水杯，因为她又被呛到了。

无意间摸到一个红酒杯，不管三七二十一，就把剩下的红酒全部灌下肚。

一杯红酒冲下去，又缓了缓，邵嘉依才感觉舒服许多。

"斯总，看你说的，你能看上倩倩，是倩倩的荣幸，斯总说什么就是什么！"小模特两只水灵灵的大眼睛，此刻已经笑眯了起来。

这俩人敢当着她的面儿进行约会？当她是不存在的吗？

"喂，美女，不怕得病？"邵嘉依放下手中的刀叉，认真地看着对面的美女。

听到她的话，斯鼎礼微微皱眉，本来想呛她的，但是又觉得没必要和她打嘴皮子仗。

"在这等着！"扔给她一句话，斯鼎礼开始吃晚餐。

对面的小模特，一直用奇奇怪怪的眼光看着他们俩。

斯鼎礼随后一个凌厉的眼神扫过去说："吃完滚蛋！"

小嫩模吓得饭都没吃完，直接走人："我有点急事先走一步，再见，斯总！"

看着她慌乱逃跑的背影，邵嘉依笑得轻蔑，稍微吓吓就怕了。

斯鼎礼不站起来让位，邵嘉依就出不去，早就用完餐的她，只得托着下巴玩手机。

晚餐结束，两个人一前一后走出餐厅，邵嘉依三两步走到自己的车旁，打开车门坐了进去。

二话不说地发动车子，这个时候旁边的副驾驶坐进来一个人，然后车门被关上，将车子熄了火。

"这样有意思吗？"

男人慢条斯理地系着安全带，回答道："把车开到御谷名邸，去我那里，我们好好谈谈。"

"不好。"

其实邵嘉依很想说：谈什么谈，有什么可谈的？

生气自己没本事，抗拒不过这个男人，并且每次看到他都会心软。

对于她突如其来的怒火，男人只是看了她一眼，说道："换位置！"

说着，他解开安全带下了车。

邵嘉依趁着这个时间，踩上油门，干脆利索地调头准备走人。

只是男人不知道什么时候，出现在了她车子的正前方，邵嘉依吓了一大跳，连忙狠狠地踩下刹车。

同时她的额头也撞在方向盘上,好痛!邵嘉依龇牙咧嘴地揉着额头。

斯鼎礼走过来,不由分说地解开她的安全带,把她从车上拉下来。

左臂搂着她的纤腰,身体紧紧地贴在一起,大掌附上她的额头,轻轻地揉着。

"我要是脑震荡,你上哪去找这么聪明伶俐的大脑赔给我!"

聪明伶俐?男人哑然失笑:"你和聪明伶俐不搭边。"如果聪明,怎么会看不出来他在保护她?

不过,这样笨笨的挺好,很可爱。

"谁说的!我要是不聪明,会把你抢到手?"现在可以找个机会把他给甩了!

这次斯鼎礼没有反驳她,赞同地点点头说:"既然抢到手了,还想这样甩手走人?"

哼!她推开他,往车内钻去,斯鼎礼揪着她的腰带,把她拉了出来。

拿掉她的帽子,扔到后座椅上:"看着碍眼!"

带什么颜色的帽子不好,还带绿色的,存心给他添堵!

邵嘉依凉凉地丢给他一句:"这衣服还不是你给买的!"

"废话!"

"帽子和衣服是一套的。"

"……"

邵嘉依被男人塞进副驾驶内,车往御谷名邸驶去。

女人眼睁睁地看着车子经过自家的别墅,最后在9号别墅的车库停下。

都到了这里,邵嘉依只得跟着他进了别墅,换鞋上楼。

好好谈谈就好好谈谈吧,她也无所谓。

书房内,斯鼎礼慵懒地坐进BOSS椅内。"过来!"他叫住准备坐在他对面的女人,拍了拍自己的腿。

邵嘉依瞪了他一眼,在他的对面坐下。

把包包随手放在桌上,两目相对。

"我明天就澄清和宋芷晴的关系,你就老老实实地待在我的身边。等着我去跟干爸干妈提亲,如果你愿意,我想尽快结婚。"男人从口袋中掏出一盒烟,熟练地拿出一支,准备点上。最后因为女人的皱眉,动作戛然而止。

看到他把烟收起来,随手放在一边,邵嘉依才拐回去想他说的话。

"好,好,不好,不好。"

她的意思他明白,于是问道:"为什么不想尽快订婚结婚?"她的两个不好,让他很不爽。

"我不相信你!"打开天窗说亮话,她也不会隐瞒心中的想法。

男人右手食指在桌上轻轻敲打,两个人双目一直相对,谁都没有移开。

"过来!"他对着她招了招手。

邵嘉依瞬间感觉他的动作好像在呼唤一条小狗。

"不去,你好好地叫我!"

男人从椅子上站起来,拉着她一起走到沙发上坐下,将她安置在他的腿上。

双臂环上她的腰,邵嘉依动了动,他没有松开,干脆随他去。

"告诉我,不相信我什么?"

邵嘉依双臂很自然地攀上他的脖颈,脑袋靠在他的肩上。

她的主动靠近,让他很满意,低下头在她额头印上一个吻。

"你是渣男,你脚踏两只船,哦……不,是好几只船!"

男人笑了笑说:"我说过了,宋芷晴的存在,只是为了保护你,至于刚才那个女人……"算了,还是不要告诉她,是专门找来气她的吧!

"你去美国两个月都不理我,你不靠谱!"她委屈巴巴地控诉。

"你还好意思说,我让你跟着我去美国,你为什么不去!"斯鼎礼也觉得自己很委屈。

邵嘉依抬起头,瞪着他问:"你都说了,你是去工作,那我去做什么?又不是说你在那边定居,我也有我的工作要忙好吗?你为什么不考虑我!"

她说的挺有道理:"好,我错了,嗯?"男人浓眉微挑,向她道歉。

"哼,不好,你能保证以后和其他女人都不暧昧吗?"

"能！"男人直勾勾地盯着她的眼睛，眼神里只有认真。

只要她好好的，他也就好好的。

"这还差不多！"所以，邵嘉依就这么轻而易举地原谅了那个被她骂了两个月的男人。

"那我明天飞美国，你一起去。"美国那边还有些事情没处理完，大概还需要半个月。

邵嘉依闻言微微嘟嘴问道："怎么又要飞去美国？"

男人把她抱在怀里说："那边公司还有些事务，姐姐要回来，我把别处的代理总裁调了过去，中间有很多事情，需要我亲自处理。"

烦琐的事情太多，他就没法向她详细解释了。

她静静地靠在他的肩上，思索着自己到底要不要跟他过去。

"你如果想去，又不放心这边的店铺，我再派两个人过去帮你打理。"她现在的牵挂，无非就是甜点店铺。

邵嘉依微微地点头说："我能在你忙的时候给你帮忙，闲的时候出去到处玩吗？"

斯鼎礼很忙，真的很忙，邵嘉依知道。

每次去公司找他，他都在忙着，他的每辆车上也都会放着各种文件，供他随时方便处理。况且他每天都会有接不完的电话。

"不用，你去了就好好玩，晚上知道回来就行。"男人的大掌握着她葱白的小手，没有做过任何粗活的小手，嫩白嫩白的。

他希望嘉依的这双手一直如此，哪怕以后头发白了，牙齿掉光，也是这么的嫩滑。

第四十九章　岳父

"咦，对了，瑞瑞她学的是企业管理，她在学校的时候可是学霸！要不然你让她去你公司上班，帮你分忧如何？"瑞瑞学的专业，在她店里工作就是埋没了人才，如果放到SL集团，一定会有用武之地。

"听你的，如果你想让她去，我就安排。"

他知道邵嘉依的心思，郑淑瑞是她最好的朋友，如果郑淑瑞工作稳定，她也能放心。

"嗯，她可是学霸，应该是个人才，你可以给她一个机会，让她试一下。"

对于郑淑瑞这个学霸，邵嘉依充满信心，她一定能帮到斯鼎礼。

"嗯，我可以给她一个面试的机会，至于能不能被录取，我不好插手。"SL集团这么多年以来，除了邵嘉依，从来没有人是靠关系进去工作的。

"嗯嗯，如果她能被录取，你就好好带带她，让她在工作上为你分担一点。"此刻的邵嘉依真的好后悔自己没有学习企业管理什么的，可以亲自上阵帮帮斯鼎礼。

她在SL集团待过一段时间，对于斯鼎礼的那些工作，她只能打个杂，正事上一点都帮不上忙。

斯鼎礼深深地看着天真的小女孩，世界上除了邵嘉依，应该就找不到这么傻的女人了。

哪有人把别的女人安排在自己男人身边的？

刚才还说不相信他，现在一转眼就把她的好闺蜜安排在自己身边。

也许她认为最好的工作，就是待在他的身边吧！唉！这个傻女孩。

"对于郑淑瑞来说，最好的工作，不一定是做我的秘书或者特助。"他还是要提醒她。

以为他不相信瑞瑞的实力，女孩反握着他的大掌说："没事的，瑞瑞可能吃苦了，在学校的时候，经常看书到半夜两点呢！"她真的很佩服郑淑瑞这一点，能吃苦耐劳，从不抱怨。

"不是的，嘉依，郑淑瑞是一个女人，我的女人的好朋友，你觉得不应该……"避嫌两个字还没说出来，邵嘉依就嘟着嘴巴不满地看着男人。

"你如果不想的话，就算了，那就让瑞瑞继续在我那里打工！"完全体会不到斯鼎礼的意思，邵嘉依只感觉他不喜欢郑淑瑞，所以也抗拒和质疑郑淑瑞的能力。

知道她不悦，男人叹了口气说："乖，不生气，你说什么就是什么！"

反正他平时也忙，如果郑淑瑞真的有能力，他多一个得力助手，也行。

邵嘉依这才咧开嘴巴，吧唧在男人的脸蛋上亲了一口说："我陪你去美国，今天晚上回去收拾行李。"

听说她要离开，斯鼎礼紧紧地搂着她说："别走，今天晚上陪我。"

之前在美国的两个月，他用了自己所有的定力，来克制自己没有联系她。

现在好不容易见到了，怎么会轻易放她走？

"不行，我爸会生气的。"

邵勉现在还在生斯鼎礼的气，邵嘉依也不知道该怎么办。

听到她说起邵勉，斯鼎礼松开她的腰身："别担心，交给我，你先去卧室等着。"

他揽着她从沙发上站起来，拿出手机，准备给邵勉打电话。

"你要给我爸打电话吗？你要和他说什么？"邵嘉依瞬间就紧张起来。

邵勉很生气，斯鼎礼不知道自己能不能应付……

斯鼎礼在她的红唇上啄了一下说："放心，岳父那边交给我，你先回卧室。"

听到他的称呼，邵嘉依脸色绯红，不依地在他手背上轻轻地咬了一下说："什么岳父？叫干爸！"

"是，老婆大人！"

呀！他的脸皮可真厚，不理他了，邵嘉依红着脸蛋跺了跺脚，拿上自己的包包溜进了卧室。

他的卧室很干净，或许是每天都有人来打扫，每次来的时候都是这么干净整齐。

从包包中拿出自己的手机，哦！怪不得这么安静，原来手机还没开机。

打开已经关了一整天的手机，瞬间传进来许多条来电提醒的信息。

有老爸的，老妈的，哥哥的，还有瑞瑞的。

嗯，既然斯鼎礼在给老爸打电话，那么她先给瑞瑞打一个。

"哎呀，嘉依，你的电话终于通了，快把我急死了！"郑淑瑞半天都联系不上她，的确挺着急的。

邵嘉依嘻嘻一笑说："瑞瑞，告诉你一个好消息。"

女孩美滋滋地扑到那张大床上。

"什么好消息，你要结婚了？"郑淑瑞开玩笑地问。

"什么啊！我结婚还早着呢！瑞瑞，我刚才和斯鼎礼说过了，他答应给你一个进SL集团面试的机会！"邵嘉依迫不及待地把这个消息告诉郑淑瑞。

电话对面一阵安静，郑淑瑞整个人都傻在了原地，刚才邵嘉依说的是SL集团？斯鼎礼的公司？

"你能再重复一遍吗？嘉依。"因为激动，郑淑瑞的声音有点颤抖。

"我说，斯鼎礼答应给你一个面试的机会，如果你能通过，就可以去SL集团工作啦！"如果瑞瑞能通过，SL集团的福利待遇那么好，全家人应该都很高兴的。

郑淑瑞震惊地捂着自己的嘴巴，一度哽咽着："嘉依……"她激动得不知道该说什么是好。

两个人煲了会电话粥，就结束了通话，斯鼎礼在半个小时后才回到卧室。

房间内，邵嘉依正在床上玩手机，和斯熙熙聊着天，斯熙熙问她要不要去美国。

斯鼎礼直接扑到她的身上，抽出她手中的手机，把她翻了个身面对着自己。

四目相对。

"你先告诉我,我爸怎么说。"不知道邵勉那边什么情况之前,邵嘉依什么心情都没有。

想起邵勉的火气,斯鼎礼一语带过:"刚开始挺生气的,后来就好了,也答应了让你和我一起去美国。"

"然后呢?"

"然后……就没有然后了啊。"

"不对,不对,他就没有发火吗?或者说有没有逼着你对我负责?"

斯鼎礼看着她疑惑的小脸,笑了笑说:"当然有发火,不过我都摆平了,你就放心地和我在一起就行了!"

"你是怎么搞定的?"她真的很好奇,如果她没猜错,邵勉这次是真的很生气。

"我告诉他,只要你愿意,我们连订婚的环节都可以省去,直接结婚!"

……

她可以理解为他是真的爱她吗?这么着急地想让她嫁给他?

不过,爱……他好像还没跟她说过他爱她呢!

"邵嘉依。"他忽然轻轻开口。

"嗯?"她疑惑地看着他,气氛有点不对劲,她有点小紧张,为什么?

"我爱你。"

短暂的沉默过后,邵嘉依压抑住"嘭嘭嘭"剧烈的心跳:"嗯?你说什么?"

"嘉依。"他又叫她,他的声音好好听。

"嗯?"她往他的怀里钻了钻,脸蛋发烫,不敢去看他。

"我爱你。"他说得很认真。

又是安静了半晌,她开口道:"斯鼎礼……"

"嗯!"他很期待她的回应。

"睡觉吧!"她甜甜地说了一声,然后吧唧在男人脸上亲了一口。

即使这样,男人的脸色还是黑了。

一个翻身压在她的身上,问道:"你这是在邀请我吗?"如果这样理解,心情就好多了。

"什么啊,是真的,要不然我就先回家了!"邵嘉依羞涩得都不知道手该放到哪了,眼睛也不知道看哪是好。

"不用回去,干爸放了你一个月的假。"

"嗯?为什么?"

"哪来那么多为什么!"他的大掌握着她不知所措的小手,品尝着她的美好。

好半晌,她叫道:"斯鼎礼。"

"嗯。"

"我们两个现在是什么关系?"邵嘉依也够心塞的,什么关系还得让她问出来。

男人把她抱在怀里,问道:"你是选择做我老婆呢,还是选择做我老婆呢?"

"不清不楚,不明不白,我不要和你在一起了!"女人说着挣脱出他的怀抱,在床上打了滚,准备穿鞋下床。

斯鼎礼从这边绕过去,双臂环住她的腰,问道:"邵嘉依,做我的女朋友好不好?"

"不好!这话你跟宋芷晴说过了,一模一样,我不要听!"女孩任性地拒绝。

男人挑眉道:"邵嘉依,你必须做我的女朋友!"

"如果我拒绝呢?"

"拒绝?"男人的大掌放到她的脸蛋上,来回地摩挲着说道,"行啊,那就做我的情人,如何?"

女人拍掉他的大掌,故意挑衅地抬起下巴说:"找你的模特做情人吧!我才不稀罕!"

他的双眸幽深,似乎要把她给吸进去,邵嘉依不自觉地往后退了一步。

他往前跟一步,她再往后退,他继续跟……

一直退到阳台的玻璃门上,再没有退路,除非打开阳台的玻璃门。

他双臂有力地撑在玻璃门上，给她来了一个强吻。

噢！强吻！一个巨帅的帅哥忽然来一个强吻，邵嘉依的心脏又忍不住地剧烈跳动。

她好想高喊，我愿意，我愿意！你让我做什么我都愿意！

"又不乖，嘉依，我该怎么惩罚你呢？"他的声音很轻很轻，但具有极大的杀伤力。

他叫她的声音好好听，听得邵嘉依一阵犯花痴。

女人双臂攀上男人的脖颈："鼎礼哥哥说，我该做你的什么人呢？"

他说什么就是什么好了。

"女朋友！"既然她不愿意现在结婚，他再放她玩两年，让她多折腾两年。

不过，万一哪天她怀孕了……嘿嘿，那可由不得她了。

"行，你看我都这么听话了，你必须也得听话！"只有她一个人听话多不好玩。

她貌似耍赖的样子，让斯鼎礼浅笑答应着："好，你说什么就是什么。"

"这还差不多！"

第五十章 叫姐夫

邵嘉依这一觉睡到下午一点多，出9号别墅的时候，师霄已经在门口等候，见到邵嘉依就迎了过来。

"邵小姐，斯总吩咐，您只需要带一些必备品就可以，衣服什么的美国那边已经安排好。"

"这样啊，那我知道了，谢谢。"

"邵小姐要回家吗？我送您过去！"师霄连忙打开后座门，把邵嘉依请了进去。

到了8号别墅，邵嘉依打开门伸出一颗脑袋，悄悄地往里面探了探，只有厨房有动静，客厅餐厅应该都没人。

动作静悄悄地关上门，然后溜着墙边到餐厅门口，往厨房探了一眼，薄亦月正在厨房内忙碌。

蹑手蹑脚地跨过餐厅，往楼上冲去。

刚到二楼楼梯口，邵勉抱着一个孩子正在走廊里望着鬼鬼祟祟的她。

"嗨，老爸！咦，宸宸！"邵嘉依整理一下情绪，故作自然地跟男人打招呼。

宸宸是她一个……嗯，算是表弟吧，孩子挺可怜的，爸妈在他刚出生的时候就双亡了。

薄亦月和邵勉反正也闲着没事，就领养了宸宸。

"姐姐。"宸宸伸出手就要邵嘉依抱抱。

邵嘉依连忙跑过去，从老爸怀中接过宸宸，然后趁机往自己的卧室钻去。

宸宸紧紧地搂着小跑的姐姐，以为邵嘉依在逗他玩，开心得直乐。

在邵勉追上来的前一刻，邵嘉依"嘭"的一声把门给锁上。

"邵嘉依！"邵勉在外面气得吹胡子瞪眼。

"老爸，你先去忙吧，我要开始收拾东西了，不要来打扰我！"邵嘉依在宸宸的小脸上亲了一口,然后把他放在床上。

"乖宸宸,姐姐现在要收拾一下东西,你乖乖地等着我哦!"邵嘉依捏了捏他光滑的脸蛋。

宸宸似懂非懂地点点头,乖乖地望着忙东忙西的邵嘉依。

邵嘉依这时还不知道,楼下奸计得逞的夫妻俩,快速拿着早就收拾好的行李,给邵嘉依发了个信息,迅速闪人。

门口的师霄看着快速进车库的夫妻俩,感觉有点奇怪。

"啊!"这时的别墅二楼,传来崩溃大喊的声音。

师霄犹豫着要不要上去看看的时候,邵嘉依抱着宸宸从别墅中气喘吁吁地跑了出来。

只是刚好一辆车扬长而去,邵嘉依大声地冲着车屁股嚷道:"爸,你就这样坑你女儿吗?"

机场候机厅里,一对戴着墨镜的男女坐在头等舱休息室中,大眼瞪小眼地看着女人怀中的小男孩。

"哥哥,你这么帅,姐姐知道吗?"宸宸稚嫩的口气,逗笑了邵嘉依。

斯鼎礼盯着小家伙,淡淡地吐出几个字:"叫姐夫。"

"姐夫,我长大也会像你这么帅吗?"宸宸瞪大了眼睛,直勾勾地盯着斯鼎礼,只差没有流口水。

"以后多和我接触接触,帅是会传染的。"斯鼎礼嘴角微扬,但是始终没有勇气从邵嘉依怀中接过宸宸。

邵嘉依则是嘴角抽了抽说:"斯鼎礼,你这么自恋你妈知道吗?"

男人云淡风轻地开口:"你可以打电话问问你婆婆,看她知道不?"

"给你纠正一下,那是我干妈!"别想着占她便宜,她不傻。

"早晚都是婆婆,你应该试着习惯的。"斯鼎礼嘴角微扬,心情很好地冲着宸宸吹了声口哨。

宸宸立刻"嘿嘿"地笑了,从邵嘉依的身上下来,迈着小短腿,跑到斯鼎礼的面前,要他抱抱。

夕阳从落地窗洒进休息室微笑的斯鼎礼身上,他全身散发着金光,抱起了小男孩。

宸宸找到一个舒服的姿势,终于睡着了。

同样是新手带孩子,好像斯鼎礼上手得更快一点。

邵嘉依揉着酸痛的左臂说:"你说,我们小时候爸妈是怎么带我们的?这么重的小家伙我抱一会儿,就觉得好累啊!"

想到未来还有十天半个月要带着宸宸,邵嘉依忍不住哀号。

"现在多练习一下,以后好带我们的。"斯鼎礼说着拿起旁边的文件,继续看起来。

邵嘉依红着脸白了他一眼说:"我可没打算现在要孩子!"她自己都还是个孩子,还没玩够呢!不过,邵嘉依忍不住摸了摸自己的小腹,如果这里真的有一个斯鼎礼的孩子,她还是会很开心的……

"早晚都要有的。"男人挑眉,为了尽快让邵嘉依答应和他结婚,他会把孩子这个事情,放在第一位。

现在拿宸宸来练手,也是不错的。

不过,按照嘉依这种小孩子个性,他还是多费心点为好。

邵嘉依心虚地抬起他的手,轻轻地咬了一口说:"我不要和你说了!"

男人在她咬过的地方,亲了一下,邵嘉依脸色更红了。

抵达目的地后的前两天,斯鼎礼都在忙公事,邵嘉依基本上在别墅陪着宸宸。

这天晚上十一点多斯鼎礼才回来,只不过他刚进门,就把邵嘉依抵在门上,封住她的红唇。

什么情况?

邵嘉依懵懂地看着面前的男人,他是不是喝酒了?

他的双手落在她的纤腰上,轻声呼唤她的名字:"嘉依。"

邵嘉依感觉他呼唤自己名字的声音,是那么好听,好听到让她双腿发软。

"嘉依,你说我们是先结婚再生孩子,还是先要孩子再结婚?"脱掉她的外套,扔到一边的沙发上。

对于自己心爱的女人，他当然想先结婚再生孩子。

但是嘉依现在不想结婚，他头疼。

这两天和宸宸的相处，让他越来越迫不及待地想拥有一个属于他们的孩子。

他的吻落在她的脖颈上，她的脑袋一片空白。

"嗯……先结婚。"她终于松口。

"那回国我就去找干爸。"斯鼎礼紧紧地贴着她的身体。

"去找干爸"这几个字惊醒了邵嘉依。

她双手放在男人的胸膛上问："你和宋芷晴的事处理好了吗？"

斯鼎礼吻着她的红唇，从口袋中摸出自己的手机，翻出一个新闻视频。

看完后，邵嘉依甜甜一笑，揽上他的脖颈。

斯鼎礼还有很多没告诉她，比如慈善晚会那天的那个男记者，他已经查出来他是受了宋芷晴的指使，才针对邵嘉依的。

他已经找人让那个记者注意点，至于宋芷晴，他已经抽走了对她公司的所有投资，没了SL集团的投资，长盛集团估计也难保……

最后一刻，男人把女人抱到沙发上，压了上去。

不过让斯鼎礼很失望的是，刚到美国的第三天，邵嘉依来例假了。

看着蔫蔫地躺在床上的女人，斯鼎礼让保姆熬了红糖水给她喝，又想办法给她缓解痛苦。

"你不用管我，我明天就会好，你快去工作。"邵嘉依的小脸蛋有点苍白，她的手被斯鼎礼紧紧地握着。

她没有那么娇气，这种疼痛她已经习惯了。

刚从公司赶回来的斯鼎礼，接过保姆送过来的热水袋，给她放在小腹上暖着。

"我刚才给妈打过电话，她说她以前也是这样，但是生过我和熙熙以后，完全好了。所以……"斯鼎礼忽然凑近她。

邵嘉依苍白的脸蛋上浮上红晕说："谁让你给干妈打电话的。"

她都疼成这个样子了，他不回来看看，怎么有心思工作？

"不懂的就问她，毕竟她是过来人。"斯鼎礼无所谓地回答，吻了吻她的额头。

"嗯,你快去公司吧,我睡一觉就好了!"邵嘉依抽回自己的手,这种小事就不要耽误他了。

公司那边的确还有一个客户在等着,斯鼎礼又看了看她苍白的脸蛋,拿出手机拨通师霄的电话说:"带着斯密斯先生来别墅,对,带着所有的合同和资料。"

挂完电话,邵嘉依不满地嘟了嘟嘴说:"我都说了没事,你还不听我的!"

还让她乖乖听话,不公平!

"我不放心!"男人淡淡的四个字,让邵嘉依差点红了眼圈,也不再和他争执,说道:"我先睡会儿。"

"嗯。"

为了让邵嘉依睡个安稳觉,斯鼎礼专门吩咐保姆和保镖,带着宸宸去了游乐场。

算准了女儿的例假时间,晚上的时候,薄亦月就给嘉依打来了电话。

接电话的是斯鼎礼,告诉她嘉依正在睡觉。

薄亦月问他们什么时候回国,要不要他们先把宸宸接回去。

"不用了,干妈,你和干爸好好玩,宸宸在这边一切都好,宸宸想回去的时候,我再送他回去就行了。"如果那个小家伙不愿意回去,一直在这边也行,他都没有意见。

因为宸宸平时和邵嘉依在一起,玩玩闹闹的,别墅里很热闹。

"嗯,鼎礼,你好好照顾嘉依,和嘉依的婚事,也要尽快定下,要不然嘉依会被说闲话。"薄亦月按照邵勉的交代说了一下。

"我知道,干妈你放心,这次回国,我就过去正式拜访你和干爸。"邵嘉依已经松口,他一定会尽快把他们两个的事情定下来。

结束通话,斯鼎礼去看了一眼正熟睡的女人,又回到书房,继续和客户谈事情。

正如邵嘉依所说,肚子痛第二天就好了,她整个人又恢复到正常状态,还带着宸宸去看了自由女神像,疯玩了一整天。

第五十一章　他已经计划好一切

　　SL集团内，黎扬翻出最后一份资料，放在斯鼎礼面前说："这是最后一份，对方公司是著名的巴沙拉迪的总裁路易科伊。因为资金牵涉重大，对方强烈要求和你当面谈，一直拖到了现在……"

　　"咚咚咚。"敲门声让黎扬的声音停了下来，两个男人互相看了一眼，眼中都是疑惑，这么晚了公司还有人没走吗？

　　黎扬过去开门，是公司的安保。

　　"黎总，有个女人自称是斯总的女朋友，非要上来。"

　　斯鼎礼闻言立刻从沙发上站起来，安保后面果然躲了一个穿着黑色宽松外套的女人。

　　邵嘉依一眼就看到了办公室内的斯鼎礼，冲着他嘿嘿一笑，再看看门口表情诧异的黎扬，她暗想着是不是打扰到他们工作了。

　　而她不知道自己的这个傻笑，已经深深地印在了斯鼎礼的脑海中。

　　他一把将邵嘉依扯进办公室内，紧紧地皱着眉头，像是教训孩子似的说："都几点了还不睡觉？我不是说了不要等我。一个人出来有没有带保镖？怎么过来的？"

　　黎扬看到这种情况，向门口的安保摆了摆手，让他关上了办公室的门。

　　女人吸了吸鼻子说："不冷，你都两三点还没回来，我怎么睡啊！"不过，她刚才出来的时候，完全把保镖忘了，所以她也不知道保镖有没有跟着。

　　斯鼎礼因为她的这句话，一阵心疼。

　　"你都多大了，一个人睡觉还怕！"语气虽然充满了责怪，但是男人的眼中却是满满的宠溺。

　　让她坐到自己的身边，紧紧地握着她微凉的小手。

黎扬静静地看着面前的两个人，忽然很羡慕斯鼎礼，不是因为他有钱有权，而是因为有一个担心他，愿意大半夜跑出来找他的女人。

"我一定打扰到你们了吧？你们先谈工作，早知道我先不上来了……"邵嘉依看着一桌子的文件，有点不好意思地说道。

斯鼎礼心中一紧，这个邵嘉依绝对是故意的，知道怎么让他心疼。

"没有，就快结束了，你等几分钟。"斯鼎礼松开她的手，拿起刚才的文件和黎扬继续谈论起来。

果然没有几分钟，在邵嘉依和郑淑瑞用短信聊天的时候，斯鼎礼和黎扬开始收拾文件了。

"走吧，我们回家。"邵嘉依闻言收起手机跟着斯鼎礼站起来，男人直接把她揽在怀中。

黎扬微笑地看着两个人说："路上开车慢点。"

"嗯，你早点休息。"时间太晚了，黎扬不用离开，可以先住在总裁休息室。

"再见！"邵嘉依也礼貌地向黎扬摆了摆手。

"嗯，赶紧回去吧！"黎扬把两个人送到门口，就重新回到了办公室。

电梯内，斯鼎礼按下地下停车场的按钮，二话不说地把女人抵在电梯的墙上，吻上她的红唇。

面对他突然的热情，邵嘉依不防，被他这么一撞，跟跄了一下，差点摔倒。

还好后面已经是电梯墙板，又加上斯鼎礼搂得紧，她才站得稳稳的，没有摔倒。

短短的十几秒钟，邵嘉依差点窒息，男人太霸道，霸道到连她呼吸的空气都要被抽走。

电梯门打开，斯鼎礼将她打横抱起，往车子方向走去。

到了车旁边，男人依然没有松开邵嘉依，直接将她放进副驾驶，给她系上安全带，才去开车。

"以后不许一个人这么晚出来找我！"有她在，他也会尽量在白天把工作处理完。

邵嘉依俏皮地吐了吐舌头，这一幕落在男人的眼中，是无尽的诱惑。

他松开准备踩上的油门，凑过来，抱着她吻了个昏天暗地。

"你该庆幸有护身符，要不然我定在这里要了你！"男人紧紧地抱着怀中的女人，微微喘气。

邵嘉依脸色红红地推开他问："你不困啊？快回家了！"

家？这个字让男人扬起嘴角，将车驶出地下停车场。

第二天，邵嘉依睡得正香的时候，别墅忽然来了两个人，准备去公司的斯鼎礼坐在客厅的沙发上接待了他们。

"嘉依呢？"女人迫不及待地问道。

斯鼎礼的眼神往楼上看了一眼，女人放下保姆倒上的茶水，准备上楼。

"妈，她昨天晚上睡得晚，让她多睡会儿。"这句话本来没什么深意，但是，黎浅洛想歪了，贼贼一笑后，有模有样地劝着儿子："年轻人要知道节制。"

斯鼎礼知道她误会了，也没有解释，问道："怎么不打声招呼就过来了？"

"路过。"黎浅洛丢给儿子两个字，琢磨着他和嘉依的事情。

"你这路过得可真巧。"从曼陀湾回国，怎么就路过美国了？

旁边的斯靳恒扫了一眼忙碌的用人，说道："就是突然有了兴致。"

他都和嘉依在一起了，也不知道注意一下影响。

斯鼎礼顺着他的目光看过去，喝了一口杯中上好的红茶，淡淡地开口："嘉依都不在意，你在意什么？"

这段时间，嘉依和大家相处得也挺好的。

"斯鼎礼，你到底是怎么想的？和嘉依都住在一起了，还不想负责任吗？"黎浅洛忽然拉下脸，瞪着儿子问。

"你想多了，这次回去等到姐姐的事情办完，我们就一起去邵家。"他们回国，再过十几天就是暖暖和少哲的婚礼，然后是嘉依的生日。他可以在嘉依的生日前去邵家，在嘉依生日当天宣布订婚。

一切他都已经计划好。

听到儿子的亲口保证，黎浅洛才松了一口气。美滋滋后，又问道："宸宸呢？"

"在后花园。"后花园的后门处有一户人家，家里有一个小女孩，宸宸经常跑过去和小女孩一起玩耍。

"带孩子的感觉如何？"黎浅洛看着一室的保姆，顿时觉得自己的问题白问了。

斯鼎礼点头道："感觉还不错，我和嘉依也会尽快生一个孩子的。"

"想法不错，我和你爸支持你！"黎浅洛很满意，有了孙子孙女，她也就能够收收心，多在国内待着了。

"嗯，我先去公司。"

斯鼎礼站起来，准备离开。

"鼎礼，没事就把这些用人撤了吧，省得嘉依不高兴。"黎浅洛觉得这个是有必要的，女人多的地方是非多。可能现在没什么是非，但是时间久了，就不一定了。

她可不希望在嘉依和鼎礼结婚前，这俩人之间出什么差池。

"随便，我都行。"如果为了他们两个好，这些建议他还是要听的。

邵嘉依一觉醒来看了看时间，都快中午了。

迷迷糊糊地从床上爬起来，进了浴室开始洗漱。

从楼上下来的时候，还打着呵欠。

不过看到餐厅里忙碌的女人，邵嘉依瞬间清醒了。

这不是干妈吗？仔细一看，还真的是！

"干妈！"邵嘉依开心地从楼上跑下来，往餐厅奔去。

听到她的声音，黎浅洛也很开心，伸开双臂接住扑过来的嘉依。

"嘉依，有没有很惊喜？有没有意外？"

"嗯嗯，很惊喜！很意外！"俩人来了一个大大的拥抱。

两个人寒暄了几句，邵嘉依问道："干爸没来吗？"不应该啊，从来都是干妈在哪里，干爸肯定会在。

"嘉依！"客厅传来一声略微严肃的声音，邵嘉依嘻嘻一笑，往客厅走去。

果然看到沙发上正襟危坐的斯靳恒。"干爸！"邵嘉依打了声招呼，坐在斯鼎礼旁边的沙发上。

"嗯，嘉依，最近鼎礼有没有欺负你？"斯靳恒放下手中的报纸，看着她，脸上挂着慈爱。

"没有，没有，他对我很好啊！"邵嘉依连忙确定以及肯定地告诉斯靳恒。

她这个干爸很严肃，在斯鼎礼的身上，能看到他的影子。

"嗯，那就好，鼎礼要是欺负你，你就告诉干妈，干妈给你做主。"黎浅洛从餐厅走过来，在嘉依的旁边坐下。

邵嘉依甜甜地笑着挽着她的臂弯说："一定的！干妈，你在曼陀湾那边的事情忙完了？"

"嗯，完了，嘉依，听干妈跟你说啊！你是干妈心中唯一的儿媳妇人选，所以赶紧和鼎礼结婚，干妈才放心！"黎浅洛语重心长地拍了拍邵嘉依的手背，他们两个不结婚，她就是不放心。

邵嘉依羞涩地低了低头说："我没意见，只要鼎礼跟我爸妈说通。"

不比来美国之前，现在的邵嘉依，一颗心全扑在斯鼎礼的身上。本来不想结婚的心思已经全没了，现在满心期待要嫁给斯鼎礼。

"鼎礼已经向我保证了，已经说过你和他的事情，嘉依你现在要加油，给干妈生个孙子或者孙女哦！"

话题一下子晋级到生孩子，邵嘉依还有点没反应过来，问道："宸宸呢？"

"刚才回来玩了一会儿，又去后花园玩了，我已经让用人去叫他准备吃午餐了。"

厨师在午餐做好之前，斯鼎礼也从公司赶了回来。

餐桌上，因为有嘉依和宸宸在，气氛很好。

黎浅洛望着亲手给嘉依剥螃蟹的儿子，感叹岁月匆匆，当初斯靳恒也是这样给她剥螃蟹呢！

下午的时候，斯靳恒和斯鼎礼去了公司，黎浅洛带着嘉依和宸宸去了商场。

在买一条丝巾的时候，黎浅洛和邵嘉依的意见有了分歧。

"干妈，你给我买过那么多好东西，我还没有孝敬过你呢，你就给我一次机会吧！"邵嘉依把黎浅洛的卡给重新塞回她的包里。

黎浅洛则是又掏了出来，说道："你还小，等到你的店铺盈利稳定的时候，再给我买也不迟。"

"干妈，现在已经盈利了，我都存了不少钱呢！"邵嘉依美滋滋地把黎浅洛的卡给推了回去。

好吧，既然邵嘉依都这么说了，黎浅洛也不再推让，说道："好，乖孩子，你来吧！"

第五十二章 借钱

晚上的时候，斯靳恒和黎浅洛住在斜对面的房间，黎浅洛又拉着邵嘉依说了很多贴心话，才放嘉依回去睡觉。

邵嘉依去浴室简单地冲了个澡，又去看了看熟睡的宸宸，最后去了书房。

斯鼎礼把她拉坐到自己的腿上，她身上散发出淡淡的清香。"洗澡了？"他问道。

"嗯。"

"我马上好了，你先回房间等我。"她在这，他无心办公，还不如不见。

邵嘉依回到房间，开始玩手机，无聊地给老妈发了条信息："你儿子和女儿在这吃得好，睡得香，你和爸不要挂念。"

薄亦月很快就回复过来："我没有挂念，有鼎礼在，我很放心！"

邵嘉依心塞地道："你和老爸在哪呢？你们真好意思把宸宸扔给我这个手无缚鸡之力的小女子半个月？"

薄亦月毫不客气地打击女儿："手无缚鸡之力？当年的跆拳道你是白练的吗？我们后天过去接宸宸。"

后天？她在这边也差不多十天了，当初斯鼎礼说半个月后就准备回国的，于是答道："妈，你们别来了，我们也快回国了。"

"这样啊，那行，你和鼎礼好好的，你少耍点小脾气，知道吗？"

邵嘉依迫不及待地告诉老妈："你是不知道，我最近脾气收敛了很多呢！"

不过这一切还要归功于斯鼎礼，他对她好好的，她也就好好的。

薄亦月会轻易相信女儿才怪，她养了二十多年的女儿是什么性子，她会不知道？"你对鼎礼好好的，对宸宸呢？"

在家的时候嘉依就偶尔会对他闹脾气，现在已经不会了吧！

"他啊！你都不知道，我都快成宸宸的保姆了。"邵嘉依无比自豪地邀功。

薄亦月琢磨了一下，叮嘱道："你可以不用给他穿尿不湿了。"宸宸完全可以不用穿了。

"好。"

邵嘉依接到指令，赶紧跑到宸宸睡的房间，把穿好的尿不湿给脱了。

回到房间的时候，斯鼎礼刚好从书房出来。

看到她，疑惑了一下问道："去哪了？"

邵嘉依指了指宸宸的房间说："奉老妈的命令，把宸宸的尿不湿给脱了。"

两个人一起进卧室，斯鼎礼将她打横抱起来放到床上。

"抱我做什么？我又不是不会走路。"女人没有松开放在他脖颈上的双臂，斯鼎礼就这样弯着腰看着她。

在她的红唇上啄了一下说："没有理由，就是想抱，我先去洗澡。"

"嗯。"

知道宸宸和嘉依一切都好，黎浅洛也就放心了，和老公一起先回了国。

邵嘉依带着宸宸，去了唐人街。

刚下车，邵嘉依的手机响了一下，是肖峰的信息。

"嘉依，在忙吗？"

邵嘉依本来不打算理他的，但是又感觉不好意思，回复了几个字："嗯，在忙，有事？"

"是这样的，我现在在国外办事，差十万块钱，能先跟你借一些吗？"

邵嘉依觉得莫名其妙，他们很熟吗？

"抱歉，我在国外，回国再说吧！"她不认为他们的关系已经熟到可以借钱的地步，直接拒绝了肖峰。

真奇怪，一个老总，会来借十万块？

"是这样的，我这边的客户着急用，我也不想跟你开口的，但是我是真的没办法了，嘉依，你可以帮帮我吗？回国以后，我立刻还你！"

邵嘉依翻了个白眼，怎么会有这么厚脸皮的人呢？

她算了算，也就十万块，于是回复："账号发过来。"

然后打开软件，分两次给他一共转过去了十万。

"谢谢你，嘉依，钱已收到，大恩不言谢！"肖峰的信息发过来，邵嘉依直接关上了手机，没有再理他。

带着宸宸去游乐场玩了一会儿，邵嘉依的手机铃音响了起来，又是肖峰。

"喂，怎么了？"她拉紧宸宸的手，接通手机。

那边传来肖峰支支吾吾的声音："嘉依，抱歉，是这样的，钱有点不够，还可以再向你借点吗？你放心，回国后我立刻还你！"

邵嘉依翻了个白眼，到底是谁给她介绍的相亲对象，她发誓，以后再也不相亲了。

"还差多少？"

"大概二十万！"

邵嘉依只想快点挂掉他的电话，敷衍道："我知道了，等着。"

然后又用手机分成四次给他转了二十万过去，前后一共借出三十万，邵嘉依琢磨了一下自己的银行卡余额，只少了四分之一，还好。

这件事情过去了，邵嘉依也没多想，继续带着宸宸到处玩。

她没把这件事告诉任何人，借出去三十万而已，她认为根本没有必要告诉大家。

当天的SL集团，斯鼎礼接听着国内公司秘书的电话，听她说，肖峰的公司被查到逃税漏税以及做假账。

"之前的合作项目，有没有签约？"斯鼎礼淡淡地问道，他说的是上次邵嘉依和肖峰在一起吃饭时说的那个合作项目。

"就差最后一步，不过，肖峰知道自己的公司被查，第一时间好像准备逃跑。"

"既然没有签，那就不要签了。"肖峰这个人不但小气，人品还不行。

真不知道当初是谁给邵嘉依介绍的相亲对象，如果两个人在一起，这不是在害她吗？

"好的,斯总,还有那个投资的顺天项目,竞争人之一易景州想和你见上一面,面谈一下。"

"我知道了,给他安排行程吧。"顺天的项目牵涉的资金也很多,有必要和对方当面谈谈。

秘书看了一下行程,说:"行程已经排到大小姐婚礼后的第三天,晚上您可以和他谈。"

"嗯。"

"其他的没有了,打扰您了斯总。"

结束通话,斯鼎礼想着要提醒一下嘉依,注意一下肖峰这个人,但是想到嘉依一直在自己身边,应该也不会有什么和他联系的机会,就没有和邵嘉依说。

当天晚上,斯鼎礼也只是随口对邵嘉依说了一句:"以后不要再和肖峰见面了,这个人的人品有问题。"

但是邵嘉依因为玩了一天,已经昏昏欲睡,斯鼎礼说什么她根本就没在意,只是"嗯"了一声,就睡着了。

很快就到了回国的时间,邵嘉依开心地收拾着三个人的行李。

之所以会亲自动手,是因为就在今天早上,朴管家按照黎浅洛的吩咐遣散了所有的保姆。

往后再来美国,就找钟点工过来帮忙。

眼看司少哲和斯暖暖的婚期就剩下不到十天,斯家和司家都很忙。

带着几个人直接去了御谷名邸,先到了8号别墅。

薄亦月和邵勉两个人已经准备好了午餐,看到几个人,薄亦月和邵勉还是很开心的。

吃饭的时候,居然没有人问斯鼎礼的打算,这让邵嘉依感到很奇怪。

之前爸不是一直担心她没人要,斯鼎礼会不负责的吗?这去了美国半个多月,怎么问都没问一句?

并且还和斯鼎礼有说有笑的,好奇怪……

吃完午餐,斯鼎礼就准备去公司,师霄从9号别墅把他的车开了过来,上车前，斯鼎礼抱着她说："回去睡觉，乖。"

邵嘉依点了点头，和他在美国待了这么久，猛然分开，邵嘉依还有点不习惯。

看得出她的不舍，男人微微一笑，附在她的耳边说："晚上去在水一方。"

女人的脸又红了，在他的手背上轻轻拧了一下，丢下俩字："不去。"然后跑回了别墅。

斯鼎礼看着她的背影，眼中充满柔情。

别墅内，薄亦月看着一脸幸福甜蜜走进来的女儿，打趣她道："哟，只是去个公司，就这么舍不得了？"

旁边的邵勉跟着附和，叹了一口气说："果然女大不中留！"

便宜了斯鼎礼那小子！

邵嘉依脸蛋红扑扑地瞪了一眼爸妈说："不跟你们说，我去睡觉！"说完，一蹦一跳地上了二楼。

邵勉和薄亦月相互看了一眼，彼此欣慰地笑了。

第五十三章 还没说爱我

晚上九点多,斯鼎礼合上最后一份文件,看了看时间,立刻收拾东西从办公室走了出来。

师霄准备跟上来,斯鼎礼向他摆了摆手说:"下班吧,我自己回去。"

一边吩咐,一边脚步也不停地迈进专属电梯。

斯鼎礼这么着急下班,无非只有一个原因,师霄了然地摇头。

一旁的郑淑瑞好奇地开口问道:"师特助,总裁这么着急下班,是发生了什么事情吗?"

"能让总裁这般牵肠挂肚的,除了她,还会有谁?"

郑淑瑞秒懂,真羡慕邵嘉依呀!

到了在水一方公寓门口,车稳稳地停在公寓楼下,斯鼎礼锁上车门,快速进了电梯,想起某个女人,嘴角忍不住扬起。

十六楼,男人用指纹打开公寓的门,只是里面漆黑一片。

心微微沉了沉,不是说好了今天晚上在这里见面的吗?

他打开灯,进了卧室,里面一片空荡荡的。

斯鼎礼的好心情瞬间飘散,冷下脸拿出手机,准备拨打邵嘉依的手机。

一个人影从角落里悄悄移动着,光着脚靠近拨电话的男人。

距离他一米的时候,男人警觉地转身并后退,邵嘉依就这样愣在了原地。

他的警惕心好强。

她已经光着脚,没有发出任何声音了,他还能感觉到她的靠近。

斯鼎礼看着面前的女人,瞳孔狠狠地缩了缩,邵嘉依这个女人不但在这里,并且……

装扮甚是性感。

"我，我……"他的目光过于炙热，邵嘉依紧张到一个字都说不出来。

不好看吗？熙熙明明说男人都喜欢这样的。

是不是她应该再主动点？邵嘉依挠了一下后脑勺，算了，豁出去了，不能穿成这样再让斯鼎礼给跑了。

"鼎礼。"女人的声音软绵绵的，渐渐地靠近高大的男人。

"有点冷。"邵嘉依说的是真的，因为春天了房间里没有开暖气，阳台上的窗户还打开着。

呼吸有点急促，斯鼎礼扯了扯自己的领带，然后把女人搂在怀里。

遇到她，男人所有的克制力、理智、冷漠统统不管用！

掉落在地上的衣服无人去管，斯鼎礼额头渗出薄汗："敢主动勾引我，就要承受得起我的回应！"

东方天色泛白，男人才放过不断求饶的女人，抱着她进了浴室。

早上斯鼎礼神清气爽地步入公司，员工们看到他立刻恭敬地打招呼，只是许多人都是招呼打到一半，就诧异地张大了嘴巴。

因为斯鼎礼的脖子上，清晰地印着两块暧昧的痕迹，即使打着领带也遮不住。

他本人倒是无所谓，完全不把大家诧异的眼神放在心上，云淡风轻地进了专属电梯。

中午时分公司食堂，所有员工的话题都围绕着斯鼎礼在打转。此刻所有的同事都是三三两两地凑在一起，议论着斯鼎礼的事情。纷纷猜测总裁昨天晚上在哪里一夜风流，说到最后大家把邵嘉依的话题也加了进来。

"听说总裁这次去美国，和他同行的还有邵嘉依！"

"不是说邵嘉依是斯总的干妹妹吗？"

"上次没看新闻吗？宋总亲口说邵嘉依也喜欢斯总，随后宋总和斯总就分手了。"

"啊？怪不得上次董事长夫人明确表明邵嘉依是斯总的未婚妻。"

"所以，昨天晚上和斯总在一起的女人一定是邵嘉依！"

而他们口中的女主角邵嘉依，相比起斯鼎礼的神清气爽，她则是一觉睡到下午四点多。本来打算上午去店铺的计划，也因为睡觉给耽误了。

从被窝里爬出来的时候，双腿发软，一个不小心跌下了床。

还好地上铺了地毯，不至于很痛。

慢慢从地上爬起来，邵嘉依扶着旁边的桌子，不服气地进了浴室。

她要继续练习跆拳道，斯鼎礼的热情她都承受不来，说出去丢人！

洗漱完毕，邵嘉依把手机开机，斯熙熙打了好几个电话，邵嘉依刚回过去，斯熙熙尖叫的声音就传了过来："嘉依你好样的，居然让我哥顶着吻痕去公司！"

"嗯？"邵嘉依努力地想了想，她好像是咬了斯鼎礼两口，难道留下痕迹了吗？

"嘉依，你不知道，整个SL集团都在议论我哥昨天晚上去哪风流了！我哥好像听到有人议论，也居然没有阻止！厉害了我的嘉依！"斯熙熙笑眯眯地看着另外一件性感睡衣，本来打算送给姐的，但是姐怀孕了，于是就没送。要不然……自己穿？

"啊！都知道啦！"完了完了，丢人了丢人了，这个斯鼎礼怎么也不遮掩一下！

不过："没事，他们不知道是我，嘻嘻。"侥幸嘻嘻一笑，斯熙熙接下来的话，让邵嘉依的笑容僵在脸上。

"你可大错特错了！在这个互联网发达的时代，你的秘密已经不是秘密。你前段时间和我哥去美国都被传开了，所以，大家最后得出的结论是，和我哥一夜风流的人就是你！邵嘉依！嘿嘿。"

邵嘉依脸上的肉抽了抽，SL集团那帮人的八卦能力可真是强大！

"还不都怪你，非要给我一件什么露腰露肚皮的睡衣。"邵嘉依脸蛋红红地小声抱怨，不过那件睡衣的魔力好大！

站在镜子前面，邵嘉依差点尖叫出声，连忙捂住自己的嘴巴！

说斯鼎礼是禽兽一点都不冤枉他！看看自己身上就知道了！

"嘻嘻，我哥是不是更爱你了？你应该谢谢我才对！"斯熙熙愉快地哼着小曲，手里晃着那件睡衣。

"可是一个晚上，你哥都没说爱我！"女人委屈巴巴的。

斯熙熙无可奈何地张了张嘴，说："都说恋爱中的女人是傻瓜，智商为负数，一点都不假，你都感觉不到我哥爱你不爱你吗？不爱你会和你住在一起？不爱你会带你去美国？嘉依你什么时候变得这么傻了！"

把自己藏在被窝里，邵嘉依脸红着开口："他才说了一次爱我！"

不过，她好像一次都没说过。

好吧好吧，扯平了！

斯熙熙继续开导她："像我哥这种性格冷漠的人，怎么会把甜言蜜语挂在嘴边？说一次就代表承诺一辈子爱你，你就别胡思乱想了。"

"嗯，知道啦！晚上一起吃饭？"

"你先问问我哥他有没有安排，你再来和我约！"刚进入热恋的两个人，她还是不要轻易打扰了。

邵嘉依想了一下，不确定地说道："应该没有吧，他刚回国好像挺忙，昨天晚上我都等了三个多小时，他才下班呢！"

"那行！说地点，对了，我知道最近新上映的一部电影不错，咱们去看看？"

"可以，那就在浦西街那边见吧！"

和斯熙熙约好，邵嘉依就跑到衣帽间准备找衣服。

床上的手机铃声又响了起来，她拿起来，是个陌生号。

"你好。"

"邵嘉依，我是宋芷晴，我有些事情找你，见一面如何？"干脆利索，也是宋芷晴的风格。

宋芷晴找她做什么？邵嘉依疑惑皱眉。"不好意思，没空。"她还是拒绝了，邵嘉依不认为她和宋芷晴有什么共同语言。

"不要这么着急拒绝我，想不想知道当初我和斯鼎礼为什么会在一起？"宋芷晴微微冷笑，长盛集团日渐衰败，她过不好，也要让斯鼎礼不好过。

提到斯鼎礼，邵嘉依犹豫了："现在，浅暖咖啡店。"

"没问题。"

和宋芷晴约好以后，邵嘉依从衣帽间取了一件粉白色的休闲裙穿上，又随意披了一件白色外套，出了公寓。

邵嘉依到的时候，宋芷晴已经等了五分钟。

望着后来的邵嘉依，宋芷晴仔细地打量着这个比她小了好几岁的小女生。

毕竟是小女生，刚出校门不多久，装扮基本上都是偏休闲风格，连脚上穿的鞋子都是大师手工制作的白色帆布鞋。

粉白色的衣服把她的脸蛋衬得白里透红，气色也很好，一看就是热恋中该有的气息。

宋芷晴忍住妒意，在邵嘉依点完咖啡之后，从包中拿出一张照片，推到邵嘉依的面前。

邵嘉依先打量了一下宋芷晴，一段时间不见，她似乎没有那么光彩照人了。

是因为和斯鼎礼分手了吗？竟然在她的脸上还看到了几分憔悴。

她推过来的照片上是一个女人，笑得温婉大方，不过，这不是宋芷晴本人吗？

她疑惑地抬起头，宋芷晴看到她眼中的疑惑，笑了。

她不想拐弯抹角，直接告诉邵嘉依："这不是我，这就是斯鼎礼会和我在一起的原因。"

邵嘉依沉默了。

第五十四章 斯鼎礼的初恋

"她叫樊心妍，斯鼎礼的初恋。"

樊心妍，邵嘉依第一次听说这个名字，宋芷晴说得很干脆很利索，一点都不像在编故事。

"如果你不相信，可以问问斯鼎礼。"

咖啡很快被送过来，邵嘉依无神地搅动着杯中的拿铁，好半晌才开口："所以，你的目的是什么？"

"我没有什么目的，我只是告诉你，你爱的男人心中想的是别的女人。恕我直言，邵嘉依你只是一个被宠坏的千金大小姐，任性刁蛮、不讲理、脾气火暴等一大堆缺点，斯鼎礼这么优秀的男人，怎么会爱上你？他只不过是找一个人作为精神寄托。"

她的话让邵嘉依的脸色变得煞白。是的，她任性刁蛮不讲理，但是她不都在慢慢地改正吗？

"你不用骗我！我和鼎礼即将订婚，说这些没意思。"

她的话让宋芷晴微微诧异，要订婚了？

不过一个小丫头而已，她有办法搞定邵嘉依。

"你知道为什么吗？正是因为你不服输，倔强的性格，让男人起了征服心理，斯鼎礼是个男人，他的强势、霸道、好胜你应该是知道的。所以他和你订婚，只不过为了征服你，让所有人都看看，他斯鼎礼可以把邵家刁蛮高傲的大小姐收服！你的爸爸哥哥都是有头有脸的人物，对他来说岂不是非常有面子？"

她的每一句话，都像一个锤子，狠狠地敲在邵嘉依的心脏上。

邵嘉依的目光落在樊心妍的照片上，一言不发。

这些似乎不足以说服邵嘉依，宋芷晴翻开自己的手机，打开相册，让她看了一张照片。

照片上的人依然是樊心妍，只不过旁边多了一个笑得幸福的男人。

几年前的斯鼎礼搂着樊心妍，笑得十分开心。

这让邵嘉依的心疼了疼，斯鼎礼还从来没和她合过影呢！记得在美国的一天晚上，她想给他照相的，但是被男人拒绝了……

许久她才开口："那又如何，你不是也说了吗？樊心妍已经另嫁他人，现在想后悔也晚了。

"宋芷晴，你就是自己过得不好，也想破坏我们是吧！斯鼎礼现在是我的男人，我选择相信他！"

对面的女人低头抿了一口咖啡，遮住眼中的恨意。

放下咖啡的时候，她的表情已经恢复正常："记得上次斯鼎礼去美国的那两个月，其中有一个礼拜，樊心妍就在他的别墅，我去的时候亲眼看到的。

"只不过，我和鼎礼在一个卧室，樊心妍住在隔壁。这不是重点，重点是樊心妍现在想回到斯鼎礼的身边。"

这些话，让邵嘉依的脑袋彻底炸了。

那次宋芷晴去斯鼎礼的别墅，所有人都知道，她当然也知道，还为这件事情不开心过。

"你和斯鼎礼……发生过什么？"

邵嘉依的脑袋已经一片空白，完全意识不到这件事情，向宋芷晴求证会得到一个不真实的答案。

所以，宋芷晴也顺着她的话告诉她："我和斯鼎礼该发生的都发生了。"就差最后一步而已。

这句话让本来还抱着侥幸心理的邵嘉依，彻底失望了。

她想告诉自己，斯鼎礼和宋芷晴发生关系，是在他们两个人正式在一起之前。

但是，她和斯鼎礼发生关系以后，斯鼎礼好像还和宋芷晴在一起。

"邵嘉依，斯鼎礼和你在一起还有一个原因，就是被家人逼迫的，我和他在一起的时候，他无数次接到爸妈的电话，都是劝说他和你在一起的，斯鼎礼估计是烦了，就先把你稳住，好跟家人交代。"

被家人逼迫的。这话邵嘉依也相信了，干妈想让他们在一起的心思，谁都清楚！

宋芷晴什么时候走的邵嘉依都不知道，不知道过了多久，邵嘉依拿着自己的包包，往SL集团赶去。

不行，她要让斯鼎礼亲口承认一些事情，她想听听斯鼎礼怎么说。

去SL集团的路上，邵嘉依给斯熙熙发了信息。

"熙熙，抱歉我这边发生了点事情，晚上不能过去了，咱们改天再约！"

斯熙熙很快就给她回了电话，问道："嘉依，你怎么了？"

看着车窗外飞逝而过的风景，邵嘉依咬了咬下唇，问熙熙："你知道一个叫樊心妍的人吗？"

那边沉默了一下，邵嘉依的心渐沉。

樊心妍的事情斯熙熙当然知道。不过只是一个初恋而已，说重要也不是很重要，说不重要也很重要。

既然都分手了，斯熙熙连忙劝说她："嘉依，樊心妍只是以前的事情，你不要乱想，我哥现在爱的是你，就够了。"

现在爱的是她？邵嘉依本来很确定的事情，在见过宋芷晴以后，一点信心都没有了。

"嗯，我知道了，你先忙，我现在去找你哥。"

"行，你和我哥好好说，不要吵架！"邵嘉依脾气暴躁，她哥又冷漠，并且很多时候，都不会去为自己辩解。

"知道了，熙熙再见！"

结束通话，邵嘉依拍了拍自己的额头，努力让自己清醒一下。还没见到斯鼎礼，她先不要带情绪！

不要生气，不要生气，不要生气。邵嘉依在心里告诉自己。

但是看到斯鼎礼以后，所有安慰自己的话，全都破功了！

邵嘉依在SL集团工作过一段时间，前台还是认识她的，听说她要找斯总，本来想着给师霄打电话通报一下的，但是邵嘉依按下电话说："不用通知师霄了，他们都那么忙，我自己上去就好。"

邵嘉依说完，就往电梯间走去。

抵达总裁办公室楼层，刚好看到吩咐师霄工作的斯鼎礼。

看到她出现，斯鼎礼顿了一下，快速交代完工作。

在邵嘉依距离他不到半米的时候，男人伸出右臂揽上她的肩，进了总裁办公室。

"怎么现在过来了？"斯鼎礼坐在沙发上，让邵嘉依坐在自己的腿上。

想起昨天晚上的她，斯鼎礼不自觉地滚动了一下喉结。

邵嘉依从他的腿上站起来，定定地看着脸部表情柔化不少的男人，她不知道该怎么开口，该怎么问斯鼎礼。

感觉到她的不对劲，斯鼎礼疑惑不已，这是怎么了？

"有什么想问的，说吧。"

他又去拉她，邵嘉依这次直接撇开他的手，让他扑了个空。

"樊心妍。"她轻轻地吐出三个字后，紧紧地盯着斯鼎礼的表情。

男人明显怔了一下，随后脸色不怎么好，问道："提她做什么？"

她怎么会知道樊心妍的？

看来宋芷晴说的没错："你为什么和我在一起？"

斯鼎礼从沙发上站起来，眉头微皱问："嘉依，谁和你说了什么？"

今天的她怪怪的，来之前肯定是见了什么人！

"我一无是处，你这么优秀，为什么会和我在一起？是不是因为干妈强迫你的？"她不理会他的问题，继续问出心中的疑惑。

"还是说，因为我这么倔强，你只是为了征服我？"

斯鼎礼的脸色冷了下来，他一定要揪出那个向邵嘉依胡说八道的人！"傻嘉依，我和你在一起，只是单纯的喜欢和爱，和别人没有关系。"

"嗯，那么和我在一起，只是为了征服我，让我屈服于你吗？"她记得在床上的时候，斯鼎礼问过她好几次，你乖不乖，听不听话。

"告诉我，这些话还有这些思想是谁跟你说的？"斯鼎礼的口气微冷，不是针对邵嘉依，而是针对那个挑拨离间的人！

而邵嘉依心思单纯，一不小心就掉进了那人的圈套。

第五十五章 谈崩了

不能出卖宋芷晴，邵嘉依抬起头，直视他的眼睛说："你回答我的问题。"

对于这些无理取闹的问题，斯鼎礼只是走到办公桌前，拨通内线号码说："进来。"

接着没有几秒钟，办公室的门被敲响，师霄走了进来。

"去查嘉依来之前和谁见过面！"

"不要！"邵嘉依果断地拒绝！

斯鼎礼冷冷地扫了一眼师霄说："去查！"

"我说不要！斯鼎礼！"

两个人起了争执，师霄也很为难，不知道该不该去。

他本来是该听总裁的，但是知道邵嘉依在总裁心中的地位，很明显，他又不能忽略邵嘉依的意见。

最后还是斯鼎礼做了让步，给师霄使了一个眼色，师霄退出办公室。

男人靠近女人，把她揽到自己的怀里，平静地告诉她："我不管谁和你说了什么，你邵嘉依是我现在想要的女人，也是打算过一辈子的女人，把那些乱七八糟的想法全部丢掉！"

"我想丢掉，我想相信你，可是在你的心里，我的地位还没有樊心妍的高，让我怎么放心嫁给你？"

邵嘉依在他的怀里，烦躁地发脾气。

斯鼎礼郑重其事地回答她："邵嘉依，樊心妍只是过去式，你不要纠结她的事情。"

过去就过去了，不可能再回去。

"但是……"邵嘉依从他的怀抱里退出来，委屈地看着他说，"樊心妍离婚了，上次你去美国，她还住在你的别墅，同时，宋芷晴还和你在一个卧室住。我们已经在一起，精神上不说，你的身体也对我不忠。"

她的话说到这里，斯鼎礼大概已经知道是谁和她说了这些。

"我没有对你不忠，嘉依，从头到尾我只有你一个女人！"说这句话的时候，斯鼎礼是看着邵嘉依的眼睛的。

无论是对于樊心妍还是宋芷晴，邵嘉依都只是在吃醋，斯鼎礼还是感到有些安慰的。

斯鼎礼轻轻地哄着她："嘉依，别乱想。"

邵嘉依想到在9号别墅的一幕幕，狠狠地推开斯鼎礼，不知道为什么，眼泪忍不住地涌了出来："你还骗我！我出院求你原谅我的时候，你把宋芷晴压在床上，我看得清清楚楚！"

她深吸一口气想把眼泪逼回去，但是失败了，继续控诉："后来我走了，你不照样进了她的房间？"

忽然想想她好可笑，明知道斯鼎礼当时和宋芷晴有什么，她还愿意和斯鼎礼同居，她是不是太卑微了？

女人的眼泪让男人的心猛然一揪："别哭，不是的，那些事情我是故意做给你看的。"

他万万没想到，他斯鼎礼还会有给自己挖坑的一天。

就像现在，当初让宋芷晴去他的别墅气邵嘉依，现在好像有点解释不清了……

他真想踹自己两脚。

只是，邵嘉依会信他才怪！"撇开宋芷晴不说，你为什么对樊心妍避而不提？"

从刚才开始，斯鼎礼就几句话敷衍了他和樊心妍的事情，甚至在美国那段时间的事情也没解释。

"我没有不提她，只是过去的事情提了有什么意思？我和她过去就过去了，再也回不去了，你担心什么？"斯鼎礼不理解邵嘉依为什么要纠结着樊心妍。

"过去就过去？斯鼎礼，你还让她在你的别墅住了一个礼拜，还说过去了，你糊弄我做什么？"邵嘉依用手背擦了擦眼泪，非常不满地质问他。

她和韩涛多待一会儿，他都能发脾气，为什么提到樊心妍，她就不能多问两句？

斯鼎礼一把搂过她，口气硬了几分："樊心妍只是心情不好，在我那里借住一个星期而已，什么事情都没有。"他承认樊心妍有后悔的意思，但是为了避嫌，让她死心，他也把宋芷晴叫过去了。

所以，这也是宋芷晴和他在一个卧室的原因。

"还有，你告诉我，和宋芷晴在一起的真正原因是什么？"这是她的最后一个问题。

这个问题让斯鼎礼沉默了一会儿，刚开始想和宋芷晴在一起的确是因为她和樊心妍有几分相似，但是后来嘉依出现以后，和宋芷晴真正在一起的原因就只剩下一个："为了保护你，因为我在商业上仇家多，我怕你受伤害。"

这话听上去有点假，邵嘉依冷嗤："那你就不怕宋芷晴受伤害？"

宋芷晴是自愿的，当初他也和她说得很明白。

这话没有博取邵嘉依的信任，反而让她觉得斯鼎礼有点过于冷漠。

"你说的话，我都不信！分手！"邵嘉依丢出两个字，甩开他往办公室门口走去。

他都解释了这么多，她还闹脾气，还敢说分手，斯鼎礼也跟着火了。

几个大步上前拉住准备离开的女人，一个用力，把她重新拉回他的怀抱。

低下头，吻上她的红唇。

说是吻，不如说是咬。

邵嘉依吃痛，双手放在他的腰上，指甲紧紧地掐着他的腰部。

许久之后，男人才放开她，紧紧地盯着大口喘气的她，眼中布满显而易见的怒火："邵嘉依，昨天晚上在床上你可不是这样对我的，嗯？

"我记得昨天晚上你很热情的……"

斯鼎礼的话，让邵嘉依脸蛋瞬间发烫，捂着他的嘴："你闭嘴！不要再说了!"

那不还是他逼的,他还真好意思说!

男人拉下她的小手,咬着牙警告她:"邵嘉依,分手我不同意!以后提都不要再跟我提这两个字!"

"我就是要分手,我不要和你这个渣男在一起!"邵嘉依又哭又闹的,想挣脱自己的手腕,男人就是不松手。

"分不分手不是你说了算的!你就等着我去跟干爸提亲,老老实实和我结婚!不……"斯鼎礼忽然改变了主意,若有所思地望着倔强的女人。

"干什么?"邵嘉依被他看得毛骨悚然。

"现在,我们就去民政局!"斯鼎礼拉着她就往办公室门口走去!

民政局?邵嘉依诧异地瞪大了眼睛,斯鼎礼是疯了吗?

"我不去,我是来和你分手的!"女人紧紧地拉着办公室内的沙发靠背,打死都不去!

还敢提分手?斯鼎礼的火气再一次上来,直接将她扛起来,往休息室走去!

邵嘉依被无情地扔在大床上,撞得七荤八素地摸不到东西南北。

好不容易反应过来,男人就压了上来。

"干什么呢!斯鼎礼这是你的办公室,不要乱来!"

"邵嘉依,我警告过你,不让你提分手两个字,你非要挑战我!"他的大掌将她的双手控制在她的头顶。

邵嘉依瞬间没了主导权,吓得她连忙大声叫道:"救命啊!救命!"

谁知道这个时候,办公室的门还真的被敲响,邵嘉依一阵欣喜。

"斯鼎礼,有人找你!"

这里是办公室,一般人没事不会来敲斯鼎礼的门,男人脸色铁青地从她身上起来。

"邵嘉依,我给你最后一次机会,以后再敢提那两个字,看我怎么整你!"

愤恨地整理一下自己的衣服和领带,斯鼎礼出了休息室。

咦！他居然在生气？他怎么好意思？碰到他这种渣男，不应该是她生气的吗？

从床上跳下来，邵嘉依连忙整理自己的着装。

站在休息室内，可以看到办公室门打开，是郑淑瑞走了进来，只听见斯鼎礼冷冰冰的声音："你最好有很重要的事情，要不然立刻给我出去！"

他不善的语气把郑淑瑞吓得手中的文件都掉在了地上。

邵嘉依看到他这么欺负瑞瑞，大步从休息室走出来，气呼呼地质问办公桌前准备点烟的男人："斯鼎礼，你平时就这么欺负瑞瑞的吗！"

"嘉依，没有。"郑淑瑞小声地叫住邵嘉依，然后弯腰去捡地上的文件。

"斯鼎礼，你说话啊！"邵嘉依鼓着腮帮子冲着斯鼎礼走过去，男人把点上的香烟叼在唇角。

完全没有理会邵嘉依的意思。

邵嘉依气得一把扯过他的香烟，给他按灭在烟缸里，嘴里还嘟囔着："竟然不理我！分手，分手，一定要分手！"

郑淑瑞把捡起来的文件夹放在办公桌上，说："嘉依，真的没有，斯总平时人很好！"

人很好？

她这三个字，让斯鼎礼和邵嘉依两个人神色各异。

邵嘉依的想法是，难道斯鼎礼对每个女人都很好吗？

斯鼎礼则是在想，还是给郑淑瑞的工作太少！

"有事快说！"

"哦！斯总，和星尘公司合作的那个项目，项目正式进行的时候，出了人命，还是两个人，现在星尘公司的负责人在二十二楼会议室等着你！"

出了人命，四个字，让整个办公室的气氛瞬间压抑了起来。

斯鼎礼从椅子上站起来，在邵嘉依面前站定："你先回去，今天的事情，以后不要再提，我现在去处理工作！"

以后不要再提？"心虚了吧？你说不提就不提，反正以后你走你的阳关道，我过我的独木桥！"邵嘉依背上自己的双肩包，对郑淑瑞摆了摆手，冲在斯鼎礼的前面，准备出办公室。

只是，她的双肩包落入一个魔掌，让邵嘉依想走都动不了。

把不乖的女人扯回自己的怀里："邵嘉依，如果你执意挑战我的耐心，今天晚上我们就去民政局！"

"不好意思，民政局晚上不上班！"邵嘉依冷冷地讽刺着。

办公室内一片寂静，郑淑瑞被邵嘉依气斯鼎礼的勇气震得目瞪口呆。

斯鼎礼紧紧地盯着邵嘉依，脸色黑如锅底，丢下几个字："随便你！"然后大步离开。

随便她，他居然说随便她！

邵嘉依看着男人消失的地方，委屈地瘪了瘪嘴。

怎么没说几句，他就没耐心哄她了？一定是他心虚！对！斯鼎礼心虚了！

邵嘉依甩了甩头发，跟着离开总裁办公室。

外面的秘书可是把邵嘉依最后一句话听得清清楚楚，原来是斯总在追邵嘉依呢！

第五十六章　他们分手了

精神恍惚地出了SL集团的大门，邵嘉依看着即将黑下来的天色，给斯熙熙发了个信息："我失恋了！"

斯熙熙没有多久就给她打来了电话："你和我哥闹掰了？"

邵嘉依蔫蔫地走在马路边儿，答道："嗯。"

是啊，他们分手了。

天空中忽然响起雷声。"糟了！嘉依，你先回家，天气预报说今天有雨！"

只是，邵嘉依哭得上气不接下气："熙熙，先这样，让我……冷静一会儿。"

然后电话就被她挂掉了。

如果现在下雨，老天一定是在同情她，同情她遇到斯鼎礼这个渣男。

没多久，天空就开始滴雨滴。

斯熙熙又给邵嘉依打电话，没人接，她只得拨老哥的手机。

SL集团二十二楼会议室，一片压抑，斯鼎礼看着视频中目前的情况……

"叮叮叮。"他的手机响了起来。

斯鼎礼看了一眼来电显示，继续刚才的话题。

滑下接听键，是熙熙。"哥，外面下雨了。"

斯鼎礼斜了一眼窗外，那个女人这会儿在哪？

"嘉依还在外面呢！"面对斯鼎礼的冷静，斯熙熙急了。

"在哪？"

"我哪知道，她刚才说你们分手了，哭得稀里哗啦的，比雨声还大，你赶紧去找找她。"

斯鼎礼揉了揉隐隐作痛的眉间："我知道了。"

本来已经站起来的男人，又重新坐回椅子上，给师霄发了个信息："去找她，务必把她带回家。"

然后接着和合作公司继续商议其他的事情。

外面的雨越下越大，斯鼎礼沉默地坐在椅子上，一句话不说。

半个小时后，师霄来了电话，他立刻滑下接听键："斯总，邵小姐被韩中校接走了！"

师霄无奈地看着扬长而去的军车。

斯鼎礼握着手机的左臂，青筋凸显。

会议室气氛更凝重了，因为斯鼎礼的表情太骇人，旁边的郑淑瑞也吓得大气不敢喘一口。

回到办公室，斯鼎礼叫来师霄，交代着事情："去把长盛集团有合作的资金来源给切断，宋芷晴之前不是准备和冯亮订婚吗？你催促一下这个事情。"

师霄在心中默默地为宋芷晴点了一根蜡烛："好的，斯总。"

只是他老婆还在长盛集团，估计要失业了，唉！

"你老婆的工作你不用担心，我会把她引荐给其他的公司。"斯鼎礼头也不抬地批注文件。

"好的，多谢斯总！"这他就放心了。

大雨中，一辆军车稳稳地停在南都花园2号公寓门口，主驾驶上的男人冒着雨从后备厢拿出一把伞，撑开走到副驾驶边，把披着他衣服的邵嘉依给接下来，一起进了公寓电梯。

"嘉依，跟我说说怎么了？"韩涛接到邵嘉依电话的时候，挺意外的。

当看到被暴雨淋湿透的她时，涌出无限的心疼。

"我和斯鼎礼分手了。"

邵嘉依面无表情地看着电梯上升一直变动的数字，她之所以给韩涛打电话，因为她实在找不到适合的人来接自己。

平时可以给少哲打电话，或者是哥哥，但是她不想让他们看到她狼狈的样子。

听到她和斯鼎礼分手，韩涛不知道该高兴还是该为她难过。

"为什么分手？"

她的长发在滴水，韩涛伸出手，用手背给她擦了擦脸上的水珠。

邵嘉依没有回答他的问题，反而认真地看着韩涛。

韩涛被她看得莫名其妙："我脸上有什么吗？"

"没有，涛哥哥，我可能还要麻烦你！"邵嘉依真不好意思说出这句话。

斯鼎礼不是最不希望看到她和韩涛在一起吗？那她就偏偏和韩涛在一起，气死他……

不过，在韩涛还没有点头之前，她连忙又摇头说："没事没事，还是算了。"

不能这样做，对韩涛来说有点过分！

电梯在九层停下，两个人一起出了电梯。

"嘉依，有什么需要帮忙跟我说！"韩涛把她湿漉漉的刘海撩到耳后。

"没事了，涛哥哥，谢谢你。"邵嘉依扬起笑容，只是那笑比哭还难看。

韩涛打开自己公寓的门，让邵嘉依先进去。

因为长期一个人住，所以没有女士的拖鞋，只得先让她穿自己的。

"别介意，先将就着穿一下。"韩涛有点不好意思地看着邵嘉依穿着快比自己脚大一半的拖鞋。

邵嘉依微笑着摇头："没事，谢谢你涛哥哥。"在她有困难的时候，一个电话就直接赶了过来。

公寓不小，虽然比斯鼎礼的小一点，但是也有二三百平方米。

黑灰棕色系装修风格，墙上挂着不少军队中的照片，以及韩涛和战友们的合影。

不远处有个书架，书架上放着许多奖杯和奖牌，都是韩涛这些年来获得的荣耀。

"客气什么，快先去洗个澡。"韩涛把她带到其中一间卧室门口，推开黑色的木门，看里面的摆设应该是韩涛的卧室。

墙上挂着他一张放大的照片，是穿着军装庄严敬礼的那一刻。

大大的床上铺着黑灰色条纹四件套，地板也是黑色和棕色的条纹。

整个房间充满了阳刚的气息，邵嘉依站在门口，没有再往前走一步："我的头发滴水……"

韩涛笑了笑："所以，赶紧去冲个热水澡，别感冒了！"她依然一动不动，韩涛拉着她的胳膊，把她带进自己的浴室，交代了必备品所在位置后，就给她锁上了门。

不过，邵嘉依没有衣服换。

这是个很严重的问题，韩涛扒拉扒拉自己的衣柜，在最里面找到一件休闲白色衬衣。

深吸一口气，敲了敲浴室的门，里面的水声戛然而止，韩涛的心又跳了起来："嘉依，我去给你买套衣服……外面有衬衣，你先将就穿一下。"

里面传来女人温软的声音："要不你等会儿再去，这会儿外面还下着大雨。"

"没事没事，我把卧室的门给你锁上，衬衣就在床上，我走了！"韩涛说着就跑出了卧室，站在客厅里，韩涛真想给自己两个耳光。

韩涛，你真是够了！你已经29岁了！不是19岁，怎么还跟个毛头小子一样！

把自己抨击了一番，韩涛走到公寓门口去换鞋。

只是，沙发上邵嘉依的包里手机响了起来，他犹豫了一下，拿着邵嘉依的包，又回到了卧室。

再次敲响浴室的门："嘉依，你的手机响了。"

邵嘉依正在洗着头发："帮我看看是谁！"

韩涛这才打开她的包包，翻出手机，上面的来电显示让他所有的愉悦心情全部飞走。

"斯鼎礼。"

里面似乎也安静了，过了半分钟："涛哥哥，麻烦你帮我接一下。"

"我接通怎么说？"

"随便，什么话让他不开心就说什么。"

"……"

手机响到第二遍的时候，韩涛划下了接听键，那边传来男人霸道冷硬的声音："邵嘉依！"

"是我。"韩涛看了一眼浴室，浴室内很安静，估计邵嘉依想知道他说了什么。

斯鼎礼听到韩涛的声音，本来闭着的眼睛猛然睁开，并划过一抹犀利。冰冷地问道："邵嘉依呢？"

"她在洗澡！"韩涛如实回答。

接着他好像感受到一阵冷风，忍不住地打了个寒战。

"让她接电话！"半晌，斯鼎礼毫无温度的声音再次响起。

韩涛笑道："你确定要我现在把手机给嘉依吗？"

他的话激怒了斯鼎礼："你休想碰她一根头发！韩涛，你注意分寸！"

虽然感受到了斯鼎礼的愤怒，但韩涛还是忍不住挑衅他："这好像和你已经没有关系了。"

接着通话忽然就断了。

第五十七章 去接邵嘉依

韩涛看着莫名其妙被挂掉的通话，摇了摇头，把邵嘉依的手机放回她的包包内，然后连同包包一起放在桌子上。

"嘉依，你先洗着，我走了！"接着就传来了关门的声音。

邵嘉依心不在焉地揉着自己的长发，斯鼎礼生气了吗？

她不知道的是，斯鼎礼不但生气了，而且非常生气，当着司少哲的面儿，直接把手机摔到墙上。

这样还不解气，又从椅子上站起来，把自己的BOSS椅一脚踹翻到一边。

司少哲目瞪口呆看着发脾气的斯鼎礼，这是怎么了？

然后看着斯鼎礼拿起自己的手机，拨了邵勉的电话，又把手机塞到他耳边："告诉干爸，邵嘉依在韩涛那里，不但和我闹分手，还……"

"……"

司少哲一脸发蒙，他只是路过来避避雨，这俩闹别扭关他什么事情？还拉他下水，让他做坏人。

电话很快接通，司少哲想拒绝都没机会。

"少哲，怎么了？"

司少哲生无可恋地望着瞪着自己的男人，绝望地开口："干爸，嘉依和鼎礼闹分手。"

"嗯？什么情况？"

邵勉也一头雾水，嘉依和鼎礼闹分手，为什么少哲打电话过来？

司少哲好想说他也不知道。

"应该是因为现在嘉依在韩涛那里，刚才鼎礼给嘉依打电话的时候是韩涛接的，而嘉依……咳咳，好像在洗澡。"

斯鼎礼的脸色这才好了点，点上一支烟在司少哲的对面坐下。

"胡闹！"邵勉气得吹胡子瞪眼，立刻挂了司少哲的电话，去联系邵嘉依。

只是邵嘉依还在洗澡，她的手机一直无人接听。

这边的司少哲踢了一脚正在抽烟的男人问："喂，你俩什么情况！"

"就你知道的情况！"男人拍了拍腿上的痕迹，一脚踹了回去，司少哲龇牙咧嘴。

"斯鼎礼，我马上要成为你姐夫了！你还敢这么对我！"

男人吐了个烟圈，若有所思。

他刚才不是没想过，找到韩涛的住处，直接把邵嘉依抓回来，但是依那个女人倔强的性格，只会有反效果。

不如，让干爸来处理。

司少哲看他不理自己，忍不住多说了两句："嘉依那丫头你不是不知道她什么性格，她耍耍小脾气，你就包容点。"

斯鼎礼斜了他一眼，弹了弹烟灰："等会儿再跟干爸联系，如果邵嘉依不听话，我亲自过去！"

说着走到座机前，按下内线叫来师霄，让他去查韩涛的住所。

司少哲闻言，挑眉："你是想让嘉依连我一起恨上！"他打电话告状，嘉依不恨他恨谁！

"不会。"他说得很肯定。

南都花园2号公寓，吹干长发后，邵嘉依打开浴室的门，先露出一颗脑袋，确定卧室没人才裹着浴巾走了出来。

床上果然有一件白色的衬衣，快速地把自己擦干随意套上白衬衣。

还好吧！勉勉强强盖到大腿。

包包里手机又响了起来，打开手机才知道已经有十几个未接来电，家里发生什么事情了吗？

"喂，老爸！"

打了十几个电话终于打通，邵勉气得咬牙切齿："邵嘉依，你在哪！"

"哦，我在……有事吗？爸。"邵嘉依想了想还是不要说了吧！免得邵勉误会。

邵勉让自己淡定了一下："你和鼎礼怎么了？要分手？你在整什么幺蛾子。"

邵嘉依狠狠地瞪着墙上韩涛的照片，一想不对，和韩涛没关系，把目光收回来："斯鼎礼这个小人居然向你告状！"

邵勉闭了闭眼睛，耐心地告诉女儿："不是鼎礼告诉我的。你是不是和韩涛在一起！"

还知道她和韩涛在一起，不是斯鼎礼是谁！哦！也不是，还有老爸派的保镖跟着她！

"嗯，不过我很快就回去了，这不是下大雨了吗？"

"邵嘉依，你不要做糊涂事！"邵勉允许女儿雨停后再回家。

糊涂事？邵嘉依心塞："老爸，你女儿是那种人吗？"

她都这么说了，邵勉也相信她，再三交代女儿快点回来后，才挂了电话。

这边邵嘉依把手机放回包包里，韩涛还没回来，但是她只穿着一件衬衣，稍微有点冷。

旁边就是床和被子，她也没有必要矫情，直接钻进了被窝里。

眼睛滴溜溜地转着，韩涛一个人在这里住吗？

一阵胡思乱想后，邵嘉依不知道怎么的就睡着了。

雨早就停了，邵嘉依还没回家，斯鼎礼掐灭烟头，带上师霄直奔地下停车场。

"最快的速度，去南都花园2号公寓。"没想到韩涛还和他在一个小区，那挺好，轻车熟路。

韩涛的公寓门铃响起的那一刻，他淡淡一笑，斯鼎礼比预期晚来了一会儿。

门外站的是斯鼎礼和师霄，看到韩涛的那一刻，为首的男人双目中迸出冷意。

韩涛不会拐弯抹角，开门以后回头重新坐到沙发上。

斯鼎礼在客厅里大概扫了一眼，目光最后落在紧闭的卧室门方向。

几个大步走过去，手刚放在门把上，韩涛就开口了："听嘉依说你们分手了，你来我这里直接带人走不好吧！"

斯鼎礼冷笑："小打小闹而已，你也知道嘉依比较任性，我原谅她了。"

男人说完，推开卧室的门，一眼就看到床上睡得正香甜的女人。

师霄没有跟进去，斯鼎礼大掌掀开薄被，下面的一幕让他双目喷火。

直接把她扔到薄被上，裹着她出了卧室的门。

"你都看到了什么？"客厅正中央，斯鼎礼抱着女人，女人的长发如瀑布般垂直下来。

韩涛抽完最后一口烟，掐灭烟头，说："不信任我可以，不信任嘉依，就是你的不对了。"

看到斯鼎礼把邵嘉依保护得挺好，韩涛的心紧了紧。

"多谢韩中校照顾嘉依，改日我和嘉依的婚礼一定给韩中校送请帖。"男人说完，头也不回地带着裹得严实的女人离开公寓。

婚礼……

韩涛的脸色终于沉了下去。

许久之后，回到卧室，把他给邵嘉依买的衣服，随手扔进了衣柜角落里。

晚上十点多，邵嘉依舒舒服服地在床上翻了个身，好饿啊！

摸了摸被饿扁的胃，睁开眼睛，从床上坐了起来。

嗯？她这是在哪里？南都花园？

是啊，南都花园，但是她记得自己好像在韩涛那里，什么时候跑到斯鼎礼这里了？

卧室内只有她一个人，开着柔光灯，邵嘉依从床上爬起来。

身上光溜溜的，咦，她记得自己不是穿着韩涛的衬衣吗？衬衣呢？怎么也没了？

这一定是斯鼎礼干的好事！对！绝对是他！

邵嘉依下床从衣帽间找到一件浴袍裹上，提着快要垂地上的浴袍，出了卧室。

客厅没人，隔壁房间没人，直到她打开书房的门，男人正在里面办公。

"斯鼎礼，你把我带到这里来做什么！"女人语气不善地质问。

男人掀了掀眼皮："什么时候态度好了，什么时候再跟我说话！"

"就你这个渣男，还指望我态度好，你做梦呢！"邵嘉依才不理会他的话，她要离开这里，不要看到斯鼎礼！

回应她的是一片沉默。

"放我走！

"我要离开！"

邵嘉依气极了，转身离开书房，大力地关上房门。

不给她衣服，她就走不了了吗？太小看她邵嘉依了！

重新回到卧室，拿起自己的包包，提着睡袍往门口走去。

门被打开，身后传来脚步声，邵嘉依条件反射地冲出公寓。

只是，悲剧了，一脚踩到和自己身体不成比例的浴袍一角，邵嘉依整个人往前扑去。

"啊！"吓得她立刻闭上了眼睛，完了完了！

一只有力的长臂拉住她的臂弯，硬是把她扯了回来。

浴袍因此而凌乱，邵嘉依就这样走了光。

斯鼎礼看了一眼不远处的摄像头，立刻遮住邵嘉依的身体，半拖着她进了公寓。

挫败地松开斯鼎礼，整理了一下自己的浴袍，邵嘉依从还略微湿湿的包里，翻出自己的手机。

她就不信今天还走不了了！

翻到邵嘉康的号码，拨过去。手机刚放到耳边，就被男人夺走了。

邵嘉依疯了！

"斯鼎礼，你这个王八蛋！还我手机！"

斯鼎礼把她的手机关机，然后塞回她的包包里，连同包包一起锁进隔壁的卧室内。

"告诉我，还要不要分手！"男人冷冷地看着崩溃的女人。

"分手！必须分手！"她嘴犟着就是不松口。

男人不理会她，给公寓门加上独特的密码反锁上，往书房走去。

第五十八章 斯鼎礼道歉

邵嘉依心塞地回到卧室，本来爬到床上的她，又下来把卧室的门给反锁了。

不走就不走，饿死在这里，她也不向这个渣男服输！

在床上翻来覆去的睡不着，邵嘉依又跑到阳台上去看夜景。

想起上次在这里的一幕，心疼得只想哭。

她到底该怎么办？放下宋芷晴的那些话，好好地和斯鼎礼在一起？

一想到他心里会有别的女人，还有和她在一起只是因为干妈的强迫，或者是她的倔强让他看不惯……她就会有放弃和他在一起的念头。

微风吹来，邵嘉依拉了拉浴袍的领口，裹紧自己走到旁边的躺椅上，望着星空发呆。

女人的异常安静，让斯鼎礼无法专心工作，最后干脆关上电脑。

卧室的门被她反锁，男人嗤笑，从旁边的抽屉里拿出备用钥匙，轻而易举地进入了卧室。

只是卧室没人！

阳台上的门敞开着，最后在躺椅上看到她的影子。

男人走过去，居高临下地望着发呆的女人："邵嘉依，如果你现在改变主意，我就当白天的事情没有发生过。"

不自觉间，斯鼎礼给了邵嘉依一次又一次的机会。

女人斜了他一眼，闭上眼睛不再看他。

斯鼎礼将她抱起来，直接走到客厅，把她放在餐桌的椅子上。

邵嘉依刚坐好，公寓的门铃就响了起来，斯鼎礼走过去，是师霄。

重新关上门，回来的时候，男人的手中多了一个手提袋。

是她喜欢的一家饭店的外卖，邵嘉依瞬间双眼放光。

她的表情落在男人眼中，他哑然失笑，敢情自己还比不上一顿美食！

里面装着四个小炒菜，有荤有素，还有两份小米南瓜粥。

斯鼎礼打开粥放在她的面前，邵嘉依迫不及待地喝了两口垫垫胃。

两个人安静地吃着晚餐，二十分钟后，男人擦了擦嘴巴。坐在对面安静地看着邵嘉依吃饭，邵嘉依假装不知道，快速把剩下的粥解决干净。

吃饱喝足，邵嘉依准备收拾餐桌，斯鼎礼握着她的手制止她，她疑惑不解。

男人站起来，亲自收拾餐桌上的狼藉。

邵嘉依觉得自己应该学着做点什么，他一个大总裁收拾餐桌的样子，感觉怪怪的。不过，撇开斯鼎礼在感情渣不说，他其实也算得上一个好男人。

只是就算是学做家务，以后也是做给别人，而不是斯鼎礼。

邵嘉依默默地调头进了卧室，斯鼎礼进来的时候把她的包包给带了进来，然后就进了浴室。

看着自己的包包发呆了几分钟，邵嘉依还是从里面拿出自己的手机，拨通老哥的电话："哥，你现在忙不忙？"

"怎么了嘉依？我刚出公司。"

邵嘉依看了一眼浴室，说："我在南都花园，你过来接我一下。"

"好，我现在过去。"邵嘉依的声音有点郁闷，邵嘉康听得出来，也没多问，就答应了她。

"嗯，来之前帮我带一套衣服，我的衣服今天下雨淋湿了。"

"嗯，你等着。"

结束通话，邵嘉依抱着手机坐在床上发了会儿呆。

斯鼎礼从浴室出来的时候，公寓的门铃刚好被按响，邵嘉依看了一眼自己衣不遮体的样子，还是放弃了。

男人看了她一眼，脸色深沉，裹着浴巾去开门。

"鼎礼，我过来接嘉依。"邵嘉康提着一个手提袋，出现在公寓门口。

刚洗过澡的斯鼎礼只围着浴巾，让邵嘉康瞬间就想歪了。

但是也没多说话，冲斯鼎礼点点头后，就进了公寓。

"我来。"他从邵嘉康的手中接过手提袋,返回卧室。

卧室内邵嘉依躲在棉被里,等着衣服。

斯鼎礼把衣服扔在床上,低沉的声音传入她的耳中。

"邵嘉依,宋芷晴对你说的那些话,无非就是在挑拨关系,如果你真的要和我闹下去,正好中了她的圈套。"

邵嘉依拿过手提袋,衣服准备得很齐全,从里到外都有。

从被窝里爬出来,当着男人的面儿脱下浴袍,一件一件地穿上干净的衣服,只是,一句话都没有说。斯鼎礼直接掂着她穿过的浴袍,套在自己的身上。

邵嘉依余光扫到的时候,脸蛋红了红。

但是,邵嘉康没有给邵嘉依带鞋子,她只得穿着斯鼎礼给她准备的女士拖鞋离开。

打开卧室房门之前,斯鼎礼再次拉住她的手腕,让她面对着自己,问道:"把我说的话当耳旁风?"

邵嘉依低了低头说:"让我回去想想。"

斯鼎礼抬起她的下巴,吻上她的红唇,他的吻霸道而又粗鲁。

右臂将她扣在自己的怀里,如果不是发生这件事情,斯鼎礼一定不会放她回去。

良久唇分。"邵嘉依,我只给你一个晚上的时间,明天早上我过去接你。"

她点头,男人松开她,打开卧室的门。

客厅内邵嘉康正在翻阅着书架上的一本书,听到开门声,把书重新放回原位。

"鼎礼,我们先走了。"邵嘉康的左臂随意搭在妹妹的肩上,但是,没有一秒钟,就被身后的男人拿掉。

邵嘉康回头疑惑地看了他一眼。

"好好走路。"男人只是淡淡地说了四个字。

"……"邵嘉康无语,邵嘉依亦是如此。

邵嘉康无奈地看了一眼斯鼎礼说:"鼎礼,我们先回去了。"

斯鼎礼点头，从头到尾，男人的目光就在邵嘉依的身上，在她踏出第一步的时候，说："别忘了，明天早上我过去接你，七点半。"

邵嘉依忽然回头冲男人做了个鬼脸，然后挽着哥哥的手臂进了电梯。

她可没答应斯鼎礼等着他，到时候他扑空了，可不怪她！

斯鼎礼看着她消失的地方，眼中布满笑意。

坐上邵嘉康的车子，车子离开南都花园。

大雨过后的城市，散发着泥土的清新，车子快速行驶在马路上。

"嘉依，你是我妹妹，哥肯定是为你好。鼎礼的性格你是知道的，他这种淡漠的人，一旦认准一个人，就不会轻易改变，看看干爸你就知道。

"他能包容你所有的小缺点，小脾气，你就不应该这样斤斤计较，你扪心自问，你们两个人在一起的时候，他对你好不好？"

当初邵嘉依去侠溪村的时候出事，斯鼎礼可是二话不说就赶去了。

还有宋芷晴的存在，可能嘉依有点不理解，但是他能懂斯鼎礼的想法。

"如果斯鼎礼对你不好，哥哥别说替他说话，你们见面哥都不会同意的。"邵嘉康苦口婆心地劝说着妹妹，撇开所有不说，他只是希望妹妹不要错过一个真正对她好的人。

邵嘉依撇了撇嘴，看着窗外的风景："哥，我没说他对我不好，他对我挺好的……算了，算了，我自己好好想想！"

"嗯，谁告诉你樊心妍的，你怎么会知道她？"邵嘉康疑惑不解，斯鼎礼和樊心妍分手以后，大家都没有再提过这个名字，妹妹怎么会忽然知道？

邵嘉依郁闷地开口："是宋芷晴告诉我的，她说斯鼎礼和她在一起是因为她和樊心妍长得相似，她还说斯鼎礼根本不爱我，是干爸干妈强迫斯鼎礼，斯鼎礼烦了才和我在一起的……"

对于哥哥，邵嘉依也没有隐瞒，把该说的都说出来。

邵嘉康失笑，无奈地看着妹妹说："宋芷晴这些话也就能挑拨到你，她对你本来就有敌意，告诉你这些无非就是想让你和鼎礼不能好好在一起，你还真掉入了人家的计谋中。"

老哥和斯鼎礼都是这么说的,邵嘉依也才意识到宋芷晴太有心机,自己真的中了她的算计。

她咬牙切齿:"下次再看到宋芷晴,我一定要狠狠地教训她一顿!"

"哥,我该怎么办啊!"邵嘉依郁闷地叹了口气,在窗户上画着圈圈。

"这都是小事,好好地和鼎礼在一起就行了,有什么怎么办的。"

"好吧,就听你的,我再好好想想。"

第五十九章　答应重新和好

第二天一大早，闹钟刚响，邵嘉依就从床上爬了起来。

快速洗漱完毕，楼下邵勉请来的钟点工也刚上班，只感觉一阵风刮过，然后没一分钟，别墅门就被关上了。

什么情况？

门外面的邵嘉依把没有穿好的鞋子连忙穿好，立刻跑到车库，坐进她的车里面，熟练地把车调头，离开车库。

只是没有两分钟，忽然一辆车子加速超过她。她不满地瞄了一眼那辆黑色的车，谁啊，大清早跑得这么快！

等等！黑色豪车？

没等邵嘉依反应过来，那辆黑色的豪车就稳稳地停在了她前方不远处的路中间。

后座车门打开，车子上下来一个穿休闲黑色西装的男人，他双手插进口袋，站在车子旁边直勾勾地盯着她。

眼看车就要撞上去了，男人还纹丝不动地站在原地。

最后一刻，邵嘉依一脚狠狠地踩住刹车。

车子在距离斯鼎礼半米处停下，因为是急刹车，邵嘉依的额头一不小心撞在了方向盘上。

揉了揉发痛的额头，邵嘉依打开车窗："你是不要命了吗？"

路过的车子都忍不住往这边扫上两眼，心里忍住猜测这两辆车是什么情况。

斯鼎礼点上一支烟，慢条斯理地靠近邵嘉依的车子，淡淡地诉说她的罪状："敢放我鸽子！"

昨天晚上邵嘉依离开以后，斯鼎礼就知道这个女人没有那么乖，他也就立刻回到了御谷名邸。

即使提前了二十多分钟到8号别墅，还是让她先跑了一步！

邵嘉依哼一声，将车子向后倒，斯鼎礼知道她的意图："今天你敢跑，邵嘉依我保证你上新闻头条！"

车子停下，女人探出头问："我为什么要上头条？"

"对我始乱终弃，睡过就不负责任。"男人的声音不小，说得理直气壮，脸不红气不喘！

邵嘉依瞪着脸皮超厚的男人，冰冷地问道："斯鼎礼，你的脸呢？"

斯鼎礼吐了一个烟圈，踩着崭新的皮鞋走过去，清清楚楚地告诉她："不要了！"

然后从里面打开主驾驶的门，半个身体探入车内，邵嘉依立刻瞪大了眼睛。

这里是大马路上，他……他要做什么？

男人将香烟叼在唇角，看着她难以置信的样子，轻笑。然后解开她的安全带，把她拉下车。

顺便拿上她的包包，向自己的车走去。

斯鼎礼把邵嘉依塞进副驾驶，对刚从主驾驶上下车的师霄吩咐："把她的车开到店里。"

然后自己开上车带着邵嘉依，离开原地。

车最后在邵嘉依的店铺对面停下，邵嘉依解开安全带，男人低沉的声音传过来："想得如何了？"

"想好了。"她回答很干脆。

"说！"

女人故作高傲地抬起了下巴说："如果你能保持三个月感情空白，我就答应你重新和好。"

"可以，我也有条件。"

他也有条件？邵嘉依不满地撇了撇嘴？"你说吧！"

"这三个月你继续住在在水一方。"就算她不答应和好，他也得想办法把她控制在自己身边。

这个要求还真让邵嘉依为难了，如果继续住在那里，斯鼎礼还是经常过去，跟没分手有什么区别？

"可以是可以，但是你不准去！"

"我不去不可能，我可以答应你，不睡在你床上。"无形中，斯鼎礼和她玩起了文字游戏。

不睡在她床上？"说好了，就这样！"

邵嘉依下车，关上车门，回头看到车中的男人扬起得意的笑容，让邵嘉依有点纳闷。

她是不是被他骗了？

"斯鼎礼，等一下！"邵嘉依灵光乍现，但是男人不给她机会，直接开着车扬长而去！

邵嘉依看着消失不见的豪车，气得直跺脚。

别人分手怎么都那么容易，她想分个手，对方还这不准那不行的！

最后还把自己给绕了进去，斯鼎礼这个腹黑男！

手机响了一下，是斯鼎礼发来的信息。

"我从来没有答应过跟你分手，所以现在你还是我女朋友！还有邵嘉依你别给我耍花招，晚上乖乖回在水一方。"

什么叫作没答应和她分手？

"你昨天明明说随便我的！"

"我是说过这三个字，但是我有说过，我答应你分手这几个字吗？"

……

他好像是没说过。

再仔细想一下，他的确没说过。

该死的臭鸡蛋！邵嘉依气得想摔手机。

不过让她没想到的是，晚上她在去往在水一方的路上，接到了斯鼎礼说要紧急出差的电话。

邵嘉依爽快地应下，说自己知道了。

可是斯鼎礼这一去好几天，连电话都没有一个，邵嘉依有些失落。

满脑子都在想他到底有多忙，为什么不联系她？

这天晚上七点多，邵嘉依换了衣服，从店铺出来，昨天晚上回老宅的时候，奶奶说如果今天晚上下班早，还让她过去。

琢磨了一下，今天晚上也没什么事情，还是去老宅吧。

让邵嘉依没想到的是，这天她终于接到了斯鼎礼的电话！心里的阴霾因为这一通电话消失得无影无踪。

看到来电显示，女人笑眯了眼睛，接起电话问道："斯大总裁，不忙啦？"

"回头。"

嗯？邵嘉依往马路边上看去，除了一辆豪车，什么都没有了……

豪车的车门被打开，一个高大的身影从上面下来。男人带笑，深情地望着她。

邵嘉依呼吸一紧，挂掉手机，快步走过去。

剩下不到几米距离的时候，她直接跑了过去，男人伸开双臂，抱住跑过来的女人。

都说小别胜新婚，邵嘉依这一刻彻底地体会到了这几个字的含义。

紧紧地抱着他，闻着男人身上熟悉的味道，邵嘉依的心久久不能平静。

不顾路人的侧目，斯鼎礼低下头。

天色微黑，基本上看不清拥抱在一起的男女面容，但是能感受到他们身上散发的爱情气息。

许久之后，男人才松开女人，嗓音喑哑："有没有想我？"

女人软着身体半挂在他的身上，微微喘着气，撒娇道："你先说。"

男人哑然失笑，贴近她的耳边："嘉依，我想你，很想你。"

邵嘉依脸蛋更红了，低下头小声地说："你都这么想我了，我当然也想你。"

斯鼎礼笑着把女人打横抱起来，放到副驾驶上，给她系好安全带。

车子往城西驶去，最后在一家酒店门口停下。

按下顶层电梯按钮,来到六十六楼的餐厅。

餐厅灯光昏暗,放着舒缓的轻音乐,两个人到的时候,餐厅门口列了两排迎宾美女。"斯总晚上好,欢迎光临!"

斯鼎礼微微点头,拉着邵嘉依的手进了露天餐厅。

嗯?现在正是用餐时间,餐厅居然没人?

在经理的带领下,两个人走到餐厅中间的一个长方形餐桌旁。餐桌上铺着白色的桌布,中间摆着新鲜的粉色蔷薇,还有两盏欧式烛台,以及提前醒好的红酒。

所以,斯鼎礼带她来吃烛光晚餐?竟然还布置了她最喜欢的粉色蔷薇。

邵嘉依一阵欢喜,愉快地闻了闻娇艳欲滴的蔷薇花,心情很好。

斯鼎礼亲自给她拉开椅子,等她坐好,自己才在她的对面坐下。

"斯总,女士,这是菜谱,请看一下。"经理亲自点餐,旁边服务生小心翼翼地给两个人倒红酒。

两份烫金封面的菜谱,放在两个人面前。

这好像是斯鼎礼第一次正式请她吃饭,所以,邵嘉依打开菜谱,很认真地看了起来。

"我们吃中餐还是西餐?"无论是中餐还是西餐,餐厅都有专业的大厨。

"你想吃什么就可以点什么,如果都想吃,那就都点。"斯鼎礼把餐谱放在一边,让她先点。

邵嘉依点头:"三文鱼蔬菜汤、西班牙海鲜饭、蛋黄芝士焗虾、黑椒煎牛仔骨,还有巧克力冰激凌圣代。"合上餐谱,还给经理。

"就这样?"斯鼎礼放下手中的红酒,目光一直放在她笑得灿烂的小脸上。

"嗯,你快看你要吃什么。"

因为每份菜的量很少,所以两个人点了这么多,也不用担心吃不完浪费。

服务生和经理离开,旁边出来一位穿白色晚礼服的美女,在一架白色钢琴前面坐下。

优美的琴声传入耳朵,无疑是一种享受。

男人握着她的小手,若有所思地开口:"邵嘉依,你的手上缺少一个东西。"

第六十章 第二次求婚

闻言,她疑惑地看了看自己的手,是没做指甲吗?"我前段时间,刚把做的美甲给洗掉了,过两天……"

邵嘉依的声音戛然而止,斯鼎礼从粉色蔷薇中,摸出一个东西戴在了她的无名指上。

葱白的小手上就这样戴上一个钻戒,钻石的颜色是邵嘉依最喜欢的粉色。

"你你你,我我我……"邵嘉依看着钻戒结结巴巴了半天,说不出一句完整的话。

所以,斯鼎礼这是在向她求婚吗?

还是第二次求婚。

"是的,邵嘉依,从今天起你这辈子就是我的人了!"斯鼎礼没有松开她的手,看着她忽然就红了眼圈。

抬起她的手,霸道地在她的手背上亲了一下:"别再拒绝我!"

第一次求婚是他的错,不够正式。

这次的求婚计划也是他临时起意,本来计划她生日当天向她求婚的。但是经过这段时间两个人的感情迅速升温,他已经等不及了。

向来冷静的他,也有迫不及待的时候。

邵嘉依深吸一口气,把目光从戒指上收回来,看着对面认真的男人,此时此刻的他把她的七魂六魄都收服了。

她低声故作不满地抱怨:"不是说了要考验你三个月的吗?"

他的大掌包裹着她的小手说:"嘉依,我最大的让步就是,可以在三个月以后举办婚礼。"

对于他的焦急,邵嘉依又惊又喜,抬起他的大掌,吧唧在上面亲了一口,表明了自己的意思。

男人笑道:"嘉依,告诉我。"

"说什么啊?"她抽回自己的手,端起旁边的红酒灌了一大口,试图压下心中的紧张。

"乖,告诉我,你同不同意?"他握着她端着红酒的手,制止她再灌自己红酒。

惊喜来得太突然,邵嘉依这会儿脑袋都有点晕了。她微微低下头,掩饰自己的脸红,摩挲着钻戒小声地回答他:"我不是亲了你一下吗?"

亲了他一下,不就是答应他了?还非让她说出来,好讨厌!

服务生开始上菜,斯鼎礼不着急了,今天晚上他一定会让她亲口说出来。

斯鼎礼把鱼子酱牛油果煎蛋放在她的碟中,鹅肝也切好一起放了进去,还有松露巧克力全部归她。

"都给我了,你吃什么?"她好奇地看着男人推到自己面前的盘盘碟碟。

"你先吃,吃不完再说。"

斯鼎礼要破产了吗?连菜都舍不得给自己点?

"你吃,等会儿我去结账。"邵嘉依给他切了一块比萨,放在他的碟中。

男人疑惑地问:"你为什么结账?"

"那个,公司最近是不是效益不好?"邵嘉依小心翼翼地试探,听说前两天他还赔了死者家属好几百万!

斯鼎礼盯着她的小脸,沉思了一下,大概知道她在想什么了。

无奈一笑:"想什么呢!你放心吃,以后你顿顿来这里吃,我斯鼎礼也养得起你!"

邵嘉依傻眼,他没有要破产啊!

"那你为什么舍不得吃菜?"

舍不得吃菜,唉,邵嘉依的思想总是和别人不同。

"这么多你能吃完吗?"他反问她。

邵嘉依看着一大桌子盘盘碟碟,摇了摇头。

"那不就对了,我没有浪费的习惯。"她吃饱了他再吃也不迟。

小脸瞬间纠结在一起,他的意思是让她先挑自己喜欢的吃,吃不完的或者是她不喜欢吃的,他再吃?

邵嘉依心里暖暖的,斯鼎礼看上去冷漠孤傲,其实还可以这么暖心啊?

"想什么呢,快吃。"斯鼎礼给她切着一块牛仔骨。

"斯鼎礼。"

"嗯?"

"我答应你了!"她美滋滋地伸出戴着戒指的手,在他眼前晃了晃。

斯鼎礼明白她的意思,笑意直达心底。

"嗯,乖,吃饭!"他把切好的牛仔骨放进她的碟子里,自己吃着她放过来的比萨。

因为斯鼎礼喝了红酒,不能开车。就叫过来一个司机,把两个人送到在水一方。

路上邵嘉依给奶奶和老妈打了电话报备,晚上不回去了。

薄亦月秒懂,暖暖的婚礼眼看就到了,斯鼎礼这个做弟弟的一定是出差回来了。

"好,那个,嘉依,你现在打算要孩子吗?"薄亦月忽然语出惊人。

邵嘉依脸色瞬间爆红,心虚地扫了一眼旁边的男人。不过,男人微微扬起的唇角,表示他已经听到电话中的内容。

邵嘉依连忙把手机放在右耳边,压低嗓门:"妈,你说什么呢!"

"你和鼎礼经常在一起,我问这个问题有错吗?女孩子要知道保护自己。"嘉依虽说23岁了,但是也不算大。万一怀孕了,她还没准备好,那后果……

所以,还是要提前保护好自己。

"妈,我知道的。"她小声地抗议,邵嘉依猜想他一定是想要孩子的吧!

既然他想要,那她也想。如果哪天真的有了,她一定会生下来的。

"嗯,知道就行,妈就不多说了,等到你暖暖姐婚礼结束,让鼎礼给你个确定的时间。"孩子小,许多事情不知道,婚姻是对两个人最好的保障。

邵嘉依扫到手上的钻戒，红着脸开口："妈，你们不用着急了，他已经向我求婚了，我也答应了。"

旁边的男人看了她一眼，眼中都是宠溺。

薄亦月好像挺开心，声音很轻快："好，好，妈知道了，那就不催你们了，就知道鼎礼比较靠谱，就这样，你们好好地在一起！"

然后电话就挂了，邵嘉依傻眼地看着自己的手机，老妈的态度变得也太快了吧！

斯鼎礼抬起她的下巴，邵嘉依的脸蛋红扑扑的。

这个女人，最近好像总是很容易就害羞了！

"我脸上有什么？"她眨了眨眼睛，然后就去摸自己的脸蛋。

男人随即又松开她，没有说话。

车到了在水一方，公寓的门关上，邵嘉依换好鞋，伸手开灯的时候，被男人抵在旁边的门上。

"等——"

"等不及。"斯鼎礼吻住她的红唇，不给她多说一个字的机会。

面对他的热情，邵嘉依无奈地伸出双臂攀上他的脖颈给他回应。

衣服一件一件地掉落在地上，一直延伸到卧室内，房间内一片旖旎。

"嘉依，我爱你。"

虽说在床上男人的话都不能信，但是女人还是忍不住回应他："嗯，我也爱你。"

清晨时分，男人抱着昏睡过去的女人，一起进了浴室。

很快就到了司少哲和斯暖暖大婚的日子，斯家先和邵家联姻，现在又把宝贝女儿嫁到医学世家的司家，地位更稳固了。

斯家和司家都是世家，背景一代比一代显赫，需要宴请的贵宾比较多，婚礼场地布置在了酒店的花园里。

斯鼎礼带着邵嘉依出现在酒店门口的时候，也是一道靓丽的风景线。

她手上偌大的粉色钻戒，更是记者们追逐拍摄的目标。

有记者问她手上的钻戒是不是斯鼎礼送的，邵嘉依只是神秘一笑，没有回答。

今天是暖暖姐的婚礼，她不能喧宾夺主，得尽量让自己低调一些。

所以后来许多人都在猜测，邵家唯一的女儿是不是要嫁给斯家唯一的集团继承人了。

如果邵嘉依和斯鼎礼结婚，无疑是一段佳话。

婚礼场地装扮得奢华又高调，司少哲和暖暖的婚礼举行得顺利又圆满，并得到了所有人的祝福。第二天的时候，就听到司少哲带着暖暖出国度蜜月的消息。

邵嘉依默默地祝福着一对新人，与此同时，听到了薄亦月让她去给斯鼎礼送早餐的吩咐。

第六十一章 斯鼎礼被陷害

出了家门，邵嘉依给斯鼎礼打了个电话。

"嘉依。"

"你起床了吗？"昨天晚上两个人还在发信息聊天，斯鼎礼比较忙，就直接住在了公司。

斯鼎礼擦了把脸："嗯，怎么了？"

"我妈做的早餐，让我给你送过去，你吃吗？"她看着保温盒，想着自己是不是该去找个大厨学学厨艺。

斯鼎礼扬起笑容："嗯。"

不到半个小时，办公室内，邵嘉依给斯鼎礼打开保温盒，两个好看的煎蛋映入眼帘："我妈的手艺真好！"

"要不要再吃一个。"男人搂着坐在自己腿上的女人，贪恋地闻着她身上的味道。

一个晚上不见，他就很想她。

"不要，我已经吃过了，你快吃。"邵嘉依把筷子和勺子递给他。

男人不接："喂我。"

……

邵嘉依龇牙咧嘴地瞪了他一眼，还是拿过勺子盛了点豆浆，给他喝。

男人像个孩子般吃掉她喂的所有食物。

邵嘉依给男人擦了擦嘴巴，把空空的保温盒拧上："你忙吧！我也要去店里了！"

斯鼎礼啄了一下她的红唇："我今天晚上有个应酬，你先在家等我！"

"不要！"她跟他开玩笑。

"乖嘉依。"他哄她。

女人偷偷一笑,亲了他一下:"知道了,你好好工作!少吸烟!"

"好的,老婆大人!"斯鼎礼真舍不得放开她。

邵嘉依红着脸蛋推开此刻像个小孩子的他:"别乱叫,明知道我还不是你老婆。"

她提上保温盒,男人拉住她的手:"你生日那天,我们去民政局!"

啊?民政局,这么快!

邵嘉依咬了咬手指,男人期待的目光让人不忍心拒绝,她点头道:"好。"

斯鼎礼又索取了一个缠绵的吻,才放开她:"晚上在家等我!"

"好。"她整理了一下被他拉乱的衣服,走出办公室。

晚上下班,邵嘉依本来着急走的,但是想到斯鼎礼说他还有一个饭局,就又在店里磨蹭了一会儿。

八点多的时候,收到斯鼎礼的信息:"我这边刚开始,你先去吃饭。"

邵嘉依甜甜一笑:"嗯!"找到一个饭店随便吃了点食物。

本来想嘱咐斯鼎礼少喝点酒的,但是一想到他在谈工作,估计避免不了,就不啰唆了。

因为顺天的项目比较重要,斯鼎礼把关比较严格一点,饭局上有三家竞争公司。

其中和顺天关系最大的易景州倒是没怎么发言,一直听着其他两家竞争公司谈事情。

快十一点,斯鼎礼心里差不多有了底儿,看了看时间,决定今天的饭局到此结束。

只是,斯鼎礼还没来得及走到包间门口,他的脚步忽然停住了。晃了晃脑袋,今天晚上的酒喝得有点多。

他定了定神,拉开包间的门,往外走去。

易景州拨通一个电话:"截住他!"

斯鼎礼刚从包间出来,旁边的包间也出来一个女人,是宋芷晴。但他仿佛没看到宋芷晴一般,往电梯口走去。

宋芷晴为了找合作的银行,来酒店陪几个行长吃饭。

没想到在这里会碰到斯鼎礼,她加快脚步跟上斯鼎礼。

但是忽然出来两个黑衣人,说:"斯总。"

斯鼎礼站在原地,扶着眩晕的脑袋,努力让自己定神。

两个保镖直接把斯鼎礼带入了电梯,斯鼎礼连推开他们的力气都没有。

他这才意识到事情不简单。

电梯最后在酒店十八楼总统套房楼层停下,宋芷晴连忙按下电梯跟到十八楼。

十八楼斯鼎礼正在和两个保镖动手,但是情况异常的他很快被拉进了一个房间。

宋芷晴继续跟过去,故作路过的样子,然后趁着没人注意她,往里面探探身体,看到了房间内的床上有一个人……

她诧异地捂着自己的嘴巴,从房间退出来的时候,本来想叫人来救斯鼎礼的,但是又想到了什么,她的脸上划过一抹不怀好意的神色。

不久,两个保镖就出来了,还把房间的门给锁上了。

他们捡起刚才因为打斗掉在地上的手机,看到有人给斯鼎礼打电话,立刻把手机给关机。

斯鼎礼无力地坐在大床上,他的身后是一个熟睡的女人。

精致的脸蛋,粉色的睡裙,让他仿佛看到了嘉依。

"嘉依。"他不由自主地靠近女人,身体内涌出怪异的感觉,让他脑袋一片空白。

下一刻他又收回手,这个女人不是嘉依!

只是女人微微一声叮咛,主动抱住了他的手臂。

女人的主动贴近,让斯鼎礼心中最后一根弦差点崩掉。

"我好难受,快救救我。"陌生女人的轻声低喃,让斯鼎礼猛然松开她。

他试图从床上站起来,但是没用。该死的!一定是最后一杯酒有问题!

斯鼎礼额头上汗珠往下掉落，他想从口袋中翻出手机，但是不自觉地脱掉了自己的外套，然后解开衬衣纽扣。

床上的女人不知道什么时候蹬掉了睡裙，又扑了过来。

陌生的香味给斯鼎礼拉响了警报，他从她身上翻下来，咬牙切齿地低吼："滚！"

在女人再次上来的时候，斯鼎礼狠狠地咬着自己胳膊上的齿印，那是嘉依咬过的地方。

胳膊都流血了，他的理智才清醒了一分。

面对女人的主动靠近，他一个用力把她推到一边，胳膊上的血一滴滴落在洁白的床单上。

他想去打电话，但是他浑身无力，最后昏了过去。

易婉婉，也就是那个女人，看着男人不再动，再次忍不住靠近他，甚至褪去了他所有的衣物。

但是她不知道接下来该怎么做，她的脑袋实在是太晕沉了，紧紧地贴着斯鼎礼睡过去了。

十二点多，邵嘉依又一遍拨打斯鼎礼的电话，依然是关机。

他那边到底是什么情况？邵嘉依不安地在卧室里转来转去。

最后她拨通师霄的电话，但是师霄说今天晚上斯鼎礼谈项目的地点是对方临时定下的，斯鼎礼也没带他，所以师霄也不知道斯鼎礼在哪个酒店谈事情。

不过师霄又告诉她："邵小姐你不用担心，顺天的案子很烦琐，这会儿估计斯总正在谈详情，你别着急。"

听到他这样说，邵嘉依不安的心才平静了一些。

因为白天忙了一天，邵嘉依挂掉手机后不久，就沉沉地睡去了。

这一觉睡到天空泛白。

她还是在手机铃声中醒的，第一反应去看旁边，斯鼎礼还没回来？

手机一直响，来电号码有点熟悉，才六点，谁给她打电话？

"喂。"因为刚睡醒，她的声音有点沙哑。

"是我！"那边的女声让邵嘉依怔了一下。

宋芷晴这么早找她做什么？

"邵嘉依，你不是不相信我说的话，还想和斯鼎礼继续走下去吗？我今天就让你看看斯鼎礼的真面目。"

邵嘉依瞬间清醒了，从床上坐起来，声音难得的凌厉："你什么意思？"

"我什么意思？知道斯鼎礼昨天晚上在哪吗？"

邵嘉依沉默，斯鼎礼昨天晚上根本就没回来。

"他在蓝宝石大酒店十八楼1806房间，我亲眼看到房间内有一个女人在他床上！"

"……"邵嘉依的脑袋就炸了。

第六十二章　邵嘉依的天塌了

早上的车不多，邵嘉依一直猛踩油门，十几分钟就到了蓝宝石大酒店。

同一时间，蓝宝石大酒店门口停了好多辆车，上面下来许多记者，全部蜂拥着进了酒店。

邵嘉依整颗心都是颤抖的，她跟着记者，进了酒店。

两部电梯同时停在十八楼，越是靠近十八楼，她心中的不安越剧烈。

果然是1806房间，所有的记者蜂拥而入。

邵嘉依脸色苍白，站在门口，望着里面似乎刚醒过来的斯鼎礼，他看到记者第一反应就是遮住自己。

也许意识到旁边还有个女人，他还给那个女人遮了一下。

就在这个时候，斯鼎礼看到门口的一个人影。即使她已经转身，他也意识到了那是谁，斯鼎礼这才慌了。

"全部给我滚！"斯鼎礼怒吼一声，吓得记者全部蹿出了酒店房间。

房间一片安静，旁边的女人还在睡觉，斯鼎礼快速地穿上自己的衣服。

然后一把扯起她的手腕，直接把睡梦中的易婉婉从床上扯了下来。

同时她身上的痕迹，还有床单上的那抹红色让斯鼎礼震惊得说不出一个字！

那抹红色意味着什么，他当然知道。

易婉婉看到斯鼎礼，尖叫一声连忙用被子遮住自己："你是谁！"

斯鼎礼猩红的双眼，让她吓得后退了几步。

男人一脚把她踢开，痛得易婉婉一个字都说不出来，在地上直打滚。

"贱人！我一定要你和易景州付出代价！"怪不得昨天晚上易景州跟他说什么自己有个女儿，他就忍痛割爱了，原来是这个意思！

"和我没关系……我也是受害人！"易婉婉吃力地说出一句话，但是男人已经离开了房间。

斯鼎礼的车就在酒店外面，他一从酒店出来，没有离开的记者们就又围了上来。

每个地方，都没有邵嘉依的身影，斯鼎礼随便扯过来一个记者："手机。"

记者吓得连忙拿出自己的手机，他拨出一个号码，一直无人接听。

斯鼎礼联系上师霄，让他现在去在水一方。

他把手机还给记者，冰冷的眼神扫到所有的记者："我再说最后一遍，今天的事情，谁敢爆出去，就是和我斯鼎礼为敌！"

然后找到自己的车子，踩着油门离开酒店。

匆匆忙忙地赶到在水一方，每个房间都没有邵嘉依的身影，斯鼎礼满肚子怒火坐在沙发上。

师霄赶到在水一方的时候，公寓的门没有关，斯鼎礼闭着眼半躺在沙发上。

"斯总。"他小心翼翼地叫了一声。

"把你的手机给我！"斯鼎礼忽然睁开眼睛，师霄把自己的手机递给他。

再次拨邵嘉依的手机，对方已关机！

斯鼎礼握着手机的手臂，青筋凸显。

"赶紧给我买一部新手机。"他把手机还给师霄，努力先让自己冷静下来。

"好的，斯总。"

"联系上干爸，问到嘉依保镖的手机号码，然后让他们好好地看着嘉依。"揉了揉发酸的眉间，斯鼎礼站起来，去换衣服。

"好的，斯总，还有别的事情吗？"

看斯鼎礼这种反应，一定是发生了什么大事！

"就先这样，剩下的我亲自解决！"斯鼎礼进了衣帽间，换上干净的衣服。

把沾有别的女人味道的衣服，直接扔进垃圾桶。

嘉依。斯鼎礼现在只担心她。

去公司之前，斯鼎礼先去了一趟御谷名邸8号别墅，开门的是薄亦月。

"这么早鼎礼，嘉依昨天晚上没回来。"

"现在呢？"

薄亦月好奇地望了他一眼说："没有啊，发生什么事情了吗？"

难道昨天晚上两个人没在一起吗？

斯鼎礼低了低头："是出了点事，干妈，嘉依回来你先安抚着她的情绪。"

"怎么了鼎礼？"他的表情明显很凝重，让薄亦月不得不担心。

斯鼎礼顿了顿："干爸能联系上嘉依吗？"他还是不放心她，没联系上她之前，他没心思去公司。

薄亦月让他等一下，跑到楼上让邵勉联系嘉依。

最后联系上跟着嘉依的保镖，保镖也正在找嘉依，因为她刚才开车速度很快，给跟丢了。

事情仿佛越来越大。

邵勉穿着睡衣冲下楼，揪起斯鼎礼的衣领质问："你对嘉依做了什么！"

斯鼎礼没有反抗，淡淡地开口："昨天晚上我被算计了，今天早上嘉依看到了我和别的女人在酒店……"

邵勉一个拳头挥到斯鼎礼的脸上，随后下楼的薄亦月，连忙过来拉住老公。

"斯鼎礼，我和你干妈放心地把嘉依交给你，你就是这样回应我们的？"邵勉气得还想上去揍他。

"没听到鼎礼说，他被算计了吗？邵勉，你先冷静一下，先找到嘉依再说。"

斯鼎礼硬生生地挨了邵勉一拳，表情不变。"干爸干妈，抱歉，我一定会找到嘉依。"

"别叫我干爸，斯鼎礼我以后没你这个干儿子！"邵勉一声怒斥，斯鼎礼还是没有说话，默默地承受着他的怒火。

薄亦月给邵勉顺了顺气儿："鼎礼，快去派人找嘉依。"

"嗯，干妈，我先走了，嘉依有消息，一定要告诉我！"斯鼎礼离开别墅。

邵勉这边除了联系邵嘉康以外，又派了许多保镖去找女儿，最后还和韩涛联系了一下。

韩涛听说邵嘉依不见了，二话不说立刻请假出去找邵嘉依。

斯鼎礼回到公司，一部崭新的手机放在他的办公桌上，再次拨嘉依的电话，依然关机。

当天上午，斯鼎礼和易婉婉在酒店的照片，还是被媒体曝了出去。

斯鼎礼在办公室大发脾气，让公司的公关立刻处理这件事情。

没多久，他和易家小女儿开房的事情，许多人都知道了。

随后易景州就来了电话，电话打给了师霄，斯鼎礼压下脾气，接听易景州的电话。

"斯总，我把小女儿送给你，你不会是想不负责任吧！"

果然是易景州干的！

听着他厚颜无耻的话，斯鼎礼不屑地开口："不负责任又如何？"

"斯总，我把小女儿送给你，只是想让你开心，然后顺天的项目你给松松口，我们两个公司合作，把利润滚到最大！"

斯鼎礼沉默。

他又说："婉婉是个干干净净的女孩，斯总你不用担心！如果你真的不想负责，也无所谓，把顺天的项目松松口就好！"

男人咬牙切齿地挤出一句话："易景州，看我怎么弄死你！"直接挂了电话。

如果不让易景州付出代价，他斯鼎礼就不算男人！

一直到晚上邵嘉依还没有消息，所有人该出动的都出动了，再找不到，就该报警了。

晚上九点多，郑淑瑞揉了揉发酸的颈椎，带着一份外卖往家走去。

从包里掏出钥匙，楼梯口缩着的一团人影儿把她吓了一跳。

"瑞瑞。"

熟悉的声音，让郑淑瑞松了一口气。

"嘉依，你怎么在这呢？快进来。"郑淑瑞连忙打开门，把六神无主的邵嘉依拉进客厅。

"你知道不知道，外面所有人找你都快找疯了！"郑淑瑞关上门，让她坐在沙发上。

邵嘉依迷茫的双眸最后落在郑淑瑞的身上："瑞瑞。"

她一直重复着叫郑淑瑞，多一个字都不说。

郑淑瑞看着她苍白的脸色，一阵心疼，坐到她的身边说："嘉依，没事的。"

今天斯鼎礼在公司一直在发脾气，并且不少陌生人出入他的办公室。

公司的公关也在处理事情。

邵嘉依静静地靠在郑淑瑞的肩头，她不知道该怎么开口。所有的幸福带来的甜蜜，在此刻抵不过一场背叛带来的痛。

到底是她太相信斯鼎礼的片面之词，非要亲眼见证后，才知道死心。

他所有的情话，在此刻全部化为讽刺。

感情空白三个月都做不到，他还狡辩以前和宋芷晴没有真的在一起。

"也许宋芷晴说的是真的，他根本就不爱我，被干爸干妈强迫着和我在一起。"她喃喃自语，"但是，我又能真真切切地感受到他的爱，也许他的爱太泛滥，可以同时给好几个人。"

"是啊，他斯鼎礼想怎么着，有谁能管得住呢？"

邵嘉依想起早上的一幕，脸色再次惨白。没有人会体会到一个男人前面刚说过爱你，跟你求婚，说要带你去民政局，下一刻就出现在别的女人床上的那种痛……

"他和别的女人在一张床上。"说到最后她开始抽泣，一个字都说不出来。

啊？斯鼎礼和别的女人？郑淑瑞诧异。

"嘉依，如果他真的背叛了你，你为了他流泪，不值得。"

邵嘉依接过郑淑瑞递来的纸巾，擦了擦眼泪，也许吧，为了这种男人而流泪，真的不值得。

但是她还是忍不住哭，也不知道在郑淑瑞的怀中哭了多久，邵嘉依在沙发上沉沉睡去。

郑淑瑞把她放好，拿着手机在客厅里转了好久。

最后，她还是拨通了斯鼎礼新的手机。

第六十三章　斯鼎礼的一部分

拿着手机，郑淑瑞进了卧室，小声地开口："斯总，是我，郑淑瑞。"

"说！"男人的声音没有什么浮动。

他的态度过于冷漠，郑淑瑞吓了一跳："嘉依她……"

"嘉依在哪里！"那边的声音立刻提高了几个分贝。

"嘉依在我这里。"

斯鼎礼的速度很快，结束通话没有十几分钟，郑淑瑞的门铃就被按响。

房门打开，斯鼎礼迫不及待地问道："她呢？"

郑淑瑞让开，看向沙发。

斯鼎礼大步走进客厅，半蹲在沙发边沿，女孩儿正睡得恬静。

当他把邵嘉依从沙发上抱起来的时候，郑淑瑞拦住了他的去路："斯总，嘉依还很难受。"

斯鼎礼的眼中划过一抹痛苦，淡淡地开口："我知道。"

"她现在一定不想看见你，你现在也知道她好好的，不如先让她住在我这里。"

郑淑瑞的话让斯鼎礼陷入了沉思，她说的的确有道理。

"让她先和你在一起，我明天给你换套大点的公寓。"斯鼎礼抱着邵嘉依往卧室走去。

郑淑瑞连忙给他推开自己卧室的房门，看着斯鼎礼把邵嘉依放在自己的床上。

男人的动作很轻很轻，生怕碰坏了女孩，和平时的冰冷模样完全判若两人。

斯鼎把邵嘉依的鞋子脱掉，又给她盖上了薄被。

"如果她明天还是很难受，你先不用去公司，多陪陪她。"

男人没有回头,从头到尾目光一直在熟睡的女人身上。

郑淑瑞点头:"斯总,我安慰她,陪着她可以,但是伤害是你带给她的,不如你有空就过来看看她。"

"我会的。"

斯鼎礼最后在邵嘉依的额头上印上一吻,才离开了郑淑瑞的公寓。

斯鼎礼回到车上,给邵勉拨过去电话:"干爸,嘉依已经找到了。"

"她在哪?"正在焦头烂额的邵勉,噌的一下从沙发上站起来。

看了一眼郑淑瑞住的三楼:"在她同学这里,就是那个郑淑瑞,我已经过来看过她了,她睡下了。"

"嘉依还好吗?有事没事?"

"她除了心情不好,其他的都好。"他明天还会过来,不管她怎么想的,他都会和她说清楚一些事情。

发生这种事情,是他太愚昧,才会落入圈套。但他不是故意的,希望她能原谅他。

"斯鼎礼!你……唉,算了!明天我去看她。"邵勉本来想发脾气的,但是事情已经出来了,再指责他也没用。

嘉依安全就好,大家都可以睡个安稳觉了。

这个夜晚,所有的人各有所思。

斯鼎礼一个晚上都没有合眼,在公司抽着烟,想着让易景州一步一步落败的计划。

第二天一大早,郑淑瑞睡醒的时候,邵嘉依不知道什么时候已经睁开了眼睛。

"嘉依,怎么不多睡一会儿?"

"我是怎么到卧室来的?"她没有回答,直勾勾地看着郑淑瑞。

郑淑瑞揉了揉迷迷糊糊的眼睛,没有看她:"我把你抱过来的,你快把我累死了!"

她这样说,邵嘉依仿佛相信了,也没有再多问。

"你多睡会儿，我去给你买早餐。"现在做饭已经来不及了，郑淑瑞掀开被子下了床。

邵嘉依跟着从床上坐起来："不用了，我该回家了，一个晚上没回家……老爸老妈应该挺生气的。"

听说她要走，郑淑瑞连忙走过来："嘉依，你现在就回去不怕碰到他吗？"

所谓的他，她当然知道是谁。

邵嘉依犹豫了一下，她现在是真的不想看到斯鼎礼。如果她现在回家，说不定斯鼎礼直接去家里找她……当然也只是说不定，万一人家斯鼎礼根本不在乎她的想法呢？

"嗯，我先在你这里，你赶紧收拾吧，别耽误你上班了。"邵嘉依走到客厅，找到自己的包包，拿出手机。

开机的时候，无数个未接来电提醒跳出来。

接着她给那些未接来电，一一回了电话，包括韩涛的。

唯独斯鼎礼，她把他给自动忽略了。

电话打到一半的时候，郑淑瑞把早餐给她送上来，就直接去了公司上班。

郑淑瑞刚到总裁办公室楼层，师霄就告诉她："总裁说你来了，让你进去找他一趟。"

"好的，谢谢师特助。"郑淑瑞把自己的东西放在位置上后，就进了总裁办公室。

办公室内斯鼎礼正在打电话，示意她稍等。"易婉婉务必找到，不管易景州把她藏到哪里，都要给我找出来……留意各种交通站，一旦发现她的踪迹，立刻通知我！"

斯鼎礼的口气冰冷，冷到让郑淑瑞都不自觉地打了个寒战。

落地窗前的男人，单手随意插进裤子口袋，侧颜冰冷帅气。

"嗯，就先这样。"

他挂断电话，问郑淑瑞："她怎么样了？"

郑淑瑞如实回答："还好，今天早上我给她买了早餐，走的时候她正在喝豆浆。"

"嗯，谢谢你，我让师霄给你找一套大点的公寓，如果今天找到，你今天就搬过去。"

"搬家……不用吧，斯总。"郑淑瑞有点犹豫。

斯鼎礼坐回BOSS椅上，点上一支烟："你不用担心任何问题，房租我会个人补贴给你，房子稍微大一点，你们两个住，不会显得太拥挤。"

她现在住的地方，一个人刚刚好，两个人就有点小了。

郑淑瑞最后点了点头说："谢谢斯总。"

师霄的办事效率很高，中午之前就找到了合适的公寓，中午就通知郑淑瑞搬家。

不但如此，还给了郑淑瑞一张支票，供她们两个人近期的开销。

中午郑淑瑞回到家，邵嘉依正在打电话，情绪依然低落："干妈，我知道，我这两天就回家。"

郑淑瑞把带回来的午餐，放在她的面前打开。

"嗯，我不想见他……我俩就这样算了吧！"邵嘉依接过郑淑瑞递过来的筷子，看着丰盛的菜品，有点疑惑。

看着像是她最喜欢的那家餐厅的菜品，瑞瑞平时从来不去那家餐厅的。

看到邵嘉依的疑惑，郑淑瑞在她的对面坐下并解释："是你哥告诉我的，你比较喜欢这家的菜品。"

邵嘉依明了，但是不太有胃口，上次和斯鼎礼吵架他也给她叫了这家店的外卖。

那边黎浅洛还在劝说她，她先放下筷子，专心听黎浅洛的话。

"嘉依，你现在先别难受，看鼎礼怎么给你解释，他不是乱来的孩子，我这个做妈的还是知道的。"

"可是，干妈……"

她不认为斯鼎礼有什么好解释的。

"嘉依，那些不一定是事实，不是我替鼎礼说话。如果鼎礼真的不靠谱，我还非把你俩撮合在一起，以后结婚也不会幸福，我怎么给你爸妈交代？对不对？"

邵嘉依低了低头，干妈一直在为他当说客。

"我知道了。"

"嗯，乖嘉依，你虽然叫我干妈，但是干妈早已把你当成亲生女儿了，你是知道的，对不对？"黎浅洛愁得头发都白了几根，这前天还说让准备婚礼，怎么就半路杀出来这事！

邵嘉依点头，黎浅洛真的对她很好，和妈妈一样。

"干妈，我知道你对我好，等过完这两天吧，我听他解释……"邵嘉依让步了。

黎浅洛从别墅出来，拉了拉身上的披肩，坐到车上。"好的，乖孩子，你现在什么都不要想，保持好心情，注意身体，不要犯傻，知道吗？"

"嗯，谢谢干妈。"邵嘉依，一个男人而已，你没必要这样！

好好吃饭，好好生活，别让真正关心自己的人跟着操心。

结束通话，邵嘉依重新拿起筷子，和郑淑瑞开始吃饭。

不过，刚吃了两口，邵嘉依感觉黎浅洛说得对，她不能轻易放弃自己的所爱。

"瑞瑞，你先吃，我去找斯鼎礼！"她听他解释，给彼此一个机会。

邵嘉依说完，就离开了郑淑瑞的公寓，郑淑瑞想阻止都来不及。

第六十四章　误会升级

半个小时后，一个女人怒气冲冲地踏入SL集团。

黎浅洛的出现，让几个秘书立刻站起来同时打招呼："董事长夫人好！"

"嗯，斯鼎礼呢？"黎浅洛的口气有点不善，但是脚步也没停，嘴里问着，手上已经推开办公室的门。

办公室里的一幕，让黎浅洛差点吐血。

一个女人正走向斯鼎礼，双臂往斯鼎礼的脖颈攀去。

见到有人进来，易婉婉连忙松开斯鼎礼，后退了几步。

"妈。"斯鼎礼表情冰冷，口气淡淡。

黎浅洛忍住火气，走到易婉婉的面前，上下打量着这个女孩。

黎浅洛的气势有点骇人，易婉婉紧张地转着手指，轻轻地开口："阿姨好！"

只是办公室里沉默许久，黎浅洛一个字也没说，不是她不说，是因为被儿子气得一个字都说不出来。

最后，黎浅洛淡淡地看向儿子问："哪来的女人？"

"易景州的女儿。"

哦。黎浅洛瞬间明白，一个巴掌招呼到易婉婉的脸上。

易婉婉的脸蛋被打得偏向一边，白皙的肌肤上立刻显出一个巴掌印。

斯鼎礼漠然地看着这一幕，眼中没有一丝情绪。

易婉婉深吸了一口气，并没有生气，反而直视黎浅洛愤怒的目光："阿姨，你误会了，我也是被易景州陷害的。"

黎浅洛冷笑，她会信才有鬼："你看上去也就刚成年，学校毕业了吗？就来勾引我儿子。"

就是因为这个女人，让嘉依受到严重的伤害。

"我不管你们信不信,易景州算好日子对我下手,说不定我肚子里现在已经有了斯鼎礼的孩子!"

办公室的门再次被打开。

女人最后一句话,刚好落入邵嘉依的耳中,直接让她双腿一软,差点跪在地上。

右手连忙扶着门框,才让自己没有摔倒。

斯鼎礼反应很快,几个大步走到门口,把脸色刷白的邵嘉依揽到怀中。

"嘉依。"邵嘉依突然出现,让黎浅洛也很诧异,立刻把包包放在一边,走到她的身边。

邵嘉依没有理会任何人,直接看向易婉婉。

让自己镇定了一下,她推开斯鼎礼的手,走到易婉婉的面前。

易婉婉看上去很小,巴掌大的脸蛋上虽然有一个巴掌印,但丝毫不影响她的漂亮。

她脸上涂着淡淡的粉底,化着淡妆,一张小嘴娇艳欲滴。

身上穿着米黄色的时装外套,下面是一个半裙,脚上是白色的平底时装鞋。

怪不得斯鼎礼会和她上床,这个女人足以配得上斯鼎礼的气势。

樊心妍、宋芷晴,又加上一个她,斯鼎礼的眼光可真不是一般地好。

而这些女人的共同点就是都比她文静有气质,邵嘉依大概知道自己输在哪里了。

邵嘉依许久都不开口,让斯鼎礼很担心。

邵嘉依一直看着易婉婉问:"你和斯鼎礼真的发生关系了?"

邵嘉依之所以问这句话,是因为黎浅洛告诉她,亲眼看到的也不一定是事实。即使听到了刚才的话,邵嘉依还在挣扎,希望这个女人否认,她也能给自己一条退路。

易婉婉微微皱眉,知道这个女人和斯鼎礼的关系不一般,但是还是点了点头。

轻轻的一个动作,把邵嘉依重新打入了地狱。

全身冰冷，她好冷。

斯鼎礼让她回过头看着自己："嘉依，我和她都是中了别人的圈套，我那天晚上被下了药……"这话说的让斯鼎礼既难以启齿又咬牙切齿。

他斯鼎礼也会有被算计得这么惨的一天！

"所以呢？"她没有看他，轻飘飘地丢出来三个字。

被下药又怎样？结果不还是和别的女人发生了关系。

谁都不怪，只怪她和斯鼎礼无缘，命中注定他们两个人不能在一起……

斯鼎礼一时语塞。

"她说不定已经有了你的孩子，斯鼎礼，你不是一直想要一个孩子吗？"女人缓缓地抬起头，眼泪迅速模糊了她的双眼，她冲着他笑。

他的身影，他的面貌在她的眼中越来越模糊，邵嘉依闭了闭眼睛，泪水顺着脸颊滑落。

"不要哭，嘉依。"他轻声地哄着她。

男人的柔情，让易婉婉甚是错愕，刚才她被带进来的时候，这个男人看着她的眼神，仿佛恨不得将她直接砍死。

也许这个女人就是他的真爱，在真爱面前才会这么温柔。

那份柔情发自内心，完全没有伪装的痕迹，她好羡慕这个女孩……

黎浅洛看着悲痛欲绝的邵嘉依，眼圈也红了红，但是现在不是她插话的时候，只能站在一边干着急。

"我是想要孩子，但是我想要的是你和我的孩子，如果那个孩子的母亲不是你，我不会要！"斯鼎礼看着她的眼睛，慢慢地给她擦掉眼泪。

她这么哭，这么难受，他也很心疼。

"可是她说不定已经怀了你的孩子了。"她说出重点，这个重点让几个人的心都疼了疼。

男人表情一冷，始终看着她："嘉依，如果孩子的母亲不是你，我宁愿不要！"

邵嘉依难以置信地瞪大眼睛，所以，他的意思是如果那个女人真的怀孕了，他斯鼎礼也会把这个孩子给打掉!

狠狠地推开他:"斯鼎礼,你怎么可以这么狠心,那是一条生命!"

斯鼎礼眉头紧皱:"两个不相爱的人,生下来的孩子,也不会幸福!"

更何况,他讨厌这个易婉婉,恨不得亲手解决了她,又怎么会允许她生下他的孩子?

"你不要再说了,斯鼎礼我们完蛋了,真的完蛋了!"邵嘉依哭着把手上的钻戒,粗鲁地摘了下来,扔给斯鼎礼,转身跑出他的办公室。

明天也不会去民政局,这是她二十三年来,收到的最可怕的生日礼物!

斯鼎礼是要追出去的,但是黎浅洛拉住了他:"我去。"

黎浅洛拿着包包追出办公室,外面的秘书被这一幕弄得目瞪口呆。

这是什么情况?

斯鼎礼失落地捡起地上的戒指,粉色的钻石在阳光下闪着耀眼的光芒。

按下内线叫来师霄,他的眼睛一直盯着那枚钻戒,冷声吩咐师霄:"把这个女人给我带出去,我不想再看见她。"

"好的,总裁。"

"斯鼎礼,你不能这样对我!"对于易婉婉的抗议,斯鼎礼全程沉默,手中一直把玩着那枚钻戒。

很快就上来两个保镖,把易婉婉带离了公司。

一切恢复平静,斯鼎礼坐在椅子上闭眼扶额。嘉依,你一定是我的。

"嘉依。"黎浅洛拉住邵嘉依的手腕。

邵嘉依停下来一脸迷茫地看着黎浅洛:"干妈。"

黎浅洛心疼地给她擦着眼泪,然后把她搂在怀里,轻轻地拍着她的背,安慰着:"嘉依,别哭。"

邵嘉依依然在抽泣,因为她的心真的很疼,一直疼。

"别把事情想得太糟糕,万一那个女人没有怀孕呢?"事情都还不一定呢!

邵嘉依怔了一下,抬起头看着黎浅洛,是啊,万一那个女人没有怀孕呢?

随即她又摇了摇头:"就算是没有怀孕,但是斯鼎礼已经和她……我有点接受不了。"

"这样吧,干妈不逼你,你先回家好好想想。"黎浅洛给她整理了一下头发,慈爱地看着眼睛红红的小女孩。

希望嘉依原谅鼎礼这一次,给鼎礼一次机会。

两个人分开,邵嘉依开着车回到了别墅。

下午的时候斯鼎礼接到郑淑瑞的电话,说邵嘉依已经回家,要不然她就不搬家了。

斯鼎礼沉思了一下,还是让她搬了过去。

第六十五章　易婉婉的迫不得已

蓝宝石大酒店1809房间，易婉婉被扔到大床上，一个男人紧跟着走了进来。

看清来人，易婉婉从床上跳起来叫道："易景州，你真卑鄙！连自己的女儿都利用！"

无视她的愤怒，易景州问道："我问你，那天晚上你和斯鼎礼到底有没有发生实质性的事情？"

"你没看到床单上的血迹吗？"

其实到底有没有发生什么，她自己也不确定，因为第二天醒来的时候，她一点感觉都没有。

但是她身上有不少痕迹，又不像什么事都没有发生的样子。

"我不管你到底有没有发生，你必须怀上斯鼎礼的孩子！"易景州脸色一变，很难看。

该死的斯鼎礼，昨天就开始全方面对他的公司进行打压。

甚至让人曝出他在郊区包养情人，以及易婉婉不是现任正室的亲生女儿的事情。

"呵，你说怀就怀了？"

易景州阴沉着脸色："我说你必须要怀上！"

现在只有易婉婉有了斯鼎礼的骨肉，才能保证他的公司不会死得太惨。

都怪当初他太高估易婉婉的魅力，以为斯鼎礼会喜欢她！没想到，斯鼎礼竟然对他的女儿毫无兴趣！

他使了个眼神，两个保镖靠近易婉婉，其中一个人手中端着一杯水，易婉婉瞬间有种不好的预感。

她快速地往后退去，失声喊道："易景州，斯鼎礼不会再被你算计第二次了，你不用强迫我！"

"我比你更清楚斯鼎礼是什么人！所以，今天晚上和你在一起的……是别人！"他要的只是一个孩子，能威胁斯鼎礼多久是多久，最起码给他缓和的时间，让他好好规划怎么反抗他的疯狂施压。

"我不要，易景州你敢！唔唔唔。"一个保镖控制住她，另外一个保镖捏着她的脸蛋，把杯中的水灌进了她的嘴中。

她想吐都已经来不及了。

"易景州，你不得好死！"

不知道过了多久，易婉婉一咬牙冲出了房间。

不远处一个穿着黑色西服的男人，打开一个房间的门，走了进去。

易婉婉晃了一下神，努力让自己清醒，她不能再落入易景州的手中，她不要！

但是后面的保镖已经发现她逃跑，易婉婉一着急，跟着穿黑西装的男人进了房间。

她快速地锁上门，整个身体无力地蹲坐在地上。

韩涛紧紧地盯着门口的女人，不等她开口，房间的门铃被按响。

易婉婉只看到男人高大的身材，但是看不清他长什么样子，她努力地爬过去，抱住他的腿低声祈求："求求你，救救我。他们，给我下……了药。"

韩涛移开自己的目光，由于经常执行各种任务，见过的事情也比较多，地上的女人什么情况，他大概也清楚。

他将女人往旁边拉了一点，打开门，应付门外的保镖。

"把那个女人交出来！"

韩涛冷着脸："想从我手中带人走，先问问我的拳头答不答应！"

两个保镖相互看了一眼，最后决定先向易景州汇报后再说！

保镖离开，韩涛关上房门，看着地上的女人，他犹豫了一下，还是抱起她走进了浴室。

给她放好洗澡水，韩涛往浴室门口走去，打算不再管她。

唯一能救自己的人要走了，易婉婉猛然扑过去："你好人做到底，我很难受，你再救救我。"

男人撇过头的侧颜，让易婉婉的神志恢复了三分，这个男人好像是她在英国碰到的那个人。

如果真的是他，易婉婉惊喜地踮起脚。

韩涛额头上渗着汗，拉开她的手腕说："我有喜欢的人，我的身份也不允许。"

他如果今天动了她，仅凭自己的身份，也得对她负责！

但是他不想娶一个自己不喜欢的女人。

他从浴缸中爬出来，准备离开。

易婉婉彻底崩溃，因为药剂太大，又加上气急攻心，她眼前一黑，跌进浴缸内，整个人也跟着滑进了水中。

韩涛本来不打算管的，听到后面的动静不小，良心不忍，他只好回了头。

女人整个人都淹进了水里，他握紧拳头，跑过去把她给拉了出来。

易婉婉被呛得不轻，又加上身体不舒服，直接推开韩涛，往旁边的墙上撞去。

韩涛意识到她的意图，立刻过去拉住了她。

不远处的一个房间内，易景州听着保镖的汇报，愣了一下。

"没事，只要是个男人就行！"也不管他们到底有没有发生什么实质性的事情，这些都不重要！

易景州眯着眼睛弹了弹烟灰。

今天是邵嘉依23岁的生日，一大清早，邵嘉依拖着皮箱从楼上走了下来。

"嘉依，你这是做什么？"薄亦月连忙放下手中的盘子，迎了过来。

邵嘉依冲着她一笑，看上去和平时无异。

"妈，我去一趟美国，过两天同学聚会，顺便散散心。"

听她说只是去参加同学聚会，薄亦月松了一口气。

"你怎么也不提前说一声？该走了才告诉我，我去叫你爸，让他送你去机场。"薄亦月说着就往楼上走去。

邵嘉依拉着她劝阻道："不用了，我自己打车去。"

"那你也得跟你爸说一声！再说了，今天是你的生日，明天再走好吗？"今天是女儿的生日，薄亦月不想让女儿在飞机上度过。

邵嘉依摇了摇头，想到这里有斯鼎礼，她就有点喘不过气来。

"我跟爸去打声招呼，生日过不过无所谓……明年再过也不迟啊！"她一点都不期待这个生日，因为斯鼎礼说生日当天领着她去民政局的，她以为这会是她这辈子最好的生日礼物。

但是现在，什么都没有了，过生日还有什么意思呢？

薄亦月看着女儿说着说着脸上的笑容就消失了，也不再强迫她："去吧，和你爸说一声。"

机场头等舱休息室，邵嘉依望着上次她和斯鼎礼坐过的位置，傻傻地发呆，过了一会儿就收到了斯鼎礼的短信："嘉依，生日快乐。"

泪水再次模糊了她的眼睛，她没有回复。

没多久又断断续续收到他的信息。

"想约你一起吃饭。"

"我有一束粉色蔷薇，想送给你。"

"嘉依对不起，再给我一次机会可好？"

最后一句是："想带你去民政局。"

第六十六章　出去旅行

邵嘉依彻底泪崩，她捂着嘴巴躲进卫生间，哭得伤心。

上飞机前，她还是没忍住给他回了信息："我出去玩，你先忙吧，回来再联系。"

斯鼎礼收到她的信息的时候，立刻给她打了电话，但是已经关机。

他立刻叫来师霄，查她去了哪里。

但是，最后还是叫住了师霄："算了，不用查了。"

他就先放她一个人静静，不能逼得太紧。

邵嘉依在美国待了十几天，然后直接飞去了非洲。

这中间她每天都能收到斯鼎礼的短信，但是除了每天晚上回复他晚安，她一个字都没多说。

她不知道的是，斯鼎礼飞来美国两次，悄悄跟在她的身后，看着她和同学逛街购物。

到非洲的时候是下午三点多，韩悦不知道从哪弄来一辆破旧的轿车，来机场接她。

"嘉依！想死你了！"穿着迷彩服的韩悦看到邵嘉依，像个孩子一样跑了过来。

邵嘉依给韩悦一个大大的拥抱："我也想你啊！"她很担心他，不知道他在这边过得好不好。

许久不见，韩悦又黑了不少。

"走，上车！"韩悦接过她手中的行李，放进后备厢内。

两个人一起去了韩悦住的地方，地方很简陋，但是收拾得很干净。

韩悦告诉她，干净的原因是经常有一个美女跑来帮他收拾屋子。

邵嘉依笑，开玩笑说，一定是人家暗恋他，才会给他做这些。

同时，邵嘉依也失落，她好像还没给斯鼎礼做过这些呢！

韩悦最近不太忙，带着邵嘉依在非洲的安全地带到处转着玩。

所以，邵嘉依的社交平台上，经常能看到她和韩悦在一起的动态。

而国内的斯鼎礼每次看着她这些动态，都恨不得飞到非洲把韩悦从她身边踹开。

韩悦带着邵嘉依买了好多东西，一起送到贫民区，分给老人和孩子。

"我已经好久没做这些了。"邵嘉依告诉韩悦。

韩悦回头看了她一眼，她解释："那次慈善晚会上和记者起了冲突，就不想再出现在网络上，也就没再做。"

这里的孩子比她曾经帮助过的那些孩子还要可怜，每个都瘦得像根竹竿。

他们把所有的食物都分完，好多孩子围着邵嘉依和韩悦，一起在篝火前跳舞。

此刻的邵嘉依开心得像个孩子，根本就看不出来她经历过什么。

韩悦神经也很大条，从邵嘉依来，都没看出来她的不对劲。

只是感觉邵嘉依文静了不少，以为是她长大了的原因。

邵嘉依在非洲待了十几天，才订了返航的机票。

到了国内，下了飞机，她以为接她的人是邵勉。但不是。

气质出众的男人站在人群中，有如鹤立鸡群。他戴着墨镜的眼睛，直直地盯着出口。

她看到他，怔在原地。

他接过她的行李箱，拉着她的手出了机场。

机场门口停着他的车，师霄接过斯鼎礼手中的行李，放到后备厢。

两个人坐在了车后座，车子开动，斯鼎礼摘下墨镜，随手扔在一边。

拉过看着窗外风景的女人，右手拖着她的后脑勺，吻住她的红唇。

他的吻，她没有拒绝，因为她也想他……

不知道过了多久，男人才艰难地松开她的红唇，随后就又把她揽在怀中。

从机场到市区再到御谷名邸，一个多小时，两个人都没有说话。

邵嘉依不知道这次回来的结果如何，但是她告诉自己，给斯鼎礼最后一次机会。

如果那个女人没有怀孕，她愿意重新和他在一起。

如果那个女人怀孕……

只能说两个人真的没有缘分。

车子在别墅门口停下，斯鼎礼跟着邵嘉依下车。

给她取出后备厢的行李箱，递给她，邵嘉依接过来。他顺势拉住她的手，把她抱在怀里。

"嘉依，我想你。"

他的声音依然好听，邵嘉依闭着眼睛靠在他的肩上，越来越贪恋他的怀抱。

最后他在她的额头印上一吻，才松开她："进去吧！"

邵嘉依拖着行李箱往家走去，走到门口的时候，别墅的门从里面打开。

邵勉早就在二楼看到了相拥在一起的两个人。

他接过女儿手中的行李，看向不远处的男人问："什么时候带那个女人去检查？"

邵嘉依的心狠狠地揪了揪，她没有回头，听到斯鼎礼说："后天早上。"

一分钟后，邵嘉依回头说："我也去。"

斯鼎礼沉默，深深地看着她。

他想的是，如果易婉婉真的怀孕……

但是现在……

"我也要去！"邵嘉依和他目光对视，眼中透露着坚持。

最终，他点头。

"后天我过来接你。"他不放过任何一个能和她在一起的机会。

她点头，和邵勉一起进了别墅。

但是没有半分钟她又出来了，叫住准备上车的斯鼎礼，小跑着过来，递给他一个东西。

是一个玉佛饰品。

"这是我在非洲一个古寺庙求来的,如果她真的怀孕了,你就送给她,能保佑母子平安的。"

斯鼎礼的脸色微微一变,没有接过玉佛饰品,淡淡地问道:"你就不能盼着她没有怀孕?"

不理会他的火气,她声音清脆:"没有怀孕也好,那你以后再送给我!"

这句话让斯鼎礼把视线从玉佛上移到她的小腹上,邵嘉依脸色微红说:"想什么呢!怎么可能!我是说以后。"

斯鼎礼的眼神有一瞬间的晦暗,无声地接过她手中的玉佛饰品:"这个,我等着给你。"他深深地看着她。

邵嘉依沉默不语,她也希望他能给她。

女人转身离开,看着她进去别墅,斯鼎礼才上车离开。

约定的那天,早上五点多邵嘉依就睡不着了。

最后干脆从床上爬起来,早早地洗漱过后,就在楼下客厅等着。

薄亦月做好早餐,邵嘉依吃过早餐,别墅的门铃才被按响。

她心里咯噔跳了一下,拿过自己的包包,向薄亦月挥了挥手:"妈,我走了。"

门外的确是斯鼎礼,她换好鞋关上门,他顺其自然地拉上她的手。

她没有拒绝,害怕这次拉手会是最后一次……

车上还坐着一个女人,邵嘉依再次看到她的时候,怔了一下,想起她应该就是那个女人。

两个人四目相对,易婉婉心虚地移开了视线。

压下心中的涩意,邵嘉依坐到副驾驶的位置上。

斯鼎礼亲自开车,带着两个女人直接去了承阳私人医院。

第六十七章 一起去医院

医院内,易婉婉跟着司少哲一起进了检查室。门外剩下斯鼎礼和邵嘉依,邵嘉依看着关上的检查室门发呆。

斯鼎礼走过来,低声问:"如果她真的怀孕了,我不要,可以吗?"

"不可以!"女人没有回头,并且回答得很干脆。

"那,我和你一起养那个孩子?"他又问。

这次女人沉默了一下,最终还是摇头:"我做不到。"

斯鼎礼眼中划过一抹痛楚,把女人揽在怀里,坐在一边的椅子上。

没多久,易婉婉就走出了检查室。

看着偎依在一起的男女,她捏紧了自己的衣角,在心中默默地给邵嘉依道歉。

司少哲也跟着出来。

斯鼎礼和邵嘉依一起站起来,安静的走廊里,谁都没有开口说话。

司少哲拿着单子的右臂,无力垂落在身侧。

邵嘉依紧紧地拽着斯鼎礼的西装,司少哲凝重的表情仿佛已经让大家知道了结果。

"说!"斯鼎礼淡淡地开口。

"易婉婉怀孕,妊娠期五周。"司少哲把结果单子递给斯鼎礼。

邵嘉依的手,就这样松开了斯鼎礼的衣角。

来之前,她已经算过时间,五周前……刚好是斯鼎礼和易婉婉发生关系的那几天。

不只是邵嘉依,连易婉婉自己脸色都白了几分,她真的怀孕了,而她才二十出头。

一道人影从眼前闪过，邵嘉依往电梯口跑去。

又是一道人影闪过，是斯鼎礼追了过去。

邵嘉依跑出门诊部，斯鼎礼追上她，把她拉上自己的车子。

斯鼎礼捧着邵嘉依苍白的小脸，说出心中琢磨了好久的话："嘉依，说不定这个孩子不是我的！"

易婉婉是怀孕了，但是斯鼎礼还不死心。

那天早上起来的时候，他根本就没有任何感觉，如果不是那滴血痕，他以为自己和易婉婉是清白的。

邵嘉依拍掉他的手，怒视着他："斯鼎礼你怎么这么渣！自己的亲生孩子都要亲手杀死！"

"不是，你听我说。嘉依，先不要放弃，等到她肚子里的孩子能做亲子鉴定，我带她——"

一个耳光，狠狠地甩到斯鼎礼的脸上。

"斯鼎礼，你太让我失望了！我没想到你这么不负责任！"邵嘉依握紧了自己有点麻木的手。

她的耳光让斯鼎礼心中升起怒火："从出事到现在，你有听我解释过吗？你有没有给我过一点点信任？"

"我怎么给你信任？易婉婉现在真的怀孕了！时间也刚好对上，你还想撇清责任！"

"我是想和你在一起才会撇清责任，不想要那个孩子！我让你等到孩子能做亲子鉴定，你为什么就不给我这个机会呢？"

邵嘉依悲痛地看着发火的男人，声音反而冷静了几分："我给过你一次机会，如果她没有怀孕，我愿意忘记那件事情，好好地和你在一起，但是，斯鼎礼，现在她真的怀孕了……你不要害死你的孩子好不好？"

"我去解决他们！"

斯鼎礼烦躁地闭了闭眼睛，一个用力打开车门，邵嘉依拉着他的手腕，有点慌乱地开口："你干什么去！"

他回头，眼中一片冰冷："我不管那是谁的孩子，就算真的是我的，我也不会留着！"

"不，斯鼎礼，那是一条生命，不要这样。"她哽咽地拉着他的手，不让他下车。

"但是，你听好了邵嘉依！我不想失去你，不想看到你难过，别说一个孩子，付出什么代价我都不怕！"男人显然已经被怒火冲昏了头脑，双目微微猩红。

邵嘉依摇头，哑着嗓子开口："孩子是无辜的，易婉婉也是被人陷害的，她也是无辜的，所以斯鼎礼放手吧！也许我们真的没有缘分在一起……"

斯鼎礼猛然挣开自己的手腕，右手抬起她的下巴，怒视着她："邵嘉依，你是不是根本就不爱我？连争取一下的机会都不给我们？"

你是不是根本就不爱我！呵呵，她不爱他？

不过，邵嘉依点头，冰冷地看着他："是，我早就不爱你了，因为你太渣！斯鼎礼，如果你敢打掉你的孩子，我讨厌你一辈子！"

说完，女人甩开他的手，打开车门下了车。

车内传来一声响，邵嘉依的脚步顿了一下，还是头也不回地离开了。

车内斯鼎礼一脚狠狠地踹到前排的椅子上，椅子直接被踹坏。

像是不解气，把中间放置东西的储物格也给踹了一脚。

邵嘉依拦了一辆车，直接去了在水一方。

把自己所有的东西全部收拾干净，然后让保镖帮忙，放到车上准备带回御谷名邸。

再次看了一眼在水一方，邵嘉依紧紧地捂着嘴巴，不让自己哭出声。

二十分钟后，邵嘉依红着眼睛，坐上了保镖的车子，一起回到别墅。

从此以后，她和斯鼎礼再也没有关系。

他也即将有自己的孩子，有自己的家庭，和她没有一点关系，顶多还是那个干哥哥。

回到别墅的时候，薄亦月看着女儿像是丢了魂一样，就知道了结果。

心疼地跟着女儿到了她的房间，把保镖送回来的行李简单地收拾了一下。

邵嘉依躺在床上，无限的疲惫向她涌来："妈，我想睡觉。"

"好，睡吧。"薄亦月放下手中女儿的化妆品，出了她的卧室。

在外面和邵勉商量着怎么开导女儿。

邵勉现在只想去揍斯鼎礼，那人把她女儿折磨成这个样子！

邵嘉依把手机关机，在床上躺了两天。

黎浅洛和斯靳恒来过一次，黎浅洛拉着她的手告诉她："嘉依，干妈对不起你，我不会让那个女人进门的，至于那个孩子……看鼎礼的意思，他愿意要就自己养着，如果不愿意要，我也支持。"

黎浅洛走了以后，薄亦月叫住准备上楼的女儿："来，我给你做的汤，过来喝一点。"

邵嘉依已经两天没吃过东西了，这次没有拒绝老妈，洗洗手就坐到了餐桌前。

一碗党参鸡汤放在她的面前，邵嘉依拿起勺子，舀了一点鸡汤，吹了一下喝下去。

鸡汤喝得干干净净后，薄亦月才放她回到自己的房间。

刚上楼，邵嘉依就捂着自己的胃，糟糕！一定是两天没吃饭，刚才又喝太多鸡汤，有点恶心。

去卫生间干呕了几下，感觉舒服许多，才漱漱口，回到卧室。

第六十八章　姑娘你怀孕了

　　第二天给顾客送完甜品，邵嘉依开着车神游在大马路上，忽然袭来一阵眩晕，让她不适应地把车停在路边。

　　静静地在方向盘上趴了一会儿，才好了许多。

　　抬起头，准备离开。

　　但是眩晕的感觉再次朝她袭来，这次比刚才更厉害。

　　这是怎么了？无意间扫到路边有一个社区诊所，邵嘉依晃了一下脑袋，将车停好，往诊所走去。

　　大夫问她怎么了，她心不在焉地说："头晕。"

　　五分钟后，大夫告诉她："姑娘你怀孕了。"

　　简简单单的几个字，给邵嘉依带来了晴天霹雳。

　　邵嘉依不知道自己是怎么从诊所出来的，迷茫地看着面前的马路上，川流不息的人群和车子。

　　9周，两个多月，比易婉婉还早。

　　算算时间，应该是她和斯鼎礼刚从美国回来的那段时间有的。

　　在路边沉思许久，邵嘉依最终做了一个决定。

　　下定决心以后，她先想到了自己的店铺，她找到许久之前曾经有意收购店铺的一个人。

　　邵嘉依背着所有人，把店铺给转手了。

　　得到的钱，全部存到一张卡里，放在了邵勉和薄亦月的房间。

　　还留了一张纸条，写着："爸妈，我要出去散散心，可能时间久一点，你们别挂念我。这点钱，是老爸当初投资给我的，现在连本带利都给你们，你们用它出去玩玩，买点东西，当作是女儿的一番孝心。"

然后邵嘉依就消失了。

一连几天都没有邵嘉依的消息,斯鼎礼意识到事情比想象的更严重。

第五天的时候,所有人都知道邵家的大小姐失踪了,满世界都是找她的消息。

而此刻的邵嘉依,坐在小旅馆里,傻眼地看着自己的手机。

曾经向她借了一大笔钱的肖峰也失踪了,他的手机一直关机……

她已经打了四天肖峰的手机,一直都是关机,第六天的时候直接就停机了。

所以,肖峰卷着她的钱跑了。

邵嘉依心里一下子就没底了,她不知道自己在哪里,只知道在一个县城,县城叫什么名字她都不知道。

第七天,邵嘉依退掉房间,身上只剩下了几千块钱。

摸了摸项链上的一颗小珠子,邵嘉依最后还是放弃了。那颗小珠子是那次慈善拍卖会上,斯鼎礼送给她的东西,她舍不得,只好把自己的包包找个当铺给卖了。

这个包包买的时候十几万,只卖了一万多块。

不过在她穷途末路的时候,有幸遇到了乔寒。

和乔寒相识,说来也巧,正是因为她脖间项链上的小珠子。

乔寒因为偶遇戴着这根项链的邵嘉依,因为对这颗特殊的有着传说的珠子非常痴迷,和她交上了朋友,此后又因为好感而对邵嘉依百般照顾,暂时接替了斯鼎礼该尽的责任。

某天邵嘉依无意间看到一条新闻,女记者站在易氏集团的前面,告诉大家:易氏集团总裁易景州因涉嫌诈骗、偷税漏税、做假账,被带走调查。

据知情人透漏,易景州去年三月份在郊区开车撞到老人后逃逸,后来花大钱摆平。

易氏集团旗下的所有工厂全部停止生产,接受调查,后续结果记者会跟踪报道。

画面一转,是易景州被带走前几日时接受采访的片段,画面中有记者问及易景州他的小女儿易婉婉和斯鼎礼的事情。易景州恼怒地告诉记者,斯鼎礼始乱终弃,女儿已经怀孕两个多月,斯鼎礼从来没有露过面……

大年三十,邵嘉依给家里打电话报了平安。

她谁都联系了,唯独没有联系斯鼎礼。

结束通话,邵嘉依擦了擦眼泪,把手机卡取出来给旁边的乔寒。

乔寒直接掰断,扔进了垃圾桶。

他淡淡地问她:"你是怕谁查到你在这里?"

直觉告诉他,邵嘉依不是在担心家人,而是另有其人。

邵嘉依笑了笑,没说话。也许都有,她怕爸爸妈妈忽然找过来,看到大肚子的她,大发雷霆。

她也怕斯鼎礼,再听到斯鼎礼的声音,心思会动摇。

邵嘉依给家里打过电话以后,邵勉果然把号码交给了斯鼎礼,只是再打回去时已经是空号。

女儿好像很神秘,邵勉更加不放心了。

斯鼎礼冷眼看着查无结果的手机号码,暗自握紧了拳头。

邵嘉依消失了这么久,她和所有的人都联系过,就是从来不和他联系。

开春,邵嘉依在医院产下一对双胞胎,两个可爱的女娃娃。

而她自己却因为刚生产完的大出血,身体太虚弱晕倒在病房里,磕到脑袋造成了脑震荡,导致了暂时性失忆……

第六十九章 双胞胎

两年后的某天,春暖花开,农历三月初六是双胞胎的生日。乔寒带着邵嘉依和双胞胎到达酒店。

酒店包间早已提前装扮好,偌大的包间以粉红色为主题,铺着粉白色桌布的桌子上,放着一个粉色五层大蛋糕。

墙上贴着充气气球,摆出了"邵静锌,邵奕锌,Happy birsthday to you!"的字样。

两个小女娃深得所有长辈的喜爱,所以,两周岁生日这么重要的日子,都没有错过。

乔寒和邵嘉依一人抱着一个女娃娃,像极了一家四口。

但是大家都知道,这两个女娃娃和乔寒没有一点关系,只是所有人都没有说破。

长辈们送的贵重礼物,堆满了一整张桌子。邵静锌和邵奕锌穿着淡蓝色的小裙子,脑袋上戴着不同颜色的头花,用来区分两个一模一样的小娃娃。

包间的电视上放着新闻,午餐进行到一半的时候,邵嘉依往卫生间走去。

回来的时候,无意间扫到电视上播放的娱乐新闻。

一个女记者拿着话筒兴奋地宣布:"SL集团总裁斯鼎礼和他的灰姑娘郑淑瑞即将大婚,时间定于三天后的某六星级酒店……"

然后电视上就出现一对相挽而立的男女,男人表情淡漠,女人笑容可人。

邵嘉依揉了揉发痛的太阳穴,再去看那个表情淡漠的男人,脑袋一阵眩晕。

先发现她不对劲的是乔寒,他连忙过来扶着摇摇欲坠的邵嘉依。

"怎么了?"他焦急地问。

几个长辈也围了过来:"怎么了嘉依?"

邵嘉依再看一眼屏幕，依然是那个男人，正在接受记者的采访。

这个男人是谁，为什么感觉这么熟悉？邵嘉依费劲脑力地去想……

最后眼前一黑，就什么都不知道了。

乔寒看了一眼屏幕，上面许多记者正在采访一个男人，他知道这个男人，正是赫赫有名的跨国公司总裁斯鼎礼。

但是，他和嘉依认识？

乔寒赶紧把昏迷的邵嘉依送往了医院。

刚做完手术的医生被乔寒拉到一间高级病房，里面躺着昏迷的邵嘉依。

医生给她做了一个检查："她没事。"

"那为什么会昏迷？"

医生摇摇头，有点不解："你等着，我给她做详细的检查。"

话音刚落，床上躺着的人缓缓地睁开眼睛。

此刻的邵嘉依满脑子只有一句话：斯鼎礼要和郑淑瑞结婚了！脸色逐渐苍白。

乔寒看到睁开眼睛的她，走过来问道："嘉依，还有哪里不舒服？"

邵嘉依从床上坐起来，望着乔寒："我要回国。"

……

乔寒脸色瞬间沉下来，他知道邵嘉依已经恢复记忆。

因为她失忆的这两年，从来没提起过自己的祖国。

明知道她不属于自己，这两三年来，还贪恋地把她留在自己身边。

乔寒淡淡地开口："好好休息。"给她掖了一下被角，准备离开。

邵嘉依拉住他的手腕："寒哥，他要和那个女人结婚了，那个女人是我曾经的闺蜜！"她怎么可能甘心！当年她退出是让斯鼎礼对易婉婉负责的，而不是对郑淑瑞！

邵嘉依好恨，斯鼎礼和谁结婚不行，偏偏是她曾经的好闺蜜！

邵嘉依好恨，郑淑瑞和谁结婚不行，偏偏是她曾经的男人！

好闺蜜，前男友，邵嘉依想笑。

乔寒深深地看了她一眼："你想好再告诉我！"

"寒哥，我想好了！"她不能让自己的退出，成全那个背叛自己的人。

SL集团总裁大婚，婚礼在教堂举行，据说邀请了不少亲朋好友去见证。

只有收到请帖的记者，才能进入教堂，可以拍照，但不能录像。

上午十一点钟，一辆红色的法拉利稳稳地停在教堂门口，里面坐着今天的新郎和新娘。

郑淑瑞挽着斯鼎礼的臂弯，进入了教堂。

教堂内已经坐满了亲朋好友，但是脸色都不怎么好。

比如即将做婆婆的黎浅洛，还有邵家、司家、薄家以及黎家人。

但是看到一对新人，下面还是响起了热烈的掌声。

两个人在台上站定，男女相对而立，男人眸色深邃，面无表情。

牧师开始致辞。

几分钟后，牧师终于问到了正题："请问新娘，你愿意嫁给这个男人吗？一辈子爱护他……"

郑淑瑞压着激动的心情，点头，深情地望着对面的男人说："我愿意。"

台下的司少哲和邵嘉康要不是被各自的老婆按着，都要冲上台揍斯鼎礼了！

牧师把同样的台词念了一遍，然后看向斯鼎礼问："你愿意吗？"

牧师的声音落下，整个教堂一片寂静，只有记者拍照的声音。

男人淡淡地开口："我——"

"吱！"一阵刺耳的刹车声后，教堂的门再次被打开，吸引了所有人的目光。

映入眼帘的是六个黑衣白衬衫的保镖，其中一个怀中抱着一个女娃娃。

在大家疑惑的眼神中，保镖把女娃娃放在红毯上。

黎浅洛的目光被小女娃深深吸引，谁家孩子这么可爱……

穿着鹅黄色小裙子的女娃娃，迈开小短腿顺着红毯往台上走去。

"爸比。"她清晰的称呼，让所有人蒙了。

顺着小女娃的目光看过去，她望着的正是台上的那个男人。

邵静锌本来是走着的，一想到前面的那个人是自己的爸爸，开始小跑，并伸出短短的小胳膊喊道："爸比。"

她的称呼，震撼了教堂里的所有人。

除了称呼不说，还有那容貌，和斯鼎礼几乎一模一样，难道这个孩子是易婉婉给斯鼎礼生的？

斯鼎礼深深地盯着肉乎乎的小女孩，哪来这么可爱的小女孩？

邵静锌跑啊跑，终于到达爸爸面前了。她毫不犹豫地抱着斯鼎礼的大腿，露出可爱的小牙齿："爸比，抱抱！"

一直注视着她的斯鼎礼，忍不住半蹲下身体，这才看清，她和自己长得好像。

不由自主地抱起这个小肉团，斯鼎礼忍不住开口问："你的妈妈……"

"在这！"熟悉的声音，震惊了所有人。

门口六个保镖的中间站了一个女人，她头发高高挽起，身穿白色的西装套装，脚上是同色系的高跟鞋。

那个气质出众的女人是邵嘉依。

消失了近三年的邵嘉依。

熟悉的面容让邵勉和薄亦月双手颤抖，不只是他们俩，连斯鼎礼亦是。

邵嘉依深深地看了一眼穿着黑色西装帅气逼人的斯鼎礼，两个人四目相对，情愫复杂。

然后她移开目光，向着邵勉和薄亦月走去。

"爸，妈，我回来了。"她忍住眼泪，轻轻地呼唤。

薄亦月擦了擦眼泪，有点不相信自己的眼睛。

"嘉依！"邵勉这个大男人看到近三年未见的女儿，都红了眼圈。

邵嘉依瞬间被所有人包围，七嘴八舌地问她好不好，这些年去哪了？

然后，斯鼎礼怀中的女儿被黎浅洛抱走，看着可爱的孙女，黎浅洛也悄悄地抹眼泪。

邵勉和薄亦月露出了近三年来少见的笑容。

斯靳恒走到斯鼎礼的面前，无视郑淑瑞，告诉沉浸在当父亲喜悦中的儿子："婚礼必须取消。"

斯鼎礼收回目光，告诉斯靳恒："我的婚礼，不会取消。"

他的话，让教堂一阵安静。

邵嘉依笑了笑，抱着女儿说："爸妈，哥哥嫂子，我们回家。"

黎浅洛连忙拉着邵嘉依，凌厉的目光瞪向儿子："如果你执意要举办婚礼，我们都走！"

斯鼎礼也笑了，邵嘉依好本事，近三年未见，还能牵动所有人的心。

"随便！"

他的两个字，让黎浅洛差点吐血。

邵嘉依松开黎浅洛，抱着女儿看向斯鼎礼说："祝你们幸福啊，我也要结婚了，以后你女儿只能叫别的男人爸爸了！"

话音刚落，邵嘉依就高傲地转身，往教堂门口走去。

他的女儿叫别的男人爸爸？斯鼎礼眼中划过一抹冷意。

她一走，邵勉和薄亦月也走，邵嘉康和斯熙熙跟上，黎浅洛和斯靳恒也走了，然后是司少哲和斯暖暖。

最后，所有人都走了。

斯鼎礼看着空荡荡的教堂，不怒反笑。

路过郑淑瑞的时候，这才丢出几个字："婚礼取消。"

然后头也不回地离开了教堂。

他和郑淑瑞的婚礼本来就是假的，为的就是要逼出邵嘉依，现在目的达到了，婚礼当然没有再进行下去的必要。

所有人都去了御谷名邸，客厅内挤满了人，但都不是外人。

邵静锌被大家抱过来抱过去，最后薄亦月走到女儿面前，严肃地叫了一声："邵嘉依！"

"嗯？"邵嘉依疑惑地看着忽然变脸的老妈。

客厅内安静了下来。

接着一个清脆的耳光，落在了邵嘉依的脸上。

邵嘉依捂着被打痛的脸，也没有生气，有的只是愧疚。

邵勉虽然生女儿的气，但是看到老婆动手，还是很心疼，把女儿揽在怀里。

唐丹彤过去拉着薄亦月劝道："亦月，孩子这不是好好地回来了吗？怎么还生气呢！"

"丹彤，不要拦我！我今天要好好教训这个不孝女！"薄亦月说着也哽咽起来。

邵嘉依松开老爸，主动走到薄亦月面前："妈，对不起！您打我吧！"

打吧，打了她还好受点。

黎浅洛抱着邵静锌，过去拉着薄亦月："亦月你打嘉依做什么，嘉依没有错，该打的是斯鼎礼！"

然后黎浅洛一个电话，就把斯鼎礼给叫了过来。

薄亦月紧紧地盯着女儿："你知道不知道，你祖奶奶和奶奶，因为你，有一段时间都卧病在床！你不感觉你很不孝顺吗？"

祖奶奶和奶奶卧病在床？许久都没有流眼泪的邵嘉依，泪水哗啦哗啦往下落。

"妈，我知道错了，您打我吧！"邵嘉依又往前走了一步，拉着薄亦月的手，往自己的脸上招呼。

黎浅洛和唐丹彤拉着薄亦月，大家都开始劝她们。

"孩子已经回来了，别生气了亦月。"

邵嘉康把妹妹往后拉，看着薄亦月："妈，干妈说得对，嘉依是因为斯鼎礼才离开的，该挨打的是斯鼎礼！"

他的话音落，别墅的门铃被按响。

第七十章　五代同堂

邵嘉依把脸面对着另一面墙，背对着客厅。

斯鼎礼淡然地走到客厅，斯靳恒一声呵斥："斯鼎礼，你可知错！"

黎浅洛才不跟他说那么多，把孙女先交给旁边的人抱着，拿起角落的鸡毛掸子，往斯鼎礼的身上招呼。

"打死你！打死你个渣儿子！"

斯鼎礼也不反抗，任由鸡毛掸子落在自己的背上、胳膊上。

最后云锦拉住了黎浅洛。

斯鼎礼脸色阴沉地看着黎浅洛，开口："妈，当初是她不给我一分信任！我告诉过她，我和宋芷晴还有易婉婉什么都没有发生，她不但不信我，还一走了之，我怎么办？"

背对着大家的邵嘉依紧紧地咬着自己的下唇。

斯鼎礼抱过女儿："邵嘉依，这是我的女儿！"

邵嘉依连忙追过去，男人推开她，邵嘉依加快速度，直接挡在门口，表情恨恨地看着他。

"斯鼎礼！"斯靳恒走过来，接过他怀中的邵静铮。

斯鼎礼本来不给的，斯靳恒警告地看了他一眼，语气平平地说："你去和嘉依好好谈谈。"

"干爸，我和他没什么好谈的！"邵嘉依看到孩子离开斯鼎礼，她才从门口移开。

她回来是阻止斯鼎礼和郑淑瑞婚礼的，不是给斯鼎礼送孩子的。

"我有！"斯鼎礼咬着牙，拉上她的手腕，将她带出别墅。

"你放开我！"

斯鼎礼回头捏着邵嘉依的下巴，抬起来，低头堵上她的红唇。

邵嘉依被这个吻震惊得脑袋一片空白，她怎么也没想到斯鼎礼会这样对她！

保镖们看到邵嘉依被非礼，连忙过来阻止斯鼎礼。

然后两方就动了手，斯鼎礼不一会儿就解决掉她的六个保镖。

斯鼎礼看着地上打滚的几个男人，讽刺邵嘉依："哪找来的临时演员？"

她辛苦培养出来的保镖，被他轻易解决不说，还讽刺她！

邵嘉依压下火气，却被斯鼎礼直接塞进车内，去了9号别墅。

到了二楼书房，斯鼎礼才松开她，接着把一沓资料狠狠地摔到她的面前。

邵嘉依揉了揉发痛的手腕，面无表情地拿起那沓资料，上面的字让她脸色微白。

内容很多，但是她看懂了，易婉婉肚子中的孩子和他没有一点关系……

然后斯鼎礼拿出手机，打开一个视频，放到她的面前。

邵嘉依看着视频里面一个头发乱糟糟的女人，被两个男人控制着跪在地上。

师霄走过去，让她抬起头。

是宋芷晴！

"宋芷晴，你都告诉了邵小姐些什么？"

宋芷晴扬起带着淤青的脸蛋，冷笑道："我告诉她，我和斯鼎礼该做的都做了，她自己认为我和斯鼎礼发生了关系，怪我？"

邵嘉依的心一沉。

后面的画面是宋芷晴招认她告诉邵嘉依，斯鼎礼和易婉婉在酒店的事情。

男人关掉视频，冷漠地看着邵嘉依，眼中没有一丝感情："邵嘉依，我要让你知道，拥有的时候不好好珍惜，失去以后就再也得不到了！"

这一刻邵嘉依的心情很复杂，脑袋里一片混乱。

"随便。"她轻轻地说出两个字。

她的两个字，让斯鼎礼脸色铁青，捏着她的下巴说："带着我的女儿跑了这么久，邵嘉依，以后你再也别想见到她！"

明知道当初他想要一个和她的孩子,她还带着孩子消失了这么久,斯鼎礼一定要让这个女人付出代价!

邵嘉依脸色微白,拍掉斯鼎礼的手:"锌锌是我的,你敢不让我见她,我就踏平你的公司!"

锌锌?他的女儿叫锌锌?

对于她猖狂的挑衅,斯鼎礼笑了,笑得很讽刺:"欢迎来踏平!"

女人,这么久不见,猖獗不少,这几年她到底做了什么?

邵嘉依整理了一下的衣服,淡淡地说道:"斯鼎礼,那就走着瞧!"

斯鼎礼指着书房的门,冷冷地吐出一个字:"滚!"

邵嘉依心中万分火气,也只能先压下。

当天晚上,因为邵嘉依和邵静锌的回归,邵勉请所有人去酒店吃饭。

斯鼎礼没有去。

邵嘉依也无所谓,晚上吃完饭,邵嘉依和大家告别后,就直接去了老宅。

当天晚上邵家五代同堂,羡煞了许多人。

第二天一大早,邵嘉依送邵勉出了别墅,他的车子离开,一辆军车映入她的眼帘。

车上下来的男人,让邵嘉依微微惊喜:"涛哥哥!"

穿着迷彩服的韩涛走过来,微笑地摸了摸邵嘉依的脑袋说:"嘉依,这么久不见,你去哪了?"

知道她失踪以后,他也找了许久,但都没消息。

"我去了外地,你最近还好吗?"她隐瞒了自己的事情,把话题转到他的身上。

两个人顺着小路,往前面走去,边走边聊。

不远处,一辆豪车中的男人目光沉沉地看着两个人的背影。

邵嘉依,你可真能招惹烂桃花!

女人暗叹一声,看着小路两边的花园,忍不住多说了几句:"我生孩子的时候出了些意外,失忆了。"邵嘉依把发生的事情都告诉了韩涛。

在韩涛面前，她总是忍不住说很多，无论是开心的不开心的。

而他也总像一个大哥哥一样开导她，比邵嘉康还要尽责！

听到她已经有了孩子，韩涛的眸色暗了暗，不用问就知道是谁的孩子。

末了，她看着绽放的花朵，又加上几句："在我人生最低落的时期，是乔寒帮了我，带我走出那段最贫穷最痛苦的时间，并给了我和孩子锦衣玉食的生活。"

那一年里，甚至在后面的近两年时间里，乔寒负担起了斯鼎礼该尽的责任。

"嘉依，他是喜欢你的。"韩涛不知道女人的心，还不知道男人的心吗？

如果不喜欢一个女人，一个男人根本不会付出那么多。

邵嘉依扬起微笑："我知道，我已经和乔寒沟通过了，我不喜欢他。"她已经明确拒绝过乔寒。

报恩的方式有很多种，不一定非要以身相许。

两个人聊了大概一个小时，开始往回走，韩涛忽然问她："三年前和斯鼎礼闹绯闻的那个女人，你后来见过吗？"

闹绯闻？邵嘉依疑惑不解，和斯鼎礼闹绯闻的女人多了去了，她不知道是哪个。

看到她疑惑，韩涛解释道："曾经被拍到和斯鼎礼在床上的那个女人！"

说这句话的时候，韩涛的心情是复杂的。

他不知道当初发生了什么事情，也许是那两个人被人算计了，要不然怎么会去开房，却什么实质性的事情都没发生？

"啊！你说的是易婉婉？"

韩涛点头，原来她叫易婉婉。

"不知道，后来我谁都没联系过。"邵嘉依说的是真的，失忆后，她连爸妈都没有联系过！

然后她歪着头，看着韩涛的侧颜问："你怎么忽然提起她？"

这也让她想到斯鼎礼给她看的证据，易婉婉肚子里的不是斯鼎礼的孩子。

"没事。"韩涛最后什么都没再说。

邵嘉依虽然疑惑，但是看得出来他不想说，也就没再提起。

第七十一章 祖奶奶找上门

小径尽头是马路，马路边上停着一辆豪车。主驾驶上的车窗半开，男人抽着烟，直直地盯着邵嘉依。

看到他，邵嘉依立刻皱眉。

韩涛看着邵嘉依又黑又红的脸色，苦涩地笑了笑，然后忽然把邵嘉依搂在怀里："这么久不见，真的很想你！"

这个拥抱也许是他最后一个。

邵嘉依也被吓了一跳，不过她能感受到，男人的不高兴，双臂还是搂着韩涛的腰："嗯，谢谢！"

然后她就听到了车门被大力关上的声音，接着她就落入另外一个男人的怀抱。

她的下巴被男人狠狠地钳制住，男人咬着牙挤出几句话："我女儿的母亲，敢和别的男人搂搂抱抱，邵嘉依，你还想不想见到女儿？"

她的下巴很疼，邵嘉依穿着高跟鞋，一脚踢到斯鼎礼的小腿肚上。

男人也只是皱了皱眉，捏着她下巴的手没有一点松懈。

韩涛想把邵嘉依拉过来，一辆黑色的豪车停在路边，从上面下来一个穿着黑色暗纹西装的男人，一把将邵嘉依扯到自己的怀里。

三个气势身份不一般的男人第一次见面，还是在这种情况下。

乔寒什么情况？今天早上打电话的时候，不是说还在Z国吗？怎么忽然就出现了？

邵嘉依揉着发痛的下巴，暗自打量三个男人。很遗憾，无论乔寒还是韩涛在气势上还是差了斯鼎礼一大截。

微风吹来，四个人谁都没有开口说话。

乔寒脸色难看地望着斯鼎礼，斯鼎礼吃人的目光一直都在他怀中的女人身上。

韩涛亦是如此，虽然想着放下，但是看到邵嘉依被别的男人护在怀里，还是不开心。

暗叹一口气，邵嘉依不觉得被这三个男人同时喜欢是好事。

韩涛还好，不像斯鼎礼般霸道和不讲理，但是斯鼎礼和乔寒在一起，那就不一定了……

果然！

"给不了她幸福，就不要再靠近她！"乔寒阴鸷的目光，盯着斯鼎礼。

斯鼎礼往前走了两步，一把将他怀中的邵嘉依扯到自己的身边，霸道地宣布："我不但要靠近她，我还要亲手毁掉这个女人！"

曾经，这个女人一点信任都不给他！

紧接着乔寒的拳头就挥了过来，斯鼎礼一手把邵嘉依拉到自己的身后，躲开乔寒的拳头。

也只是一瞬间，两个人扭打在一起。

拜邵嘉依小时候的过肩摔所赐，斯鼎礼的功夫真的不错，面对经常混在道上的乔寒，丝毫不处下风。

女人无语地看着打起来的两个人，闭了闭眼睛。忽然挽上韩涛的臂弯，清脆的声音，落在互相殴打的两个男人耳中："涛哥哥，我们走！"

打在一起的男人，同时收回手。

看着相挽走向军车的男女，一起追过去。

结果，邵嘉依欲哭无泪地看着三个厮打在一起的男人。

拿出手机给三个人拍了个视频，举起来："你们再打，我就把视频放在网上，让你们都丢人！"

但是，没有人理她。

邵嘉依那个心塞啊！

然后把不远处的一排保镖叫过来，拉开三个男人。

保镖无辜地挨了好几个拳头。

而邵嘉依已经开着车，疾驰离开。

三个男人谁都没有占到便宜，每个人脸上都有一块淤青，不是眼角就是嘴角。

斯鼎礼看着远去的车子，擦了擦嘴角，冷冷地警告乔寒和韩涛："她给我生了女儿，你俩就已经输了！不要再自不量力地惹到我！"

虽然事实确实如此，但乔寒看不惯斯鼎礼的自大，再次举着拳头上来的前一刻，被保镖拦下。

SL集团，一辆黑色豪车停在公司门口，司机下来打开后车座的门，从上面下来一个拄着拐杖的白发老人。

看着她身上所散发的严肃气息和高贵气质，前台美女立刻迎上来，客气地开口："老太太，请问您找谁？"

"斯鼎礼！"报出斯鼎礼名字的时候，檀木拐杖在地上敲了两下。

虽然这个做工精细的拐杖是鼎礼送给她的，但是想到曾孙女，她还是很生气！

前后不到三分钟时间，就看到了总裁亲自出现在一楼，前台美女更加庆幸，连忙开口："斯总好！"

斯鼎礼点头，然后走到韩敏的面前，尊敬地开口："祖奶奶，您怎么来了？"

韩敏看到斯鼎礼来气，拐杖在地上敲着，不顾他面子地开口，语气严厉："我不能来吗？再不来就让你一直这样欺负嘉依？"

师霄看着那根用稀有檀木做成的拐杖，韩敏每敲一下他心疼一下，生怕敲坏了。

她的话音一落，大厅内一片安静，路过的同事全部绕道而行。

这个老太太好厉害，敢这样跟总裁说话！

斯鼎礼知道韩敏护曾孙女心切，带着笑意温和开口："祖奶奶，您先别生气，先去我办公室。"

然后在众人的错愕中，斯鼎礼亲自扶着韩敏，往电梯口走去。

前台美女看着韩敏，她一定要把韩敏的样子给记起来，省得以后不认识。

师霄看着大家的表情，感觉很好笑。有什么好诧异的？自己最爱的女人的祖奶奶，总裁怎么着也得给哄开心了！

秦秘书按开总裁专属电梯，等到韩敏进去以后，大家才坐旁边的电梯跟上。

八十八楼秘书室的员工，看到总裁亲自搀扶着一个老人从电梯走出来，大家的反应都一样。

办公室内，老太太和斯鼎礼坐好以后，秦秘书在他们的对面坐下，开始烧水。

韩敏不是来喝茶的，坐下以后直接进入主题："鼎礼，说说你的意思。"

斯鼎礼微微一笑说："祖奶奶，我爱她。"

他认为，就这样就够了！

"胡说八道！"老太太忽然就发火了，分贝还不小，吓得秦秘书差点把手中的茶叶盒扔了。

要不是刚才在大厅听到老太太提嘉依，她还不知道他们俩说谁呢！

敢情邵嘉依的祖奶奶，今天给邵嘉依讨公道来了……

这种事情，她还是当作什么都没听到的好，秦秘书努力让自己眼观鼻鼻观心。

"祖奶奶，是真的，三年前我们都准备结婚了，您是知道的。"斯鼎礼说到这里，也没了笑容。

不是因为韩敏让他不高兴，而是因为他心疼，怎么就失去了那个女人。

"只能说你三年前是爱她的！"

这话，斯鼎礼不赞同："祖奶奶，我一直想跟她和好的。但是三年前我根本没有做过对不起她的事情，她没有信任我。我原本是想她给我道个歉，我就原谅她，那丫头倔，您也知道……

"祖奶奶，只要她给我道个歉，说个软话，她是我孩子的妈，我不爱她爱谁？"

秦秘书还是第一次听斯鼎礼私下一次性说这么多话，看来真的很爱邵嘉依。

韩敏消气了，但是也不轻易相信他："外面那个郑淑瑞呢！别以为我不知道，你都要和她结婚了，要不是嘉依回来，她现在说不定已经是名正言顺的斯太太了！"

"是啊，祖奶奶，要不是邵嘉依回来，她就是斯太太！"他把韩敏的话，重复了一遍。

韩敏疑惑不解。

斯鼎礼微笑着说："但是她回来了，郑淑瑞也不是斯太太，那也是因为我有把握，她一定会回来。"三年前的感情不是假的，哪怕她稍微有一点爱他，并且把郑淑瑞当作好朋友，她就受不了这种气！

他这么一说，大家都明白了。

秦秘书把泡好的铁观音倒进品茗杯里，放在两个人的面前。

韩敏斜了他一眼："如果她没回来呢？"端起面前的茶水，闻了一下。

喝茶就是要先闻其香，再品其味，后品其韵。

不得不说，这茶是真正的好茶。

第七十二章　总裁好狡诈

等到老太太品过其韵，斯鼎礼才开口："也就半分钟，如果那半分钟嘉依没有出现，我自己就会毁了婚礼。"然后翻遍全世界把邵嘉依逮回来，狠狠地揍上一顿。

哪怕用一辈子翻遍全世界，他都在所不惜。

好在，她回来了……斯鼎礼勾起笑意。

"你这样做，不怕伤了郑淑瑞？"韩敏放下空杯，斯鼎礼的回答让她很满意，她没有看错他！

提起郑淑瑞，斯鼎礼解释道："她只是在配合我演戏。"为了好朋友的幸福，郑淑瑞心甘情愿。

"我估计她应该知道自己是你手中的一颗棋子。"韩敏试探。

她是在试探，斯鼎礼对郑淑瑞到底有没有那么狠心。

"我对嘉依的心她清清楚楚！"

斯鼎礼带着秘书特助亲自送韩敏上车的时候，老人家笑得合不拢嘴。

中午时分，邵嘉依接到了斯鼎礼的电话，邀请她共进午餐。

邵嘉依也没拒绝，答应赴宴。

酒店顶层是一个半透明圆形高档餐厅，她刚出现在门口，正前面一道炙热的目光，就落在她的身上。

这个时间却没有其他人来吃饭，只有斯鼎礼坐在那里，估计他也是刚到，旁边的服务生正在给他倒红酒。

看到她，斯鼎礼浅笑，故意刺激道："这么早过来，看来很迫不及待地想和我约会。"

女人想发火，但是斯鼎礼又开口堵住她的话："收起你的火气，乖乖地听话，我已经取消和郑淑瑞的婚礼，叫我一声亲爱的，我让你做我女朋友！"

他一口气说了这么多，邵嘉依被最后一句话噎得喘不过气来。

好久她才找回自己的声音："斯鼎礼，你怎么那么有自信，认为我会和你在一起？"还让她叫亲爱的？凭什么？叫了他，岂不是她先服软，自动矮了他一截？

"你会不会抓重点？"男人嫌弃地看了她一眼。

真是够了！为了她，他一而再再而三地让步，她还一副很不屑的样子！

难道她根本不把他放在眼里？想到这里，斯鼎礼脸色铁青。

"重点不就是你想让我做你女朋友吗？"

男人收起铁青的脸色，点头，知道就行。

邵嘉依挑眉，傲娇地开口："你不追我，我怎么做你女朋友！"

服务生推着午餐走过来，斯鼎礼看了她一眼，眼神中有警告。

等到服务生把午餐全部摆在两个人的面前离开后，斯鼎礼立刻开口："先别吃！"

邵嘉依拿勺子挖了一些鱼子酱拌饭正往嘴里送，听到他的制止，疑惑不已。

"说好再吃！"

……邵嘉依不理会他，直接把鱼子酱拌饭送进口中。

女人直接无视他的命令，斯鼎礼不但没有生气，反而勾起不明显的微笑。

这个世界上也只有她邵嘉依，敢明着暗着地违抗他的命令。

"我准备在Z国开分公司。"

邵嘉依抬起头盯着男人，"开分公司"四个字，就这样从他口中轻轻松松地说了出来。

"你的分公司还不够多吗？"据她所知，最起码上百家呢！

"多，但是为了让老婆孩子有更好的生活，我不介意。"

"谁是你老婆！"邵嘉依脸色微红，低下头继续吃盘中的食物。

斯鼎礼也不反驳她："等下我和你一起去医院。"

"嗯？干什么？"

"你去干什么？"他反问。

"去看乔寒。"乔寒受了伤，她必须去探望。

这个理由，邵嘉依以为斯鼎礼会生气，但是男人依然吃着盘中的食物，许久都没再说话。

邵嘉依吃掉最后一口牛排，喝下最后一口果汁，终于吃饱喝足了！

擦了擦嘴巴，她淡淡地开口："过去将近三年，乔寒做了所有你应该做的事情。"

斯鼎礼没有说话，安静地喝着蔬菜汤。

邵嘉依看着他的表情，可惜什么表情都没有。

唉！不管了，她一定要让斯鼎礼知道，乔寒有多好！

"我后来到了Z国，在我最需要帮助，最困难的时期，是乔寒帮了我。后来我肚子越来越大，乔寒把我从都市村庄的小房子里带回他的别墅，让我得到了以前在家里时的优越生活……"

"生孩子的时候，也是他把我送进产房，在产房外等着我和孩子。"

她说到这里，眼圈忍不住红了，斯鼎礼放下未喝完的蔬菜汤，擦干净嘴巴认真地看着她。

"孩子太大，我生产时难产，疼了八个小时……"邵嘉依双眼模糊，看着对面的男人，不确定他想不想听到这些。

她没有注意到斯鼎礼握着红酒杯的手，因为太用力，骨关节泛白。

"乔寒让医生给我剖宫产，我拒绝了。"

为母则刚，邵嘉依咬着牙在第二天早上六点多生下了双胞胎，但她还是想暂时对斯鼎礼隐瞒自己生下的是双胞胎这一事实。

"从锌锌出生的那一刻开始，乔寒就开始亲自照顾我们母女，可是他也是一个新手。"乔寒请了三个月嫂，在月嫂照顾她们母女三个人的时候，自己也在旁边认真地学着。

所有人都能感觉到，乔寒是把双胞胎当成了自己的亲生孩子来对待。并且给她们的每样东西都是最好的，她跟斯鼎礼承认，那段时间，她沉沦在乔寒的温柔中，无法自拔。

　　要不是乔寒不忍心骗她，她一定会认为孩子是乔寒的，乔寒也是她的老公。

　　只是，每当夜深人静的时候，总有一个人的身影，在她脑海里划过。

　　恢复记忆以后，才知道那个身影，是斯鼎礼。

　　生完孩子，托乔寒的福，她月子里恢复得很好。

　　双胞胎长得越来越像斯鼎礼，而斯鼎礼又是经常出现在财经杂志封面上的人。

　　乔寒曾经问过她，认不认识斯鼎礼。

　　当时她还在失忆，当然回答说不认识，也是从那段时间开始，乔寒把别墅里的所有杂志都收了起来。

　　乔寒平时很忙，经常工作到凌晨，然后还要出差，应酬。

　　但是他总能找到时间，每隔几天好好陪陪她和孩子。

　　邵嘉依无数次纳闷，她为什么不是乔寒的老婆呢？她不是乔寒的老婆，乔寒为什么还要对她和孩子这么好呢？

　　"后面的就不必多说了，我要走了！"邵嘉依拿起纸巾擦了擦眼泪，看着窗外，深吸了一口气，努力让自己恢复原样。

　　其实现在想想，如果她和斯鼎礼真的不行，不会有结果，干脆以后再也不见斯鼎礼，就留在Z国算了。

　　她的手被握住。

　　"对不起！"

　　邵嘉依从他手中抽回自己的手，往餐厅外走去。

　　斯鼎礼追过去，拨通师霄的电话，让师霄上来结账。

　　邵嘉依冲进电梯，电梯门合上前的最后一刻，斯鼎礼硬是挤了进来。

　　按下电梯按钮，然后靠近最里面的女人。

　　眼睛红红的她被男人抵在身后的电梯金属板上，他抬起她的下巴，一字一顿地说道："回到我身边！"

　　"本来想的，但是刚才跟你说那么多，又感觉自己挺愧对乔寒的，所以我想……"

"我不准！"他脸色阴郁，后面的话，不用她说出来，他就知道她在想什么！

斯鼎礼果然太霸道。

"邵嘉依，收起你那些小心思，报答乔寒的方式有很多种，不是非要以身相许。如果你非要以身相许给一个人，那个人只能是我，斯鼎礼！"

女人又感动又无语："我才不要对你以身相许！"

"好，不以身相许，邵嘉依，你给我听好了！"他捏着她的下巴，让她看着自己。

一字一顿地告诉她："从此以后你的心里只能有我一个男人，当然我的心里也只会有你一个女人！你准备准备，收收到处飘荡的心，我会再次向你求婚的！"

……

这次邵嘉依哪都跑不了，他死都不会再松手！

第七十三章 久违的甜蜜

邵嘉依好想拒绝的,但是他声音掷地有声,根本不容人拒绝。

"一次,两次,你再向我求婚就是第三次了!"她提醒他,也许他们根本不合适,哪有人求婚求两次三次的!

斯鼎礼在她的唇上吻了一下说:"如果你不答应,我不会再第四次求婚!"

女人一颗心沉了沉,撇嘴。

"我会直接把你绑到婚礼上,让你直接做新娘。邵嘉依,我不想和你废话,总而言之,这辈子你休想再逃!"

她眼珠子转了转,双臂攀上他的脖颈,问道:"你斯鼎礼,非我不可?"

男人脸色划过一抹可疑的红色:"是你邵嘉依非我斯鼎礼不可!"

邵嘉依再撇嘴,这个男人一点都不可爱,还死要面子,她不要答应他!

看到她不满,斯鼎礼将脸埋在她的身上,酝酿一下情绪抬起头:"嘉依,让你和孩子受苦了,我们和好吧?"

他有愧于她,她所受的罪与她对他的误会,根本没法比。

"我也想,但是你老凶我,还不让着我!"她控诉他的罪责!

男人哑然失笑,早知道有今天,他从她回来那天开始就该温柔相待:"嘉依,对不起,你能原谅我吗?"

邵嘉依看着他的样子,怔住了。

她能体会到,这个男人,拉下了他所有的面子和骄傲,在向她道歉。

期盼已久的爱情再次降临,邵嘉依还有点蒙。

看着她一直不说话,斯鼎礼脸色越来越难看:"邵嘉依,你要是再敢想别的男人……"

他的唇忽然被女人堵住,斯鼎礼看着面前近在咫尺的脸蛋,眼中笑意盈盈。

"我不能和你和好，万一以后你婚后出轨了呢？"她就是故意的，谁让她心情好，就是要逗逗他！

"嘉依你就这么着急和我结婚？"他忽然抬起头。

"嗯？"

"你刚才说婚后出轨，不就是着急和我结婚吗？"还想逗他？也不看看她几斤几两。

邵嘉依无奈地说："我说话的重点不是在这好吗？"

"我认为这就是你的意思，我知道了，我会尽快准备求婚事宜，让你尽快嫁给我！乖……别着急。"

邵嘉依欲哭无泪，她有那么着急吗？"斯鼎礼，我不是这个意思。"

两个人下了电梯，斯鼎礼整理着自己的衣着问："不是要去医院吗？"

有些事情不能由她，也由不得她！

邵嘉依点头，她的手，被男人的大掌包裹住。

他单手抄兜，快她一步，邵嘉依从后面看着男人高大的背影，还有两个人拉在一起的手，笑眯了眼睛。

久违的甜蜜。

两个人手拉手走在路边，斯鼎礼缠着邵嘉依非要知道近三年的事情。

邵嘉依本来不想说，但是斯鼎礼光明正大地对她毛手毛脚的，邵嘉依只得投降。

片刻后，她有点难以启齿地开口："刚出去没多久的时候，被一帮小混混打劫，并且他们还对我动手……"

伴随着男人冷到极点的表情，邵嘉依把被肖峰骗钱，自己去当铺卖包的事情全部告诉了他。

两个人本来走在路边的，因为邵嘉依的事情，最后两个人相对而立站在一棵树下。

她说完后，斯鼎礼看着她，许久都没有开口说话。

看着他脸上的复杂神情，邵嘉依也判断不出来，他此刻是什么心情。

殊不知男人抄在口袋里的手,早已握成了拳头。

"斯鼎礼。"她小声地开口。

他在想什么呢?为什么这么久都不说话?

邵嘉依忽然被男人拥在怀里,很紧很紧,紧到她都快呼吸不过来。

斯鼎礼的目光落在她的头顶,哑着嗓子开口:"以后不许你离开我半步!"

他后悔了。后悔三年前发生那么多事情的时候,没有好好哄着她。她生气、难受的时候,他没有好好陪陪她。

没有他的无情,也就没有邵嘉依的离开,更没有她后来所承受的一切苦难。

邵嘉依,是他斯鼎礼这辈子最愧对的女人!

从此以后,他斯鼎礼不会再让任何人欺负邵嘉依,更不会再让邵嘉依吃一点点苦头!

如果他做不到,此生枉为男人!

感受着他衬衫下有力的心跳,邵嘉依的心脏也跟着嘭嘭地加速跳动。

面对他的霸道,她没有一点抗拒。

"邵嘉依。"他的声音沉沉的。

怀中的女人忽然抬起头,瘪嘴看着他,眼中无限委屈。

"斯鼎礼。"

"嗯?"

"你已经不爱我了,以前你都是叫我嘉依的!"她控诉着,她最喜欢听他叫她嘉依,那声音简直无比好听!

男人失笑,双手捧着她的脸蛋,和她额头互抵。

"嘉依,我爱你。"

胸口有种叫作甜蜜的东西迅速炸开,邵嘉依笑容甜甜。

大树下,相拥的男女成为一道靓丽的风景线。

第七十四章 斯熙熙生产

在邵勉的帮助下,邵嘉依很快找到了一个新的店铺,并且离斯鼎礼的公司还挺近的。

既然店铺已经定下,那么就可以开始装修了。

只不过,这次她要改变方案,专业做蛋糕,不再做其他的点心。除了零售,还要找合作公司,接收批量大的订单。

还要加上几种饮品,为此她专门请来奶茶师傅和咖啡师傅。

装修的时候,韩悦来了几次,陪着她一起忙东忙西地选购材料。

斯鼎礼只要一想到乔寒和韩涛,心中就会升起浓浓的危机感。

他已经在让人打造给邵嘉依求婚的钻戒,世界上独一无二的钻戒。

那是他抽空看了许多钻戒设计图,亲自画出来的设计稿,只是钻戒还得半个月左右才能出来。

斯鼎礼那个急啊!

八月底,斯熙熙要生产了,当时一群人正在聚会,因为邵嘉康给她唱了一首歌,她太激动,在酒吧里时羊水就破了。

医院病房外面,所有人都跟着过来了。

薄亦月和黎浅洛急得团团转,邵嘉依紧紧地握着斯鼎礼的大掌,斯鼎礼把女人揽在怀里,不断地亲吻着她的额头,想着她生孩子的时候,是不是也是这么痛苦。

半个小时后,一声婴儿啼哭,让病房外的人都兴奋起来。

司少哲接过护士递过来的孩子,将他包好,本来想递给邵嘉康的,但是邵嘉康依然震惊地呆立在原地。

"嘉康,你儿子出来了!"

邵嘉康这才回神，脸色还有不正常的苍白……

他从来没想过，女人生孩子是这么可怕。

接过不断啼哭的儿子，邵嘉康眼睛都湿润了。

抱着儿子走到虚弱的老婆旁边，亲吻着她被汗水打湿的额头："熙熙……"

他哽咽了。

"我看看孩子！"斯熙熙笑得苍白，但是看到孩子以后，感觉承受的所有痛苦都值了。

司少哲先从里面出来报告好消息："干爸干妈，生了，母子平安。"

"哎呀，真好，真好！"薄亦月松了一口气，激动地拍手。

"谢天谢地，我女儿真伟大！"黎浅洛开心地抓着老公的手。

邵嘉依也松了一口气，由衷地说道："熙熙好厉害！"

斯鼎礼揉了揉她的长发："我老婆也很厉害！"

这一刻谁都不知道，斯鼎礼有多么后悔当初嘉依生孩子时，他没在她身边。

"嗯，女人生孩子真的很痛苦！"她没有反驳斯鼎礼的话。

斯熙熙被送回母婴病房，黎浅洛和薄亦月一起抱着孩子去洗澡。

邵嘉依看着斯熙熙，忽然很羡慕。因为她生孩子的时候，除了乔寒，没有一个亲戚朋友在她身边……

这一刻她很想再生一个孩子，想能体会到这种被大家关爱的感觉。

"怎么了？"斯鼎礼在她眼中看出羡慕，大概懂了。

邵嘉依摇头。

斯鼎礼疼惜地把她揽在怀里："嘉依，以后你再也不会一个人了。"

他以后再不会让她感到孤单！

小宝宝清洗干净后，被抱了回来。

斯熙熙体力透支，进入沉睡。

邵嘉依抱着熟睡的小宝宝，靠在斯鼎礼的怀里，压低声音告诉他："你看，他和锌锌一样，刚生下来小脸都是皱巴巴的。"

斯鼎礼轻轻触摸着小宝宝的脸蛋，再次遗憾和愧疚错过了自己最爱的女人生下自己孩子的瞬间。

看他不说话，只是眼中带着笑意，邵嘉依又说："你又做舅舅了，快来抱抱你的小外甥啊！"

小心翼翼地接过邵嘉依怀中的小娃娃，虽然是个小男子汉，但是他很轻。

邵嘉康给斯熙熙擦干脸上的汗珠，就凑了过来。

嘚瑟地问斯鼎礼："怎么样，我儿子很帅吧！"

斯鼎礼送他一个大白眼："当然帅，也不看看他舅舅和舅妈是谁！"

"哈哈哈哈！"司少哲毫不客气地哈哈大笑。

邵嘉依脸色红红地拧了一下斯鼎礼说："真自恋！"

斯鼎礼看着她的样子心情很好，凑近她耳边说道："你可是自己承认你是舅妈的。"

知道她害羞，斯鼎礼的声音不大，就他们两个能听到。

邵嘉依不依地在他胳膊又是一拧："我可没说，我是他小姑姑！"

不远处的薄亦月知道那天韩敏去找斯鼎礼的事情，以及所有的谈话内容，看到斯鼎礼这么喜欢孩子，笑着说道："嘉依，你和鼎礼赶紧再生一个，之前孩子出生的瞬间大家都错过了，得弥补一下大家的遗憾！"

邵嘉依一脸蒙地看着亲妈，老妈居然催她和斯鼎礼再生一个？他们现在还没结婚好吗？她现在还是斯鼎礼名不正言不顺的女人，老妈怎么能催他们再生个呢？

"嗯，我没问题！"斯鼎礼在旁边回答得干脆。

"不，不是，斯鼎礼你瞎答应什么呢？谁要再跟你生一个！"邵嘉依白了一眼旁边的男人，想起两个人结婚的事情，她在心中又忍不住叹气。

斯鼎礼把孩子交给邵嘉康，黎浅洛把邵嘉依拉过去说："嘉依，不用害羞，你和鼎礼的婚礼是板上钉钉的事情，今天既然提起来了，干妈就为你做主。"

然后黎浅洛把邵嘉依拉到旁边，看向自己的儿子，严肃地开口："斯鼎礼，你到底是怎么想的，今天趁着各位长辈都在，你就发个话，你不急也得为两个……你们两个人的孩子考虑考虑！"

黎浅洛差点就不小心说出邵嘉依生了一对双胞胎的事，最后在斯鼎礼疑惑的眼神中急刹车并改了口。

闻言，邵嘉依松了口气。

"是啊鼎礼，嘉依和你在一起这么久了，你就表个态让长辈们放个心。"唐丹彤和蔼地看着斯鼎礼。

对于斯鼎礼和邵嘉依的事情，他们也比较着急。

面对长辈们的逼婚，斯鼎礼只是看着邵嘉依问："着急吗？"

邵嘉依无语地看着对面的男人，他是故意的吧！他问她着不着急？这不是废话嘛！

"我不着急。"她回应他几个字，男人很不开心。

又听见邵嘉依接着说："我不着急，长辈们着急，为了不让大人们着急，要不然明天我去找个别的男人，直接去民政局得了。"

司少哲这时心情好，唯恐不乱地在旁边问上一句："嘉依，是找乔寒吗？"

斯鼎礼闻言，脸色都黑了几分。

一把从黎浅洛的手中拉过邵嘉依，往病房外走去。

第七十五章　唯一要娶

"欸，斯鼎礼，你干什么呢？"黎浅洛对于斯鼎礼都干了些什么事情，一点都不知道，她正要追上去的时候，被薄亦月拉住。

"亦月，你怎么看上去一点都不着急？你看看暖暖和熙熙都结婚了，这俩人还在这吊着。"

"干妈，其实你不用督促的，求婚和婚礼的事情鼎礼都想好了，咱们都不要插手了。"邵嘉康当然问过斯鼎礼这个问题，为了保持神秘，给邵嘉依一个惊喜，他本来是不愿意说的。

邵嘉康翻脸相逼，又加上他真的担忧妹妹，斯鼎礼就告诉了他一些消息。

"好！好！"黎浅洛开心得合不拢嘴，她要给两个孩子留意一下婚礼的流程。

司少哲揽着老婆，凉凉地开口："斯鼎礼嘴巴可真够严实的，经常见他，从来都没说过！"

"是啊，我这当爹的都不知道！"斯靳恒更是不满。

"对了！"司少哲忽然提高了分贝，邵嘉康怀中的孩子立刻哇哇大哭，不知道是不是被司少哲吓到了。

几个大人立刻慌里慌张地去哄孩子，司少哲只好接受着斯暖暖和唐丹彤的双重暴打！

司少哲看着手忙脚乱的大家好委屈，他只是想问问，斯鼎礼在城北建了一个七星级酒店，是不是就是用来给自己举办婚礼的？

但是此刻没有一个人去问他想说什么，都在围着一个孩子转。

斯鼎礼把邵嘉依扯出病房外面，就开始质问她："邵嘉依，你打的什么主意？"

"我能打什么主意，唉！没人要，我也很无奈，不得去找个人收了我？"女人被挤到墙上，靠着墙的她一脸生无可恋。

斯鼎礼沉着脸，抬起她的下巴说："收起你的那些胡思乱想！你邵嘉依只能是我斯鼎礼的女人！谁敢收了你，我一定灭了他！"

面对他霸气的宣言，邵嘉依已经无力吐槽，这个男人再过几十年，估计也改不了他霸道的臭毛病！

"以后，不要单独和乔寒见面！听到了没有！"

"是是是，斯大总裁，小的听到了！"会听才怪，真搞不懂斯鼎礼到底是怎么想的。

别人不都是说，爱她就要娶她，带她回家。他口口声声地说爱她，为什么就是不娶她呢？

"不要敷衍我！"斯鼎礼不满地看着她不服气的小脸。

邵嘉依推开他的手，有点想发火："我都不是你想娶的女人，敷衍你两句怎么了？"

说完，她仔细地盯着斯鼎礼的表情，男人眉头紧皱，冷冷地开口："你瞎说什么呢！邵嘉依，我来告诉你！你邵嘉依，是我斯鼎礼这辈子唯一要娶，并且一定会娶的女人！"

分贝不高，却掷地有声。

邵嘉依心中的火气，被突如其来的表白，压了下去，涌出无限甜蜜。

她故作不满地开口："是不是在等着我跟你求婚呢？"

这个女人脑袋里天天都想的是什么？"一定是你太闲了，才会胡思乱想，嘉依，我看你就是欠——"

最后的字，斯鼎礼凑近她，传送进她的耳朵里。

邵嘉依脑袋哄的就炸了，脸红得像一只煮熟的虾子，狠狠地在斯鼎礼的肩上咬了一口说："你流氓！臭流氓！"

他……他居然……这样调戏她！

她又羞又急的反应，在斯鼎礼看起来是那么可爱，他低低一笑，封住她抱怨的红唇。

这里可是走廊，爸妈都还在身后的病房里，邵嘉依用力地想推开身上的男人，斯鼎礼纹丝不动。

许久之后，身后病房的门忽然被打开，邵嘉依被吻得头晕目眩，一时间还找不到东西南北。

斯鼎礼没有放开她，好像没听到身后的声音一般。

"啧啧啧，老婆，你出来的真不是时候，我们快走！把战场留给他们！"司少哲打趣地看着激吻在一起的男女说道。

邵嘉依这才反应过来，狠狠地推开斯鼎礼，娇嗔地瞪了他一眼，从他怀里钻出来，往走廊那头跑去。

好事被打断，斯鼎礼回头瞪了一眼看热闹的夫妻俩说："我们先走一步，姐，你跟他们说一声。"

然后就迈开大步，去追害羞的女人。

"鼎礼，别忘了早点生个二胎哦！"司少哲不忘在后面提醒。

斯鼎礼忽然回头，认真地盯着司少哲说："你这二胎都努力好几年了，怎么还没动静，难道是你不行了？"

说完直接忽略司少哲黑如锅底的脸色，扬长而去。

斯暖暖在旁边捂着嘴笑得乐不可支，弟弟太坏了，居然拿这个来刺激司少哲。

一道危险的眼神落在她的头顶，斯暖暖立刻收起笑脸，清了清嗓子低着头说："我们进去。"

男人不动："暖暖。"

斯暖暖立刻升起不好的预感，问道："怎么了？"

"我想让你试试我的能力！"

她心中一惊，连忙打断他的话。斯鼎礼这个臭小子，真会给她找事！司少哲行不行，她最清楚不过。"不用，少哲，我们赶紧进去。"

她的手腕被男人拉住，这次换她被抵在墙上："暖暖。"

司少哲的声音沙哑又危险，斯暖暖只得小声开口："少哲，我一定会告诉鼎礼你有多厉害！"

是啊！只能用厉害来形容司少哲了吧！

"嗯，不用，我现在只想让你知道！"

司少哲推开病房的门，把脑袋探进去说道："各位亲人们，我们和鼎礼都先走一步了！"

"好，路上慢点。"

御谷名邸这边的俩人还在闹腾着，邵嘉依非得让师霄在8号别墅门口停车，口中振振有词："我们现在还没有正式确认关系，不方便住在一起，我要回家！"

斯鼎礼不悦，恨不得立刻就能把结婚证甩到她的脸上。

"你是我女朋友，我孩子的妈！"斯鼎礼吩咐师霄，直接去9号别墅。

车子缓缓驶到9号别墅门口停下。

邵嘉依不下车，斯鼎礼直接将她抱出车子。

"斯总，邵小姐，祝你们有个浪漫的夜晚！"师霄打开车窗，看着两个人的背影，多说一句。

"一定。明天让秦秘书过来接我，放你两天假！"斯鼎礼头也不回地回应，听上去心情很好！

师霄惊喜地看着他们的背影，他是不是以后要经常说说好话？

说不定哪天就会被加薪，哈哈。

"多谢斯总，斯夫人！"

"嗯，好！这两天的开销记在我账上！"

师霄差点跳起来，邵嘉依无语地看着抱着自己的男人。

这种阿谀奉承的话，他作为一个大总裁都没听够吗？

"我也要出去玩，记到你账上！"趁着他验证指纹开门的时间，她开玩笑地要求。

回应她的居然是一阵沉默！

邵嘉依心中泛起丝丝尴尬，在斯鼎礼换鞋的时间，果断地往门口走去。

但是不等她开门，她的腰从后面被抱住。

男人从口袋里拿出钱包，在她眼前打开，然后从钱包里掏出好几张卡，全部递给邵嘉依。

"记什么账,全都是你的。"

他只留了一张卡在钱包内。

刚才没有回应她,是因为抱着她,腾不出手来拿钱包,一个换鞋的工夫女人好像给误会了。

邵嘉依目瞪口呆地看着眼前的近十张卡,连忙摇头:"我说着玩的!"

她看到其中还有一张黑卡,那张卡她认识,全球限量版无限额度的黑卡。

老爸就有一张这样的卡,但是交给老妈了。

"我可没说着玩!"斯鼎礼把卡塞到她的手中,反正他赚的钱也就是给她和孩子花的。

老妈老爸那边根本用不上他,钱不比他的少。

"不,不,我错了,不该开这样的玩笑!"邵嘉依连忙从他怀里跳出来,并把卡塞给他,再次往门口跑去。

她真的没想到,一个玩笑会让斯鼎礼把财政大权都交给她。

"嘉依。"男人在后面叫住她,声音中是浓浓的不悦。

邵嘉依打开别墅的门:"斯鼎礼,我先回家,我们这两天冷静一下!"

她现在根本不用着急结婚,是不是最近和斯鼎礼在一起太甜蜜,让她居然冒出逼婚的想法?

太可怕了!

第七十六章　邵嘉依出事

"你要是敢走，我真的生气了！"他没有别的办法威胁她，现在他都这样说了，就看她在不在乎他的感受了！

邵嘉依回头解释："别生气，我感觉我最近的脑袋有点混乱，让我回去好好想想。"

"有什么想法，告诉我。"

"不了不了，等我想好以后再说！"邵嘉依又准备离开。

"嘉依，你要知道，我的这些钱，都是给我老婆和女儿的！"他定定地看着她，其实，他老早就想过这些，就是三年前他们谈婚论嫁的时候。

当时就想着要把财政大权交给邵嘉依，他也想到邵嘉依会拒绝，他更想好了对付她拒绝的办法。

只是那时没等他开始行动，她就走了。

邵嘉依低着头小声回答："我又不是你老婆。"

"早晚都是！你跑不了！"

邵嘉依抓过他手中的卡，然后当着他的面儿，放进自己的包里。

"好了，我收下了，我先走了！"

看着她逃跑似的背影，斯鼎礼疑惑，他开始仔细回想今天晚上自己到底做了什么，吓到她了。

算了，放她一个晚上！

斯鼎礼看到有保镖跟上去就没出门，只是拿出手机给她发了一个信息："嘉依，以后再花干妈干爸的钱，你就是不孝顺。"

邵嘉依一口气跑到快看到自己家别墅，才停下。

听到包包里传来的信息提示，打开。

"我以后会还的！"她说的是实话，现在所有用的家里的钱，她以后都会还给老爸的！

"你以为干爸干妈会要吗？"

邵嘉依慢吞吞地走在路灯下，思索着斯鼎礼说的问题，之前她离开的时候，留下的那笔钱，爸妈都没动。

"我爸不缺钱！"她很豪气地回应。

斯鼎礼看着这句话沉默了，邵嘉依说的是大实话，邵勉会缺这点钱？

"爸爸是不缺钱，但是他的钱是留着未来养孙子的，而不是养我老婆的！"

邵嘉依没有注意到他的称呼，不服气地回复他："我爸的钱，足以养着我和他孙子！"

"你为什么非要做啃老族呢？啃老公不行吗？"

"也不是不行，那就等到结婚以后再啃老公吧！"邵嘉依也不是不识趣。

"那我告诉你我们已经结婚了！你可以啃了！"

邵嘉依嗤笑一声，为了养她，斯鼎礼也是拼了，都开始睁着眼睛胡编乱造了！

爽快地回复他："好了，我知道你的意思了，明天我就带着锌锌去逛商场！"

点击发送之后，还加上一句："刷你的卡！"

"嗯，乖，我想你了，我去接你。"男人没有继续脱衣服，坐在沙发上等着她的信息。

邵嘉依打开别墅的门，别墅内黑漆漆的，家里人都在医院陪着熙熙。

只顾着换鞋上楼回房间，没来得及看短信。

直到换上睡衣以后，才看到斯鼎礼说过来接她。

"不用不用，你早点休息，我明天还有事情，晚上如果有空就去找你！"

斯鼎礼脸色难看地抽着烟，他怎么有种等着她来临幸的错觉？

快速打几个字发送过去。

邵嘉依已经进浴室了，放着洗澡水，听到手机响，立刻拿毛巾擦干食指，看到了他的信息。

"那我想你怎么办?"

甜甜一笑,单指打着字回复道:"小别胜新婚!"

不是刚分开吗?如果不是她也有点想他,一定会认为男人在说情话哄她开心。

斯鼎礼看到这条信息,眼中笑意浓浓。随后像是想到什么,拨通一个电话,问道:"订制的戒指还需要多久?半个月?"男人拧眉,"加快速度,所有费用我承担!"

他不是感受不到邵嘉依的迫不及待,他也挺着急的,就是戒指做不出来。

可能是他对戒指要求太高,稀有的原材料又不好收集。

"是,斯总!"

第七十七章 他结婚了

尽管戒指还没做出来,但斯鼎礼还是迫不及待地背着邵嘉依领了证,并将结婚证放在了邵嘉依的面前。

嗯?邵嘉依看着面前的红色本本,结婚证?

她忽然有种不好的预感。

"斯鼎礼,你结婚了?"

她呼吸一紧,难以置信地看着床边居高临下的男人。

"嗯!"男人淡淡地应了一声。

他居然结婚了!巨大的疼痛向她袭来,眼泪一下子模糊了双眼,斯鼎礼居然结婚了?

"你哭什么?不愿意?"斯鼎礼在她床边坐下。

不愿意?她当然不愿意!她心爱的男人居然背着她,和别的女人结婚了。

"渣男……渣男,滚!"邵嘉依崩溃地把结婚证扔到地上。

斯鼎礼被骂得莫名其妙,弯腰捡起被扔在地上的结婚证,一抹怒火升起,"怎么了?这么不想嫁给我?"

"你这个渣男,居然给我的孩子找后妈……呜呜呜。"

斯鼎礼终于知道哪里不对劲了,唉,这个女人!

他把结婚证重新放在她的面前说:"打开看看,我和谁结婚了!"

"我不看!爱谁谁。"

她看看有什么用?难道去报复那个女人吗?

斯鼎礼凑近她,抬起她面带梨花的小脸说:"乖,叫声老公听听。"

邵嘉依真想一巴掌扇到他那子弹都穿不透的厚脸皮上。

"斯鼎礼!"

她的唇被男人封住,所有的咒骂都被堵了回去。

她用力在他的舌头上咬了一口,将脸扭到一边,气喘吁吁地说道:"你放开我,别碰我!"

"叫老公,我就给你!"

邵嘉依生气道:"斯鼎礼,你怎么这么不要脸!"

男人脸色黑了黑,打开旁边的结婚证,凑到她的眼前说:"邵嘉依,我让你叫老公!"

"我都说了不看!你爱和谁结婚就和……我?"邵嘉依诧异地看着结婚证上自己的名字,她,她她……什么时候和斯鼎礼领的结婚证?

"我说了,让你叫老公,还要我说几遍?"她目瞪口呆又带着一丝惊吓的表情好搞笑。

邵嘉依颤抖着双唇开口:"一定是假的!对!就是假的!"

不对,她忽然想起,有一次邵嘉康问她要她的身份证……

"真的假的,看上面的钢印就知道!"男人右手拿着结婚证,左手附上她的小腹。

邵嘉依立刻敏感地打了个冷战。

"是邵嘉康,对不对?"

呜呜呜,邵嘉依真的想哭,她绝对是上辈子欠邵嘉康的,让他这辈子来做自己的哥哥,背地里出卖妹妹的亲哥!

"这不重要。"斯鼎礼合上结婚证,然后告诉邵嘉依,"重要的是,你现在是我斯鼎礼的老婆,法律上已经认可的老婆!"

他脱掉外套,随手挂在衣架上,然后爬上她的床把她抱在怀里。

邵嘉依现在脑袋还处于一片空白状态,完全没有意识到男人已经钻进她的被窝里。

她狠狠地拧在男人的胸膛上,男人一声闷哼。

"斯鼎礼,痛吗?"

她居然和斯鼎礼领证了?她应该是在做梦。斯鼎礼敢瞒着她这么大的事情!

随后,邵嘉依哑着嗓子开口:"锌锌是双胞胎!"

这一刻,斯鼎礼的脑袋里惊喜和愉悦像烟花般绽放开来。

斯鼎礼喘着粗气,紧紧地盯着身下闭着眼睛的女人,他的锌锌还有双胞胎姐妹?

"邵嘉依,你说什么梦话呢?"斯鼎礼压下喜悦,试探地问着此刻晕乎乎的不知道东西南北的女人。

"大锌锌,还有小锌锌啊。"她拍掉斯鼎礼的手,想翻身睡觉,但是没有机会。

他咬牙切齿地看着快要睡过去的女人,吼道:"邵嘉依!你敢骗我!"

不能让她睡!他低头吻上她,试图掠夺她所有的空气。

想睡觉不能睡的感觉真不爽,邵嘉依不满地睁开眼睛喊道:"斯鼎礼你发什么神经!"

"锌锌是双胞胎?"他再次确认。

邵嘉依这才清醒了三分,哦,她好像一个不小心,告诉了他这个秘密。

于是她先发制人地开口:"你不是也瞒着我领结婚证的事情吗?"

斯鼎礼狠狠地在她脖颈上留下一个痕迹,这才放过她。

两个人相拥躺在床上,斯鼎礼不让邵嘉依睡觉。

"之前你让我见的是大锌锌还是小锌锌?"

"都见过。"她背对着他,昏昏欲睡地回答。

斯鼎礼仔细地回想,往日他也察觉到了女儿的不对劲,现在终于有了解释。

"这件事情都有谁知道?"他再问。

"大家都知道!"

所以,所有人都知道了?就他这个当爹的不知道?

"邵嘉依,看我不弄死你!"

斯鼎礼一个翻身,准备狠狠地折磨这个磨人的小妖精!

"斯鼎礼,放过我吧!"

"休想!"

晚上十点多,斯鼎礼给睡过去的女人掖了掖被角,坐在沙发上拨通黎浅洛的电话:"妈,我女儿呢?"

"你女儿已经睡了!"黎浅洛微笑地看着床上两个可爱的小孙女。

薄亦月忙着照顾熙熙母子俩,她就先把双胞胎带过来照顾。

"那你给我开视频通话,让我看看女儿。"

黎浅洛慌忙从床上下来,准备把一个孩子放到小床上藏起来。

"妈,你那么大动静做什么?"

斯鼎礼不动声色地试探着老妈。

真行啊!所有人联合起来,一起隐瞒着他!

"没啊,就是这么久没和儿子视频了……我激动。"黎浅洛把手机放在床上,打开扩音器,抱着离自己最近的小锌锌,放在小床上。

"算了,不开了。"斯鼎礼知道老妈在做什么,直接改变了主意。

黎浅洛看着手机:"臭小子,你什么意思!耍我吗?"

只是斯鼎礼没有说话,直接挂了电话,弄得黎浅洛莫名其妙的。

半个小时后,斯靳恒抱着老婆准备睡觉的时候,房间的门被敲响。

嗯?两个人相互看了一眼,谁?

楼下的用人吗?不应该啊!

斯靳恒下床,打开门,门外站着一个男人,直接推开斯靳恒,走到大床边。

"鼎礼!"黎浅洛失声。

斯鼎礼不作声,偌大的床上果然躺着两个熟睡的女娃娃,长得一模一样。

看着这一幕,斯鼎礼激动得差点红了眼圈。

原来他有两个可爱的宝贝女儿。

邵嘉依那个女人,给他生了一对可爱的双胞胎。

黎浅洛不知道邵嘉依告诉了斯鼎礼实话,还在绞尽脑汁地想着该怎么解释当前的一幕。

面对母亲尴尬的表情,斯鼎礼抱起其中一个女儿,往外走去。

"欸，鼎礼，你干吗呢？"

他一句话不说，抱着孩子就走，把黎浅洛吓得不轻。

斯鼎礼还不理她，抱着女儿走到斜对面自己的房间，房间内的大床上已经躺着一个女人。

仔细一看，是嘉依！

黎浅洛立刻就高兴了，看着儿子把孙儿放在嘉依旁边，然后又走出房间准备去抱另外一个。

门外斯靳恒已经把大锌锌抱过来了，斯鼎礼接过大锌锌，挨着小锌锌放下。

"我们回去睡觉！"斯靳恒已经猜出来了，嘉依肯定已经都说了。

黎浅洛有点不放心："鼎礼……"

斯鼎礼对她做了一个噤声的手势，黎浅洛被斯靳恒拉回了房间。

等到爸妈离开，斯鼎礼看着床上熟睡的三个人，忽然改变了主意。

第七十八章　和兄弟绝交

他走到阳台上拨通司少哲的电话："少哲啊，我们是不是兄弟？"

"嗯？"司少哲被斯鼎礼弄得莫名其妙，斯鼎礼在发什么神经？

"你说呢！"

"你感觉我女儿可爱吗？"斯鼎礼又问。

"可爱啊。"

"你说锌锌要是一对儿双胞胎多好！"斯鼎礼抽了一根烟，抬头看天。

司少哲沉默，如果到现在他再听不出来斯鼎礼是什么意思，他就是傻瓜！

看来是找他算账的："你怎么知道的？有没有很激动？"

"咱俩绝交！"斯鼎礼吐出烟雾，想起两个女儿，心中一软。

他转过身靠在栏杆上，通过阳台玻璃门看向房间内的大床，眼中满满的都是柔情。

"别啊，鼎礼，这是你俩的事情，我也没办法跟着掺和，对不对？"

"改天再找你算账！"

"行吧！"接着电话就被挂掉，司少哲看着手机无奈地笑了笑。

这俩人，真有意思。

8号别墅，邵嘉康刚把熟睡的儿子从斯熙熙的怀中抱出来，放到婴儿床上，他的手机就开始震动。看到斯鼎礼的名字，他朝斯熙熙举了举手机，斯熙熙看到哥哥的名字，点了点头。

邵嘉康走到阳台上，才开口："鼎礼。"

"嘉康，撇开你和熙熙的关系不说，也撇开我和嘉依的关系，我可是拿你当兄弟的！"

邵嘉康眉头微皱，什么情况？"说的好像我不当你是兄弟似的。"

"是兄弟吧？"

"是啊！"这还用问吗？

"你有几个小外甥！"

邵嘉康低声闷笑问："知道了？"

知道这一天早晚都会到的，邵嘉依再不说，他就忍不住告诉斯鼎礼了。

"绝交！绝交！"斯鼎礼烦躁地想挂电话，他的兄弟们碰上邵嘉依的事情，怎么都叛变了？

"别啊，干爸干妈也知道，难道你要脱离父子母子关系？"

"有什么不可能的？"替别人瞒着自己的亲生儿子，有这样的父母吗？

"那我爸我妈呢？你岳父岳母都不要了？"

"……"

他不敢说也不会说，不要岳父岳母，跟不要老婆没什么区别。

挂掉电话，斯鼎礼并没有找到绝交的痛快，反而被邵嘉康最后一句话，弄得很心塞。

掐灭烟头，斯鼎礼又跑去爸妈的房间。

房间内，斯靳恒正在和黎浅洛分析着斯鼎礼的反应。

听到敲门声，斯靳恒立刻就知道是谁。

打开门，斯鼎礼看着父母俩问："我是你们的亲生儿子，还是嘉依是你们的亲生女儿？"

夫妻俩互相看了一眼，斯靳恒问他："被隐瞒的火气没地方撒，来我们这找事呢？怎么不敢质问嘉依？"

"……"

斯鼎礼调头就走，所有人都给他添堵。

"儿子，嘉依是我们的亲生女儿，你就死心吧！"黎浅洛笑眯眯地加上一句，斯鼎礼差点就气炸了。

邵嘉依，邵嘉依，邵嘉依……

她绝对是个妖精，还是会施法的妖精。

要不然为什么大家都那么喜欢她？

包括他自己，爱之入骨。

沉默地回到房间，看到两个女儿和熟睡的嘉依，所有火气都消失了。

叹了一口气，躺到床上，瞪着眼睛看着两个女儿发呆傻笑。

邵嘉依第二天早上醒来的时候，发现自己在一个陌生的地方，猛然从床上坐起来。

"醒了？"

双胞胎已经到楼下吃早餐了，他的女人还在呼呼大睡，斯鼎礼只能陪着。

"斯鼎礼，这是哪？"邵嘉依来过庄园好多次，但是没有进过斯鼎礼的房间。

"咱们家。"

"谁和你是咱们！"看到他在身边，邵嘉依不安的心才平复下来。

她的手腕被大掌一带，重新躺回床上。

"嘉依，孩子这么大的事情，都敢隐瞒我？长胆子了！"

邵嘉依不满地瞪了一眼圈着自己的男人说："你不还背着我偷偷领了结婚证？"

这么大的事情，他不也没告诉她！

"嗯，是不是我不告诉你领证的事情，你就永远不打算告诉我双胞胎的事情？"

"当然不是！只是没找到合适的机会嘛！"邵嘉依为自己辩解。

斯鼎礼紧紧地抱着她，双手不老实地动来动去。

"放开我，该起床了。"邵嘉依拉开他的手，小声地拒绝。

"不放！我很生气！"她必须承受他的怒火！

邵嘉依一脸无奈，斯鼎礼什么时候这么孩子气了！

"斯鼎礼！"

他一个用力压住她，快速堵住她的红唇。

"乖，以后叫老公。"他哑着嗓子给她纠正。

"我才不要……啊！我叫！老公。"

"这才乖！"

临近午餐两个人才从楼上下来，邵嘉依也才知道他们在新区庄园。

"怎么不早点告诉我咱们在干爸干妈这里啊！"邵嘉依拧了一下旁边神清气爽的男人。

早知道在这里，她就不会让他再多吃的。

"不说，说了没肉吃。"

"……"

他知道的还挺多。

"妈咪！爸比！"

"爸比，妈咪！"楼下的双胞胎先发现两个人，纷纷迈着小短腿往楼梯口跑过来。

斯靳恒在一边打电话，黎浅洛欣慰地跟在双胞胎后面。

所有人都不会知道，斯鼎礼此刻的心情，比第一次见到大女儿时还要激动。

两个可爱的小萝卜头，一起扑过来叫着爸比妈咪，斯鼎礼的胸口被甜蜜和幸福填满。

"乖！"斯鼎礼把两个女儿一起抱起来，一手一个。

"爸比，你知道妹妹了？"

"爸比，你知道姐姐了？"不愧是双胞胎，很多时候都会心有灵犀。

"恩，爸爸知道了，爸爸很开心。"斯鼎礼直接表达出自己心中的想法。

"爸爸，我也很开心！"

"爸爸，我也很开心！"

两个小丫头，纷纷抱着斯鼎礼的脖子撒娇。

邵嘉依幸福地看着这温馨的一幕，怎么总是做让自己后悔的事情呢？为什么没有早点告诉斯鼎礼双胞胎的事情呢？

"嘉依，饿了吧！我已经让厨房开始做饭了，等一下啊！"黎浅洛将邵嘉依拉到自己的面前。

"没事，干妈，我不着急。"邵嘉依有点不好意思地笑笑说。

黎浅洛即使用脚指头想，也知道他们在上面干什么。

斯靳恒挂掉电话，告诉嘉依："爸爸刚从国外请来一个米其林四星级大厨，等下尝尝他的手艺。"

邵嘉依没有忽略他口中的"爸爸"，脸色红了红说："好的。"

斯鼎礼开口提醒："叫爸爸啊！想什么呢！邵嘉依！"

邵嘉依脸红得不行，剜了一眼厚脸皮的男人，黎浅洛拉着邵嘉依的手帮她解围："女孩子脸皮薄，嘉依，没事，我们等着，等到你和鼎礼婚礼那天。"

结婚啊？唉，又提到结婚，即使斯鼎礼向她解释过为什么一直拖着，但是邵嘉依还是越来越着急了呢！

"婚礼正在安排，邵嘉依你敢跑，你试试！"斯鼎礼警告地看着神游的女人说。

邵嘉依无语，她明明是开心还来不及啊！

"鼎礼，怎么说话呢！快跟妈说说你的计划。"午餐还没做好，一家人坐在客厅里开始聊家常。

没过太久，司少哲带着斯暖暖母子俩也来到了庄园。

司凯和双胞胎开心地玩在一起，斯暖暖拉着邵嘉依坐在一起，她本来想问她现在怎么样了，但是，长辈在这里，斯暖暖也没开口。

司少哲对着脸色难看的斯鼎礼吹了声口哨说："弟弟好像不欢迎姐姐和姐夫啊！"

"滚！"斯鼎礼直接丢给他一个字！

哪壶不开提哪壶！司少哲明明还没有他大，偏偏娶了他姐，让他从此得叫他姐夫！

司少哲故作恍然大悟地说："哦，我忘了，鼎礼说要跟我绝交的！"

"为什么？"这句话引来邵嘉依的好奇，斯鼎礼和司少哲都二十几年的朋友关系了，怎么忽然要绝交？

斯鼎礼警告地踢了一下司少哲的鞋尖，司少哲不理会他，从他身边挤到老婆身边，告诉邵嘉依："还不是因为我替你隐瞒了双胞胎的事情，他记仇！嘉依，快说说他，我也是迫不得已的，对吧！"

邵嘉依有点尴尬，她要怎么说服斯鼎礼啊？

"干妈……"邵嘉依只得寻找靠山。

黎浅洛把一小块水果塞进小锌锌的口中，说道："鼎礼，怎么这么不理解嘉依？"

"对啊！他办结婚证的事情，还隐瞒着我呢！他怎么好意思生气！"邵嘉依跟着附和。

斯鼎礼看着一唱一和的婆媳俩人，只好投降道："司少哲，昨天晚上的话就当我没说！"

"好的！"司少哲故作很大方地原谅了斯鼎礼，他们夫妻俩现在过来，其实也是黎浅洛打了电话，他们才给了面子。

大家都知道，斯鼎礼说绝交也只是说着玩玩。司少哲把这事说出来，只是让大家乐和乐和。

吃完午餐，斯鼎礼和司少哲一起去了书房谈工作上的事情。

临近傍晚，薄亦月给邵嘉依打了电话说："嘉依，宸宸回来了，晚上我和你爸做桌菜，你带上双胞胎和鼎礼过来。"

"干妈，是我。"接电话的是斯鼎礼，邵嘉依的手机就在他旁边。

"啊，鼎礼，你和嘉依在一起呢？"

"嗯。"

"晚上想让你带着嘉依和双胞胎过来吃饭，如果不方便的话就算了！"

"没有不方便，我晚上带着她们过去。"

"好的！我们现在就开始动手准备，你们路上开车慢点！"薄亦月高兴地结束通话，开始进厨房忙活。

斯鼎礼把手机还给邵嘉依："妈让咱们回去吃饭。"

"好。"

第七十九章 和睦一家人

韩敏和斯熙熙坐在沙发上，逗着刚睡醒的邵靖衍。

邵勉和薄亦月在厨房内忙碌着，邵嘉康还没有下班回来。

晚餐很快做好，刚端上桌，邵嘉康就进了别墅的门。

餐桌上，薄亦月和邵勉各负责一个孩子，邵嘉依一直在给斯鼎礼和韩敏夹菜。

没多久，斯鼎礼碟子上的菜就堆积如山。

斯鼎礼无奈地夹起一些肉，放在她的碟中："别只顾着给我夹，你也吃。"

"好吧！"邵嘉依吃掉肉，又忙着夹菜孝敬韩敏。

晚餐的气氛很不错，老人和孩子都挺开心，这样就足够了。

吃完晚餐，一家人在客厅里谈天说地，邵嘉依和斯熙熙一直在斗嘴，斯鼎礼在她耳边轻轻说道："都是两个孩子的妈了，怎么还跟个孩子一样？"

"怎么？你不喜欢这样的我？"邵嘉依看着他的眼睛，眼里闪烁着期待的光芒。

斯鼎礼哑然失笑，不顾她的挣扎，握着她的手问："你怎么知道，我喜欢你所有的样子？"

邵嘉依捏了捏他的大掌："斯鼎礼，就知道逗我开心！"

"我从不说谎话，你知道的！"

"好吧！刚好，我也挺喜欢你的！"她笑嘻嘻地看着包裹着自己的手的大掌，心中的甜蜜不断涌出。

这个时候只听见邵嘉康清了清嗓子说道："咳咳咳，斯鼎礼、邵嘉依，请不要在我老婆的月子里秀恩爱！"

"你也秀啊，没人有意见！"斯鼎礼淡淡地回应他。

斯熙熙立刻举手说:"我有意见!"

邵嘉康答:"驳回!"

"唉哟,你们这些年轻人哟!和你们在一起,听着你们斗嘴真好笑。"韩敏就喜欢看到一家人和和睦睦的样子。

"祖奶奶,家里有两个厚脸皮!"邵嘉依从斯鼎礼手中抽回自己的手,脸蛋红扑扑的,看在斯鼎礼眼中,煞是可爱。

"邵嘉依,你可以闭嘴了!"邵嘉康把睡着的儿子放回摇篮。

"我就不闭嘴。祖奶奶,你猜猜谁是厚脸皮!"邵嘉依的手被斯鼎礼捏住,她甩开,他再捏住。

韩敏笑呵呵地看着他们:"让祖奶奶猜猜……是不是嘉依和熙熙两个小丫头?"

"祖奶奶!"邵嘉依难以置信地嗔道。

斯熙熙更郁闷,她明明都没说话。

斯鼎礼沉声低笑道:"祖奶奶,我以后向您学习,慧眼识人!"

"对!真是我的亲祖奶奶!"邵嘉康嘚瑟地看着两个瞪眼的女人。

"祖奶奶,我生气了,快来哄哄我!"邵嘉依甩开斯鼎礼的手,用手捧着自己的脸,冲着韩敏眨眼睛。

她卖萌的样子再次逗笑韩敏,旁边的邵嘉康不屑地看着自己的妹妹说道:"多大的人了,还跟个孩子一样,邵嘉依你羞不羞!"

"我乐意!我开心!你管得着吗?"邵嘉依收敛了自己的表情,拿起水果盘里的荔枝,剥掉壳往斯鼎礼嘴里塞。

当她塞到第七八个的时候,薄亦月连忙制止她:"嘉依,荔枝一次不能多吃,会上火的!"

"哦!"邵嘉依顺势把最后一个剥好的荔枝塞进自己的嘴里。

斯鼎礼凑近邵嘉依,邪恶地附在她耳边说:"我不怕上火,我能泻火,继续。"

邵嘉依的脸,蓦地就红了。

邵嘉康掀起眼皮看了一眼妹妹，不用问，就能大概猜到斯鼎礼说了什么，他嫌弃地看着妹妹说："瞧瞧你那没出息的样儿！和鼎礼在一起这么久了，还不习惯吗？"

邵嘉依抽出一张湿巾擦擦手，指着邵嘉康不满地说道："邵嘉康，你真好意思说我，你卖妹求荣的事情我还没找你算账，这种事情你都能做出来！"

卖妹求荣？"什么意思？"薄亦月把去过核的荔枝，塞进小锌锌的口中，看着一对儿女问。

"你问我哥，不！斯鼎礼他哥才对，每次都出卖我！现在连我都被他卖给斯鼎礼了。妈，您知道吗？我们的结婚证就是您儿子干的好事！"邵嘉依拿着一颗荔枝对准邵嘉康，随时都有砸过去的可能。

"哥那是为了我们好！"斯鼎礼难得插话。

邵嘉康立刻附和道："对！也就是你不知道我的良苦用心！"

斯鼎礼多好，要钱有钱，要模样有模样，也就这么极品的男人才配得上他妹妹！

最关键的是，他还有一颗爱妹妹的心！

邵嘉依把荔枝放在桌子上，回身看着斯鼎礼，死死地盯着他。

"怎么了？我说的没错吧！"

"斯鼎礼，你到底是和谁结了婚，为什么一直和我哥站在同一条战线上欺负我呢？"邵嘉依在想，如果哥哥是个女儿身，此刻和斯鼎礼领结婚证的一定是邵嘉康吧！

斯鼎礼微微一笑，眼中划过精光，然后略微委屈地回应她："我哪敢欺负你？"

这话会从斯鼎礼口中说出来，不只是邵嘉依，连斯熙熙都错愕地盯着自己的哥哥。

她太佩服嘉依了，哥哥这种人都能被她训得服服帖帖。

"不是，我是看着你们两个人怎么那么恩爱！"邵嘉依撇嘴后，偷笑。

斯鼎礼再凑近她："我和你更恩爱，可以负距离地恩爱。"

嗯？负距离地恩爱，这是什么意思？

她疑惑的目光对上男人坏笑的表情，准备问的话也收了回去。

她相信他这句话绝对不是什么好话！

晚上九点，老人和孩子都到了该休息的时间，大家结束了聊天，回到各自的房间。

邵嘉依给双胞胎洗了脚后，把她们抱到邵勉的房间。

邵勉和薄亦月陪着双胞胎在床上玩耍，邵嘉依去韩敏的房间找斯鼎礼。

当她推开门的那一刻，里面的一幕让她震惊地站在原地。

韩敏正坐在椅子上，慈祥地看着正在给自己洗脚的斯鼎礼。

邵嘉依捂着嘴巴想哭，她没想到斯鼎礼会亲自给祖奶奶洗脚。说来也惭愧，平时她都没有给祖奶奶洗过脚。

这么好的男人，怎么就让她遇上了？

邵嘉依跑到邵嘉康和斯熙熙的房间，敲了敲门，开门的正是邵嘉康。

"什么事？"

邵嘉依蹦起来，抱了抱哥哥："谢谢你哥哥！"

谢谢哥哥把她的身份证给了斯鼎礼，让她和这么好的一个男人成为合法夫妻！

邵嘉康被她弄得莫名其妙，看着妹妹的背影，问了一声："邵嘉依，你是不是犯错了！"

"没有，就是发现你对我太好了！真的是我亲哥哥！"邵嘉依浅笑地推开祖奶奶的门，走进去。

邵嘉康咕哝了一句："臭丫头，现在才知道！"

第八十章　护她一世周全

斯鼎礼略微笨拙地给祖奶奶擦了擦脚，然后把韩敏直接抱到床上："祖奶奶，你好好躺着，我去倒水！"

"好！"

韩敏向门口的邵嘉依招了招手说："嘉依，过来，到祖奶奶这里！"

邵嘉依走过去，在床边坐下，静静地靠在韩敏的肩上，享受着祖奶奶带给自己的温暖。

"鼎礼，快过来。"

没有两分钟斯鼎礼就从浴室走出来，看到依赖地靠在老人肩上的女人浅笑。和邵嘉依一起坐在床边，把她从韩敏的怀里拉出来，让她更靠近自己几分。

邵嘉依抗议，她要和祖奶奶坐在一起！

斯鼎礼拉着她的手腕不松手，韩敏看着这一幕，呵呵地笑了起来。

"鼎礼，谢谢你为我这个老婆子洗脚！"

"祖奶奶，您说的是哪的话，您是长辈，应该的。"

百善孝为先，这些道理他还是懂得。

他以前就给太爷爷洗过脚，后来太爷爷去世了，爷爷老了，他有空也会给爷爷洗脚。

"浅洛那孩子把你教育得真好。鼎礼，以后祖奶奶就把嘉依交给你了！你一定要好好对她。"

"祖奶奶放心，嘉依和孩子以后就是我的全部。"

男人严肃地在老人面前保证。

"嗯，那就好，嘉依这孩子大大咧咧的，还很善良，你要多多包涵她。你要知道，丈夫就是一个女人的天，你对她好比什么都好。"

斯鼎礼认真地听着韩敏的教育，然后点头。

邵嘉依却摇头道："祖奶奶，这话我不赞同，你的思想还停留在许多年前，现在这个社会，女人就能撑起一片天，没有男人，我们女人也能过得顺风顺水！"

"傻孩子，你要是结婚了呢？以后生活中的喜怒哀乐还不是和你的丈夫息息相关？"

这好像是真的，邵嘉依瞄了一眼正眼中带笑的男人，不好意思地问："你笑什么？"

他拉过她的手，认真地回答："我很高兴可以和你在一起，做你的天！"

做邵嘉依的天，想想就很幸福。

所以，是不是他以后需要更加努力工作，给她和孩子更好的生活？

邵嘉依脸蛋红了红，娇嗔道："知道你孝顺，是想让祖奶奶开心吧！"

"也不全是！"他否认，"我想让祖奶奶开心是真的，但是我不会为了让她老人家开心而说违心的话、做违心的事，我说的都是真的。"

他是一个男人，能把自己心爱的女人呵护起来，做心爱的女人的天，比什么都有成就感。

心中被甜蜜灌满，邵嘉依故作不依地扯了扯他的大拇指，女人的娇态完全浮现出来："你也不害羞，你看祖奶奶一直在笑你，你说点别的吧！"

"我笑是因为我开心，我的曾孙女可以找到一个爱自己的男人。"韩敏拉过两个人的手，让他们把手握在一起。

斯鼎礼就这样顺势包裹着嘉依的手。

韩敏收起笑意，严肃地看着斯鼎礼说："鼎礼，以后我就把我的曾孙女交给你斯鼎礼，依你现在的优秀条件，让嘉依吃苦谈不上。那你就好好地护她一世周全，嘉依她才能许你一世容颜。"

一世周全、一世容颜……多么美好的字眼。

韩敏作为一个老教师，书中的风花雪月她见得多了。

年轻的时候，也有那么一个人，对她说过这么美好的语言。

但是，他来不及护她一世周全就已经离世，现在只剩下她一个人。

所以，她现在把所有的希望，都寄托在晚辈们的身上。

不只是嘉依和鼎礼，还有嘉康和熙熙，希望他们都能一生一世一双人。

"祖奶奶请放心，我一定不会辜负您的期望！"斯鼎礼以前从来都不屑接触这些浪漫字眼，这一刻，这些词句被用在他心爱的女人身上，听上去是那么美好！

邵嘉依低下头，掉下一滴眼泪。

滚烫的眼泪落在斯鼎礼的手背上，男人抬起她的下巴，眉头微皱道："嘉依，不把我说过的话放在心上，是不是？"

邵嘉依慌乱地摇头说："不是，不是。"

她只是很感动而已。

"既然不是，就别再哭！"他给她擦去眼角的泪珠，她的眼泪总是让他心疼。

韩敏微笑地看着这一幕，过去的几年，嘉依吃了那么多苦，现在终于找到属于自己的幸福，真好！

"好了傻孩子，不要再哭了，再哭鼎礼会心疼的。"韩敏长满皱纹的手，捏了捏她的鼻尖。

邵嘉依点头，收起自己的眼泪，两个人又陪着韩敏聊了一会儿，才离开韩敏的房间。

第二天邵嘉依在手机闹钟中幽幽转醒，迷迷糊糊地划掉手机闹铃。

在一个温暖的怀抱中找到一个舒服的姿势，准备再次进入梦乡。

忽然想起昨天的计划，她猛然睁开眼睛，轻轻地推开自己腰间的长臂。

然后从床上坐起来，旁边的男人还睡得很沉很香。

她在沉睡的男人额上印下一吻，掀开薄被下了床。

她洗漱完毕，直接下到一楼，厨房内邵勉正在准备大家的早餐。

她悄悄靠近厨房，准备吓一吓邵勉，但是立刻就被他察觉了。

"今天起得挺早，饿醒了？"

邵嘉依靠在门上,看着头也不回就猜出来是她的老爸,不服气地问道:"你怎么知道是我!"

"家里除了你,没有人会做这么幼稚的事情!"哦!不对,那两个小萝卜头也会,但是两个小萝卜头还在呼呼大睡!

好吧!

"说吧,今天起这么早有什么打算?"刚六点多,邵嘉依平时没事,最早也是七点以后才会起床。

邵嘉依这才想起自己早起的目的,说道:"爸,你教我做早餐吧!"

邵勉差点把手中的碟子给扔了,连忙向女儿摆手道:"你走吧!我今天就给你找个厨师,送到你和鼎礼的住处。是要米其林星级厨师,还是川菜、粤菜、鲁菜厨师……所有的师傅任你挑选!"

邵嘉依心塞地看着老爸惊恐的表情说:"爸,先教我做水煮蛋好不好?"

这么简单的事情她再学不会,干脆就直接用根面条吊死自己算了!

邵勉瞟了一眼她细皮嫩肉的手说:"我怕你被烫伤,我还得花钱给你看病!"

"爸!你是我亲爸吗?"邵嘉依不满地打开冰柜,开始找鸡蛋。

"这一刻我很想说,不是。"邵勉和老婆都有这么好的厨艺,怎么就生了个对厨房内的事情一窍不通的女儿?

邵嘉依把两个鸡蛋放在水龙头的旁边,不满地跺脚道:"爸!"

"欸,你看看你!"邵勉手中的菜刀还来不及放下,邵嘉依放在水龙头边上的鸡蛋,就滚掉在地上一个,蛋壳应声而破……

"邵嘉依啊,你老爸昨天得罪你了吗?"邵勉找了块抹布,开始清理地上的狼藉。

邵嘉依摇头道:"没有。"

"那你大清早的就来给我添堵是什么意思?回去睡觉去!"邵勉嫌弃地看着女儿,忽然很同情斯鼎礼,怎就收了他这个呆笨的女儿。

邵嘉依不服气地说:"我不是故意的,我不走!我今天早上一定要学会水煮鸡蛋!"

学会了水煮鸡蛋，以后家里就算没厨师，斯鼎礼和孩子也不会被饿到！

"好好好，来我教你，如果今天早上学不会，你就别出厨房！"邵勉也就不信了，他的女儿会对厨艺真的一窍不通！

在邵勉的叮嘱下，邵嘉依轻轻地洗干净鸡蛋。

然后拿出锅，接点水，轻轻地把鸡蛋放进去。

开火，放锅……嗯，一切都进行得很顺利。

第八十一章　不许邵嘉依进厨房

邵嘉康下楼给儿子取玩具，无意间看到厨房内的邵嘉依，问道："爸，那是谁啊？"

"是我！你漂亮可爱的亲妹妹！"邵嘉依把锅放好，忍不住欣喜，水煮蛋还真是容易上手！

邵嘉康撇嘴问道："你在厨房干什么？"

"我做饭啊！"

邵嘉康忽然就剧烈咳嗽起来，因为他被自己的口水呛到："邵大小姐，求你别再给老爸添堵了，回去抱着鼎礼睡觉不好吗？"

"邵嘉康！你快抱你儿子去吧！"邵嘉依露出头，不满地赶人。

她一定要把鸡蛋煮熟，然后把滚烫的鸡蛋塞进邵嘉康的嘴里，堵住他的嘴！

"好，我走，唉，今天没早餐吃了！"邵嘉康摇头上楼。

到了二楼的时候，邵嘉康冲着厨房喊了一声："邵嘉依，我用不用带着大家先出去，把厨房留给你一个人？"

他可是听说，妹妹曾经把厨房差点炸掉的。

邵嘉依大声道："邵嘉康，你是律师，注意你的形象好吗？"

邵嘉康绝对是和司少哲在一起的时间久了，才会这么没有良心。

"在你面前我还需要注意什么形象！"邵嘉康拿着玩具，回到房间。

房间内，月嫂正在哄着刚吃饱的邵靖衍玩耍，斯熙熙正在做产后恢复运动。

"邵嘉康，我刚才听见嘉依在楼下大呼小叫的，你们干什么呢？"

邵嘉康下楼的时候，没关房门，楼下的声音，都传到了楼上。

"哦，她在做早餐，你准备着饿肚子吧！"邵嘉康拿着玩具，从月嫂怀中接过儿子。

斯熙熙撇嘴道:"你就会口是心非!"

饿肚子?如果真的是嘉依做的早餐,就算是会被毒死,邵嘉康也会照吃不误!

他这个爱妹狂魔,她可是最清楚不过的!

邵嘉康没有反驳她,逗着儿子。

早上七点半,双胞胎被薄亦月打扮得漂漂亮亮的,准确去敲爸妈房间的门,薄亦月连忙拉过两个小萝卜头:"走,姥姥带你们去找弟弟玩!"

邵嘉康的房间门是打开的,嘉依的房间关得严严实实。

"可是,姥姥,我想要爸爸妈妈!"邵奕锌眼巴巴地看着薄亦月。

"你爸爸妈妈还没起床呢!咱们不能去打扰他们,知道吗?等一下……"

邵嘉依房间的门被打开,穿戴整齐的斯鼎礼从里面走出来。

看到三个人,斯鼎礼向薄亦月打招呼:"妈,早!"

"嗯,你起来了,嘉依还在睡吧?"

斯熙熙从自己的房间里晃出来,告诉薄亦月:"妈,嘉依早就楼下了!"

"嗯?她发什么神经?"薄亦月疑惑地问。

斯鼎礼一手拉着一个女儿往楼下走去:"去看看!"

今天的邵嘉依的确挺反常,居然比他起得还早,搞什么鬼?

一声尖叫,让斯鼎礼立刻松开双胞胎的手,快速冲进厨房。

厨房内,邵勉崩溃地看着吹着手的女儿。

"怎么了?嘉依?"斯鼎礼拉过邵嘉依。

"烫,烫到了。"邵嘉依指着面前冒着热气的锅,然后又举起自己发红的手背。

斯鼎礼给她吹了吹,问:"怎么跑厨房来了?这么不小心?走,快去上药。"

邵嘉依被斯鼎礼拉出厨房。

邵勉无奈地摇头,好不容易把鸡蛋煮熟了,结果手背被热水溅到,唉!他的女儿哟!

客厅里双胞胎挤到爸爸妈妈面前,看着爸爸给妈妈上药。

"妈妈,你为什么会被烫伤?是不是不听话?"邵静锌吹了吹邵嘉依被上过药的手背。

"没有不听话,我很乖的!你们俩得向我学习!"邵嘉依想起自己煮熟的鸡蛋,无比自豪。

她终于在厨艺生涯上,跨出了成功的第一步!

斯鼎礼收起烫伤药膏说:"下次没有我的允许,不许进厨房!"

"就是,妈妈,等着我长大,给你做好吃的!"邵奕锌乖巧地附和爸爸,还不忘安慰邵嘉依。

"小乖乖,妈妈好幸福啊,妈妈就等你们长大!"邵嘉依欣慰地看着两个女儿。

早餐桌上,邵勉端出十几个白鸡蛋,有的还破了壳。

"给,这就是嘉依忙碌一早上的成果,你们尝尝!"

"有毒吗?"薄亦月轻轻地问了一句邵嘉依。

斯鼎礼拿起鸡蛋,剥了一个,两口吃完,说道:"没毒,吃吧!"

"爸爸爸爸,我也要吃!"

"我也吃!"双胞胎迫不及待地举手,斯鼎礼又拿过两个鸡蛋,给双胞胎剥壳。

"还不错!"斯鼎礼赞赏地看了一眼旁边的女人。

邵嘉依羞愧地低下头,她马上就27岁了,居然刚学会煮鸡蛋。

她的手被握住,斯鼎礼轻声告诉她:"想什么呢?我连煮鸡蛋都不会,你现在比我厉害,还会煮鸡蛋!"

邵嘉依感动地看着斯鼎礼,原来他也会安慰人,竟然还很管用。

邵嘉依甩掉乱七八糟的想法,制止所有去拿鸡蛋的人:"慢着!"

在大家疑惑的目光中,她笑着说道:"我给你们剥鸡蛋!"

然后站起来,端过所有的鸡蛋,放在自己面前,准备开动。

"我帮你!"斯鼎礼刚伸手,就被邵嘉依拍掉了。

斯鼎礼只得放弃，开始帮助女儿吃早餐。

邵嘉依剥鸡蛋剥得不亦乐乎，递给祖奶奶一个……

然后一块点心放在她的唇边，邵嘉依张嘴，吃掉。

给爸爸一个，然后是一块油条放在她的唇边，吃掉。

给妈妈一个，一口粥送到她的唇边，喝掉。

再给哥哥一个，再一口粥。

再给嫂子一个，一块鸡蛋饼放进她的口中。

……

呼！最后一个才放进自己的碟中，终于剥完了。

她好像也被斯鼎礼喂饱了。

看着大家津津有味地吃着邵勉让人从外面买回来的小笼包，邵嘉依咽了咽口水，她还是吃鸡蛋吧！

真搞不懂，大家为什么都喜欢吃包子。

早餐吃完，大家该上班的上班，该玩的玩，邵嘉依和斯鼎礼一起出门，外面师霄已经来接斯鼎礼了。

她本来可以坐自己的车的，但是斯鼎礼执意让她和自己坐在一起，他会先把她送到店铺里。

邵嘉依只得先上了他的车，后面三辆车跟上。

车子在店铺门口停下，斯鼎礼在她唇上印上一吻："下午五点去公司找我！"

"嗯？干什么？"

"有事情，很重要的事情，一定要来！"斯鼎礼认真地看着她。

邵嘉依被他的认真感染，严肃地点点头："我这边忙完就过去！"

"好的！乖。"

下午见到斯鼎礼的时候，邵嘉依无意间提到城北不知道是谁投资了一家星际酒店，看上去很不错！

提起蔷薇之城，斯鼎礼没有忽略她眼中的惊艳和向往。

第八十二章 最后一次求婚

末了邵嘉依加上一句:"你可不可以帮我留意一下,那个蔷薇之城的老板是谁?"

"怎么了?"斯鼎礼期待地看着她。

"我要快点赚钱,把那个蔷薇之城给收购了!"那个老板居然建了一家她梦寐以求的酒店。

没想到,她梦中的场景居然在现实中出现了,她能不喜欢吗?

"收购?"男人低笑。

"不行吗?"邵嘉依好奇地看着闷声沉笑的男人。

男人挑眉:"行!不过,据我所知,那个酒店是个七星级酒店,投资在一百亿以上,你拿什么收购?"

"啊?一百亿以上!"邵嘉依目瞪口呆,那还是算了。

打好的算盘泡汤,心里瞬间空落落的。

"不过,如果你真的想要,也不是不可以!"斯鼎礼看着女人的眼神,变得邪恶。

邵嘉依被看得头皮发麻,问道:"怎么可以?"

男人伸出手,把她拉进自己的怀里,邪恶地调戏她:"亲我一下,给你一个亿!"

邵嘉依捏了捏他的脸,摇头:"我不要,一百亿,不是一个亿。"

纵使斯鼎礼再有钱,她也不能这么任性,让斯鼎礼花那么多钱去买一个她梦中的酒店。

斯鼎礼低下头拉近两个人的脸部距离:"快吻我,我保证所有你想要的,都会是你的!"

"我不要,太贵了,不是说着玩的!"

"要!"

"我真的不要了!"

"必须要!快!吻我!"

邵嘉依轻轻地在男人唇上吻上一下,然后退后一步道:"好了吧!"

"不好,这才一个亿!"

邵嘉依忍不住笑:"如果真的一个吻一个亿,我绝对会亲到你破产!"

男人挑眉:"来试试如何?"

邵嘉依叹了一口气,她要是真的亲了,岂不是答应了让他去帮她收购酒店?

"不了,欠着,以后慢慢亲!"

"也行,一天十个如何?"

"不好,斯鼎礼,我说真的,不要了……唔唔唔……"她的红唇被他吻住。

半晌,男人放开她:"我吻你行了吧!吻你一下,给你一个亿。"

他倒贴还不行?

邵嘉依真的感觉斯鼎礼有的时候,也挺任性的,就比如现在!

"快说,让我来做什么?"

她转移话题,以后不跟他提了,他那么忙,一定会忘掉的。

斯鼎礼看了时间,五点十分。"走,带你去一个地方。"

"好!"邵嘉依跟着他走出办公室。

外面的师霄看着出来的两个人,打了声招呼:"斯总,斯夫人好!"

"师特助,你真好!"邵嘉依向他摆了摆手。

斯鼎礼淡淡地开口:"去开车,我们在公司门口等你!"

"好的,斯总!"

师霄立刻收起工作,拿过旁边的车钥匙,往电梯口走去。

今天的车子是一辆大红色的兰博基尼,邵嘉依从来不知道斯鼎礼还有大红色的跑车。

"去哪呢？吃晚餐吗？带上锌锌吧！"看着车窗外急速掠过的风景，邵嘉依好奇地看着旁边的男人。斯鼎礼看上去心情很好的样子。

"不只是吃饭，下次再带她们。"今天不行。

邵嘉依点头，又问："是要见什么人吗？"

"不是。"

"那是出去嗨皮？"比如唱歌或者看夜景。

"算是！"

邵嘉依闭嘴。

车子停下的时候刚好六点，对于渐冷的秋天来说，六点天色已经彻底黑透。

斯鼎礼把她抱下车，揽在自己的怀里。

"前面有可怕的东西，闭上眼睛，抱紧我！"

"啊？"邵嘉依深信不疑，立刻闭上眼睛，却被男人打横抱起。

斯鼎礼笑着，看着紧紧闭上眼睛的女孩说："你往我怀里钻，千万不能看见！"

邵嘉依搂上他的脖子，把脸埋在他的怀里："斯鼎礼，是猛兽吗？"

"不是。"

"是鬼吗？"

男人低笑出声："不是，别着急，到了我就让你睁开眼睛。"

邵嘉依等啊等啊，大概有五分钟，她终于被斯鼎礼放下。"嘉依，睁开眼睛！"

"没有不能看的东西了吗？"其实她的胆子很小的。

"没有了！"斯鼎礼很肯定地告诉她。

邵嘉依这才慢慢睁开眼睛，只是眼前的灯光太亮，她适应了好几下，才彻底睁开眼睛。

"哇！"她一声惊呼！震惊地捂住自己的嘴巴。

眼前是一大片随风摇曳的粉色蔷薇，在它们周围是一圈飘在半空中的白色粉色气球。

还有许多人正笑意盈盈地看着她，有司少哲，韩悦，斯暖暖，邵嘉康，薄思诺，黎果然……

什么情况？

她脚下踩的居然还是红色的地毯，旁边桌子上放着各种酒，以及一个粉色的多层大蛋糕。

脑袋忽然闪过一道灵光，斯鼎礼该不会要跟她求婚吧？

也不对啊！戒指好像还没做出来呢！

"这是？"

斯鼎礼笑而不语，对着不远处的师霄做了一个手势，师霄点头，然后转身不知道做了什么。

不远处开始传来轰隆隆的声音，随着声音越来越近，邵嘉依看到了一架白色的小型无人机正载着一个东西，往他们这边飞过来。

随着飞机越来越近，邵嘉依终于看清了，飞机下面系着一个深蓝色的锦盒。

她的心扑通扑通跳得厉害，难道是真的？

斯鼎礼取下锦盒，飞机调头飞走，斯鼎礼突然半跪在她的面前，打开锦盒说："邵嘉依，请你嫁给我！"

"……"

惊喜像是烟花一般，在脑海和胸口绽放！

锦盒里面装着一枚很大的钻戒，中间是一颗很大的白色钻石，旁边镶嵌着粉色的碎钻，组成一个皇冠。做工极其复杂，但是看上去很漂亮大气！

"快答应啊！嘉依，别只顾着犯傻啊！"司少哲双手在唇边做成喇叭形状，对着邵嘉依喊了一声。

"嘉依，快答应，快答应！"

邵嘉依还在捂着嘴巴震惊，其实这一幕她想过无数次，但是就是没想到，斯鼎礼会在粉色蔷薇花海前面，拿着粉色皇冠形的戒指向她求婚……

"邵嘉依，求你嫁给我！"斯鼎礼又是一声呼唤。

"好！"一个声音，响亮地回应斯鼎礼，只是，那声音来自司少哲！这一幕笑倒了众人。

邵嘉依这才反应过来，红着眼圈点头，大声地回应他："斯鼎礼，我答应，我答应！"

"砰！"礼花在空中绽放，伴随着的还有几个人起哄的声音。

斯鼎礼站起来，拿出戒指，亲自给邵嘉依戴上，大小刚好，正合适！

"斯鼎礼，亲一个，亲一个！"黎旭起哄大喊。

邵嘉康跟着起哄："亲一个，亲一个啊！快点吧！"

给邵嘉依把戒指戴好，斯鼎礼立刻将她揽在怀里，重重地吻了上去！

"哦！我的心，好心痛！"这是韩悦痛苦地捂着自己的心脏。

司少哲在他脑袋上拍了一巴掌："死心吧！嘉依早就和鼎礼领证了！"

"啊！我的嘉依！"韩悦扶着粉色蔷薇，一副要昏倒的表情。

其实，他早就死心了，这一刻，看着她幸福，他其实也很幸福。

邵嘉依紧紧地抓着斯鼎礼的西装外套，整个人都瘫软在他的怀里。

天空中的烟花照亮大地，也照亮了一对吻得难舍难分的情侣。

许久之后，斯鼎礼松开怀中的女人，在她耳边倾诉爱意："邵嘉依，我爱你！"

邵嘉依气喘吁吁地回应他："斯鼎礼，我也爱你！"

她再次被男人吻住。

"晚上回去好好亲，现在我们要吃饭了！"邵嘉康看着不愿意分开的两个人喊了一声。

不远处的一个小亭子里，放着一张长长的餐桌，餐桌中间摆着粉色的蔷薇和欧式烛台，旁边服务生们已经开始上菜。

斯鼎礼和邵嘉依是最后到达小亭子里的，满脸幸福的女人看着周围的景色，问道："这是哪里？我怎么没来过？"

待她在椅子上坐下，旁边的斯暖暖告诉她："这里是城北，这片花海啊，鼎礼早就种下了。"

邵嘉依吃惊地看着身边笑意淡淡的男人，斯鼎礼没有说话，算是默认了。

他从知道邵嘉依喜欢粉色蔷薇的那一刻开始，就琢磨着从国外引进来一些蔷薇品种，为邵嘉侬打造一片花海，本来是想留着结婚时用的，后来无意间知道邵嘉侬的美梦时，斯鼎礼又改变了注意，在这里求婚！

他的大掌被邵嘉侬握住。两个人四目相对，邵嘉侬轻轻地开口："斯鼎礼，谢谢你！"

她很高兴，很开心，很幸福。

斯鼎礼浅笑，反握住她的手，浓眉微挑："跟我客气？"

再跟他客气，他是要惩罚这个女人的！

听出他口气中的警告，邵嘉侬连忙抽回自己的手："不谢就不谢！"

桌子上摆着丰富的菜品，基本上全是西餐，邵嘉侬拿起刀叉，开始用餐。

服务生戴着白色的手套，熟练地给每个人倒上红酒。

所有人的红酒都到位后，邵嘉侬放下刀叉，端起酒杯问："我们喝一个？"

这里没有外人，她丝毫也没有掩饰自己的喜悦。

"走一个！"韩悦跟着端起酒杯。

所有人的酒杯碰在一起，邵嘉侬将杯中的红酒一饮而尽。

其他人都抿了一点点就将酒杯放下，看到她空空如也的酒杯，司少哲错愕道："邵嘉侬，你喝这么快干什么！"

"我开心啊！"邵嘉侬歪着头回答。

对于自己的好心情，她不想遮掩，开心就大口喝酒大口吃肉！

斯鼎礼端起醒酒器，亲自给她倒上红酒："喝吧，有我在。"

"好！"

那天晚上大家喝掉十几瓶斯鼎礼珍藏的红酒，即使是有些酒量的邵嘉侬，也差点飘起来。不过，在飘起来的前一刻，步伐沉稳的斯鼎礼将她抱起来，往车上走去。

除了斯鼎礼和邵嘉康，其他人全军覆没。

还好，师霄已经给大家提前安排好代驾，醉后都能顺利回家。

第八十三章　店铺开业

正值秋季，邵嘉依的新店铺开业。

司少哲、邵嘉康、斯鼎礼出现在她的店铺开业典礼上，随之出现的还有韩悦和韩涛夫妇。他们俩夫妻一路走来历经坎坷，但好在都意识到彼此的重要性、所以敞开心扉，解除了所有误会，重新走到了一起。

他们出现的视频和照片在网络上疯传，一张长长的会议桌上，出现百年难遇的一幕：斯鼎礼单手抄进口袋里的优雅、司少哲随意慵懒的坐姿、斯文儒雅的邵嘉康、痞帅的韩悦、身着迷彩服一身正气的韩涛。

几百平方米大的店铺，硬是挤了上千人。

邵嘉依在店铺里穿梭，忙着做总指挥。她本来是想做甜点的，但是今天的人实在是太多，作为老板的她根本就没有做甜点的机会。

旁边斯暖暖都在帮忙端茶倒水，点单下单。

最后单子实在太多，需要服务的人更多，邵嘉依直接让几个保镖上阵帮忙服务。

恰好邵嘉依随手拉的几个保镖都是年轻帅气的，引来不少女顾客的狂喜和更多订单。

临近中午，邵嘉依喘着气坐到斯鼎礼的旁边，端起他面前的杯子，将里面的饮品一饮而尽。

不经意间的一个举动，再次引来人群的低声惊呼。

"老板居然用斯总用过的水杯！"

"对啊！好羡慕啊，你看她手上的钻戒，好特别好大！一定是斯总送的！"

"天！你看快看，斯总居然拿出手帕给她擦汗呢！"

即使旁边放着请勿大声喧哗的牌子，但是大家实在是太惊喜了，都忍不住尖叫。

邵嘉依看着面前的帅哥，这才发现，店铺里生意好到爆的原因在这里……

看了看时间，笑眯眯地询问大家："众位帅哥，临近中午了，我们一起去用餐，可好？"

"邵老板打算请我们吃什么？"司少哲靠在椅背上玩着手游，头也不抬地调侃。

邵嘉依看了一眼斯鼎礼，悄声问他："想吃什么？"

她的话刚问出来，韩悦就立刻抗议："邵嘉依，我们是客人好吗？你们这对主人不应该主随客便的吗？"

"就是啊，嘉依，明显的向偏！"司少哲跟着起哄。

邵嘉依脸蛋红扑扑的，故作凶巴巴地看着韩悦问："你小子吃不吃？"

韩悦连忙服软道："吃，必须吃，嘉依吃什么我就吃什么！"

司少哲踹了一脚韩悦："你小子变得可真够快的！"

韩悦不觉得有什么不妥，他宠嘉依都已经成习惯了，嘉依说什么就是什么，这对于他来说再正常不过。

邵嘉依偷偷一笑，看向沉默的斯鼎礼："快发个话啊，看我把韩悦和少哲都得罪了！"

男人唇角扬起，对于她这种做法，甚是愉悦："聚德楼就在附近，我们过去。"

"好！"她扬起笑脸，就聚德楼！

不远处的乔寒端起桌上的咖啡，抿了一口，掩饰着自己的情绪。

"我去叫婉婉和暖暖姐，我们去聚德楼！"

一行人浩浩荡荡地离开嘉依的店铺，许多听到风声刚到门口的顾客，惋惜地看着坐上豪车的一帮人。

下午也有媒体报道了这件事情。嘉依的新店铺开业，是斯鼎礼亲自剪彩的。其中有一张邵嘉依挽着斯鼎礼胳膊的照片，女人手上的钻戒格外耀眼。

邵嘉依又在店铺附近租了一个工作室，请来不少甜点师傅，专门针对大企业的批量订单。

其实斯鼎礼的一个订单，就可以支撑她这个小店铺的开销，但是邵嘉依想赚更多的钱。

司少哲、邵嘉康他们的医院和公司，全部都有订单。

剩下的就是邵嘉依自己跑来的业务，她认为自己的产品品质是顶级的，虽然价格贵了点，但是所有的原料全部用了最好的。特别是在卫生上面，她要求极为严格，所有的流程都是业界最高水准。

第八十四章　婚前准备

御谷名邸8号别墅，邵勉诧异地看着手上的那张纸，一个占地几千亩叫作"蔷薇之城"的酒店，投资额高达数百亿，产权证上的名字，居然是邵嘉依！

下面其他的文件，是一些不动产以及SL集团的股份。

邵勉把东西交给薄亦月，说道："鼎礼的聘礼，下得太重。"

薄亦月仔细地看了一下所有文件，点头道："这孩子和他爸一样实在，当初靳恒哥给浅洛的聘礼也是这样，我们怎么办？"

邵勉沉思许久，深沉地开口："如果我们让鼎礼收回一些，依照他的性格，肯定不会同意。"

"是啊，那孩子和他爸一样，说一不二，做出的决定，一般都不会改变。"

"再说了，这是鼎礼下的聘礼，让他再收回也不合适。"邵勉看着产权证上女儿的名字，很快就决定，"把这些给嘉依当成嫁妆陪过去，就留下这套……唔，依鼎绿岛的8号房子，我看另外一套9号是嘉依的名字，估计是想让我们做邻居。"

"是啊，我们这栋就是8号，鼎礼是9号，这孩子真是有心了。"依鼎绿岛的事情是邵勉告诉她的，是斯鼎礼刚投资的一个工程，别墅区目前还在建造，上次薄亦月路过的时候看了一眼，刚扎好地基。

邵勉点头，现在他还头疼一个问题："我们给嘉依陪嫁什么？"

斯鼎礼最不缺的就是钱，嘉依嫁过去最不愁的也是钱，而现在的嫁妆基本上都是用钱买来的。

"要不这样，我和浅洛商量一下，两个孩子的新婚用品，我们给准备吧！"

邵勉摇头，这些都不怎么样。"这样，我记得很早之前，奶奶告诉我，他们结婚的时候，娘家都会陪嫁母亲亲手做的棉被。虽然现在什么都可以买到，但是毕竟是你的心意。还有，虽说鼎礼有钱，但是我们也得有我们的表示，我这边怎么也得给嘉依母女三个人添一些必需品。"

薄亦月点头，但是……

"做棉被我不会啊！"

做棉被这种事情，她连见都没见过。

邵勉微笑地看着为难的老婆，安慰地拍拍她的肩说："没事，还好，现在婚期还没定下来，我这两天给你找一位师傅，让她教教你。我之前听说江南那边有一个做床上用品的手工大师，刺绣手艺拿过大奖，我想办法把人给你请过来。"

邵勉把一切都计划好，嘉依可是他的宝贝女儿，宝贝女儿嫁人，一切都不能从简。

"好，那别的我再想想。"

"嗯，先睡吧，老婆。"

邵勉关上床头灯，把老婆抱在怀里。

相比起8号别墅的宁静，9号别墅里还在鸡飞狗跳。双胞胎今天晚上异常兴奋，都十点多了，还和斯鼎礼一起在二楼疯玩。

邵嘉依洗完澡出来，又重复了一遍自己刚才说过无数次的话："大锌锌，带着妹妹去睡觉！快点！"

大锌锌给头发湿漉漉的邵嘉依做了个鬼脸说："妈咪，我想再玩一会儿，就一会儿，爸比，好不好？"

斯鼎礼本来也想让孩子睡觉的，但是看到女儿眼巴巴渴望的模样，只能把拒绝的话咽下肚，答应着："好。"

"耶！爸爸真好！爸爸亲一个！"

"爸爸，我也要亲一个！"邵奕锌不服气地从玩具堆里爬出来，然后迈着小腿爬到床上，抱住斯鼎礼。

斯鼎礼在两个女儿脸蛋上各亲了一口。

邵嘉依无奈地抱怨："斯鼎礼，她们明天早上会起不来的！"

"起不来就睡着。"斯鼎礼无所谓地说道,继续陪着女儿玩耍。

双胞胎在床上又蹦又跳又尖叫,斯鼎礼全程宠溺微笑,没有丝毫不耐烦……

十一点半,两个女娃娃终于躺在床上呼呼地睡着了。

邵嘉依也跟着昏昏欲睡,旁边是小女儿,而斯鼎礼抱着大女儿,微笑地看着她们三个人。

邵嘉依和斯鼎礼去婚纱店的那天,是带着双胞胎去的。

本来约好上午八点,因为有双胞胎,在家是各种磨蹭,到店里已经十点多了。

邵嘉依试穿婚纱的时候,两个小公主在婚纱店里兴奋地穿梭。

后面跟着好几个提心吊胆的导购,生怕两个小公主磕到碰到,她们跟着遭殃……

试了两三件婚纱后,经理取出几件礼服还有古装服饰,邵嘉依试完都累得要吐血了。

定好了第二天拍婚纱照,斯鼎礼将邵嘉依打横抱起:"宝贝儿们,你们在这等着,爸爸把妈妈送到车上,再过来接你们。"

"好的,爸爸!"

邵嘉依挣扎着要下来,斯鼎礼不给她机会,把她抱到车上放进车座上,才重新返回婚纱店接上两个小宝贝。斯鼎礼带着一家人去吃晚餐。

第二天先拍室外的婚纱照,场景选在一艘豪华的游轮上,还有斯鼎礼特意给邵嘉依打造的蔷薇花海里。

婚纱照拍了两天,男才女貌,让人十分惊艳。经过斯鼎礼的允许,婚纱店经理把他们的婚纱照挑选了几张放在店里的宣传网站上。

订单瞬间蜂拥而来,档期一下子就排到了第二年年底。

斯家和邵家两家人在御谷名邸,商谈把婚礼定在腊月,距离现在还有两个月,足够斯鼎礼安排好所有的婚礼当天的事情。

农历十月末,邵家为孙子邵靖衍举办了一场盛大的满月宴。

宴会上,邵嘉康满面春光地抱着自己的儿子,揽着老婆,到处敬酒。

所有人都把邵家的风光看在眼里,只是,他们不知道的是,所有的事情,都是经历过许多磨难，才走到今天的。

比如，邵嘉依和斯鼎礼，两个人也是经历了重重磨难。

其中的艰辛挫折和痛苦甜蜜，只有当事人能体会。

婚礼日子一定，黎浅洛就开始忙活喜帖和喜饼喜糖的事情。订做了上千份的喜糖礼盒，每个大红色的礼盒外面都印着一对新人的婚纱照。

里面是黎浅洛亲自装进去的进口高档巧克力和牛奶喜糖，还有邵嘉依亲手做的喜饼。

两家一次联姻，很正常，两次联姻就真的是难得修来的缘分！

喜事连连，斯邵两家到处弥漫着喜悦的气息。

第八十五章　斯鼎礼邵嘉依大婚

9号别墅内，斯鼎礼最近忙得焦头烂额，邵嘉依亦是如此，店铺那边的事情，基本上已交给了店长，她负责在家做待嫁新娘。

只是，待嫁新娘也很忙。

比如现在，她亲自挑选着装饰新房的东西，这些事情斯鼎礼本来想自己揽下的，但是邵嘉依想跟他分担一些琐事，斯鼎礼没有扭过她，把这些交给了她。

邵嘉依从御谷名邸出嫁，斯鼎礼会把她接到新区庄园，所以，新区庄园内斯鼎礼的房间，才是他们洞房花烛夜的房间。

但是9号别墅也得装饰一下，毕竟结婚嘛，这么大的喜事，就得到处喜气洋洋。

邵嘉依想起自己的问题，有点郁闷地拨通一个电话："斯鼎礼，你确定和你结婚的是我吗？"

她的目光落在旁边还没有挂起来的婚纱照上，上面的她笑得很幸福，男人面部表情很温柔。

"这个还用问？犯傻了？"男人轻笑。

邵嘉依道："不是，斯鼎礼，我想问的是，酒店到底定在哪了？我的婚纱真的不用试穿吗？"

马上就要结婚了，她这个做新娘的还不知道自己的结婚场地在哪。还有结婚当天的婚纱，她连见都没有见过！所以，不怪她怀疑自己是不是新娘。

"结婚场地你不用操心，我和妈会准备好，至于婚纱，我肯定地告诉你——没有。"

邵嘉依蒙了。

没有？这是什么意思？

"那我穿什么？"

"光着！"男人说完，低低地笑出声。

邵嘉依真想捏死他！"斯鼎礼，你就是这样对自己老婆的？结婚当天，光着结婚？"

"不，我说的是，我们在一起的时候，你光着。"他怎么可能让她光着出去见人！

邵嘉依现在已经开始着急了："斯鼎礼，到底有没有婚纱！快说！"

"没有！嘉依，我什么时候骗过你！"

邵嘉依许久都没说话，斯鼎礼这是什么意思？

干脆地结束通话，邵嘉依拿着手机和包包，直接杀到SL集团。

她要亲自质问斯鼎礼，路上斯鼎礼给她打了好几个电话，她都给挂掉了。

直到斯鼎礼开始拨打给她开车的鲁曼的手机，才有了她的消息。

"她呢？"邵嘉依一声不吭地挂掉电话，再打就一直挂断，他很担心。

鲁曼看了一眼旁边的邵嘉依，暗叹一口气，斯夫人这么大了，怎么还像个小孩子一样。

"斯总，斯夫人在车上。"知道她没事，斯鼎礼才松了一口气。

"去哪？"

邵嘉依没有回答他，十几分钟后，斯鼎礼就知道了。

眼前的女人怒气十足地质问他："斯鼎礼，结婚没有婚纱，你有把我放在眼里吗？"

"没有！"男人回答得很干脆。

邵嘉依难以置信地看着男人，差点都哭了，听到斯鼎礼又说："你是我放在心尖上的女人。"

本来被扯着痛的心脏，忽然就不痛了。

她怎么那么喜欢听男人说情话？

"少给我贫嘴！你放在心尖上的人，明明是你的女儿！"女人轻哼一声，撇过头。

斯鼎礼让她坐在自己的腿上："其实，有的时候，我就是拿你当女儿来疼的！"

"我怎么没有感觉到？"这话，邵嘉依说得可真是心虚。

斯鼎礼对她的好，她当然能感觉到。

"不行，我要出去一趟！"

斯鼎礼疑惑地看着女人问："店铺里的事情？"

"不！不能没有婚纱，所以，我要去买！婚！纱！"

邵嘉依来这里就是为了说这个事情的，被他一打岔，差点给忘了。

看着她委屈的表情，斯鼎礼沉笑道："老公怎么能让你没有婚纱穿呢？已经在订做了！"

纯手工刺绣，有点慢，还没有完工。

听到他这句话，邵嘉依才松了口气，她就知道嘛！怎么可能没有婚纱！

不过，她眼珠子咕噜一转："没事，如果你真的不想给我做婚纱，我就是裹着床单也得嫁给你！"

男人笑出声问："你就这么迫不及待地嫁给我？"

"当然了！你那么有钱，我必须得嫁——"她一顿，又加上一句，"嫁给你的钱！"

女人以为能气到斯鼎礼，得意地笑眯了眼睛。

只是男人的反应，让她有点失望。

斯鼎礼把玩着她的长发，轻轻地说道："好，我的钱全部是你的！"

邵嘉依语塞，有钱就是任性！

腊月悄然来临。

在婚礼的两天前，邵嘉依终于看到了自己的"婚纱"。

不，是古装的新娘礼服！

她完全没有想到斯鼎礼居然给她准备的是古装的新娘礼服，考虑到婚礼是冬天，还给她做了一件价值不菲的手工刺绣蔷薇花的披风。

其中一个盒子里，放着一顶凤冠……

轻轻地触摸着新娘礼服上面的图案，是那么精致。

她以为自己的婚纱会是传统的西式婚纱，但是相比较来说，她还是比较喜欢这种中西结合的复古风礼服。

是他们心有灵犀？

腊月初二，婚礼当天，像所有的新娘一样，天未亮，邵嘉依就被母亲拉起来化妆。

邵嘉依坐在梳妆台前，浅笑地听着外面传来的唏嘘声。

房间昨天就已经布置好，身后两位顶尖化妆师打开化妆箱，开始给她化妆。

旁边是三位国内顶尖造型师，因为邵嘉依是要穿古装嫁衣的，所以头发也要做成古风的造型。

早上七点，作为伴娘的司晓宝、薄思诺、黎果然全部到齐。

伴娘服是粉红色的加绒旗袍，外面配着白色的短款披肩，脚上是粉白色的订制版水晶高跟鞋。

十点多，双胞胎也换上一模一样的粉色连衣裙，头发被梳成精致的小辫子，扎在头顶。

噼里啪啦的鞭炮声过后，邵嘉康走进来看着妹妹问："嘉依，准备好了吗？鼎礼来了！"

哥哥的话，让邵嘉依的心脏立刻扑通扑通地狂跳了起来。

"嗯，好了！"

"快关门！"不知道谁喊了一声，待邵嘉康走出去后，门立刻被锁上了。

御谷名邸小区门口，缓缓驶进来一排豪车，从8号别墅，排到小区外面的路边上。

为首的是一辆红色的布加迪威龙超跑，从上面下来的正是今天的新郎——斯鼎礼。

后面六辆白色的超跑上下来的人分别是：薄晟翔、黎扬、司少哲、黎旭、韩涛、韩悦。

统一的黑色正式西装套装，黑色的纯手工皮鞋，连腕上的名表都是来自同一个国际品牌。

主婚人是步入中年的黎优芜。如今的黎优芜成熟冷静，温文尔雅。

他带领着七个后辈，伴随着噼里啪啦的鞭炮声，走进8号别墅。

第八十六章 热闹的婚礼

二楼新娘房内,邵嘉依紧紧地抓着自己的衣服,听着外面越来越近的动静,心都快要跳出来了!

"新郎来了,现在主动塞红包,塞过红包,伴娘主动开门!"给伴娘塞红包的戏码,在每场婚礼上都是必不可少的。

今天来的伴娘,想起新郎是冷漠的斯鼎礼,大家都不自觉地缩了缩脖子,司晓宝硬着头皮喊道:"鼎礼哥哥,一般的红包无效!"

有了司晓宝壮胆,薄思诺跟着喊:"一共四个人,一人最少五个红包!"

黎果然说:"她俩说的,我同意!"

妈呀,外面可是吓死人的斯鼎礼啊!此刻易婉婉是脑袋一片空白,只得说:"她们三个说的,我同意!"

外面毫不客气地哈哈大笑说:"赶紧接着,新郎已经拿出红包了!"

红包太厚,从门缝里塞不进来,双方只得商讨,斯鼎礼沉声开口:"把门打开。"

房间内四个伴娘相互看了一眼,同时缩了缩脖子,然后又同时看向后面的邵嘉依。

"他不会说话不算话的!"

也是!薄思诺猛然拉开门,外面的人反应极快地涌进来。

司晓宝连忙挡在前面说:"红包拿出来,再见新娘!"

抱着99朵玫瑰花的斯鼎礼丢给她一沓东西,就直接把她推到一边,去看自己的新娘。

不理会司晓宝和薄思诺的尖叫,因为,斯鼎礼此刻也想大喊,老婆,你好美……

旁边韩悦和司少哲已经忍不住扑到邵嘉依的旁边,一左一右地挽着她的胳膊,韩悦盯着邵嘉依夸张地喊道:"我的天呐,斯鼎礼你娶了个天仙吧?"

司少哲比出剪刀手说:"摄影师,快,灯光往这里打,我要和新娘子合影留念。"

不等摄影师按下快门,两个人已经被斯鼎礼拎着领带给拉开:"都给我靠边站!"

司少哲和韩悦被揪到一边站着,斯鼎礼忍不住低下头,吻上邵嘉依的红唇。

一群人连忙起哄,黎优芫笑着拉开新郎:"欸,鼎礼,还没进行仪式呢,你还不能吻新娘!"

"噢!斯鼎礼你这匹饿狼,露出男人本性了吧!"司少哲幸灾乐祸地看着迫不及待的男人。

薄晟翔吹了声口哨说:"鼎礼哥哥,你要向嘉依姐再次求婚!"

黎优芫刚拿出台词本,这边斯鼎礼已经半跪在床边,举起玫瑰花,望着美到似乎不食人间烟火的女人,深情开口:"邵嘉依,求你嫁给我!"

大家要过去拉半跪的男人,薄晟翔爽朗地大笑调侃:"斯鼎礼,你节奏太快了,黎叔叔还没念台词呢!"

众人哄笑。

黎优芫清了清嗓子,拿着话筒,开始念台词,仪式继续往下进行。

二十分钟后,斯鼎礼终于如愿地抱起自己的新娘出了房间,后面紧跟着抱着金块的几个伴娘。

别人的红包里塞的都是现金,斯鼎礼的红包里塞的可是厚厚的金块,怪不得从门缝里塞不进来!

楼下,斯鼎礼把邵嘉依放在邵勉和薄亦月的面前,并给她整理了一下披肩。

新郎给岳父岳母递上茶水,拜谢他们养育女儿的恩德,然后接受了父母给的红包。

喝完茶,一家人合影。

邵嘉依和斯鼎礼站在薄亦月和邵勉的旁边,他们的旁边是斯熙熙和邵嘉康。

前排是坐着的韩敏和邵文川夫妇，还有一对双胞胎。

拍完照片，邵嘉康这个哥哥，背着邵嘉依上了车。

坐上车，薄亦月给邵嘉依的头顶盖上了薄薄一层红色的盖头。

新娘都坐上车了，后面陪嫁的东西还没装完。

六个皮箱的连号现金，寓意着丰衣足食的七十二套衣服，十八床薄亦月亲手做的棉被，十八床薄薄厚厚的羽绒被，八套床上用品，质地上等的翡翠、珍珠、白金等材质的饰品各两套，后面还有两辆价值千万的超跑……

保镖们一直在装车，几十辆迎亲豪车后备厢都被塞得满满当当，可见邵家有多重视邵嘉依这个女儿。

又是一场轰动世界的婚礼诞生，66辆豪车缓缓地往新区庄园驶去。

到达新区庄园别墅，斯鼎礼抱着邵嘉依直接去往二楼属于他们的房间。

他本来是想好好亲亲老婆的，但是新房内，早已有举办礼仪的三姑六婆等着他们。

预想好的缠绵深吻化为一个浅吻。

十分钟后，三姑六婆离开，斯鼎礼来不及关上房门，就把邵嘉依压在摆着"早生贵子"寓意的果品的喜床上。

"老婆，我想……"他哑着嗓音，在她耳边吹气。

邵嘉依连忙推开他说："别，等下还得去酒店呢！"

斯鼎礼无奈，但很快就吻得她晕头转向，把她的口红吃得干干净净，后米达是司少哲上来叫人才止住。十二点之前必须赶到酒店，容不得他们放肆缠绵！

邵嘉依在众人调侃的眼神中，让化妆师给自己补了口红。

车子停在了蔷薇之城，邵嘉依诧异地看着眼前的酒店，巍峨的酒店两边的墙上到处绽放着粉红色的蔷薇花。

门口摆放着他们的婚纱照，铺着红毯，人来人往。

周围是无数的保镖和保安，豪车名人更是不计其数。

绵延不绝的鞭炮声和烟花声响起，十几分钟后，斯鼎礼将她打横抱起，在众人的喧闹声中，走进酒店。

把邵嘉依放在花门下面，斯鼎礼取下邵嘉依的披风："乖，我先去那边忙，你在这等一会儿！"

"嗯，好！"

斯鼎礼离开，邵嘉依才有心思仔细打量现场的装扮。

当她看清后，一楼的装扮让邵嘉依震惊不已。

上千平方米的大厅内，是中西结合的布置风格，架子上放着精致的点心和小纸扇、水墨画小花瓶之类的装饰品。

偌大的舞台被大红色霸占，通往舞台的走道上，两排大红灯笼高高挂起，灯笼下面是即将垂到地上的长长的流苏。

舞台背景是他们的婚纱照幻灯片，几百张漂亮的婚纱照轮番播放，看得大家眼花缭乱。

舞台正上方，上千朵进口红色玫瑰花作为吊顶，五彩六色的油纸伞点缀其中，垂在半空中。

就连她此刻站立处的花门都是大红色，花门上方缠绕着两排蓝色的鲜花。

虽然到处都是大红色，但是灯光打得恰到好处，让人感觉不到一点俗气。反而有种置身于喜气洋洋的世界的感觉，让人心情舒畅愉悦。

等到她站好，红色的花门四周垂下来帷幕，将她与外界隔离。

很快高朋满座，人声鼎沸，仪式即将开始，邵勉走进来，让女儿挽着自己的臂弯。

外面斯鼎礼好像已经上台，没有多久，就听到黎优芜说道："下面有请我们漂亮的新娘子出场！"

掌声四起，花门四周的帷幕渐渐上升，父女俩出现在众人的视线中。

邵勉先抬起脚步，邵嘉依跟着走上舞台。

柔和的灯光打在父女俩的身上，因为走得稍微有点快，轻薄的纱制盖头随风微微飘起。

盖头下面美丽的邵嘉依让众人屏住呼吸，许久都没有回过神来。

第八十七章 价值连城的婚纱

做工精细的凤冠上,装饰以龙凤为主,呈镂空状,富有立体感,凤用翠鸟毛粘贴。冠上所配饰的宝石,重量各不相等,足足有128块!

金黄色的凤冠配上大红色的罕见宝石,看上去是那么地高贵典雅。凤冠最高处是孔雀扇尾造型,上面同样点缀着大大小小的红色和黑色宝石。左右两边以及后面是长长的千足金质的流苏。

妆容更不用说,本来就精致的小脸,经过国际顶尖化妆师的打造,更加娇媚动人。

身上是连体收腰的古风红嫁衣,用金、银线绣着惟妙惟肖的蔷薇花、莲花、鸳鸯、凤凰等图案。

这套嫁衣从设计到出炉,历经100多道工序,由168人的团队设计制作完成。

新娘腰系红色流苏飘带,再披上一条绣有各种吉祥图纹的锦缎霞帔。

中西式结合的婚鞋,鞋面的刺绣是由一位刺绣大师的传承人做的。和凤袍的刺绣不是出自同一人之手。不同的手艺,能展现出刺绣不同风格的美。

鞋子是由米兰一位大师纯手工打造的高跟鞋,鞋底松软,做工精细。

全身上下放眼望去,让人脑海里只有几个词:漂亮、精致、昂贵……

锦瑟华服,艳冠群芳!

父女俩和斯鼎礼相对而立,从邵嘉依出现在众人视线的那一刻,斯鼎礼的目光就在她身上再也没有移开过。

邵嘉依每天都很美,白天美得像百合,晚上美得像蓝色妖姬,今天却美得像罂粟。

斯鼎礼在上千人面前向邵勉保证:"我从此一生只对邵嘉依一个人好,不让她吃苦，不让她受伤……"

台上的这一幕非常感人，台下的宾客掌声连连。

邵勉郑重其事地把女儿交给斯鼎礼，然后下台。

最后，在黎优芜的宣布中，斯鼎礼微笑着掀开邵嘉依的红纱盖头，重重地吻上了去。

透明的泡泡缓缓飘起，随之飘散的还有邵嘉依的头纱，她被男人紧紧搂在怀里，连头纱飘走都没有机会去捡。

特别邀请来的摄像师对着这一幕，不停地按着快门键。

午餐结束后，宾客们渐渐离开，邵嘉依一行人带着双胞胎在休息室玩耍。

两家父母还有斯鼎礼在酒店门口送宾客。

将所有的宾客送走，忙完以后已经是下午四点多。

斯鼎礼到休息室的时候，大家都在围着双胞胎、司凯还有邵靖衍玩耍。

"你醉了。"邵嘉依不是在问面前的男人，而是肯定地说道。

很少见斯鼎礼喝醉，现在的他懒懒地靠在墙上，脸色微红，眼睛眯着，一动不动。

斯鼎礼微笑，拿起旁边她的披肩，给她披上："我们先回去。"

"鼎礼，我们都还没走呢，你好意思带着嘉依走吗？"司少哲靠在沙发上，调侃斯鼎礼。

斯鼎礼指着斯靳恒说："我老子比我有面子，让他陪着你们继续！"

然后把邵嘉依搂在怀里，问薄亦月："妈，双胞胎今天晚上住在哪里？"

邵嘉依脱口而出："当然是和我住了！"

邵嘉康笑出声说："邵嘉依，你脑子里想什么呢？你们的洞房花烛夜，难道让双胞胎去闹洞房吗？"

"哈哈哈。"众人的哄笑，让邵嘉依红了脸。

"你们走吧！双胞胎我带着。"黎浅洛揉了揉发酸的小腿，向儿子摆了摆手。

薄亦月也说道："孩子不用你们操心，倒是你们，准备去哪？"

"洞房！"斯鼎礼丢给大家两个字，揽着老婆离开。

别墅内到处喜气洋洋，斯鼎礼走在红色的地毯上，还没走到楼梯口，一个没忍住，就低下头吻住了女人。

二楼走廊，斯鼎礼放下女人，长臂搂上披风下她的纤腰，沉迷地看着她绝美的容颜，说道："如果在古代，你一定是只狐狸精！"

狐狸精？邵嘉依嘟了嘟嘴巴问："为什么不说我是倾国倾城的小仙女？"

男人低低地笑出声："因为狐狸精比小仙女更会勾引人！"

邵嘉依直呼冤枉，她又没有勾引他！

斯鼎礼把她所有的抗议全部堵回去，踢开房间的门，把女人带进去。

脚尖微微用力，房间门被锁上。

大红色的披风掉落在地上。

邵嘉依喘着气，控制住他不老实的大掌："别，等下爸妈就回来了。"

男人的脑袋埋在她的发间，闻着她香香的味道说："他们不会回来。"

"现在还是白天，你别着急，等到晚上……"

斯鼎礼期盼了一天，忍到现在已经很不错了，怎么可能再等到晚上？

"你太低估你的魅力了！"说完，不再给她反抗的机会，狠狠地吻上了她。

天色渐渐地黑了下来，除了洞房内传出来的某种略微压抑的声音以外，整栋别墅都安安静静的。

黎浅洛真的带着双胞胎住在了9号别墅，把新区庄园留给一对新人。

接近疯狂的纠缠一直持续到晚上八点多，邵嘉依差点昏过去。她躺在凌乱的大床上，疲惫得眼睛都睁不开。

三天后，几辆轿车缓缓驶进御谷名邸8号别墅门前，为首的红色布加迪威龙上，下来一对衣着光鲜的年轻夫妇。

一人抱着一个女娃娃，后面跟着手里提着礼品的保镖，一起进了别墅。

今天是邵嘉依回门的日子，一大早薄亦月和邵勉就开始准备食材，中午做了一大桌家常菜，等着那一家四口。

韩敏也在，乐呵呵地看着一大家人，心情很好。

吃完午餐，邵嘉依挽着韩敏说："祖奶奶，我今天不走了，和你睡好不好？"

韩敏摇头道："你不是要和鼎礼去度蜜月吗？别给耽误了。"

"奶奶，我们后天才去呢，我今天和明天晚上都可以陪着你。"

"不用，我一个老太婆没什么好陪的，你们去吧，双胞胎和靖衍都在家，我可以陪着他们玩。"

邵嘉依执意陪着她，韩敏最终也没再拒绝。

回门的当天晚上，一家四口住在9号别墅，哄睡了双胞胎后，邵嘉依收拾着自己的东西。

家里给她陪嫁过来的皮箱，她都还没有整理呢！

邵勉只告诉她，里面的东西很重要，但是并没有告诉她里面装的是什么。

夜深人静，一声尖叫从书房内传出来，斯鼎礼连忙从床上跳下来，奔进书房。

书桌前，邵嘉依正一脸震惊地捂着嘴巴，手中拿着一份文件。

"老婆，怎么了？"斯鼎礼警惕地看了一眼书房周围以及窗外，并没有什么异常。

邵嘉依拿着文件奔过来，放在斯鼎礼的眼前，说道："老公，蔷薇之城——"

蔷薇之城的拥有人，居然是她！

斯鼎礼这才知道她是为了这个事情而尖叫，放下悬着的心，云淡风轻地开口："嗯，是我给你的聘礼。"

"可是，你怎么会知道我那个梦？是谁告诉你的？"她当初还在纳闷，世界上为什么会有这么巧合的事情。

男人微微一笑，抚摸着她的长发说："你之前不是问我蔷薇花海在哪里吗？就在蔷薇之城的后花园里。"

蔷薇之城占地上万亩，后花园的蔷薇花海有专人看管，除了邵嘉依，任何人都不准进去。

邵嘉依曾去过两次，不过都是在晚上，所以她也没有留意到花海前面是蔷薇之城。

她终于能明白什么叫作此生有你足矣。此刻她就是这样的心情,这一辈子有斯鼎礼就足够了。

"蔷薇之城的酒店,整个25层,全部都是为我们留下的。"他打造了视野最开阔的,能够欣赏后花园风景的最佳观景台。

说到25,邵嘉依忽然抬起头问斯鼎礼:"你之前的手机密码是0525,那是什么意思?"

她记得用过一次他的手机,密码就是这个。

斯鼎礼微微一笑道:"就是那天,我去机场接你……"

那是她和他真正开始有交集的日期。

"哦。"邵嘉依了然,心中忍不住泛起甜蜜,"你记性真好!"

"你就没有别的想跟我说的吗?"

邵嘉依娇笑道:"老公,我爱你!"

斯鼎礼低下头吻上她的红唇:"老婆,我也爱你!"

很爱很爱。